익명 작가

당신의
소설을
훔치겠습니다

익명
작가

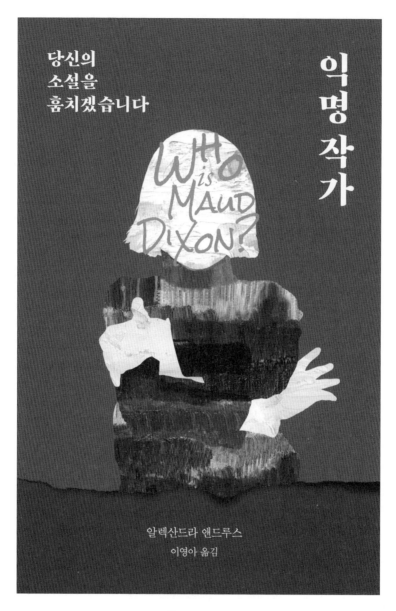

알렉산드라 앤드루스

이영아 옮김

INFLUENTIAL
인 플 루 엔 셜

차례

우리는 마음에 환상을 먹였고,
환상을 먹은 마음은 짐승이 되어버렸다.
—W. B. 예이츠, 〈내 창가의 찌르레기 둥지〉

일러두기
본문의 주는 모두 옮긴이가 독자의 이해를 돕기 위해 붙인 것입니다.

프롤로그

모로코, 세맛

"윌콕 씨?"

그녀가 왼쪽 눈꺼풀을 힘겹게 들어 올리자, 벌어진 틈으로 따스한 노란빛이 쏟아져 들어왔다. 흐릿한 흰색 형체가 시야를 가로질렀다. 그녀는 눈을 감았다.

"윌콕 씨?"

그녀는 고개를 뻣뻣하게 돌렸다. 군복 같은 옷을 입은 남자가 침대 옆으로 바짝 당겨진 의자에 앉아 허벅지에 팔꿈치를 얹은 채 그녀를 유심히 지켜보고 있었다. 아기 인형처럼 어딘가 인공적이고 토실토실한 둥근 얼굴이었다. 그는 미소 짓고 있지 않았다.

"윌콕 씨." 그가 네 번째로 말했다.

"헬렌?" 그녀는 갈라진 목소리로 물었다.

"헬렌." 남자가 고개를 끄덕였다. "여기가 어딘지 아시겠습니까?"

그녀는 주위를 둘러보았다. "병원?"

"맞습니다. 대단한 밤을 보내셨죠."

"대단한 밤?"

"아주 대단한 밤이었답니다."

그녀는 자기도 모르게 픽 웃었다. 남자는 약이 오르는지 얼굴을

9

찌푸렸다. 그때 그녀의 왼편에 있는 커튼이 휙 젖혀졌다.

두 사람은 고개를 돌렸다. 흰 스카프를 머리에 쓰고 흰 재킷을 입은 여자가 들어왔다. 간호사인가? 그녀는 침대를 내려다보며 따뜻한 미소를 지었다. 그리고 외국어로 뭐라 말하더니 얇은 담요를 문질러 주름을 폈다. 그런 다음 침대 옆에 앉은 남자를 쳐다보며 더 날카로운 투로 뭔가를 말했다. 남자가 일어나며 그녀를 달래듯 손바닥을 내밀었다. 그러고는 차갑게 미소 지으며 커튼을 옆으로 밀었다. 그가 가버렸다.

침대에 누운 젊은 여자는 간호사에게로 고개를 돌렸지만, 간호사 역시 자리를 뜨려는 참이었다.

"잠깐만요." 그녀가 쉰 목소리로 불렀다. 간호사는 못 들었는지 아니면 못 들은 척하는 건지 그냥 가버렸다.

이제 그녀 혼자였다.

그녀는 천장을 가만히 올려다보았다. 갈색을 띤 물때가 끼어 얼룩덜룩했다. 몸을 일으키려 해봤지만, 왼쪽 손목에 붕대가 감겨 있었다. 그제야 자신이 아프다는 걸 깨달았다. 온몸 구석구석이 쑤셨다.

그녀는 남자가 앉아 있던 빈 의자를 바라보았다. 그는 그녀를 '윌콕 씨'라고 불렀다. 중요한 정보인 것 같기는 한데, 그녀에게 어떤 의미인지 도무지 알 수가 없었다. 그녀는 다시 눈을 감았다.

잠시 후인지 몇 시간 후인지 모르겠지만, 커튼이 다시 열렸다. 간호사가 다른 남자와 함께 돌아왔다.

"윌콕스 씨." 그가 말했다. "깨어나셔서 다행입니다." 그는 음절을 또박또박 발음하며, 웬만한 원어민보다 더 정확한 영어로 말했다. "저는 타지 박사라고 합니다. 어젯밤 환자분이 늑골 두 대와 한쪽 손목이 부러지고, 얼굴과 몸통에 혈종이 생긴 상태로 실려 왔을 때 당직을 서고 있었죠. 차 사고였다고 들었습니다. 에어백 때문에 이런 부상을 입는 사람들이 많아요. 이만하길 다행입니다."

자기 차례를 기다리고 있었다는 듯 간호사가 작은 종이컵에 담은 물과 어금니만 한 흰색 알약을 그녀에게 건넸다.

"하이드로코돈입니다. 진통제죠." 의사가 말했다. "오후에 다시 와서 상태를 살펴보겠습니다만, 내일쯤 퇴원하실 수 있을 겁니다. 그때까지 푹 쉬십시오, 윌콕스 씨." 그는 흰옷 입은 간호사를 베일처럼 뒤에 끌고서 나갔다.

윌콕스 씨. 그녀는 소리 없이 입술만 움직여 그 이름을 말해보았다. 헬렌.

그때 빛이 물러나고 그녀는 까무룩 잠이 들었다.

1 B

1

두 젊은 여자는 웃음과 음악 소리가 들리는 곳으로 향했다. 좁은 계단을 앞장서 오르며, 플로렌스 대로는 피처럼 붉은 벽을 손으로 쓸었다.

"출간 기념 파티를 여기서 열다니, 좀 이상하잖아요."

두 사람은 포레스터북스 출판사의 편집 보조였고, 오늘 밤은 송년회였다. 키치 문학을 테마로 내건 침침한 술집 '더 라이브러리'의 2층에서 해마다 열리는 파티였다.

"유엔 정상회의를 엡콧●에서 여는 거랑 뭐가 달라요?"

"그러게요." 루시 건드가 작은 목소리로 맞장구를 쳤다. 계단을 오르는 동안 그녀의 원피스는 점점 스타킹에 달라붙더니 지금은 허벅지 근처까지 올라가 있었다.

계단 끝까지 올라간 그들은 연회장에 들어서며 분위기를 살폈다. 파티는 겨우 30분 전에 시작됐지만, 벌써 시끌벅적한 소음이 연기처럼 피어올라 사람들 위를 맴돌고 있었다. 거의 백 명에 가까운 사람들이 여기저기 무리 지어 서로에게 단단히 붙어 있었다. 그중에는 두 사람의 동료도 있었지만 그렇지 않은 이들도 많았다. 너무 일찍

● 국제 문화와 기술 혁신을 주제로 월트 디즈니 월드 리조트에서 개장한 테마파크.

도착하고 싶지 않아 일부러 늑장을 부렸던 플로렌스는, 제시간에 와서 자리 잡지 않은 것을 후회했다. 두 사람은 연회장을 쭉 훑으며 말붙이기 편한, 낯익은 얼굴을 찾았다. 한 명도 없었다.

"먼저 술이나 마실까요?" 루시는 고개를 끄덕였다.

2년 전쯤 두 사람이 포레스터에 동기로 입사한 이래, 루시는 플로렌스가 하는 말이라면 무조건 따르고 있었다.

루시는 플로렌스가 뉴욕에서 사귀고 싶었던 친구의 조건에 딱 들어맞는 사람이었다. 루시는 애머스트에서 자랐으며 그녀의 부모는 대학에서 영어를 가르쳤다. 루시의 아버지는 완벽에 가까운 너새니얼 호손 전기를 집필했다. 플로렌스는 뉴욕으로 이사한 후 처음으로 맞은 추수감사절을 루시의 가족과 함께 보냈다. 책으로 가득 채워진 낡은 집이 에밀리 디킨슨의 생가와 같은 거리에 있다는 사실을 알게 되어 기뻤다. 플로렌스가 어린 시절부터 항상 꿈에 그리던 지적이고 목가적인 환경이었다. 포트 오렌지에 있는 엄마의 좁아터진 아파트와는 달라도 너무 다른 곳.

하지만 그런 유년기를 보낸 사람이 자연스레 물려받았을 법한 자신감 넘치는 세련미가 루시에게는 부족했다. 심하게 내성적이어서, 플로렌스는 가끔 루시가 어머니에게 '뉴욕에서 딱 한 명의 친구만 찾아도 괜찮은 거란다'라고 들은 게 아닐까 싶었다. 플로렌스는 루시가 포레스터에서 맨처음으로 만난 사람이었다.

출판사에서 둘은 다른 직원들과 잘 어울리지 못했다. 루시는 시도조차 하지 않았고, 플로렌스는 시도했지만 실패했다. 플로렌스에게 과거란 대의를 위해 잘라내야 하는 병든 팔다리에 불과했다. 플로리다의 옛 친구들과 연락을 끊은 그녀에게 사실상 루시가 유일한 친구였다.

둘은 사람들 사이를 이리저리 뚫고, 포도와 치즈가 쌓인 기다란 테이블을 지나, 안쪽의 화려한 마호가니 바에 도착했다. 검은색 새 틴 조끼를 입은 바텐더가 그들 머리 위의 어딘가를 바라보며 미소 지었다. 그들은 시선을 사로잡기에는 부족한 모양이었다. 루시는 무 시당하는 데 익숙했지만(오히려 그 편을 좋아하는 것 같았다), 남자들의 관심을 꽤 받아본 플로렌스로서는 바텐더가 눈길조차 주지 않는 게 실망스러웠다.

플로렌스가 매력이 없는 건 아니었다. 하지만 사람들 눈에 제일 먼 저 띄는 건 언제나 창백한 안색이어서, 그녀를 플로리다의 햇살 아래 가 아니라 지하 벙커에서 자란 사람처럼 보이게 했다. 이것이야말로 자신이 엉뚱한 곳에서 태어났다는 증거라고, 그녀는 내심 흐뭇해했 다. 흰 피부는 수줍음 때문인지 열 때문인지 모를 이유로 툭하면 붉 어졌다. 창조주가 그녀를 만들 때 순수함과 뻐딱함이라는 두 충동 사이에서 갈등하기라도 한 것처럼. 이 점이 어떤 남자에게는 매력으 로 다가갔지만, 대부분은 좋아하지 않았다. 그녀의 눈동자는 거뭇하 니 어두웠고, 짙은 금발은 메두사의 머리칼처럼 두피에서 뻗쳐 있었 다. 그녀의 엄마는 수년 동안 헤어젤, 스프레이, 스타일링 크림에 수 백 달러를 쏟아부었지만, 플로렌스는 아직도 그 제품들을 제대로 사 용할 줄 몰랐다.

"뭘로 드릴까요, 아가씨들?" 바텐더가 형식적인 투로 물었다. 뻣뻣 한 못처럼 뾰족뾰족하게 선 그의 머리칼이 조명을 받아 반짝였다.

플로렌스는 그 머리카락을 손으로 눌러 서리 낀 풀처럼 바사삭 부 서뜨리는 상상을 했다. 루시는 특제 칵테일을 광고해놓은 전단을 가리 키며 말했다. "전 '듀어십진법(Dewar's Decimal System)'●으로 할게요."

● 전 세계 도서관이 채택한 도서 분류법인 '듀이십진법'을 패러디한 가상의 칵테일.

플로렌스는 레드와인을 주문했다.

"카베르네와 피노가 있습니다."

"아무거나 괜찮아요." 플로렌스는 유쾌하게 들리기를 바라며 대답했다. 사실 와인에는 문외한이었다.

두 사람은 각자 한 모금씩 홀짝이고는 낄 만한 자리를 찾아 나섰다. 그러다가 음식 테이블 옆에 옹기종기 모여 있는 편집 보조들을 발견하고 그 끄트머리에 합류했다. 어맨다 링컨이라는 신참 편집자가 황갈색 코르덴 정장을 입은 멀쑥한 20대와 소란스럽게 말다툼을 벌이고 있었다.

"그럴 리가 없잖아요, 이 지독한 여성혐오자 같으니." 어맨다가 말했다.

플로렌스의 맞은편 자리에서 일하는 활달한 편집 보조 그레천이 해명하기 시작했다. "프리츠가 그러던데요, 모드 딕슨은 남자가 분명하다고."

"설마." 루시는 손을 입으로 올리며 속삭였다.

모드 딕슨은 2년 전쯤 발표한 데뷔작《미시시피 폭스트롯》으로 그야말로 대박을 터뜨린 작가의 필명이다. 미시시피의 작은 마을 콜리어 스프링스에서 태어난 두 10대 소녀 모드와 루비가 고향을 벗어나려 필사적으로 애쓰는 이야기였다. 그들은 나이, 성별, 가난, 그리고 가족의 무관심 때문에 매번 좌절하고 만다. 그러다가 멤피스의 직장으로 가는 길에 마을을 지나던 한 도급업자를 모드가 죽이면서 위기를 맞는다. 어리석게도 그는 열여섯 살의 루비에게 눈독을 들였다.

결국 그 살인 사건으로 인해 두 소녀는 고향의 손아귀로부터 풀려난다. 한 명은 감옥에 갇히고, 다른 한 명은 미시시피 대학에 장학생으로 진학한 것이다.

평론가들은 문단의 관심을 끈 냉철하고 날카로운 문체와 신선한 시각을 언급했지만, 책이 정말로 잘 팔리기 시작한 건 유명 할리우드 여성 배우가 자신의 북클럽 도서로 선정한 후부터였다. 선견지명이었는지 아니면 운이었는지 미투(#MeToo) 운동의 최절정기에 등장한 그 작품은 정의롭고 매서운 분노가 들끓던 당시의 분위기에 딱 들어맞았다. 드리프트우드 태번의 뒤편에서 어린 모드 딕슨이 위험한 호색한 딜러드를 칼로 찌른 밤에 무슨 일이 있었든, 감히 그녀를 탓할 사람은 없었다.

소설은 미국에서만 300만 부 이상 팔렸고, 미니시리즈로도 제작 중이다. 신기하게도 작가인 모드 딕슨은 비밀에 싸여 있었다. 인터뷰도, 북 투어도, 홍보 행사도 하지 않았다. 책에 감사의 말조차 싣지 않았다.

포레스터북스의 경쟁사이기도 한 해당 출판사는 '모드 딕슨'이 필명이며, 작가가 익명으로 남기를 원한다고 밝혔다. 당연히도, 그녀의 정체에 대한 온갖 추측이 난무했다. 무수한 잡지들과 온라인 게시판에서, 그리고 출판계 사람들이 점심 식사를 하는 시내 곳곳의 식당에서 '모드 딕슨은 누구인가?'라는 질문이 던져졌다.

추적 결과 미국에 사는 두 명의 모드 딕슨이 발견되었지만, 모두 후보에서 제외되었다. 한 명은 시카고의 한 요양원에서 지내고 있으며 자기 자녀들의 이름도 기억하지 못했다. 다른 한 명은 롱아일랜드의 중산층 마을에서 자란 치위생사로, 주위 사람들의 말에 따르면 글을 쓰는 재주나 기질을 보인 적이 전혀 없다고 했다.

작가와 작중 화자의 이름이 똑같다는 사실에 근거해서 《미시시피 폭스트롯》이 자전적 소설이라고 추측하는 사람들도 많았다. 몇몇 아마추어 탐정들은 소설 속 범죄와 특정 부분들이 닮은 실제 사건들을 찾아냈지만 결정적이라 할 만큼 일치하는 사건은 없었다. 게다가 미시시피는 청소년 범죄자가 스무 살이 되면 법정 기록을 봉인하고 있었다. 콜리어 스프링스라는 마을은 존재조차 하지 않았다. 추적은 막다른 길에 봉착하고 말았다.

플로렌스는 극적인 음모가 판치는 플롯으로 성공한 책들을 무시하는 편이었다. 그녀에게 살인이란 싸구려 소재일 뿐이었다. 하지만 《미시시피 폭스트롯》은 큰 충격이었다. 소설에서 살인은 이야기를 전개하기 위한 기술적 장치로 쓰이지 않았다. 그것은 존재 이유였다. 작가의 절박함, 살인자의 절대적 충동, 심지어 칼이 살을 파고드는 쾌감까지 독자에게 고스란히 전달되었다.

플로렌스는 아직도 그 부분을 외우고 있었다.

칼은 수월하게 미끄러져 들어갔다. 프랭크의 따뜻하고 연약한 창자에 둘러싸인 예리한 날의 침입자. 그녀는 칼을 다시 들어 올렸다. 이번에 칼은 갈비뼈를 치고는 격렬하게 떨었다. 그녀의 손이 칼자루에서 스르르 떨어져 나가더니 여리고 창백한 살을 찰싹 때렸다. 이제 그의 배는 피범벅이 되었고, 거칠고 거무스름한 머리칼은 갓 태어난 아기처럼 번들거렸다.

플로렌스는 이처럼 날카롭고 잔혹하며 폭력적이기까지 한 목소리를 읽어본 적이 없었다. 모드 딕슨이 남자든 여자든 상관없었다. 그 사람이 누구건, 그녀 같은 아웃사이더가 분명했다.

"뭘 그렇게 흥분하고 그래요?" 프리츠가 어맨다에게 말했다. "참나, 여자들이 글을 못 쓴다는 소리가 아니잖아요. '그 작가'는 여자가 아니라는 거지."

어맨다는 콧마루를 잡으며 숨을 크게 한 번 쉬었다. "왜 이렇게 흥분하냐고요? 왜냐하면 바로 '그 작가'가 그해의 베스트셀러 작가인데다가 전미도서상에 후보로 올랐으니까요. 남자가 써야 '중요한' 책이 될 수 있고, 여자가 쓰면 북클럽에서나 떠들어대는 잡담용이란 거죠? 세상에, 알짜배기를 차지했으면서 부스러기까지 싹 다 긁어가시겠다?"

"엄밀히 말하면." 플로렌스가 끼어들었다. "그해의 베스트셀러 작가는 제임스 패터슨이죠. 베스트셀러 '도서'는 《미시시피 폭스트롯》이었지만." 사람들이 동시에 고개를 돌려 그녀를 쳐다보았다. "아마 그럴 거예요." 그녀는 확신하면서도 이렇게 덧붙였고, 말을 뱉자마자 그런 자신이 싫어졌다.

"어머 고마워요, 플로렌스, 부스러기가 또 하나 있었네요."

"그렇게 점수 매기듯이 하나하나 따질 일이 아니에요, 어맨다." 프리츠가 말했다. "내 친구가, 아, 마침 여자인 친구가 프로스트/볼른에서 일하는데, 모드 딕슨이 남자라고 분명히 말했어요. 물론 여자일 수도 있지만, 이 경우엔 아닌 거죠."

그는 미안하다는 듯 어깨를 으쓱했다. 프로스트/볼른은 모드 딕슨의 저작권 에이전시였다.

"그래서 그 작가가 누군데요?" 어맨다가 따지듯 물었다. "이름이 뭐래요?"

프리츠는 주춤했다. "그건 몰라요. 그냥 '그 남자'라고 부르는 걸 우연히 들었대요."

어맨다는 두 손을 휙 치켜들었다. "정말 말도 안 되는 소리 하시네. 그 소설을 남자가 썼을 리 없잖아요. 여자를 그렇게 설득력 있게 그릴 수 있는 남자는 지구상에 한 명도 없어요. 자기들한테나 설득력 있겠지."

아까 소심했던 자신을 벌하기라도 하는 것처럼 플로렌스가 다시 나섰다. "헨리 제임스는요? E. M. 포스터는요? 윌리엄 새커리는요?" 그녀는 베키 샤프*에게 항상 각별한 친밀감을 느껴왔다.

어맨다는 그녀를 보며 말했다. "진심이에요, 플로렌스? 《미시시피 폭스트롯》을 남자가 썼을 수도 있다고 생각해요?"

플로렌스는 어깨를 으쓱했다. "그건 모르죠. 그냥 작가가 남자냐 여자냐가 뭐가 그리 중요한지 모르겠어요."

어맨다는 천장을 올려다보며 기가 막히다는 표정으로 말했다. "뭐가 그리 중요한지 모르겠다니." 그녀는 다시 플로렌스를 바라보며 물었다. "당신도 작가예요, 플로렌스?"

"아니요." 플로렌스는 조용히 말했다. 실은 작가가 되고 싶은 마음이 간절했다. 모두 그렇지 않나? 다들 쓰다 만 원고를 서랍 어딘가에 처박아놓고 있을 텐데. 하지만 원고가 서랍 밖으로 나오지 않는 한 자기가 작가라고 떠들고 다니는 사람은 없다.

"여성 작가들이 귀감으로 삼을 만한 여성의 존재가 얼마나 중요한지 당신은 이해 못 하겠죠. 자신의 내면이 남성에 의해 설명되는 걸 거부한 여성 선배들. 여자들은 이렇다 저렇다 떠들어대는 남자라면 이제까지 차고 넘쳤잖아요? 안 그래요?"

플로렌스는 어깨를 으쓱이는 동시에 고개를 끄덕이며 어중간한 동작을 취했다.

"영웅이 필요한 나라는 불행하다." 어맨다가 뒤이어 말했다.

● 윌리엄 새커리의 소설 《허영의 시장》에 등장하는 인물.

플로렌스는 아무 말도 하지 않았다.

"브레히트잖아요?" 어맨다는 눈썹을 치켜올리며 재촉했다.

플로렌스는 화끈거리는 얼굴을 숨기려고 본능적으로 몸을 획 돌렸다. 남은 와인을 단숨에 들이켜고는 다시 바로 돌아가, 어색한 미소를 지으며 바텐더 쪽으로 빈 잔을 들어 올렸다.

그녀는 나무 카운터에 몸을 기댄 채 쓰라린 발을 하나씩 하이힐에서 들어 올렸다. 늘 그렇듯, 어맨다처럼 여유로운 자신감을 드러내는 여자 앞에 서면 불편했다. 고등학교 시절 플로렌스를 자기 옆에 꼭 끼고는 구조견처럼 데리고 다니며 자랑하다가 일주일 만에 흥미를 잃어버리던 그 아이들과 다를 바 없었다. 플로렌스는 그들의 공연에 쓰이는 소품에 지나지 않았다. 은혜를 아는 피보호자를 연기하며 장단을 맞춰주지 않으면 가차 없이 버림받았다. 이 어리석은 과정이 늘 반복된다는 점이 무엇보다도 분했다. 어퍼 웨스트사이드에서 자란 어맨다는 어린 시절 입었던 사립학교 교복처럼 페미니즘을 걸치고 있었다. 깊은 생각 없이 편하게, 하지만 열성적으로.

플로렌스는 시대가 요구하는 분노에 공감한 적이 한 번도 없었고, 다른 이들과 함께 분노할 수 없으니 무슨 일에서든 소외될 때가 많았다. 이 분노란 것은 사람들을 한데 붙여주는 접착제 같았다. 연인들, 친구들, 그리고 대부분의 미디어 기업이 표적으로 삼는 사람들. 거리에서 서명 운동을 벌이는 젊은 사람들조차 플로렌스의 선천적인 자기중심주의를 감지하기라도 한 듯 그녀를 무시했다.

그녀는 평온한 기질의 사람은 분명 아니었지만, 분노는 좀 더 사적인 용도로 남겨두었다. 그 사적인 용도라는 게 뭔지 정확히 말할 수는 없지만 말이다. 그녀 자신도 놀랄 만큼 분노가 끓어오를 때가 있었다. 어쩌다 한 번씩 방향 감각을 잃어버릴 정도로 폭발하고 나면,

시차증에 시달리는 사람처럼 기운이 쭉 빠지고 혼란스러웠다. 마치 혼자 앞서 달려가는 자신의 몸을 간신히 따라잡은 것처럼.

대학 시절 어느 창작 세미나에 참여했을 때 교수가 모든 학생들 앞에서 그녀의 단편소설이 따분하고 진부하다며 맹비난했다. 수업이 끝난 후 자신의 작품을 변호하며 점점 더 열을 올리던 플로렌스는 소설집을 딱 한 번 냈다가 외면당한 2류 작가인 교수에게 인신공격을 퍼붓기 시작했다. 마침내 그녀의 흥분이 가라앉았을 때, 교수는 공포라고밖에 이름 붙일 수 없는 표정으로 그녀를 빤히 쳐다보고 있었다.

바텐더가 간신히 플로렌스의 빈 잔을 알아채자마자 뒤에서 들려오는 목소리에 그녀는 깜짝 놀랐다. "난 자네 편이야."

플로렌스는 뒤를 돌아보았다. 포레스터의 편집장 사이먼 리드였다. 훤칠한 몸, 부드럽게 가라앉은 머리칼, 섬세한 이목구비, 얼굴 여기저기에 조금씩 낀 주근깨. 여기서는 미남으로 통하는 외모지만, 섬세한 이목구비가 딱히 남자의 장점으로 인정받지 못하는 포트 오렌지에서는 어떤 평가를 받을지 모를 일이다.

플로렌스는 그를 마주 보며 물었다. "어떤 의미에서요?"

"모드 딕슨이 누구든 무슨 상관이냐는 말에 나도 동감한다고." 그의 입에서 말이 수프처럼 줄줄 흘러나왔다. 취하셨군, 하고 그녀는 생각했다. "책에 적힌 글이 바뀌는 것도 아닌데 말이야." 그는 말을 이었다. "뭐, 어떤 사람들한테는 다르게 읽히겠지만, 그러면 안 되지. 에즈라 파운드는 파시스트였지만, 그래도 문장 하나는 기가 막혔잖아."

"개미도 제 용의 세계에서는 켄타우로스다." 플로렌스가 말했다.

"그대의 허영심을 허물어라, 허물라잖나." 사이먼은 고개를 끄덕이

며 말했다.•

두 사람은 공모자라도 된 듯 말없이 미소를 주고받았다. 그때 그들을 지켜보고 있는 어맨다가 눈에 띄었지만, 플로렌스의 시선을 눈치챈 어맨다는 고개를 휙 돌려버렸다. 바텐더가 플로렌스의 새 와인잔을 카운터에 올려놓았다. 그녀가 잔을 집어 들자 사이먼은 그녀의 잔을 자기 잔으로 가볍게 치고는 그녀 가까이 몸을 기울였다.

"익명을 위하여." 그는 조용히 말했다.

● 에즈라 파운드(1885-1972)의 시 〈Canto LXXXI〉(1940)에서.

2

저녁 내내 플로렌스는 그녀를 따라다니는 사이먼의 시선을 느꼈다. 그녀를 뜯어보는 나이 많은 남자가 처음은 아니었다. 고향에서는 그런 추파가 역겹게 느껴졌었다. 그녀가 전혀 원치 않은 일에 꾀는 듯한 그 시선. 그런데 오늘 저녁 사이먼에게 받는 관심은 즐거웠다. 그는 그녀가 자라면서 알던 남자들과는 다른 부류였다. 햇볕에 그을린 구릿빛 피부에 속옷 자국이 허옇게 남아 있고 촌스러운 옛날 물건들이나 쓰는 아저씨들과 달리 사이먼은 초판본을 소장하고 반어법을 이해했다. 그가 배우인 잉그리드 손과 결혼한 유부남이라는 건 누구나 아는 사실이었다. 그런 남자에게 인정받으니 좀 더 높은 수준의 인간으로 격상한 듯한 기분이 들었다. 마치 그녀도 몰랐던 그녀 안의 무언가를 그의 관심이 자기력으로 끌어낸 것처럼.

두 시간 후, 사람들이 점점 줄어들자 루시가 플로렌스에게 나가지 않겠느냐고 물었다. 아스토리아에 사는 두 사람은 함께 기차를 타고 퇴근할 때가 많았다.

"먼저 가요." 플로렌스가 말했다. "난 한 잔 더 할게."

"괜찮아요, 기다릴게요."

"아니, 먼저 가요."

"알았어요." 루시는 손을 흔들며 말했다. "정말 괜찮다면."

"괜찮다니까요." 플로렌스는 쏘아붙이듯 말했다.

가끔은 루시의 우정이 숨 막힐 때도 있었다. 하지만 루시의 극단적인 헌신에서 얻는 위안이 훨씬 더 크다는 걸 인정할 수밖에 없었다. 아마도 어린 시절부터 강렬한 감정만 인지하도록 엄마에게 길든 탓이리라. 날카롭지 않으면 차갑고 거짓된 것처럼 느껴졌다.

루시는 기운 없이 손을 흔들며 떠났다. 플로렌스는 와인을 한 잔 더 주문해 천천히 마시며 술집을 둘러보았다. 스무 명 남짓만 남아 있었고, 그녀가 다가가도 괜찮을 만큼 잘 아는 사람은 그들 중에 없었다. 사이먼은 구석에서 홍보부장과 한창 대화 중이었다. 대화가 끝날 기미는 전혀 보이지 않았다.

플로렌스는 바보가 된 기분이었다. 뭘 기대한 거지?

그녀는 와인 잔을 의도한 것보다 더 세게 내려놓고는 문 옆에 엉망으로 헝클어져 있는 코트를 홱 잡아당긴 후 연회장을 떠났다.

밖으로 나오자 바람이 그녀의 맨다리를 때려댔다. 그녀는 시 외곽 방향으로 몸을 돌리고, 지하철역을 향해 빨리 걷기 시작했다. 8번가로 들어가는 모퉁이를 막 돌려고 할 때 누군가가 그녀의 이름을 불렀다. 뒤돌아보니, 사이먼이 남색 코트를 팔에 단정하게 걸친 채 그녀 쪽으로 뛰어오고 있었다.

"한 잔 더?" 그는 여자를 뒤쫓아 거리를 달려온 남자답지 않게 무심히 물었다.

3

엘리자베스 거리의 술집 톰 앤드 제리스에서 사이먼은 기네스를 주문하자고 우겼다. "옥스퍼드에 다닐 때 수영장을 채울 만큼 많이 마셨지. 그래서 이걸 마시면 다시 젊어진 기분이 든단 말이야." 그의 말투에서는 영국 억양까지는 아니지만 그런 리듬이 느껴졌는데, 플로렌스는 이제 그 이유를 알 것 같았다.

그들은 안쪽에 빈자리를 발견하고 끈적거리는 테이블에 마주 앉았다. 플로렌스는 흑맥주를 한 모금 마셨다가 얼굴을 찡그렸다.

사이먼은 웃었다. "나도 처음엔 그랬지."

"좋아하려고 애쓸 필요는 없잖아요." 플로렌스는 고집스럽게 말했다. "좋아하지도 않는 책을 억지로 끝까지 읽는 거나 마찬가지예요. 그냥 덮어버리고 다른 책을 찾으면 되는데!"

"이런 말 하긴 뭣하지만, 자넨 아무래도 직업을 잘못 찾은 것 같은데. 내가 재미도 없는 책을 매주 몇 권이나 읽는 줄 알아? 좋은 책과 나쁜 책을 구분하는 게 내 일이니 어쩔 수 없지만."

"아, 전 편집자가 되고 싶은 마음은 없어요." 플로렌스는 한 손을 흔들며 말했다.

"설마." 사이먼은 어리둥절한 표정으로 미소 지으며 말했다. "내가 자네 상사의 상사라는 걸 잊었나? 월급 받고 하는 일에 약간의 열정을 가진 척이라도 좀 하지그래."

플로렌스도 미소로 답하며 말했다. "편집장님이 이 만남에 대해 누구에게도 말하지 않을 거라는 예감이 들어서요, 특히 애거사에게는요."

"이런, 자네가 애거사 헤일 밑에서 일한다는 걸 깜박했군. 그래, 애거사라면 이 만남을 달가워하지 않겠지. 도덕적인 잣대가 정말 깐깐한 여자니까."

플로렌스의 입에서 죄책감 어린 웃음이 터져 나왔다. 개인적으로나 직업적으로나 모든 면에서 자신보다 우월한 여자를 누군가가 아무렇지도 않게 조롱하는 걸 들으니 아찔한 현기증이 일었다.

"자, 그럼 그렇게 하도록 할까." 사이먼은 손바닥으로 테이블을 가볍게 누르며 말했다. "오늘 밤 일은 우리끼리만 아는 걸로. 자네가 그러자고 하니까."

"익명을 위하여." 플로렌스는 술잔을 들어 올리며 말했다.

사이먼은 테이블 밑으로 그녀의 허벅지에 손을 얹어 화답했다. 플로렌스는 아무런 반응도 보이지 않았다. 그의 손가락들이 천천히, 아주 천천히 위로 움직이기 시작했다. 사이먼이 엄지손가락을 놀리기 시작하자 두 사람은 아무 말 없이 서로의 눈을 들여다보았다. 아무도 눈치채지 못했다. 대부분 손님은 벽에 붙은 텔레비전 주위에 모여 풋볼 경기를 보고 있었다.

"자리를 옮기지." 사이먼이 낮은 목소리로 말했다. 플로렌스는 고개를 끄덕였다. 아직 가득 차 있는 술잔들을 테이블에 남겨둔 채, 사이먼은 플로렌스의 손을 잡아끌어 술집 밖으로 나갔다. 바깥에서 차가운 바람이 휙 지나가자 그녀는 소리를 질렀다. 사이먼은 자기 목도리를 풀어 그녀의 목에 두 번 감은 뒤 단단히 묶어주었다.

"이제 좀 괜찮나?"

그녀는 고개를 끄덕였다.

그들은 고개를 숙인 채 바람을 맞으면서 걷는 듯 뛰는 듯 북쪽으로 몇 블록을 지나 바워리 호텔에 도착했다. 도어맨이 큼직한 플라스틱 통에 담긴 소금을 인도에 뿌리고 있었다. 한 노숙자가 건물에 기대어, 컵 속의 동전들을 짤랑거리고 있었다. 마치 아이의 기침 소리처럼 들렸다. 플로렌스는 그가 웅얼거리는 말에 귀를 기울였다. "남자들은 안 운다고? 남자들도 울어, 남자들도 운다고."

호텔의 데스크 직원은 지금이 오후 2시인 것처럼 아무렇지도 않게 사이먼의 신용카드를 긁었다. 이런 식이구나, 하고 플로렌스는 속으로 생각했다. 몇 시간 호텔 방을 빌리려면 시커먼 선글라스를 끼고 가짜 이름이라도 대야 하는 줄 알았다. 방에는 돈을 넣으면 진동하는 침대가 있고 말이다. 하지만 하룻밤에 400달러면 이런 떳떳지 못한 일도 쉽게 저지를 수 있는 거였다.

그들은 살짝 휘청거리는 중년 남자와 함께 엘리베이터를 탔다. 사이먼은 플로렌스에게 은근한 눈빛을 보내며 빙긋 웃다가 손을 뻗었다. 그녀는 미소로 답하면서도 고개를 저었다.

침대 옆에 달린 벽등 한 쌍만 밝혀진 방은 어두웠다. 플로렌스는 두 벽을 온통 차지하고 있는 큼직한 창으로 가서 밖을 내다보았다. "여닫이창이네요." 그녀는 이렇게 말하며 손끝으로 차가운 표면을 훑었다. 물방울 네 개가 맺혔다.

"이리 오지." 사이먼이 말했고, 그녀는 지시에 따랐다.

4

    다음 날 아침 플로렌스는 밤이 끝난 게 아니라 그녀 앞에 기다리고 있는 듯한 기대감에 젖어 상쾌한 기분으로 깨어났다. 그녀 혼자였다. 사이먼은 새벽 4시에 호텔을 떠났다. 방을 이리저리 돌아다니며 자기 물건을 챙기는 그를 그녀는 침대에서 지켜보고 있었다. 옷장에 걸려 있던 진회색 양복. 침대 옆 테이블에 차곡차곡 쌓여 있던 그의 지갑과 휴대전화와 열쇠들.

    셔츠의 단추를 채우던 사이먼이 한 손을 목으로 올리더니 말했다. "젠장. 칼라 스테이를 잃어버렸군."

    칼라 스테이가 뭐냐고 물었더니, 그는 거의 측은하다는 듯 곤혹스러운 표정을 지으며 고개를 옆으로 기울였다. 그러고는 아무런 설명 없이 "귀엽군"이라고만 했다.

    약간은 어색할 줄 알았지만 그런 분위기는 전혀 없었다. 사이먼은 다정하게 이런저런 얘기를 하며 옷을 입은 다음, 그녀의 이마에 가볍게 입을 맞추고는 아내가 있는 집으로 돌아갔다. 플로렌스는 자신이 유부남과 자는 부류의 여자가 아니라고 생각했기에, 죄책감을 느껴보려 애썼다. 하지만 어색함과 마찬가지로 죄책감도 신기하리만큼 전혀 없었다.

    그녀는 큼직한 침대에 누운 채 팔다리를 쭉 뻗었다. 토요일, 체크

아웃은 정오이고, 딱히 갈 곳이 없었다. 밝고 노란 햇빛이 방 안으로 쏟아져 들어왔다. 다른 계절이나 다른 도시의 햇빛처럼 느껴졌다. 로마의 햇빛이 이럴까.

그녀는 일어나 욕실로 갔다. 눈 화장이 번지고, 곱슬머리는 감전이라도 된 것처럼 사방으로 뻗쳐 있었다. 그녀는 샤워를 끝낸 후 샴푸와 컨디셔너가 담긴 조그마한 병들을 가져가려고 용기에 묻은 물기를 닦아냈다.

사이먼이 떠나면서 그녀에게 아침 식사를 주문하라고 했는데, 전화로 확인해보니 숙박비 계산은 되었지만 식사 비용은 추가로 지불해야 한다고 했다. "됐어요." 그녀는 전화를 툭 끊었다. 옷을 입고 침대에 앉았다. 할 일이 아무것도 없었다. 책 한 권 없었다. 그녀는 문으로 가서 문손잡이에 손을 얹었다. 그러다가 얼른 다시 욕실로 가서 바느질 도구 세트를 챙겼다.

✳

아스토리아로 돌아온 플로렌스는 아파트 문을 닫고 가만히 서서 룸메이트들의 소리가 들리나 귀를 기울였다. 그들이 없었으면 싶었다. 몇 달 전 크레이그리스트*를 통해 브리애나와 세라를 찾았는데, 이 집으로 이사 온 후로도 그들과 별로 친해지지 않았다.

그녀는 냉장고를 열고, 매직펜으로 '브리애나!!!'라고 적혀 있는 무지방 요거트를 꺼냈다. 자기 방으로 들어가서는 침대에 앉아 랩톱 컴퓨터를 끌어와 '칼라 스테이'를 검색해보았다.

● 미국의 지역 생활 정보 사이트.

'금속이나 뿔, 고래수염, 자개, 플라스틱 등으로 만든 매끄럽고 단단한 띠. 셔츠 칼라 안쪽에 특별히 만들어진 포켓에 끼워 칼라 끝을 고정한다.'

플로렌스는 셔츠 칼라 안쪽에 만들어진 작은 포켓을 생각했다. 칼라 끝이 흐트러질까 봐 걱정하는 사이먼 같은 남자들을 생각했다. 플로렌스가 평소에 같이 자는 남자들, 데이팅 앱에서 만나는 바텐더나 게으른 말단 회사원은 하나같이 타지에서 뉴욕으로 올라온 사람들로, 그녀만큼이나 방황 중인 것처럼 보였다. 그녀가 뉴욕에 온 후 두 번 이상 만난 유일한 남자는 세 번째이자 마지막이던 데이트에서 그녀에게 50달러를 빌려달라고 부탁했었다. 그는 칼라 스테이가 뭔지 알고 있을까?

자기가 사는 세계 너머의 세계, 전혀 생소한 다른 세계가 있다는 걸 그녀는 알고 있었다. 이따금 누군가가 이 다른 세계를 손에 쥐고 흔들면 거기서 빠져나온 작은 조각 하나가 쩽그랑 소리를 내며 그녀의 발밑에 떨어지기도 했다. 희귀 곤충들을 전족판에 핀으로 꽂아 수집하는 곤충학자처럼 그녀는 파편들을 모았다. 언젠가는 이 단서들이 한데 모여 더 큰 무언가가 되리라. 그것이 무엇인지는 아직 알 수 없지만 변장 도구가 될 수도, 해답이 될 수도, 인생이 될 수도 있다.

그녀는 사이먼의 아내를 검색해보았다. 잉그리드 손은 주로 독립영화의 주연을 맡았고 가끔 브로드웨이에서 활동하기도 했다. 《피플》이나 《인터치》 같은 연예 전문 잡지에 실리는 부류의 배우는 아니었다. 그런 잡지의 독자들 대부분은 그녀가 누군지도 모를 것이다. 플로렌스의 검색 결과에 따르면, 잉그리드는 《페이퍼》●의 표지를 장식

● 패션, 대중문화, 음악, 예술, 영화 등을 중점적으로 다루는 뉴욕 기반의 독립 잡지.

한 적이 있다. 기자는 그녀를 '아방가르드 영화의 귀부인'이라고 불렀다.

잉그리드의 출신 배경은 아방가르드와는 거리가 멀어 보였다. 그녀는 코네티컷의 작은 부촌에서 성공한 변호사와 주부의 자녀로 자랐다. "코넥티컬트."● 그녀는 《페이퍼》와의 인터뷰에서 코네티컷을 그렇게 불렀다. "거기 사람들은 진과 친츠●●를 동시에 숭배하죠." 그녀와 사이먼은 어퍼 이스트사이드에 살며 아이들을 일류 사립학교에 보내면서도, 용케 이런 선택들을 진보적으로 보이게 했다.

잉그리드는 이제 젊은 나이도 아니고 전형적인 미인도 아니지만, 그녀의 이목구비는 묘한 매력을 풍겼다. 아무리 봐도 질리지 않는 얼굴이었다. 플로렌스가 그렇게 한참이나 잉그리드의 얼굴을 보고 있을 때 옆에서 휴대전화가 윙윙거렸다. 그녀는 액정 화면을 힐끗하고, 이불 위에서 떨리는 휴대전화를 잠시 지켜보고 있다가 집어 들었다.

"안녕, 엄마."

"잘 들어." 그녀의 엄마가 자신만만한 목소리로 다짜고짜 말하기 시작했다. "어젯밤에 키스가 그러는데, 넌 헤지펀드 쪽에서 일하는 게 좋대." 키스는 엄마가 일하는 P. F. 창스(Chang's)의 바텐더였다. 이유는 모르겠지만 그곳의 모든 직원이 그에게 초자연적인 지능이 있다고 믿었다.

"난 그런 데 소질 없어요." 플로렌스가 말했다.

"대학도 숨마쿰라우데●●●로 졸업했으면서! 네가 나를 아둔한 촌사람으로 생각하는 건 알지만, '숨마'의 뜻이 '최고'라는 건 이 엄마도

● Connecticult. 서로 다른 문화가 연결되어 있다는 뜻의 조어.
●● 화려한 꽃무늬가 날염된 광택 나는 면직물로, 주로 가구 덮개나 커튼으로 쓰인다.
●●● 상위 5퍼센트 이내의 최우등 성적.

알거든. 그거 말고 다른 소질이 뭐가 필요한지 모르겠구나."

"엄마, 난 엄마를 촌사람으로 생각한 적 없어요, 하지만……."

"오, 알겠다, 날 그냥 아둔한 인간으로 생각하는구나."

"아니요, 그런 말이 아니에요. 난 숫자에 약하잖아요, 엄마도 알면서."

"모르겠는데. 전혀 모르겠어. 말이 나왔으니 말인데, 내가 기억하기로 넌 숫자에 아주 강했어. 무지하게 강했지." 엄마는 마치 설교자나 아나운서처럼 과장된 투로 말했다. 매주 설교와 뉴스를 들으며 보내는 시간이 많으니 자신도 모르게 흉내를 내게 되는 모양이었다.

플로렌스는 잠시 입을 다물고 있다가 답했다. "금융업 쪽에서 일하기 싫어요. 지금 하는 일이 좋아요." 완전히 맞는 말은 아니었지만, 엄마와 대화할 때는 극명한 흑백 논리로 대응하는 게 가장 효과적이라는 걸 이미 터득했다. 애매모호한 태도를 취했다가는 주도권을 빼앗기고 만다.

"하루 종일 남이 시키는 일만 하는 게 좋다고? 내가 지난 26년 동안 남이 시키는 일만 했던 건 단 한 가지 이유 때문이었어. 내 외동딸을 남한테 일 시킬 수 있는 위치에 올라가게 해주려고."

플로렌스는 한숨을 내쉬었다. "미안해요, 엄마."

"사과할 필요 없어, 얘. 너한테 재능을 주신 건 하느님이니까. 그분도 나처럼 네가 재능 낭비하는 꼴을 보고 싶지 않으실 거야."

"알았어요. 죄송해요, 하느님."

"아니, 안 돼. 그분한테 건방지게 굴지 마, 플로렌스. 그분한테는 안 돼."

플로렌스는 아무 말도 하지 않았다.

잠시 후 엄마가 물었다. "널 사랑하는 사람이 누구지?"

"엄마요."

"세계 최고의 여자는?"

플로렌스는 혹시 엿듣는 사람이 있나 확인하듯이 문 쪽을 힐끔 보았다. 그러고는 얼른 답했다. "나예요."

"그렇지." 전화선 반대편에서 엄마는 힘차게 고개를 끄덕이고 있으리라. "넌 큰물에서 놀아야 하는 애야. 그러니까 잔챙이처럼 굴지 마. 그건 나를 모욕하고, 너를 만드신 조물주를 모욕하는 짓이니까."

"알았어요."

"사랑해, 우리 딸."

"나도 사랑해요."

플로렌스는 전화를 끊고 눈을 감았다. 엄마의 과장되고 한참 빗나간 칭찬을 듣고 나면 오히려 지독히도 초라한 기분이 들었다. 고등학교 시절 내내 엄마는 플로렌스가 전교에서 가장 예쁘고 가장 인기가 많다는 환상을 버리지 않았다. 현실의 그녀는 딱히 친해서라기보다는 절박한 심정으로 뭉친 몇 안 되는 친구들과 붙어 다닌 한낱 길 잃은 영혼이었다. 가장 친한 친구 휘트니와의 유일한 공통점은 4.0이라는 학점뿐이었다. "내가 어떤 사람인지 안 보여요?" 플로렌스는 엄마에게 이렇게 소리치고 싶었다.

가끔은 엄마가 차라리 노골적으로 잔인하게 굴면 좋겠다는 생각이 들기도 했다. 그러면 적어도 죄책감 없이 인연을 끊어버릴 수 있을 테니까. 두 사람의 관계는 끊임없는 가면무도회 속에 갇혀 있었다. 딸을 격려하는 동시에 실망감을 표출하는 엄마, 거짓 애정과 뉘우침으로 답하는 플로렌스.

베라 대로는 플로렌스를 임신했을 때 스물두 살이었다. "눈총을 받을 만큼 어리지는 않았지만, 앞으로 어떤 일이 벌어질지 알 만큼

성숙한 나이도 아니었어" 하고 베라는 플로렌스에게 자주 말했다. 당시 그녀가 일한 호텔의 단골손님이던 아버지는 아무 책임도 지지 않으려 했지만, 베라는 어쨌든 아기를 낳기로 했다. 틈만 나면 그녀는 사람들에게 그것이 인생 최고의 결정이었다고 말했다. 플로렌스의 인생이 시작되었을 때 그녀의 인생도 시작되었다고. 하지만 임신과 함께 하느님도 찾았으니, 어느 정도는 그분의 공으로 돌려야 한다고.

어느 직장 동료가 자기 사촌도 미혼모인데 교회의 도움을 받았다고 얘기해주었고, 베라는 공짜 기저귀나 한 팩 얻을까 하는 막연한 생각으로 그 교회를 찾아갔다. 그리고 그녀가 얻은 것은 소속감이었다.

베라는 어릴 때부터 얌전히 있으라는 소리만 들었다. 진정해, 흥분하지 마. 그런데 그곳에서 그녀는 열정을 쏟아부을 목표를 찾았다. 더그 목사의 말이 그랬다. 목사는 그녀가 밴 아기가 죄악이 아니라 하느님이 내려주신 귀중한 선물이라고 장담했다.

플로렌스가 알기로, 교회의 일부 신자들은 베라가 그녀 자신이 떠벌리는 만큼 그리 독실하지 않다고 생각했다. 베라는 성경의 몇몇 부분(이를테면, 온유한 자들이 모든 것을 상속받으리라는 대목)이 미심쩍다는 의견을 숨기지 않았고, 어떤 위원회에 참여하든 꼭 불화를 일으켰다. 하지만 베라를 욕하는 사람들도 그녀가 세세한 부분까지 신경 쓰진 않을지언정 신앙심이 얼마나 강한지 알면 깜짝 놀랄 것이다. 적어도 하느님이 자기 딸을 위해 뭔가 특별한 것을 준비해두었다는 믿음만큼은 절대 흔들리지 않았다.

어린 플로렌스는 이런 신의 계획을 동화처럼 자주 들었다. 그리고 엄마의 모든 것을 받아들였듯 이 이야기도 받아들였다. 질문 하나 던지지 않고 수동적으로. 한부모 밑에서 자라는 아이에게 의심이란 위험한 모험과도 같으니까.

플로렌스는 고등학교 때부터 신을 믿지 않게 되었지만, 그래도 자신이 위대한 인물이 될 운명이라는 생각은 버리지 않았다. 그 믿음은 너무 오랜 세월 동안 그녀 안에 단단히 자리 잡고 있었다. 이제 와서 그걸 포기하라는 건, 금발이지 말라고 하거나 머스터드소스를 좋아하라고 강요하는 거나 마찬가지였다.

문제는 플로렌스와 베라가 생각하는 위대함이 달라도 너무 다르다는 것이었다. 베라에게 위대함이란 그녀가 생각할 수 있는 최고의 인생이었으므로, 기대치 또한 지극히 한정된 상상 속에 갇혀 있었다. 하느님이 플로렌스에게 좋은 직업과 좋은 남편을 내려주시리라. 그리고 그 보답으로 플로렌스는 제 엄마에게 아파트를 마련해주리라.

하지만 '위대함'이라는 단어는 플로렌스 안에 훨씬 더 격렬하고 이질적인 무언가, 베라도 어떻게 할 수 없는 무언가를 불러일으켰다. 플로렌스의 시야는 엄마처럼 좁지 않았다.

플로렌스가 처음 엄마의 세상에 갑갑함을 느끼기 시작한 건 책을 읽으면서였다. 어릴 때부터 닥치는 대로 책을 읽은 그녀는 탬파나 잭슨빌에서 회사원으로 사는 인생이 전부가 아니라는 사실을 깨달았다. 그 너머에도 무언가가 있었다.

플로렌스는 그녀와는 다른 세계에 사는 사람들의 인생을 엿보고 싶어 도서관을 자주 찾았다. 안나 카레니나나 이자벨 아처● 같은 매력적이고 불운한 여성들의 이야기가 특히 마음에 들었다. 하지만 머지 않아 관심사는 이야기 속의 여성들에서 이야기를 쓰는 여성들로 넘어갔다. 그녀는 그 어떤 허구의 인물보다 훨씬 더 매력적이고 불운한

● 헨리 제임스의 소설 《여인의 초상》의 주인공.

인생을 살았던 실비아 플라스와 버지니아 울프의 일기를 탐독했다.

하지만 플로렌스에게 인생의 책을 한 권 꼽으라면 단연《베들레헴을 향해 웅크리다》였다. 솔직히 말하자면, 선글라스를 끼고 콜벳 스팅레이에 탄 조앤 디디온의 사진들을 구경한 시간이 책을 읽은 시간보다 더 많긴 했지만, 한 가지 교훈을 얻긴 했다. 무슨 일이 있어도 꼭 작가가 되어야 한다. 그러면 그녀의 소외된 삶은 수치의 근원이 아닌 남다름의 증거로 마법처럼 바뀌게 되리라.

상상 속 미래의 그녀는 창가의 아름다운 책상에 앉아 키보드를 두드려 위대한 차기작을 쓰고 있었다. 컴퓨터 화면에 떠오른 단어들이 보이진 않았지만, 그 멋진 글이 그녀의 특별함을 단번에 증명해 주리라는 걸 알았다. 세상의 모든 이들이 플로렌스 대로라는 이름을 알게 되리라.

그런데 그깟 아파트가 대수인가?

5

포레스터북스는 맨해튼 도심의 허드슨 스트리트에 있는 사무실 빌딩의 두 개 층을 쓰고 있었다. 뉴욕에서 가장 큰 출판사는 아니지만, 직원들이 위안으로 삼을 만큼의 명성은 누리고 있었다. 플로렌스가 면접을 봤을 때, 한 고참 편집자가 "우린 상업적인 소설은 취급 안 해요"라고 말했다. 마치 아동 포르노를 돌려서 말하는 것처럼. (《미시시피 폭스트롯》 원고가 들어왔을 때 바로 그 편집자가 거절했다는 소문이 돌았지만, 확실한 증거는 없었다.)

송년회 후 맞은 월요일, 플로렌스는 신경을 바짝 곤두세운 채 로비를 지나갔다. 평소처럼 ID 카드를 긁으며 경비원에게 고개를 끄덕였지만, 마치 연기를 하는 듯 조금 딱딱한 동작이었다. 엘리베이터를 기다리는 사람들 속에 사이먼이 있나 찾아봤지만, 그는 없었다.

그녀의 책상은 13층에 있었다. 탁 트인 공간에 프린터들과 서류 캐비닛들, 그리고 편집 보조들이 빽빽하게 모여 있었다. 가장자리에 늘어선 편집자 사무실들이 햇빛을 가로막았다. 컴퓨터가 켜지기를 기다리는 동안 그녀는 마침내 깨달았다. 그녀를 지켜보는 사람은 아무도 없었다. 금요일 밤은 아예 없었던 것처럼, 그녀의 인생은 예전과 똑같이 흘러갈 것이다.

11시, 애거사가 급하게 들어오더니 몸을 허우적거리며 난폭하게 코트를 벗었다. 그녀는 작은 키에 항상 날이 서 있었고, 마흔 초반에 벌써 머리가 세기 시작했지만 늘 에너지가 넘쳤다. 임신 6개월 차이기도 했다. 플로렌스는 그녀를 도우려고 자리에서 일어났다.

"의사 때문에 못살아 정말! 마음에 안 들어 죽겠다니까." 애거사가 딱딱하게 말했다. "너무 늦지만 않았어도 갈아치우는 건데." 그녀는 토트백을 문 옆 바닥에 내던졌다. 백에는 '좋은 사람이 되세요'라고 적힌 배지가 달려 있었다.

"어머나. 이번엔 어땠는데요?"

플로렌스는 애거사가 원하는 보조의 자질을 금세 터득했다. 그녀의 애환에 공감해주고, 그녀의 의견에 찬성하면 그만이다. 이상하게도 플로렌스는 고향 사람들이 생각하는 뉴욕 자유주의자의 모습을 그대로 빼닮은 애거사에게 매료되었다. 애거사는 파크 슬로프에서 이민 전문 변호사인 남편과 함께 살고 있었다. 그녀는 마치 행군하듯 걸어 다녔다. 절대 고분고분하지 않았다. 그리고 영화를 '필름'이라고 불렀다.

"내가 무통 분만이 싫다는데, 이해를 못 하잖아!" 애거사는 자신의 비좁은 사무실로 쿵쿵거리며 들어갔고, 플로렌스는 뒤따라가면서 의자를 문간 쪽으로 굴렸다.

"무통 분만이 싫어요? 왜요?"

애거사는 책상에 앉아 심각한 표정으로 자신의 보조를 물끄러미 응시했다. 그녀는 자주 플로렌스의 멘토를 자처했지만, 그렇게 행동하는 경우는 그리 많지 않았다. "플로렌스, 수천 년 동안 고통은 모성의 전제 조건이었어. 통과 의례라고. 왜, 아프리카 부족 남자애들은 자기 몸에 상처를 내야 성인으로 인정받는다잖아."

"어느 부족요?"

"전부 다 그렇대, 기본적으로."

"그렇군요." 플로렌스는 머뭇거리며 대답했다.

"의료 산업이 그 신성한 고통을 없애서 사실상 엄마와 자식의 관계를 끊어버리고 있는 거야. 그 고통은 엄마와 아이를 단단히 이어주는 끈인데. 엄마가 되는 건 영광이자 특권이야. 노력으로 얻어야 해."

"일리가 있네요." 플로렌스가 말했다. "인터넷에서 읽었는데, 바닷물이(sea lice)는 태어날 준비가 되면 자궁을 먹어치운대요. 자궁을 씹어먹어 빠져나간 다음 어미의 장기와 살을 뚫고 곧장 입 밖으로 나가는 거예요. 어미의 몸은 갈가리 찢기죠. 그리고 죽어요."

애거사는 수긍하듯 고개를 끄덕였다. "바로 그거야, 플로렌스. 바로 그거라고."

플로렌스는 얼른 자기 책상으로 돌아가며, 마음속에서 이 대화를 승전으로 기록했다.

❋

4시가 조금 지나 플로렌스는 길모퉁이에 있는 던킨도너츠에서 커피를 마시려고 사무실을 나섰다. 엘리베이터에서 내렸을 때 드디어 사이먼이 눈에 띄었다. 그는 통화를 하며 건물로 들어오는 중이었다. 그녀를 보자 그는 미소 지으며, 기다리라는 뜻으로 손가락 하나를 들어 올렸다.

"흐음. 물론. 전적으로 동감하네." 그는 전화에 대고 말하고는 곁눈질로 플로렌스를 보았다. "팀, 이만 끊어야겠어. 또 연락하지." 그는 휴대전화를 정장 재킷 안주머니에 찔러 넣고 짜증 섞인 미소를 지었다. "미안하게 됐군." 그는 주위를 둘러보았다. "저, 잠깐 조용한 데로 가지." 그는 그녀를 밖으로 데리고 나가 어느 골목길 안으로 절반 정도 들어갔다.

"음. 그날 밤은 굉장했지." 그는 억지웃음을 지으며 말했다. "저, 아무 문제 없는지 확인하고 싶어서 말이야. 자네 기분은 괜찮은지. 나한테는 좀처럼 없는 일이라." 그는 숨을 길게 한 번 뱉고는 고개를 저었다. "자네는 뭔가 달라, 플로렌스. 내가 원칙까지 깰 정도로."

플로렌스가 대답하려고 입을 열었지만, 사이먼은 틈을 주지 않았다. "하지만⋯⋯." 그는 말을 끊었다가 어조를 바꾸었다. "하지만 그날 일은 실수였어. 내 탓이야. 백 퍼센트 내 탓. 전적으로 내가 책임지도록 하지. 그런 일은 다시는 없어야 해. 자네를 곤란하게 만들 순 없어. 난 자네를 존중하니까."

"사이먼." 플로렌스가 말했다. "편집장님을 '미투'로 고발하진 않을 거예요."

사이먼은 조금 크게 웃었다. "하. 하. 그거 고맙군, 고마워. 하지만 그 일이 '미투'와는 상관없는 것 같은데."

그는 플로렌스 뒤쪽에 있는 누군가와 눈이 마주쳤는지 고개를 끄덕이며 미소 지었다. "좋아." 그는 다시 그녀에게로 주의를 돌리며 말했다. "됐어. 잘됐군. 고마워."

플로렌스는 아무 말도 하지 않았다.

"그럼, 아무 문제 없는 건가?"

"아무 문제 없어요."

그는 그녀의 어깨를 툭 쳤다. "좋아, 좋아. 그리고 사무실에서도 아무 문제 없나? 애거사 밑에서 즐겁게 일하고 있어?"

플로렌스는 그렇다고 답했다.

"좋아, 좋아." 그는 또 이렇게 말했다.

그들은 모퉁이에서 갈라졌다. 사이먼은 건물 안으로 들어가고, 플로렌스는 커피숍으로 향했다. 줄을 서서 기다리는 동안 그녀는 그와의 대화를 되새겨보았다. 그녀가 한 말은 사실이었다. 괜찮았다. 아내가 있다는 걸 알고도 그와 잤다. 한 번으로 끝날 일이라는 것도 알았다. 섹스도 그리 대단하지 않았다. 사이먼은 부드럽고 다정하게 그녀를 만졌고, 그 손길이 플로렌스는 조금 역겨웠다. (바람피우는 와중에도 유부남처럼 굴다니, 너무 칙칙하잖아.) 하지만 솔직히 아쉽기도 했다. 엄밀히 말하면, 그와 함께하고 싶은 건 아니었다. 그저 몇 시간만이라도 그의 궤도 안에 있는 느낌이 좋았다. 바워리 호텔이 좋았다. 그의 칼라 스테이가 좋았다. 잉그리드 손의 남편에게 관심을 받는 기분이 좋았다.

6

플로렌스는 크리스마스에 집에 가지 않았다. 엄마에게는 비행기 표가 너무 비싸다고 말했지만, 젯블루 항공에는 79달러짜리 표도 있었다.

크리스마스 날, 그녀는 지하철을 타고 바워리 호텔로 갔다. 유리로 둘러싸인 뒤편의 테라스까지 쭉 뻗어 있는 널찍하고 탁 트인 로비는 술집을 겸했지만, 대부분의 테이블이 비어 있었다. 그녀는 해진 노란 벨벳을 씌운 안락의자에 앉아 손으로 천을 이리저리 훑었다. 웨이트리스가 오자, 14달러짜리 글렌리벳 한 잔을 주문했다.

그녀는 레나타 애들러의 《쾌속정》과 공책을 테이블에 올렸지만, 어느 것도 펼치지 않았다. 대신에 주위를 유심히 살폈다. 어느 이국적인 식민지에 버려진 영국의 전초기지 같은 분위기였다. 검댕이 묻은 그림들, 테라코타 바닥, 고풍스러운 카펫. 시즌에 맞게 크리스마스 화환 장식들이 매달려 있었다.

그녀의 시선은 가슴 주머니에 자주색 손수건을 꽂은 회색 스리피스 정장 차림의 늙은 남자에 멎었다. 그녀를 지켜보다가 눈이 마주친 노인이 의자에서 힘겹게 몸을 일으키더니 어기적어기적 다가왔다.

그는 플로렌스 쪽으로 가까이 몸을 기울였다. 술과 향수 냄새가 풍겼다. "유대인인가? 아니면 사람을 싫어하나?" 그는 메마른 목소리로 딱딱거렸다.

플로렌스는 불쾌한 표정으로 쏘아봤지만 아무 말도 하지 않았다. 그들은 침묵 속에 계속 눈싸움을 하고 있었다. 그가 먼저 눈을 돌렸다.

"오, 이러지 말게나, 아가씨. 무슨 악의가 있어서 그런 건 아니니까. 나는 양쪽 다거든. 그래서 두 배로 재미있지." 갈라진 웃음소리는 마른기침으로 변했다. 그가 손수건을 꺼내어 입에 댔다. 접힌 부분이 축축해졌다.

웨이트리스가 와서는 노인의 등 아래쪽에 손을 얹었다. "자, 이제 이 착한 숙녀분이 마음 놓고 술을 즐길 수 있도록 비켜주시는 게 어때요?" 웨이트리스의 손에 이끌려 벽난로 근처의 자리로 천천히 돌아가면서 노인은 웅얼거렸다. "숙녀는 무슨. 저 여자는 아니야."

플로렌스는 남은 술을 쭉 들이켜고 화장실로 갔다. 거울을 들여다보았다. 온수와 냉수, 두 개의 수도꼭지가 있었다. 온수를 틀어놓고 물줄기에 손을 대고는 참을 수 없을 때까지 버텼다. 대학 시절, 이 특이한 의례가 분노와 절망에 가장 좋은 치료제라는 걸 알았다. 그녀는 테이블로 돌아가 20달러를 남겨놓고, 지하철역으로 출발했다.

＊

베라는 가장 친한 친구 글로리아와 그녀의 두 아이와 함께 크리스마스를 보냈다. 그리고 그날 밤 플로렌스에게 전화했다.

"종일 나 같은 늙은이가 옆에서 얼쩡거리니 좋지는 않았겠지. 하지만 글로리아가 나 혼자 내버려둘 리가 없잖니. 네가 집에 안 왔다고 나무라는 건 아니야. 글로리아는 다른 사람이 괴로워하는 꼴을 못

보거든. 그리고 그 집의 첫째 아이 그레이스 말이야! 얼마나 대단한 지 몰라. 골드코스트 부동산 탬파 지점의 총책임자라지 뭐니. 생각해보렴. 국영 대기업이잖아. 거기다 아이도 넷이나 있고."

"골드코스트 부동산이 국영 기업은 아닐걸요." 플로렌스가 답했다. "이름이 골드코스트라면요."

베라는 큰 소리로 숨을 내쉬었다. "그래. 너한테는 대단치 않아 보이겠지. 아이 넷에 억대 연봉. 그런데도 짬을 내서 내 크리스마스 선물까지 사주고."

"나도 선물 보냈잖아요." 플로렌스는 엄마의 말을 끊으며 방어적으로 말했다. 엄마가 리디아 데이비스의 소설집을 펼쳐보지도 않으리라는 걸 알지만, 어쩌면 엄마도 변할 수 있을지 모른다는 절실한 희망의 끈을 아직은 완전히 놓지 못했다. 엄마를 부끄러워하는 그녀의 마음도 마냥 편치만은 않았다.

"애, 넌 가족이니까 당연하지. 어쨌든, 그레이스가 나한테 뭘 선물해줬는지 넌 짐작도 못 할 거다."

"뭔데요?"

"주들러!"●

"처음 들어봐요." 플로렌스는 힘없는 목소리로 말했다.

"아니, 너도 아는 거야. 주들스."●●

"정말이에요, 처음 들어보는 단어예요."

베라는 또 한숨을 쉬었다. "알았다, 넌 그 멋진 뉴욕 생활로 돌아가렴."

플로렌스는 얼굴을 박박 문질렀다. 엄마에게 이따위로 굴고 싶지

● 채소를 채썰기 해주는 기계.
●● 애호박을 얇고 길게 썰어서 면처럼 뽑아 만드는 요리.

않았지만, 마음처럼 되지 않았다. "미안해요, 엄마. 분명 대단한 선물이겠죠."

엄마의 마음이 풀렸다. 참 쉽게도. "그렇다니까. 다음에 오면 내가 주들스 만들어줄게. 진짜 파스타 같은 맛이 나거든. 끝내준다니까?"

"좋아요."

"참! 며칠 전에 누굴 만난 줄 아니? 트레버. 참 좋은 녀석이지 뭐야. 쇼핑몰에서 나를 보자마자 달려와서 인사하더라니까."

엄마에게 미안했던 마음이 가셨다. "엄마, 걔 엄청 싫어했잖아요." 트레버는 베라가 헤어지라고 노래를 부르던 플로렌스의 고등학교 시절 남자친구였다. 2년 넘게 그와 계속 사귄 이유 중의 절반은 엄마에 대한 반항심 때문이었다. 그녀와 트레버의 유일한 공통점이라면, 입 밖으로 잘 표현하지는 않았지만, 자기가 그 누구보다 더 똑똑하다는 확고한 신념이었다. 당연히도 그 약하디약한 유대감은 고향을 떠나자마자 깨져버렸다.

"엇, 내가 언제." 베라가 말했다. "어쨌든, 지금 버라이즌*에서 중요한 일을 하는 엔지니어라는데, 너에 관해서 온갖 걸 묻더라. 네가 뉴욕에 있다니까 신기해하던데."

"어쨌든 난 뉴욕에 있잖아요." 플로렌스는 무뚝뚝하게 말했다.

"전화 한번 해봐."

"왜요?"

"그냥 그러면 좋을 것 같아서."

그냥이 아니라는 걸 플로렌스는 알았지만, 넘어가기로 했다. 미끼를 물지 않는 것이야말로 엄마에게 주는 진짜 크리스마스 선물이었

● 미국 최대의 정보 통신 회사.

48

다. "알았어요, 엄마, 생각해볼게요. 사랑해요. 메리 크리스마스."

"내가 더 사랑해, 우리 딸."

＊

크리스마스부터 새해 첫날까지 휴가여서, 플로렌스는 그 기간 동안 자신의 소설을 작업할 계획이었다. 하지만 거의 2년 전 뉴욕으로 옮겨온 후 늘 시달려왔던 고질적인 문제가 또다시, 일주일 내내 그녀의 발목을 잡았다. 글을 쓸 수가 없었다. 단 한 단어도.

이런 슬럼프는 처음이었다. 대학을 졸업한 후 그녀는 집필에 전념하기 위해 학교가 있는 게인스빌에 남아 서점에서 일했다. 가게를 보지 않을 때면 열심히 키보드를 두드렸다. 전자레인지로 컵라면을 데워 먹고 커피를 홀짝이며 밤새도록 글을 쓴 적도 많았다. 대학에서 로버트 쿠버와 도널드 바셀미와 훌리오 코스타사르를 알게 되고 그들의 작품을 읽으면서, 다른 세계로 발을 내디딜 수 있을 것 같은 기분을 느꼈다. 평범한 일상의 속박이 느슨해지고, 원인과 결과 사이의 끈이 싹둑 잘리고, 눈앞에 오로지 자유만이 펼쳐져 있는 세계. 그녀가 규칙을 정하는 세계라니, 생각만 해도 전율이 일었다.

그 시기에 기묘하고 불안정한 분위기의 단편소설을 여러 편 완성했다. 수년에 걸쳐 남편을 야금야금 먹어 치워버리는 여자의 이야기가 그중 마음에 들었다. 베라는 읽어보더니, 치명적인 논리적 오류를 지적했다. "이 남편은 자기가 아내한테 먹히고 있는데 911에 신고도 안 한다니?"

대학 졸업 후의 이 기간에 엄마는 거의 매일 그녀에게 진짜 직업을 얻으라고 다그쳤다. 거의 2년 동안 여러 문예지에 원고를 보냈다가 수없이 퇴짜를 맞은 끝에 플로렌스는 고집을 꺾었다. 직원을 구하는 모든 출판사에 지원서를 보냈고, 제일 처음 들어온 제안을 받아들였다. 포레스터북스의 편집 보조 자리였다.

취직하자마자 그녀는 글을 쓸 수 없게 되어버렸다. 원인을 찾자면, 뉴욕에서의 첫 주 어느 날 밤으로 거슬러 올라간다. 포레스터의 젊은 직원들은 대부분 금요일마다 홀랜드 터널 입구 근처의 술집인 레드 라크에 모여 술을 마셨다. 카운터가 끈적끈적한 이 칙칙한 술집은 좋은 정장을 입고, 영양사의 관리를 받으며, 오락실까지 따로 마련된 호화로운 고층 아파트에 살면서도 인생을 멋지게 즐길 줄 안다는 걸 뽐내고 싶어 하는 부유한 금융업자들이 자주 찾는 곳이었다. 출판사의 신참 직원들이 그곳에 가는 이유는 5시부터 8시까지 맥주 한 잔을 5달러에 마실 수 있기 때문이었다.

플로렌스가 취직하고 나서 처음 맞은 금요일, 레드 라크에 가기로 한 일행이 6시에 엘리베이터 앞에 모였고, 그녀와 루시도 그 끝자락에 조용히 끼었다. 인정하기는 싫었지만, 그녀도 루시만큼이나 주눅이 들어 있었다. 신입 동기들은 자신감 넘치고 아는 것도 많았다. 문인들의 모임에서 유명 작가들과 편하게 어울렸다. 몸에 딱 붙는 드레스를 입고 빈티지풍 액세서리를 걸친 채로. 그들 사이에 있으면 플로렌스는 자신이 꼭 사기꾼처럼 느껴졌다.

어맨다 링컨이 그들 무리의 대장을 자처하고 나섰다. 뉴욕에서 자란 그녀는 뉴욕 공공도서관 이사 자리에 오를 만큼 성공한 저작권 에이전트와 《뉴욕 타임스》 칼럼니스트의 딸이었다. 명문 사립학교인 돌턴 스쿨을 졸업한 후 예일대에 진학했고, 뒤이어 《파리 리뷰》에서 인턴으로 일했다. 한마디로, 완벽한 혈통을 자랑했다. 포트 오렌지 같은 곳에는 평생 발 한번 내디뎌보지 않았으리라.

그들 일행이 술집 안쪽의 큼직한 테이블에 자리를 잡자, 어맨다가 잔을 들어 올리며 큰 소리로 말했다. "친친!"● 플로렌스와 루시는 어리둥절한 표정으로 서로를 보았지만, 나머지 사람들과 함께 "친친"이라고 웅얼거렸다.

사이먼의 비서이자 친절한 중서부 사람인 에밀리가 신입 직원들을 대화에 끌어들이려 애썼다. "여러분은 어디서 왔어요?"

"애머스트요." 루시가 들릴락 말락 한 목소리로 답했다.

어맨다가 끼어들었다. "거기서 학교 다녔어요? 내 동생도 그랬는데. 스튜어트 링컨이라고 알아요?"

루시는 고개를 끄덕였지만, 어느 질문에 대한 답인지는 확실치 않았다. 그러고는 별다른 말을 붙이지 않았다.

에밀리가 플로렌스에게 물었다. "당신은요?"

"난 플로리다 주립대학에 다녔어요. 게인스빌에서요."

"오, 멋지네요." 에밀리가 이렇게 말하자, 테이블에 앉은 모든 이들이 동감의 뜻으로 고개를 끄덕였다. 마치 플로렌스가 암에 걸렸다고 말하기라도 한 것처럼, 그들의 반응은 지나치게 친절했다. 그들 대부분은 아이비리그나 그에 맞먹는 명문대를 나왔다.

"키웨스트섬에 있는 헤밍웨이 생가에 가봤어요?" 프리츠가 물었다.

플로렌스는 고개를 저었다.

"굉장하던데요. 헤밍웨이가 키우던 여섯 발가락 고양이의 후손들이 지금도 거기 살고 있대요."

"세상에, 헤밍웨이가 위대한 작가인 척 얘기하지 말자고요." 어맨다가 말했다. "지금 이게 뭐예요, 9학년 영어 수업?"

● Chin-Chin. 이탈리아어로 '건배'를 뜻하는 말.

프리츠는 눈동자를 굴렸다. "참 나, 어맨다, 난 헤밍웨이가 발가락 여섯 개 달린 고양이를 키웠다는 말밖에 안 했어요."

잠시 후 그들이 두 번째 잔을 마시고 있을 때, 오렌지색 쿠르타● 를 입은 중년 남자가 술집을 돌아다니며 장미를 팔고 있었다. 어맨 다는 그를 보자 이렇게 말했다. "빨간 장미보다 더 촌스러운 것도 없 는데. 누가 저 불쌍한 아저씨한테 작약이나 팔라고 말해줘요. 그래 야 장사가 좀 될 텐데."

모두가 웃었지만, 플로렌스는 약간 놀라서 말없이 어맨다를 빤히 쳐다보았다. 빨간 장미를 싫어하는 사람도 있나? 그것도 그렇고, 헤 밍웨이가 싫다고? 나랑 나이 차도 별로 안 나면서 어떻게 이런 불경 한 생각을 무신경하게 품고 있을까?

그런 상황은 계속 이어졌다. 그날 밤 내내 어맨다는 문화적 용어 들을 마구 쏟아냈고, 나중에 플로렌스는 음절을 뒤죽박죽 섞어놓은 듯한 그 단어들을 검색해보았다. 아도르노, 피나 바우쉬, 코야니스 카시.

플로리다에서는 어떤 자리에서든 플로렌스가 가장 지적인 사람이 었다. 하지만 이 지저분한 술집에서 그녀는 평생 처음으로 부적격자, 아니 멍청이가 된 듯한 기분을 느꼈다. 그 누구보다 똑똑하다고 자 부하며 태평스럽게 살다가, 자신이 아는 게 하나도 없다는 사실을 갑자기 깨달은 것이다. 그날 아침 누가 물어봤다면 그녀는 빨간 장미 가 세상에서 가장 우아하다고 말했을 것이다. 게다가 그녀는 헤밍웨 이에 대한 악평이 존재한다는 사실조차 모르고 있었다.

그다음 날, 플로렌스는 텅 빈 페이지를 들여다 보며 낯선 감정을

● 남아시아 지역에서 입는 헐렁한 셔츠.

느꼈다. 빨간 장미가 촌스러운 것 말고 내가 또 잘못 생각하고 있는 건 뭘까? 내가 뭘 쓰든 그런 창피한 실수가 튀어나오면 어떡하지? 아니, 아도르노를 읽지도 않고 소설을 쓰기 시작해도 괜찮을까?

예전에 썼던 글들을 다시 읽어보니 유치하고 투박했다. 잘난 척 심하고 재수 없는 어맨다 링컨에게 고마운 마음마저 들었다. 창피당하기 전에 그녀의 무식함을 일깨워줬으니.

이제 위대한 인생은 신이 그녀에게 주신 권리가 아니라 수많은 가능성 중 그저 하나로 여겨졌다. 그녀는 작가보다는 편집자가 될 가능성이 훨씬 더 컸다. 아니면 플로리다로 돌아가 은행 대출 상품이나 집을 팔든가. 그녀의 성공은 보장된 것도, 돌려받아야 할 빚도 아니었다.

등받이에서 스르르 떨어지는 외투처럼, 그녀의 자아감도 아주 쉽사리 그녀에게서 떨어져 나갔다. 플로리다의 소녀에서 탈피하긴 했지만, 어떻게 해야 다른 사람으로 새롭게 태어날 수 있을까? 그녀는 마치 옷을 갈아입듯 이런저런 분위기와 성격을 시험해보았다. 어느 날은 몰인정한 사람이 되어볼까 싶었다. 그다음 날은 동경의 대상이 되고 싶었다. 새로운 부츠, 리퀴드 아이라이너, 그리고 (단 한 번의 끔찍한 선택이었지만) 베레모가 그녀를 변신시켜주리라 믿었다. 금연 패치를 붙이면 몸속으로 니코틴이 스며들듯, 정체성도 밖에서 안으로 스며들 수 있지 않을까.

출판사 송년회에서 사이먼 리드와 마주쳤을 때 그녀는 뉴욕 생활 2년 차였고, 아직 진정한 자신을 찾지 못한 상태였다. 그녀는 아무런 짐도 싣지 않은 채 파도에 휩쓸려 이리저리 기우뚱거리는 한 척의 배와 같았다. 애초에 사이먼도 그녀의 이런 불안정한 분위기에 끌렸으리라. 방황하는 젊은 여성에게 속절없이 매료되는 그런 남자들 중

하나였던 것이다. 어둠 속에서 정체성을 찾아 헤매는 스물여섯 살의 여성이 그녀만은 아니었다.

부하 직원인 젊은 보조와 자면 경력과 가족 모두 무너질 수 있다는 걸 그도 알았을 것이다. 그런데 왜 그랬을까? 플로렌스는 자신에게 거부할 수 없는 매력이 있다는 착각에 빠지지는 않았다. 아마 그는 병적으로 중독된 게 아닐까. 꼭 섹스는 아니더라도, 불안정한 젊은 여자의 눈에 자신만만하고 남들의 부러움을 사는 권력자로 비칠 자신의 모습에. 게다가, 별 볼 일 없는 여자는 크게 떠벌리고 다닐 가능성이 작다.

그의 생각이 맞았다. 그녀는 그냥 잠자코 있었으니까.

7

포레스터 출판사는 1월 2일부터 근무를 재개했다. 며칠 후 애거사는 최근에 편집한 책들을 플로렌스에게 건네며, 자기가 원고를 받으려 애쓰는 중인 한 작가에게 가져다주라고 했다. 작가는 거의 동쪽 끝의 87번가에 살고 있었다. 1월답지 않게 따뜻한 날이라 플로렌스는 밖으로 나갈 구실이 생겨서 기뻤다.

책을 전달한 그녀는 서둘러 출판사로 돌아갈 생각이 없었다. 남쪽으로 몸을 돌려 이스트리버를 따라 아름다운 공원의 둘레를 걸었다.

84번가에서 걸음을 멈추었다. 맞은편의 한 대저택 밖에 사람들이 북적북적 모여 있었다. 모두 여성이었고 대부분 피부가 검었다. 그중 한 명은 마치 연극의 등장인물처럼 파카 속에 회색 하녀복을 입었다. 그들 속에 있는 몇 안 되는 백인 여자들은 서로 얘기를 나누거나 휴대전화를 확인하고 있었다.

대저택의 쌍여닫이문이 열리고, 붉은 격자무늬 치마를 입은 소녀들이 코피처럼 쏟아져 나왔다. 플로렌스는 문 위에 붙어 있는 금색 명판을 읽어보았다. '하윅 스쿨.' 《배니티 페어》에 실린 사이먼의 아내 프로필에 따르면, 부부의 두 딸이 이 학교에 다닌다고 했다. 플로렌스는 아이를 기다리는 엄마들을 좀 더 주의 깊게 훑어봤지만, 그 무리 속에 잉그리드는 없었다. 플로렌스는 길 건너의 벤치에 앉아 계속 지켜보았다.

아이들 대부분은 대기 중인 버스로 몰려갔다. 플로렌스가 플로리다에서 타던 노란 스쿨버스와 다르게 좌석에 무명 벨벳을 씌우고 뒤쪽에는 화장실까지 있었다. 목에 호루라기를 건 땅딸막한 교사의 말을 들어보니, 버스가 아니라 코치(coach)라고 했다. "1번 코치가 5분 후에 출발할 거야, 애들아!" 그녀가 큰소리로 외쳤다. "어서 타, 어서!"

코치들이 떠나고, 가정부들과 엄마들이 아이들을 데려가고, 교사들이 다시 학교 안으로 들어간 후에야 플로렌스는 일어나 지하철역으로 향했다.

✳

회사로 돌아온 플로렌스가 드레싱을 너무 많이 뿌려 눅눅한 샐러드를 뒤적거리는데 애거사가 큰 소리로 불렀다. "플로렌스!"

플로렌스는 애거사의 사무실로 급하게 갔다. "네?"

"이거 병아리콩 추가한 거 맞아?" 애거사는 플로렌스가 출판사와 같은 거리에 있는 스위트그린 매장에서 가져온 그릇을 포크로 의심스럽게 가리키며 물었다.

"음, 네." 사실은 병아리콩을 더 넣어달라는 말을 깜박했다.

"클라라가 마음에 안 든대. 병아리콩이 먹고 싶다잖아. 집에 가면 후무스를 주사로 놔달라고 할걸?"

플로렌스는 고개를 끄덕이며 미소 지었다. 그러고는, 애거사가 뭔가를 더 기다리고 있는 듯하자 물었다. "죄송해요, 클라라가 누구예요?"

"내가 말 안 했나? 조시랑 내가 드디어 이름을 정했거든."

"클라라요? 예쁘네요."

애거사가 빙긋 웃었다.

"아마 히틀러의 엄마도 그 이름이었을 거예요." 플로렌스가 덧붙였다.

애거사가 얼어붙었다. 그녀의 플라스틱 포크에 꽂힌 상추가 바르르 떨렸다. "뭐?"

플로렌스는 상황을 수습하려 애썼다. "아, 맞다, 그 사람 이름은 'K'로 시작할 거예요. 오스트리아인이니까……."

애거사는 당혹스러운 표정으로 말없이 그녀를 빤히 쳐다보고만 있었다.

"혹시 'K'로 하시게요? 그것도 괜찮아요."

애거사는 천천히 고개를 저었다. "아니…… 'C'로 할 거야."

플로렌스는 잠시 입을 다물고 있다가 말했다. "그래요, 임신하면 특정한 음식이 당기는 게 참 신기해요. 저희 엄마는 절 가졌을 때 필레 오 피쉬를 아무리 먹어도 안 질렸대요."

애거사는 천천히 고개를 끄덕이기 시작했다. "그래." 그녀가 좋아할 만한 주제였다. "맞아, 생선을 먹으면 아이가 더 똑똑해진대, 특히 연어. 수은 수치를 조심하기만 하면. 아마 그래서 자기 어머니도 그걸 자꾸 먹고 싶으셨을 거야. 다 자연의 이치지."

"아니면, 맥도날드 장삿속에 넘어갔거나요." 플로렌스가 웃으며 말했다.

"맥도날드?"

"필레 오 피쉬 모르세요? 맥도날드에서 파는 생선살 버거요."

"아, 저민 생선 얘기하는 줄 알았지. 난 맥도날드에 한 번도 안 가봤어."

"말도 안 돼요. 그랬을 리가."

애거사는 아무것도 모른다는 표정으로 고개를 저었다.

"맥도날드에 안 가본 사람이 어디 있어요?"

"난 빼줘. 그 고기에 호르몬이 얼마나 많이 들어 있는지 알기나 해?"

플로렌스는 미국인이라면 한 명도 빠짐없이 맥도날드 음식을 먹어 봤을 거라고 확신했었다. 어떻게 애거사는 수백만 명이 매일 하는 일은 경험하지 않고도 쉽게 무시하면서, 아프리카의 남자아이 몇 명이 자기 몸을 매질한다는 이유로 무통 분만을 거부할 수 있는 걸까?

송년회 전까지만 해도 그녀가 애거사를 평가할 날이 올 줄은 꿈에도 몰랐다. 플로렌스는 애거사보다 어리고, 미숙하고, 벌이도 적고, 결혼도 안 했으며, 아이도 없다. 애거사가 중요하게 여기는 것들이 그녀에게는 아예 없다시피 했다. 하지만 사이먼이 바에서 그녀의 이름 애거사 '헤일'●을 경멸하는 투로 불렀을 때, 왠지 커튼이 걷히면서 그녀의 우스꽝스러운 일면이 천하에 드러난 듯한 기분이 들었다. 이렇게 시각이 바뀌자 혼란스러워졌다. 애거사가 우러러볼 만한 사람이 아니라면, 이제 뭘 어떡해야 할까? 여기서 일할 이유가 있을까? 작가가 되는 데 정말 도움이 될까?

"영웅이 필요한 나라는 불행하다." 어맨다는 이렇게 말했다. 하지만 유일한 영웅이 애거사 헤일이라면 그곳 역시 불행하긴 마찬가지다.

✳

애거사는 오후 5시에 퇴근했지만 플로렌스는 며칠 전 받은 원고에

● Hale. '결점이 없다'라는 뜻.

대한 보고서를 마무리하려고 남아 있었다. 7시 반, 보고서를 이메일로 보내고 있을 때 책상 전화가 울렸다. 사이먼이었다. 끓어 넘치는 기운을 감추지 못한 목소리로 보아 술을 마시고 있는 모양이었다.

"플로렌스! 아직 있었군. 이렇게 늦게까지 뭐해?"

"음, 일하죠."

"말도 안 되는 소리. 이 시간까지 일하다니. 이리 오지 않겠나? 내가 따끔하게 혼내줄 테니까, 자네가 정신 차릴 수 있게 말이야."

"지금 만나자고요?"

"5분 전의 나를 만나주오. 어제의 나를 만나주오. 그 아름다운 다리를 끌고 최대한 빨리 오시오."

플로렌스는 비어져 나오는 미소를 막으려 입술을 꾹 다물었다. "저를 워낙 존중하셔서 곤란한 상황은 안 만드시려는 줄 알았는데요."

"무슨 소리. 난 자네를 전혀 존중하지 않아. 오히려 완전히, 지독하게 경멸하지. 자네와 이디 아민,• 내 리스트에 올라와 있는 두 사람. 내가 자네를 얼마나 존중하지 않는지 보여주고 싶군."

"진심이세요? 지금요?"

"진심이고말고. 30분 후에 바워리 호텔에서 만나지. 모드 딕슨이라는 이름으로 방을 예약하려는데, 어때? 기억하기도 쉽고."

플로렌스는 전화를 끊고 얼굴을 만져보았다. 뜨거웠다. 그녀는 코트와 가방을 챙겨 서둘러 사무실을 빠져나가며, 오늘 저녁에 무슨 약속이라도 있느냐고 누가 물어주면 좋겠다고 살짝 생각했다. 사이먼과의 첫 만남을 루시에게 얘기했다면 두 번째 만남도 기꺼이 알렸겠지만, 그 일을 비밀로 했다. 루시는 비난과 실망이 담긴 표정을 숨

● 우간다의 잔혹한 독재자.

59

기려다 실패할 것이 뻔하기 때문이다.

플로렌스는 사치스럽게 택시를 타고 사이먼보다 먼저 호텔에 도착했다. 그가 말한 대로 딕슨이라는 이름으로 방이 예약되어 있었다. 방에 들어간 그녀는 창가 의자에 앉아 애써 무심한 표정을 지었다. 옷을 벗고 있어야 할까? 아니, 그건 너무 우스꽝스러운 짓이다. 그녀는 다리를 꼬았다가 풀었다. 좀 더 좋은 속옷을 입고 올걸.

한 시간 후에도 그는 오지 않았다.

그녀는 항상 가방에 넣고 다니는 공책을 꺼내어, 연인을 기다리는 젊은 여자에 관한 단편소설을 쓰기 시작했다. 그러다 그 페이지를 찢어서 쓰레기통에 버렸다. 10시가 되자 그녀는 침대로 올라갔다. 휴대전화 알람을 6시에 맞추었다. 출근하기 전에 기차를 타고 집으로 돌아가 옷을 갈아입어야 하니까.

몇 시간 후 객실 전화가 울려 그녀는 잠에서 깼다.

"플로렌스, 정말 미안해." 전화선 반대편에서 사이먼이 속삭였다.

"어떻게 된 거예요?" 그녀도 괜히 속삭이는 소리로 물었다.

"장인어른이 심장마비를 일으켜서 말이야. 나한테 자네 번호가 없더군."

"지금은 괜찮으세요?"

"누구, 빌? 아니. 돌아가셨어."

"어머."

"그래."

"지금 올 수 있어요?"

"아니, 난 자리를 지켜야 해. 저, 이건 미친 생각이었어. 완전히 미쳤지. 정말 미안해. 이런 일에 자네를 끌어들이지 말았어야 하는데."

"괜찮아요."

"괜찮지 않아. 그래도 그렇게 말해주니 고맙군."

통화가 끝나자마자 플로렌스는 바보가 된 기분이었다. 지금 올 수 있느냐고 왜 물어봤을까? 궁해 보이게. 엄마처럼.

드러누워 천장을 빤히 올려다보았다. 잉그리드에게 연민을 느끼려 애써봤지만, 그녀가 가져보지 못한 것을 잃어버린 사람을 위해 동정심을 끌어내기란 쉬운 일이 아니었다. 상실과 결핍 사이에는 결정적인 차이가 있다. 플로렌스는 아버지 없이 자랐다고 해서 동정을 받아본 적이 한 번도 없었다. 오히려 그 사실이 동정받을 자격이 없는 결점처럼 느껴졌다.

플로렌스가 아버지에 대해 아는 거라곤 성을 뺀 이름뿐이었다. 어느 추수감사절에 쉬라즈 와인 한 병을 4분의 3쯤 비운 엄마에게서 억지로 알아냈다. 조너선이나 로버트처럼 위엄이 느껴지는 이름이기를 바랐건만, 아니었다. 비닐 벽 판자를 댄 아파트처럼 우아함이라고는 전혀 없는 데릭(Derek)이었다. 'k'는 거기서 뭘 하고 있는 걸까? 앞에 'c'가 빠져 있으니 왠지 벌거벗은 듯 야한 느낌이잖아. 아버지 이름으로는 빌이 훨씬 더 나았다.

그녀는 일어나 앉아 리모컨을 더듬어 찾았다. 다시 잠들기는 틀렸다. 영화 채널을 돌리다 보니 몇 년 전 잉그리드가 주연했던 독립영화 〈전조(Harbinger)〉가 나왔다. 플로렌스는 시청 요금을 방 앞으로 달아놓은 다음 재생 버튼을 눌렀다. 잉그리드가 등장하자 플로렌스는 얼굴이 클로즈업되는 장면에서 멈추었다. 입술을 양옆으로 길게 늘인 채 행복에 겨운 미소를 짓는 얼굴. 플로렌스는 화면 속 여인을 물끄러미 바라보았다. 그녀가 잉그리드에게 느끼는 건 연민이 아니었다. 연민과는 거리가 먼, 아주 먼 무언가였다.

✳

다음 날 아침 그녀는 집에 가지 않고 전날과 똑같은 옷을 입고 출근했다. 알아챌 사람이 있기나 할까 싶었다.

지하철 안에서 그녀는 잉그리드의 인스타그램 계정에 들어가보았다. 가장 최근에 올린 사진은 햇빛 비치는 화병에 꽂힌 수선화였다. 그리고 '빛의 죽음에 분노, 분노하다'라는 설명이 달려 있었다. 빌은 죽음에 그리 분노하지 않았을 텐데. 심장마비는 갑작스레 찾아오니까. 하지만 플로렌스는 그 감정을 이해했다. 게시글에 벌써 400개 넘는 댓글이 달리고, 2천 명이 '좋아요'를 눌렀다. 그녀는 머뭇머뭇 '좋아요'를 눌렀다가 당황하며 취소했다.

문득 한 가지 생각이 떠올랐다. 어쩌면 오늘은 잉그리드가 아이들을 데리러 직접 학교에 오지 않을까? 버스를, 아니 코치를 타기에는 아이들이 감정적으로 너무 힘들 테니까.

애거사가 출근하자, 플로렌스는 치과 예약이 있어서 오후에 외출해야 한다고 말했다.

애거사는 건성으로 고개를 끄덕였다. "그렇게 해."

2시 50분쯤 플로렌스는 하윅 스쿨 앞에 와 있었다. 전날 앉았던 건너편 벤치에 앉아 뮤리얼 스파크의 《운전석(The Driver's Seat)》을 읽었다. 교문이 열리자 그녀는 휴대전화를 꺼내, 온라인에서 찾은 사이먼의 딸들 사진을 띄웠다. 지난해 여름 노스 포크에서 열린 유기견을 위한 기금 모금 행사에서 찍힌 사진이었다. 사진 속에서 동생인 타비사는 겁에 질린 표정의 비쩍 마른 치와와를 안고 있고, 언니 클로이는 손가락으로 평화의 상징인 V자를 만들었다. 그들 뒤에서 사이먼과 잉그리드가 서로에게 팔을 두른 채 평온한 미소를 짓고 있었다. 플로렌스는 그들의 얼굴을 하나씩 확대해보았다.

그런 다음 고개를 들고 밖에 나와 있는 학생들을 쭉 훑어보았다. 한 젊은 교사가 아이들을 대기 중인 버스로 데려가려 애썼지만, 부드러운 훈계는 자유분방한 아이들에게 전혀 먹히지 않았다. 아이폰 한 대를 에워싸고 옹기종기 모인 소녀들 가운데 클로이가 보였다. 7학년이나 8학년인 것 같았다. 마치 연극배우처럼 몸짓이 현란했지만, 잉그리드의 딸이라면 사람들이 흔히 떠올릴 모습보다 더 통통했다. 플로렌스는 더 자세히 보려고 화면을 확대했다가, 손에 휴대전화를 쥔 김에 사진을 찍었다. 웃는 중간에 찍혀서 클로이의 입이 괴상하게 벌어져 있었다. 할아버지가 세상을 떠난 지 얼마 되지도 않았는데 이렇게 신나게 웃다니, 좀 부적절하지 않은가? 잉그리드가 보면 뭐라고 할까?

하지만 잉그리드는 나타나지 않았다. 소녀들은 앞다투어 1번 코치에 올라탔고, 플로렌스는 차가 떠나는 모습을 지켜보았다.

8

1월의 나머지 날들은 12월의 혹독했던 추위를 속죄라도 하듯 연이어 포근하고 화창했다. 플로렌스는 이렇게 누그러진 날씨가 고마웠다. 이제 일주일에 하루 이틀은 오후에 하윅 스쿨 맞은편의 돌 벤치에서 시간을 보내는 그녀를 도와주는 것 같아서였다. 이렇게 도시 외곽까지 오는 이유를 누군가 물어봐도 딱히 할 말이 없었다. 무언가가 계속 그녀를 그곳으로 끌어당기고 있었다. 학교 수업이 1시 반에 끝나는 금요일이면 그녀는 점심시간을 이용해, 한 시간 가까이 걸리는 그곳까지 갔다. 다른 요일에는 이런저런 약속을 핑계 삼아 자리를 비웠다.

그곳에 앉아 있으려니 그들과 같은 인생을 사는 듯한 느낌마저 들었다. 모든 면에서 그녀의 인생보다 나은 인생. 아직 다 자라지 않은 발에 200달러짜리 플랫 슈즈를 신은 학생들. 학생들 사이에서 그들과 농담을 주고받는 교사들. 플로렌스는 선생님에게 장난을 쳐본 적이 한 번도 없었다. 선생님들끼리 농담을 주고받는 것도 본 적이 없었다. 7학년 때 한 선생님은 눈에 정통으로 침을 맞았지만 침을 뱉은 아이에게 호통조차 치지 않았다. 그냥 교실에서 나가더니 수업 시간이 끝날 때까지 돌아오지 않았다.

하윅 스쿨 주변 전체가 세상의 모든 추악하고 천박한 것에서 격리되어 있는 듯했다. 플로렌스는 순수한 산소를 마신 것처럼 마음이 정화되고 충전된 기분으로 그곳을 떠나곤 했다.

하지만 솔직히 말하자면, 플로렌스가 그곳에 가는 진짜 이유는 잉그리드를 보기 위해서였다. 어느덧 플로렌스는 잉그리드의 남편이 아닌 잉그리드에게 완전히 매료되어 있었다. 사이먼의 칼라 스테이 따윈 이제 그녀에게 아무런 의미도 없었다. 그는 평범한 약점을 지닌 평범한 남자에 불과했지만 잉그리드는 진정한 예술가였다. 영화 속에서 한쪽 눈썹을 씰룩거리고 눈물 한 방울을 흘리며, 수년이 지난 후에도 수천 킬로미터 떨어져 있는 사람에게 감정을 불러일으켰다. 누군가의 내면이 잉그리드 때문에 변화했다. 전혀 모르는 사람의 현실을 바꾸어놓을 수 있다니, 그들을 사로잡을 수 있다니, 얼마나 대단한 힘인가. 그것이 바로 플로렌스가 자신의 글을 통해 하고 싶은 일이었다.

그녀는 지난 몇 주 동안 룸메이트의 넷플릭스 계정으로 잉그리드손이 나오는 영화들을 보고, 온라인으로 그녀의 사진들을 샅샅이 뒤졌다. 잉그리드를 직접 보고 싶은 생각이 간절해졌다. 이 여자도 그녀처럼 육체를 가진 진짜 인간이라는 사실을 확인하고 싶었다. 그녀와 잉그리드는 떼려야 뗄 수 없는 사이였다. 어쨌든 두 사람 모두 사이먼에게 선택된 여자들이니까.

2월 초, 그녀의 끈기가 드디어 결실을 맺었다.

그날 클로이와 타비사는 공회전하며 기다리는 코치에 올라타는 대신, 두 팔을 활짝 벌린 엄마의 품속으로 신나게 뛰어들었다. 잉그리드는 통이 좁은 검은 바지에, 복잡한 주름이 잡힌 흰 블라우스를 입고 있었다. 머리는 최근에 짧게 잘랐는데, 누가 봐도 돈을 많이 들인 스타일이었다. 얼굴은 화면으로 봤을 때보다 주름이 많았다.

세 사람은 서쪽으로 걸어갔다. 타비사는 가운데에 선 엄마의 손을 잡고서 의기양양하게 앞뒤로 흔들어댔다. 플로렌스는 길 건너편에서 블록의 절반까지 그들을 뒤따라갔다. 그들이 요크 애비뉴에서 M86 버스를 타자, 플로렌스는 그 버스를 놓치지 않으려고 있는 힘껏 달렸다. 버스에 올라탔을 땐 숨을 가쁘게 몰아쉬고 있었다. 몇몇 승객이 고개를 돌려 그녀를 쳐다봤지만, 잉그리드는 아니었다.

세 가족은 렉싱턴에서 내리더니 87번 스트리트에 있는 어느 병원 안으로 사라져버렸다. 플로렌스는 일 분을 꼬박 참은 다음 그들을 따라 들어갔다.

"뭘 도와드릴까요?" 머리를 금발로 염색한 40대 여자가 접수대 뒤에서 기대에 찬 표정으로 미소 지었다.

플로렌스는 여자 앞에 있는 팸플릿을 힐끔 보았다. 그녀는 치과 교정과 소속이었다.

"음, 칼슨 선생님한테 예약했는데요?" 플로렌스가 말했다. 칼슨은 그녀의 어릴 적 치과 의사였다.

"죄송해요, 그런 선생님은 여기 안 계신데요."

"아. 여기 잠깐 앉아서 이메일 좀 확인해봐도 될까요? 선생님 정보가 휴대전화에 들어 있어서요."

접수 직원은 방긋 웃으며 고개를 끄덕였다.

플로렌스는 잉그리드와 소녀들의 맞은편에 앉았다. 플로렌스가 접수 직원과 대화를 나누는 동안 그들은 잠깐 입을 다물고 있었지만, 타비사가 다시 말하기 시작했다.

플로렌스는 휴대전화 화면을 스크롤하며, 아이가 체육 수업에 대해 들려주는 지루한 이야기에 귀를 기울였다.

그때 잉그리드의 휴대전화가 울리자 그녀가 말했다. "잠깐, 타비사, 엄마 전화 좀 받을게."

그녀는 휴대전화 화면을 옆으로 쓸었다. "안녕, 데이비드." 한 남자의 카랑카랑하고 단조로운 목소리가 흘러나왔다. 잉그리드가 그의 말을 끊었다. "말도 안 돼. 난 그거 안 할 거야…… 아니…… 안 돼…… 그럼, 다른 사람 알아보지 뭐…… 흉악범들 다룬 그 드라마 했던 사람?…… 그래, 괜찮네. 알았어, 다시 전화 줘."

잉그리드는 전화를 끊고 한숨을 쉬다가, 플로렌스와 눈이 마주치자 눈동자를 굴렸다. "실례했어요."

"괜찮아요." 플로렌스는 이렇게 말하고는 덧붙였다. "따님들이 참 귀엽네요."

"고마워요." 잉그리드는 흐뭇한 미소와 함께 딸들을 차례로 바라보았다.

잉그리드의 하얗고 가지런한 치열이 보이자 플로렌스는 자신의 비뚤어진 미소가 갑자기 창피해져 입술을 꽉 다물었다. 그녀는 치아교정을 받은 적이 없었다. 그녀는 대기실의 온기를 포기하고 소파에서 억지로 몸을 일으켰다.

밖으로 나가니 점점 더 어두워지는 하늘에서 차가운 비가 내리고 있었다. 사이먼의 가족이 나올 때까지 기다렸다가 집까지 따라가볼까 싶었지만, 잉그리드에게 스토커로 비치기는 싫었다. 게다가 사무실로 돌아가야 했다. 애거사에게 충치를 때워야 한다고 말했더니(지난주에는 치과 검진을 예약해놨다는 핑계를 댔다), 예전처럼 곱게 들어주지 않았다. 그녀는 꼬인 구석이 있었다. 플로렌스로서는 이해가 되지 않았다. 이미 높은 자리에 있으면서 왜 자기가 원하는 걸 그냥 솔직하게 요구하지 않을까? 대신에 애거사는 점심을 먹으러 나가면서 플로렌스의 책상에 원고 한 부를 탁 떨어뜨리더니 다음 날 아침까지 의견을 달라고 했다. 그러고는 날카롭게 덧붙였다. "시간이 있으면 말이야."

잘못을 뉘우치라고, 아니면 적어도 불안감에 떨어보라고 이런 쇼를 했겠지만, 플로렌스는 죄책감도 불안감도 느끼지 않았다. 오히려, 하급 홍보 직원 다루듯이 'X한테 이메일 보내', 'Y한테 전화해'라며 시시한 일만 시키는 애거사에게 핍박받는 느낌만 들 뿐이었다. 애거사가 플로렌스에게 갖고 있는 그 낮디낮은 기대치를 새끼손가락처럼 비틀어 툭 부러트리고 싶었다.

이건 그녀가 원하는 직업도, 삶도 아니었다. 수년 동안 엄마가 그녀에게 해왔던 말 그대로였다.

플로렌스는 포레스터에 취직하고 나면 엄마의 마음이 풀릴 줄 알았다. 하지만 베라는 유난히 비꼬는 듯한 목소리로 물었다. "보조? 비서 같은 거니?" 플로렌스는 원래 그런 거라고, 문학계의 모든 이들이 편집 보조부터 시작한다고 해명하려 애써봤지만, 그녀의 급료가 베라보다 낮다는 사실을 들키고 나서는 그 노력도 허사로 돌아가고 말았다.

대화를 나누면 나눌수록 모녀의 갈등은 점점 더 깊어져만 갔다. 플로렌스는 마치 다단계 사기를 치는 기분이었다. 투자금을 당장 돌려달라고 다그치는 베라, 빚진 원금을 회수할 수 있을 때까지 시간을 벌며 작은 애정과 사과로 할부금을 지불하는 플로렌스.

하지만 어쩌면 엄마의 조바심이 그녀에게도 많이 옮았을지 모른다.

9

몇 주 후 플로렌스가 사무실로 올라가는 엘리베이터에 탔을 때 문이 닫히려는 찰나 사이먼이 그 틈새로 손을 끼워 넣었다. 플로렌스를 본 그는 다음 엘리베이터를 탈걸, 후회하는 것처럼 잠깐 망설였다. 플로렌스는 곧 그 이유를 알았다. 사이먼의 옆에 잉그리드가 있었다. 그는 당혹감을 떨치고 평소 모습으로 돌아왔다. "어이, 플로렌스. 별일 없나?"

"네, 고맙습니다." 그녀가 말했다. 잉그리드는 남편이 자기를 소개해주기를 기다리는 듯 기대 어린 미소를 띤 채 서 있었다.

"참." 사이먼이 말했다. "내 아내를 본 적이 있던가? 플로렌스, 내 아내 잉그리드 손이야. 잉그리드, 이쪽은 우리 출판사에서 가장 촉망받는 편집 보조 플로렌스 대로."

"만나서 반가워요." 잉그리드는 플로렌스의 손을 단단히 잡고 흔들며 말했다. 치과 병원에서 만났던 그녀를 알아보지 못하는 것 같았다. "나한테도 딱 그런 셔츠 있는데."

"어머, 그래요?" 플로렌스는 얼굴을 붉혔다. 잉그리드의 셔츠를 보고 산 옷이었다.

사이먼은 헛기침을 하더니 아무도 던지지 않은 질문에 답했다. "그래, 저, 잉그리드는 자네 친구를 만나러 왔어. 어맨다 링컨."

"어맨다를요?"

"아내한테 어맨다의 원고를 슬쩍 보여줬더니, 영화로 만들어보고 싶다잖아. 이제 제작자로도 활동할 생각이거든."

"어맨다의 원고요?"

"몰랐나? 우리 출판사가 어맨다의 첫 소설을 계약했어."

"어맨다가 소설을 계약했다고요?" 플로렌스는 어둠 속에서 끝없이 주르르 미끄러지는 기분이었다.

"어퍼 이스트사이드의 관습을 절묘하게 풍자한 수작이죠." 잉그리드가 말했다. 그녀의 발음은 마치 미꾸라지처럼 매끄러웠다. 플로렌스는 그 발음을 머릿속에 새겨두었다. "짓궂은 유머가 재미있어요."

사이먼은 아내의 허리를 다정하게 감았다가 갑자기 팔을 뺐다. 플로렌스가 내릴 층에 도착하자 땡 하는 소리가 울렸다. 그녀는 문 쪽으로 향하며 어서 빨리 내릴 수 있기를 초조하게 기다렸다. "행운을 빌게요." 그녀는 엘리베이터 밖으로 나가며 무미건조하게 말했다.

"고마워요!" 잉그리드가 밝게 답하는 것과 동시에 사이먼이 큰 소리로 말했다. "계속 정진하도록!"

플로렌스는 곧장 장애인용 화장실로 들어가 문을 잠갔다. 온수를 틀어놓고 기다렸다가 델 것처럼 뜨거워지자 그 밑에 손을 댔다. 살갗이 시뻘게지도록. 어맨다의 소설? 무슨 얼어 죽을 소설이야? 그녀는 거울을 보았다. 눈에 눈물이 고여 있었다.

"이러지 마." 플로렌스는 거울 속의 그녀에게 쏘아붙였다. 뜨거워진 손바닥의 불룩한 밑부분으로 눈을 꾹 눌렀다. 손을 떼자 눈물이 닦였고, 그녀는 가까스로 미소 지었다.

"이제 좀 괜찮네."

그녀는 자리로 돌아가는 길에 루시와 얘기를 나누려고 빙 둘러

갔다. 루시는 컴퓨터 화면 앞에 구부정히 앉아 'petfinder.com'에서 입양을 기다리는 개들의 사진을 클릭하고 있었다.

"그냥 해요." 플로렌스가 그녀의 뒤에서 말했다.

루시는 화들짝 놀라며 한 손을 심장 쪽에 댔다. "깜짝이야, 놀랐잖아요."

"아니, 그냥 한 마리 들이라니까요?"

루시는 고아를 드롭킥으로 날려버리라는 제안이라도 들은 것 같은 표정으로 플로렌스를 쳐다보았다. "아니, 안 돼요. 내가 너무 바쁘니까. 그러면 안 되죠." 플로렌스는 고개를 저었다. 자기가 원하는 것을 갖지 않고 참는 사람들을 이해할 수 없었다. 그녀가 원하는 것들은 항상 닿을 수 없는 먼 곳에 있어서 문제인데.

"어맨다 소설 나온다는 소식 들었어요?"

루시는 고개를 끄덕였다.

"왜 나한테 말 안 했어요?"

"속상해할까 봐 그랬죠." 루시는 작가가 되고 싶은 마음이 전혀 없었지만, 플로렌스에게 그런 꿈이 있다는 걸 알고 있었다.

"속상해하다니!" 플로렌스는 자기도 모르게 목소리를 높였다. "내가 왜 속상해요? 정말이지, 난 그런 작품은 전혀 쓰고 싶지 않거든요." 그녀는 아직 그 소설에 대해 아는 것이 거의 없었다.

"그야, 물론 그렇죠. 엄청 유치한 것 같더라고요."

"그래요?" 플로렌스는 열성적으로 물었다. "읽어봤어요?"

"아니요, 샘이 읽었대요."

"얼간이 샘? 아니면 빨간 머리 샘?"

"빨간 머리."

플로렌스는 급하게 샘을 찾아갔고, 원고를 이메일로 보내주겠다는 약속을 받아냈다. "그렇게 형편없진 않아요."

"그렇다고 하더라고요." 그녀는 우울하게 답했다.

✳

플로렌스는 컴퓨터로 원고를 읽으며 그날 하루를 보냈다. 다 읽었을 땐 밤 10시였다. 애거사는 같은 층에 있는 다른 직원들과 마찬가지로 몇 시간 전에 퇴근했다. 플로렌스는 컴퓨터를 껐지만, 가방을 꾸리지 않고 가만히 앉아 있었다.

샘의 말이 옳았다. 형편없지 않았다. 아니, 그 정도가 아니라 훌륭했다.

플로렌스는 손목 안쪽으로 눈을 꾹 눌렀다. 눈앞에 별이 보일 때까지. 이건 불공평했다. 어맨다는 이미 모든 걸 가졌다. 그런데 이제 책을 낸 소설가까지 되시겠다? 자신이 그 무엇보다 원하는 일이다. 거기다 잉그리드 손과 함께 일한다고? 플로렌스는 잉그리드와 어맨다가 일 이야기를 나누며 친밀하게 저녁 식사를 함께하는 모습을 상상해보았다. 예술과 영감에 대해, 그리고 그 망할 브레히트에 대해 얘기하겠지.

반면 플로렌스가 가진 건? 허접한 아스토리아 아파트의 작은 방하나? 독일 극작가보다 산부인과 의사 얘기를 더 많이 해주는 멘토? 애초에 그녀와 엮인 것을 후회하고 있을 사이먼 리드와의 하룻밤 정사?

마지막 부분에서 뭔가가 걸렸다. '그녀와 엮인 것을 후회하고 있을.'

플로렌스의 얼굴에 미소가 번졌다. 그녀는 텅 빈 사무실을 둘러보며 소리 내어 웃었다. 왜 진작 생각지 못했을까?

물론 사이먼은 그 일을 후회하고 있다. 하지만 그 일은 벌어졌다. 그 사실을 그는 알고, 그녀도 알고 있었다. 왜 그녀는 그 안에 있는 힘을 깨닫지 못했을까? 왜 사이먼이 그녀를 한번 쓰고 버릴 수 있는 여자로 생각하게 내버려뒀을까? 가여운 사이먼은 그 음침한 술집에서 그녀의 다리에 손을 얹은 순간, 이길 수 없는 게임을 시작한 것이다.

그가 어맨다의 소설을 출간한다면, 그녀의 책도 내줄 수 있다. 반드시 그렇게 만들어야지. 이미 써둔 단편소설을 싹싹 긁어모아 소설집을 출간할 것이다. 원고도 있었다. 공갈 협박으로 책을 내는 건 이상적인 방식은 아니지만, 인생에 순수한 것이 어디 있겠는가. 지갑에 넣어둬서 조금 더러워졌다고 당첨된 복권을 버릴 수는 없는 노릇 아닌가. 그녀는 게인스빌에서 썼던 단편들을 조금 손보느라 새벽 3시까지 깨어 있었다. 어맨다가 그녀의 무지를 일깨워준 그날 이후 처음으로 원고를 꺼냈다. 여전히 결점이 눈에 띄었지만, 전에는 놓쳤던 다른 무언가가 보였다. 글을 쓰는 동안 느꼈던 순수한 즐거움. 몇 시간이 몇 초처럼 지나가버렸다.

처음엔 플로렌스 대로가 천재라는 사실을 세상 모든 사람에게 알리고 싶어 작가가 되려 했다. 하지만 대학에서 보낸 그 몇 년 동안, 플로렌스 대로가 아닌 다른 사람이 되는 그 황홀감을 사랑하게 되었다. 컴퓨터 앞에 앉아 있는 그 짧은 시간만큼은 자신을 잊고, 원하는 누구든 될 수 있었다.

정말 놀랍지 않은가. 다른 사람의 인생을 사는 것, 이 일을 잘만하면 그녀 자신의 인생도 드디어 가치 있는 무언가가 될 수 있다니.

다음 날은 춥고 화창했다. 사이먼이 아침 회의 시작 전 사무실에 있을 9시 반, 플로렌스는 엘리베이터를 타고 위층으로 올라갔다. 사이먼을 만나고 싶다고 하자, 비서인 에밀리는 불쾌한 표정을 지었다. 에밀리는 친절한 사람이었다. 레드 라크에 처음 갔던 날 플로렌스와 루시를 대화에 끼워주려 애써준 것도 그녀였다. 하지만 많은 비서가 그렇듯 그녀도 상사의 위신에 따라 자기의 가치가 정해진다고 생각하는 사람이었다. 그래도 그녀는 자신의 직무에 충실하게 사무실 안으로 고개를 들이밀었고, 다시 나오더니 플로렌스에게 들어가라고 했다.

"그래, 플로렌스, 무슨 일로 여기까지 행차하셨나?" 그는 아무것도 숨기지 않았다는 걸 보여주는 마술사처럼 두 손을 내밀며 물었다.

플로렌스는 자기가 쓴 소설에 대해 얘기한 다음, 그날 아침에 출력한 원고를 그에게 건넸다. "직원들 원고도 받아주시니까……." 사이먼은 원고를 책상에 조심스럽게 내려놓고는 가볍게 톡톡 쳤다. 그녀가 방문한 목적을 알고 안도한 표정이었다.

"좋아. 이번 주말에 읽어보도록 하지. 기대되는군."

플로렌스는 이제 뭘 해야 할지 몰라 책상 앞에 잠시 서 있었다. 그들은 말없이 서로 미소 지었다.

"됐어요, 그럼." 그녀는 이렇게 말한 뒤 사무실에서 나갔다.

❋

그날 밤 플로렌스는 잠을 이루지 못했다. 이제 그녀도 책을 낸 작가가 된다!

주말 내내, 여닫이창과 고풍스러운 양탄자, 호리병 모양의 꽃병들로 장식된 아름다운 아파트에 있는 자신의 모습이 환영처럼 보였다. 그녀는 어느 파티에 있었고, 모두 그녀에게 말을 걸고 싶어 했다. 그녀는 검은 옷을 입고 있었으며, 촛불을 받은 두 뺨이 붉게 달아올랐다. 파티장에는 재즈가 흘렀다. 겨울이었다. 플로렌스는 겨울을 좋아했다. 겨울은 플로리다와 거리가 먼 얘기였다. 옷을 서너 겹 껴입고 밖으로 나가, 매서운 공기 중에 맴도는 입김을 보는 것이 좋았다. 엄마가 다니는 교회의 더그 목사는 영혼이 입김으로 나타나는 거라고 말하곤 했다. 포트 오렌지는 기온이 10도 아래로 떨어지는 경우가 거의 없지만.

월요일에 사이먼의 사무실을 다시 찾았지만, 에밀리는 그가 회의 중이라고 했다. 플로렌스는 자리로 돌아와서도 일에 집중할 수가 없었다. 오후 5시, 드디어 메일함에 사이먼의 이메일이 알림 소리와 함께 들어왔다. 플로렌스는 이메일을 얼른 열어보았다.

제법 잘 썼군.
재능은 있지만, 글에 인생 경험을 좀 더 녹여 넣을 필요가 있겠어.
자네의 이야기를 찾게.

플로렌스는 뭔가 놓친 게 있을 거라고 확신하며 다시 읽어보았다. 하지만 그게 전부였다. 사이먼은 그녀의 원고를 거절했다.

10

플로렌스는 자기 방 창턱에 걸터앉은 채 맨발을 밖으로 늘어뜨렸다. 오전 2시가 지난 시각, 거리는 띄엄띄엄 31번 애비뉴를 지나가는 자동차들 말고는 조용했다. 그녀는 까끌까끌한 벽돌을 발꿈치로 톡톡 치며 휴대전화에 저장된 사진들을 쭉 내려보았다. 교복 차림의 클로이와 타비사가 수십 장, 직접 딸들을 데리러 온 날의 잉그리드도 조금 있었다. 플로렌스는 잉그리드의 얼굴을 확대했다. 눈가에 잡힌 주름은 미소를 지어서 생긴 거구나, 하고 그녀는 깨달았다.

단 하룻밤이었다 해도, 무슨 착오가 있어서 사이먼은 잉그리드 대신 그녀를 택했을까? 잉그리드 손이 아닌 플로렌스 대로가 사이먼에게 줄 수 있었던 게 뭘까? 그녀는 나약하고 무능하며 한심했다. 잉그리드 손과는 정반대였다. 아, 어쩌면 그래서였을지도 모르겠다. 사이먼은 짧은 휴식을 원했던 것이다. 하룻밤만이라도 스테이크 대신 오트밀이 먹고 싶었겠지. 피곤한 턱을 쉬게 하려고.

식탐 한번 대단하네.

사이먼의 인생이 어떨지는 쉽게 상상이 갔다. 다림질된 이불을 덮고 자고. 초판을 수집하고. 크리스마스에 도어맨에게 팁을 주고. 잉그리드와 섹스를 하고. 플로렌스와 섹스를 하고. 자기가 원하는 모든 여자와 섹스를 하고. 사이먼의 인생은 그가 원한 모습 그대로였다. 너무도 안락하고. 잘 정돈되어 있고. 너무도 안전한 인생.

그는 그날 밤의 일 혹은 플로렌스가 인생을 조금이라도 바꿔놓을 거란 생각은 조금도 하지 않았다. 그리고 그가 옳았다. 그는 여전히 다림질된 이불을 덮은 채 사랑스러운 아내 곁에서 잠을 깬다. 아무런…… 위협도 느끼지 않고. 어떤 흠집도 남지 않은 상태로.

그녀는 옆에 아슬아슬하게 놓인 버번을 들어 한 모금 마셨다. 위스키가 몸속을 타고 내려가면서 장기들을 하나씩 데워주었다. 마치 누군가가 낡은 집을 돌아다니며 불을 켜는 것처럼.

그에게 약간의 상처를 남길 수만 있다면, 하고 그녀는 생각했다. 과격하지 않은 것으로. 그의 안경 렌즈를 살짝 긁어놓을까. 짜증 나는 자국이 보일 때마다, 자기 인생이 흠집 하나 없이 깨끗하고 안전하다는 생각을 더는 못 하겠지. 자기가 가진 것을 고마워하게 되겠지.

망설임 없이 그녀는 사이먼의 가족을 찍은 사진들을 모조리 그의 이메일 주소로 보냈다. 제목을 칠 때는 빙긋 미소까지 지었다. '제법 잘 찍었죠.'

11

다음 날 아침 깨어났을 때 플로렌스는 지난밤까지의 자신이 그녀에게서 떨어져 나간 것 같은 느낌이 들었다. 죽은 발톱은 밑에서 새로 자란 발톱에 밀려나는 법. 예전의 그녀가 사라지고 난 자리에는 이질적이고 발가벗겨진 무언가가 있었다. 몇 달 동안 그녀 자신도 모르게 계속 쌓여온 무언가가 압력을 이기지 못해 밖으로 터져 나오고 말았다.

그녀는 기운이 넘치고 기대에 부풀었지만, 망상에 빠지지는 않았다. 사이먼이 출간에 대한 생각을 바꾸지 않으리라는 걸 안다. 오히려 메일을 인사과로 보냈을 가능성이 높다. 하지만 지금 당장은, 그가 그녀의 메일을 읽으면서 지었을 표정만 생각해도 속이 시원했다.

사무실에 도착하자마자, 플로렌스는 그가 어떤 선택을 했는지 알게 되었다. 그녀의 전화기가 불빛을 깜박이며 새로운 음성 메시지의 수신을 알렸다. 당장 사무실로 오라는 인사과 과장의 메시지였다. 사흘 후 아침 7시, 배달원이 그녀의 아파트로 서류를 배달했다. 해고당하는 것으로 끝나지 않았다. 사이먼과 잉그리드가 그녀에 대해 접근 금지 명령을 신청한 것이다.

창피하거나 겁이 나야 정상이었다. 저축한 돈도 거의 없고, 다른 직장도 전혀 알아보지 않았다. 하지만 마냥 후련하고 통쾌할 뿐이었다. 욱하는 마음에 지금까지의 인생에서 빠져나갈 수 있는 탈출구를 발로 차버렸다. 이제 그 밖에 서 있으니, 어지간히도 초라해진 그녀의 인생이 더욱 잘 보였다.

대학 시절 앙드레 지드의 《배덕자》를 읽고, 영광 대신 안락함을 선택한 자들의 '난롯가의 행복'을 경멸하는 미셸에게 크게 공감했었다. 하지만 플로렌스 자신이야말로 바로 그 소소하고 아늑한 삶을 향해 나아가고 있었다. 쉽게 말하자면 애거사의 삶이랄까. 플로렌스는 그보다 훨씬, 훨씬 더 큰 인생을 원했다. 한번 과감하게 행동했더니, 그런 삶이 어딘가에서 그녀를 기다리고 있다는 확신이 되살아났다. 그저 손을 뻗어 그것을 잡기만 하면 된다.

그녀는 새로 교정한 단편소설들을 출판 에이전시 수십 곳에 보냈다. 어느 한 곳이라도 그녀에게 기회를 준다면, 출판사들이 마침내 그녀의 재능을 알아봐주리라 확신했다. 그녀 자신의 잠재력에 대한 믿음을 되찾았다. 능력이 없는데 작가가 되고픈 욕구가 이리도 깊고 확고하다면, 그건 하늘이 무심하신 것 아닌가?

성희롱 고발을 상담하러 갔더니 변호사는 배심원들이 공감하지 않을 거라고 했다. "그렇겠죠." 그녀는 불편한 기색을 보이는 그에게 가볍게 웃으며 맞장구쳤다.

통장 잔고는 1,100달러인데, 월말에 집세로 800달러를 내야 했다. 그래도 걱정하지 않았다.

열여섯 살 이후 처음으로 무직자 신세가 되었다. 그리고 엄마의 시시콜콜한 간섭에서 해방된 기분도 처음 맛보고 있었다. 플로렌스는 해고당한 사실을 아직 엄마에게 알리지 않았다.

믿기지 않을 정도로 행복했다. 이번만큼은 온 우주가 그녀의 편인 것처럼 느껴졌다. 우주가 그녀를 보살펴주리라, 그렇게 믿었다. 운명의 신이 도와주리라.

그리고 정말 그렇게 되었다.

해고당하고 두 주가 지난 후, 출판계 최고의 에이전시 중 한 곳인 프로스트/볼른의 그레타 프로스트에게서 음성 메시지가 왔다. 전화를 달라는 내용이었다.

전화를 걸기 전에 플로렌스는 목소리에 조금이라도 절박함이 묻어나지 않도록 여러 번 심호흡을 했다. 그레타가 건조하고 허스키한 목소리로 전화를 받자, 플로렌스도 그런 목소리로 자신을 소개하려 애썼다.

"전화 줘서 고마워요." 그레타가 말했다. "우리 작가 중 한 명이 조수를 찾고 있는데, 누가 당신을 추천해주더군요."

플로렌스는 혼란에 빠졌다. "제 작품 때문에 연락하신 거 아닌가요?"

"네?"

"제가 보낸 소설들요."

"아, 그거요, 아주 괜찮았어요. 이 역할을 당신에게 맡기기로 한 이유 중의 하나죠."

"무슨 역할요?"

"우선, 내가 이제부터 하는 말은 꼭 비밀에 부쳐주세요."

"알겠어요."

"모드 딕슨이라는 작가를 알아요?"

"농담하세요?"

"아니요."

"지금 저한테 모드 딕슨의 조수가 되겠느냐고 물으시는 건가요?"

"모드 딕슨의 조수 자리에 지원하고 싶은지 묻고 있는 거예요."

"당연히 하고 싶죠."

"잘됐네요." 전혀 잘됐다고 생각하는 목소리가 아니었다. "일을 진행하기 전에 몇 가지 주의 드릴 점이 있어요. 상황이 좀 독특하다 보니, 아, 물론 작가의 익명성을 말하는 거예요. 조수에게는 이례적인 조건들이 붙어요. 그 자리를 얻으려면 기밀 유지 계약서에 서명해야 할 거예요. 모드 딕슨의 본명뿐만 아니라, 당신이 그녀 밑에서 일한다는 사실도 절대 발설해서는 안 돼요."

"알았어요."

그레타는 잠시 뜸을 들이다 말을 이었다. "그 의미를 똑바로 알았으면 좋겠네요, 플로렌스. 앞으로 평생 당신의 이력서에 법적으로 해명할 수 없는 공백이 생기는 거예요."

플로렌스는 멈칫했다. 어떤 작가의 조수가 된다면 그 목적은 다음 일자리의 발판으로 이용할 인맥을 만들거나, 작품을 출간할 수 있는 행운을 얻으려 함이다. 그게 아니라면 차라리 웨이터로 일하는 게 낫다. 적어도 팁은 벌 수 있으니까.

하지만 베스트셀러 작가로부터 배울 수 있고, (그보다 더 중요한 점이지만) 그 작가의 아주 유력한 에이전트와 관계를 틀 수 있는 기회를 기밀 유지 계약서 하나 때문에 포기할 수는 없었다. 플로렌스는 "괜찮아요"라고 말했다.

"좋아요. 그럼, 다음으로 넘어가죠. 모드 딕슨이 사는 곳은 맨해튼이 아니에요. 지금 당장은 정확한 주소를 알려줄 수 없지만, 합격자에게는 모드가 숙소를 제공하기로 했어요."

"괜찮아요."

"그래요?"

"네, 괜찮아요." 플로렌스는 이 일자리가 그녀에게 온 것은 운명이며, 위대한 인생으로 나아가기 위한 다음 단계라는 걸 알았다. 그냥 알 수 있었다. 그레타가 팔다리 절단을 조건으로 걸었어도 플로렌스는 그 자리를 원했을 것이다.

"좋아요, 그럼. 이력서를 보낼 이메일 주소를 알려줄게요. 펜 있어요?"

그날 밤 플로렌스는 그레타의 비서에게 이력서와 자기소개서를 보냈다. 다음 날, 모드 딕슨과의 화상 통화 일정을 잡기 위한 전화를 받았다.

12

"여보세요? 내 말 들려요?"

"잘 들려요." 플로렌스가 말했다. "그런데 작가님 얼굴이 안 보여요."

플로렌스의 얼굴은 화면 아래 구석의 작은 네모 안에 또렷이 보였지만, 모드의 얼굴이 있어야 할 곳은 텅 비어 있었다.

"네, 뭐, 익명성이란 게 이런 거 아니겠어요?" 반대편의 목소리가 말했다.

"아." 플로렌스는 얼굴을 붉혔다. "그렇네요."

"뒤에 그 불빛은 뭐죠? 당신 얼굴이 잘 안 보이는데."

플로렌스는 뒤를 돌아보았다. 책상 스탠드가 켜져 있었다. 그녀는 스탠드를 껐다.

"이제 좀 낫군요." 모드가 말했다. "머리가 참 예쁘네요."

플로렌스는 덥수룩한 곱슬머리가 여전히 잘 붙어 있는지 확인이라도 하려는 듯 한 손을 머리로 들어 올렸다. "아, 고맙습니다."

"자, 이제 당신에 대해서 얘기해봐요."

플로렌스는 고향, 대학 시절에 공부했던 작가들, 뉴욕으로 오게 된 사연을 연습한 대로 빠르게 떠들어댔다.

"포레스터를 그만뒀다고요?" 모드가 물었다.

"네, 거기서 배울 수 있는 건 다 배운 것 같아서요."

"그렇군요. 또 뭐가 있죠?"

"음. 전 작가예요. 아니, 정확히 말하자면, 작가가 되고 싶어요."

"그야 상관없지만, 내게 필요한 건 작가가 아니에요. 조수죠. 타자는 칠 줄 알아요? 따분한 심부름을 시켜도 괜찮겠어요? 취재도 해줄 수 있어요?"

"그럼요. 할 수 있어요. 전부 다요."

"좋아요. 내가 당신에 대해 알아두어야 할 게 또 있을까요?"

플로렌스는 무슨 말을 하면 그녀가 돋보일까, 열심히 머리를 굴렸다. "음. 전 한부모 가정에서 자랐어요, 작가님처럼요." 플로렌스는 실수를 깨달았다. "아니, 작가님 작품에 나오는 인물처럼요, 죄송합니다. 작가님 작품 속의 모드처럼요."

"괜찮아요. 또 뭐가 있죠?"

"글쎄요. 전 작가님 작품이 마음에 들었어요. 작가님의 목소리가 좋아요. 작가님에게 배울 수 있다면, 그리고 어떤 식으로든 제가 도움이 될 수 있다면 큰 영광일 거예요, 정말요."

잠깐 침묵이 흘렀다.

"벽촌으로 이사해야 한대도 괜찮아요?"

"그럼요. 솔직히 말하면, 뉴욕에 질려버렸거든요."

"음, 예전에 어떤 심리학자가 하는 말을 들었는데, 환자가 '솔직히 말하면'이라는 표현을 사용하면 거짓말을 하고 있다는 신호라고 하더군요."

플로렌스는 어색하게 웃었다. "거짓말 아니에요."

"네, 물론 그렇겠죠. 하지만 생각해보면, 거짓말쟁이야말로 이 일에 완벽하게 어울리겠네요. 누구 밑에서 일하는지 아무에게도 말할 수 없으니까."

플로렌스는 모드가 무슨 게임을 하는 건지 알 수 없었지만, 자기가 따라가지 못하고 있다는 건 알았다. "믿어주세요, 비밀 꼭 지킬게요."

"음, 생각을 좀 해봐야겠네요. 그레타가 연락할 거예요."

이렇게 끝이라고?

"이런 기회를 주셔서 정말 고맙습니다." 플로렌스는 이렇게 말했지만, 모드는 이미 퇴장하고 없었다.

플로렌스는 랩톱을 닫고 두 손에 머리를 묻었다.

✳

다음 날 아침 11시, 그녀가 아직 침대에 있을 때 전화가 울렸다. 그레타였다. 플로렌스가 원한다면 그 일을 주겠다고 했다.

"진담이세요?" 이렇게 물을 수밖에 없었다.

"그래요. 내가 왜 농담을 하겠어요?"

"네, 물론 그렇죠. 정말 고맙습니다. 그 일, 하고 싶어요."

"더 생각 안 해봐도 되겠어요?"

"괜찮아요."

"좋아요. 모드는 3월 18일부터 시작했으면 하던데. 가능하겠어요? 너무 이른 것 같기도 하고."

플로렌스는 컴퓨터 캘린더를 열었다. "잠깐만요, 다음 주 월요일요?"

"당신도 알게 되겠지만, 모드가 그렇게 참을성 있는 사람은 아니라서요."

플로렌스는 컴퓨터를 닫았다. "괜찮아요. 18일부터 시작할 수 있어요."

그들은 그 주 안에 만나서 서류에 서명하기로 약속을 잡았다.

전화를 끊은 후 플로렌스는 놀란 마음으로 방을 둘러보았다. 방금 일이 꿈은 아니겠지?

《미시시피 폭스트롯》에서 모드가 살인을 저지른 후 루비에게 한 말이 떠올랐다. "사람들은 저마다 다른 양의 삶을 갖고 태어나. 그리고 그 기한이 끝난 사람은 티가 나거든. 그 남자한테는 남은 삶이 하나도 없었어. 내가 가만히 있었어도 어차피 죽었을 거야."

모드 딕슨은 그녀에게서 바로 그것을 본 게 아닐까? 삶. 어떻게든 제대로 살아보겠다는 의지. 그런 의지야말로 포레스터에서의 근무가 그녀에게 남긴 것이었다. 하찮은 인간이 될지도 모른다는 깊은 두려움, 그리고 자기도 모르게 목적 없는 얄팍한 인생으로 미끄러질 수 있다는 깨달음.

바로 그때 엄마에게서 문자가 날아와 휴대전화가 윙윙거렸다. "오늘 키스한테 네 번호 줬다. 책으로 쓸 만한 멋진 아이디어가 있다는구나!!!"

잠시 후 또 휴대전화가 윙윙거렸다. "두 단어: 용. 사랑꾼."

플로렌스는 얼굴을 찡그렸다.

세 번째 메시지가 들어왔다. "사냥꾼!!! 사랑꾼이 아니라."

플로렌스는 휴대전화를 꺼버렸다.

2부

13

플로렌스는 허드슨 기차역의 플랫폼에 서서, 방금 내린 기차가 떠나는 모습을 지켜보았다. 생각보다 더 힘차고, 더 맹렬한 기세였다. 여기저기 흩어져 있던 이파리들과 음식 포장지들이 기차가 일으킨 바람에 휩싸여 솟구쳐 올랐다가 휘 하는 한숨 소리를 내며 도로 내려앉았다. 플로렌스는 목도리에 턱을 묻었다. 이곳은 도시보다 더 추웠다.

초봄의 밝은 햇살에 눈 위를 손으로 가리니, 저 멀리 잔뜩 낀 먹구름이 보였다. 비가 내릴 모양이었다. 그녀는 더플백을 어깨에 메다가 그 무게를 못 이겨 잠깐 휘청거렸다. 가구를 뺀 그녀의 모든 소유물이 가방에 들어 있었다. 매트리스와 책상을 중고 판매 웹사이트에서 팔려고 해봤지만, 가격을 0달러로 낮춘 후에야 겨우 처리할 수 있었다.

플로렌스는 역을 줄줄이 빠져나가는 인파에 합류하여 주차장으로 향했다. 그곳에서 헬렌을 만나기로 약속이 되어 있었다.

헬렌. 그것이 모드 딕슨의 본명이었다. 헬렌 윌콕스. 모드 딕슨은 남자가 아니었다. 플로렌스가 아는 한 전에 책을 낸 적이 없고, 인터넷상에 존재하지 않으며, 삶의 흔적이라고는 전혀 없는 여자였다. 캘리포니아주 라호이아에 사는 헬렌 윌콕스가 한 명 있긴 하지만, 10대의 체조 신동이었다.

지난주에 플로렌스는 맨해튼 중심부의 휘황찬란한 고층 건물에 있는 프로스트/볼른 사무실에서 그레타 프로스트를 만났다. 그레타는 희끗희끗한 단발머리, 두툼한 테의 안경, 흠잡을 데 없는 자세가 인상적인 60대 후반의 여자였다. 그녀는 W-9,● 고용 계약서, 기밀 유지 계약서에 서명하는 플로렌스를 말없이 지켜보았다.

"모드 딕슨의 정체를 아는 사람이 몇 명이나 되죠?" 그레타가 만남의 끝을 알리듯 자리에서 일어나자 플로렌스가 물었다.

그레타는 우툴두툴한 손가락으로 자신의 가슴께를 가리켰다. "하나." 그러고 나서 그 손가락을 플로렌스에게로 향했다. "둘."

플로렌스는 깜짝 놀라 물었다. "그럼 지금까지는 당신 혼자만 알고 있었나요?"

"내가 알기로는 그래요."

"그게 가능해요?"

그레타는 서늘한 미소를 지었다. "내 입은 아주 무겁거든요."

"편집자는요?"

"거의 이메일만 주고받죠. 데보라는 그냥 모드라고 불러요." 그레타는 잠깐 입을 다물었다가 다시 말했다. "솔직히, 모드가 왜 일면식도 없는 당신을 이런 비밀스러운 일에 끌어들이려는지 도무지 이해가 안 돼요. 그만두라고 설득도 해봤어요. 좋은 생각이 아닌 것 같으니까."

플로렌스는 어떻게 반응해야 할지 알 수 없었다. "아무한테도 말 안 할게요."

"그래야죠. 방금 그런 취지의 법적 문서에 서명했으니까."

"맞아요."

● 미국에서 소득 신고를 위해 납세자 식별 번호 및 인증을 요청하는 서류.

그레타가 냉랭한 태도를 보이든 말든, 플로렌스는 설레는 마음으로 프로스트/볼른을 나섰다. 그녀는 항상 속내를 감추며 살아왔다. 호들갑스러운 엄마 탓에, 어릴 적부터 마음속에 남의 눈을 피해 혼자만 있을 수 있는 어두운 방을 지어놓고 있었다. 하지만 이렇게 남의 비밀스러운 인생으로 초대받은 적은 거의 없었다. 무슨 권력이라도 생긴 듯, 낯설면서도 황홀한 기분이었다. 모든 비밀은 본질적으로 무언가를 파괴할 힘을 담고 있다. 사이먼이 그 증거가 될 수도 있었을 텐데.

플로렌스는 주차장을 바라보았다. 뒤에 떠 있는 태양의 이글거리는 빛이 널따란 크롬의 밭에 반사되어 수천 개의 눈부신 파편으로 깨졌다. 차들이 죄다 시커멓고 텅 빈 것처럼 보였다. 주차장 너머에는 그녀가 기대했던 그림 같은 마을이 아니라 창고들과 버려진 건물들이 있었다.

잠시 후 낡은 녹색 레인지로버의 운전석 문이 휙 열리더니, 한 여자가 한쪽 발은 차 안에 둔 채 몸의 절반만 밖으로 내밀었다. 짧은 금발. 날이 오뚝 선 길고 가느다란 코는 아기의 얼굴에 붙어 있다 해도 차마 귀엽다고 말해줄 수 없을 것 같았다. 미간에는 주름 두 줄이 따옴표처럼 패어 있었다. 그녀는 청바지에 두툼한 피셔맨 스웨터•를 입고, 의외로 새빨간 립스틱을 발랐다.

헬렌은 한 손으로 눈가를 가려 그늘을 만들고, 다른 손은 플로렌스를 향해 흔들었다. 플로렌스도 손을 흔들어 답하며 차 쪽으로 걸어갔다.

"안녕하세요, 플로렌스." 헬렌은 기다랗고 차가운 손을 내밀며 인

• 굵은 털실로 짠 방한용 스웨터.

사했다.

플로렌스는 빙긋 웃었다. "반갑습니다."

"나야말로 반갑네요. 어서 타요."

헬렌은 운전석에서 몸을 틀어, 플로렌스가 문을 닫고 가슴 위로 안전띠를 당기는 모습을 지켜보았다.

플로렌스는 초조하게 미소 지었다.

"나이가 어떻게 돼요?" 헬렌이 마침내 물었다.

"스물여섯이에요."

"더 어려 보이네요." 비난처럼 들렸다.

"그런 소리 자주 들어요."

"좋겠어요." 헬렌은 잠시 그녀를 쳐다보다가, 갑자기 후진 기어를 넣고 차를 뺐다.

플로렌스는 조수석 창문으로 고개를 돌리고 아무 말도 하지 않았다. 헬렌의 강렬한 시선 때문에 마음이 불편했다. 헬렌이 속도를 올리자, 금방이라도 무너질 듯한 건물들은 어느덧 사라지고 좁은 2차선 고속도로가 나왔다.

"10분 정도 가면 돼요." 헬렌이 말했다.

플로렌스는 오기 전에 미리 알아봤다. 구글로 검색한 바로는 그 두 배 되는 시간이 걸린다는 결과가 나왔지만, 이렇게 빠른 속도로 운전하면 차이가 날 만도 했다.

그들은 오른쪽으로 꺾어 허드슨강을 가로지르는 다리로 들어갔다. 플로렌스는 '에스코트 대기 구역'에 세워진 표지판을 봤지만, 농담을 던지고픈 충동을 꾹 참았다.● 옆에 앉은 이 여자는 그런 농담

● 에스코트는 '호위함'과 '매춘부'라는 뜻을 동시에 갖고 있다.

92

을 좋아하지 않으리라는 걸 벌써부터 알 수 있었다.

립 밴 윙클 다리를 건널 때 아래를 내려다보니, 방금 달려왔던 기차선로가 강가를 빙 두르고 있는 것이 보였다.

"사실 케이로는 허드슨 밸리에 있는 게 아니에요." 헬렌이 말을 이었다. "부동산 중개업자들은 그렇게 주장하지만. 오히려 캣스킬 산맥 쪽에 가깝죠."

헬렌은 카이로가 아니라 케이로라고 발음했다. 플로렌스는 자기가 먼저 그 단어를 말하지 않아서 다행이라고 생각했다. 그녀는 다시 한번 운전석 쪽을 슬쩍 훔쳐보았다. 헬렌은 담배를 피우면서, 루신다 윌리엄스의 노래에 맞추어 두 손가락으로 운전대를 톡톡 두드리고 있었다.

플로렌스는 조수석 창문 밖을 내다보다가 폐품 처리장을 지날 때 얼굴을 찌푸렸다. 좀 더 매력적인 곳일 줄 알았는데.

몇 분 후 그들은 광고판 하나를 지나갔다. 콘크리트 블록 위에 세워진 십여 채의 싸구려 조립식 주택들 사이로 '여러분의 미래의 집'이라고 쓴 광고판이 우뚝 솟아 있었다. 플로렌스가 지금까지 뉴욕에서 본 그 무엇보다 플로리다를 떠올리게 하는 광경이었다.

"왜 여기로 오신 거예요?" 플로렌스가 물었다.

"고독이 좋아서요." 헬렌은 별다른 설명 없이 이렇게만 답했다.

플로렌스는 다른 할 말을 떠올려보려 했지만, 머릿속이 하얘지고 말았다. 처음 만난 지금 무슨 말을 하느냐가 무척 중요할 것 같았다. 헬렌은 그녀가 하는 말에 따라 인품을 단정 짓고 그녀를 존중할지 말지 결정할 터였다. 어떤 말투로, 어떤 화제를 꺼내야 할지 정할 수가 없었다. 《미시시피 폭스트롯》이 자신에게 얼마나 큰 의미가 있는 소설이었는지 말해볼까 생각했지만, 머릿속으로 연습해보니 진부하고 입에 발린 소리처럼 들렸다. 정작 헬렌은 침묵이 이어지는 것에 아무런 불만도 없어 보였다.

곧 구름이 하늘을 가로지르며 해를 가렸고, 햇빛이 누렇게 변했다. 플로렌스는 찌르레기 떼가 나무 한 그루에 내려앉는 모습을 지켜보았다. 마치 나무 위로 그물이 던져진 것 같았다. 굵은 빗방울 몇 개가 앞 유리에 후두둑 떨어질 때 헬렌은 고속도로를 빠져나갔고, 연이어 차를 꺾어 크레스트빌 로드라는 울퉁불퉁한 포장도로로 들어갔다. 플로렌스는 며칠 전 그레타에게서 받은 주소에서 이 도로명을 본 기억이 났다.

"곧 그칠 거예요." 헬렌은 와이퍼를 켜며 말했다. "이런 봄철 폭풍은 올 때는 무섭게 와도 금방 싫증을 내고 다른 데로 옮겨 가거든요." 그녀는 플로렌스를 힐끔 쳐다보며 덧붙였다. "작가 조수들하고 비슷할지도 모르겠네요."

"아, 전 그렇게 빨리 그만둘 생각 없어요." 플로렌스는 그녀를 안심시켰다.

"사람들한테는 어디 간다고 말하고 왔어요?"

"무슨 뜻이에요?"

"이 일을 비밀에 부치기로 했잖아요. 난 당신이 그 약속을 지켰으리라 믿어요."

"아. 사실 아무한테도, 아무 얘기도 안 했어요."

헬렌은 도로에서 눈을 떼지 않은 채 눈썹을 치켜올렸다. "그래요? 가족한테는요?"

"그게, 가족이라고 해봐야 엄마밖에 없어요. 그리고 엄만 내가 아직 출판사에 다니는 줄 알아요."

"직장 그만뒀다는 말을 안 했다고요?"

플로렌스는 어깨를 으쓱했다. 포레스터를 떠난 정황을 짐작하게 할 만한 말은 하고 싶지 않았다.

헬렌은 계속 밀어붙였다. "엄마랑 사이가 별로 안 좋은가 봐요?"

"좀 그래요. 엄만…… 잘 모르겠어요. 그냥 우린 너무 달라요."

"어떤 점에서요?"

지금까지 엄마와의 관계를 이토록 훤하게 드러내도록 요구받은 적이 한 번도 없던 플로렌스는 적당한 말을 고를 수가 없었다.

마침내 그녀가 말했다. "트럼프가 항상 승자와 패자에 대해 떠들어대잖아요?"

헬렌은 고개를 끄덕였다.

"우리 엄마가 그래요. 마음속에 아주 단단하게 세워진 위계에 따라 세상 사람들을 분류하죠. 그리고 내가 어느 자리에 들어가야 하는지, 아주 구체적으로 정해놨어요. 엄마가 생각하는 부모 노릇이란 나를 상류층으로 끌어올려주는 것뿐이고, 내가 그 노력을 망치는 것 같으면 화를 내죠. 엄만 우리의 세계관이 아주 다르다는 걸 이해 못 해요."

헬렌은 아무 말도 하지 않았다.

"엄마는 트럼프한테 투표했어요." 플로렌스는 어색하게 웃으며 덧붙였다. "참고로 말씀드리자면요."

"당신은 안 했고요?"

"저요? 당연히 안 했죠. 그걸 말이라고 하세요?"

헬렌은 어깨를 으쓱했다. "내가 어떻게 알겠어요?"

"전 소시오패스가 아니에요."

"트럼프한테 투표했다고 해서 무조건 소시오패스는 아니죠."

플로렌스는 지난 2년 동안 그와 정반대되는 의견을 피력하느라 엄청난 에너지를 쏟아붓는 사람들에 둘러싸여 있었다.

"진보주의자들은 그걸 모른단 말이죠." 헬렌은 말을 이었다. "합리적이고 지적인 사람들이 트럼프의 개인적인 결점과 정책을 구분할 줄 안다는 걸요. 내 말은, 최고의 친구가 되어달라고 그를 뽑은 사람은 아무도 없다는 거예요."

"그럼 작가님은……." 플로렌스는 자기가 이런 질문을 하고 있다는 사실이 믿기지 않았다. 트럼프에게 표를 던지는 소설가는 없다! "그럼 작가님은…… 트럼프한테 투표하셨어요?" 그녀는 최대한 조심스럽게 물었다.

"그럴 리가요. 난 투표 안 해요."

"아."

몇 분 후 헬렌은 차를 왼쪽으로 틀어 '사유지'라고 표시된 기다란 차도로 들어갔다. 빽빽한 숲 사이로 난 꼬불꼬불한 길을 400미터쯤 달리자, 회색 덧문들이 달린 작은 석조 주택이 나타났다. 지붕에서는 가냘픈 구리 풍향계가 바람에 흔들리고 있었다. 그들이 여기 오는 동안 지나온 나지막하고 추한 집들과는 너무도 달랐다.

"1848년에 지어진 집이죠." 헬렌은 플로렌스의 시선을 따라가며 말했다. "2년 전에 《미시시피 폭스트롯》의 인세가 들어오기 시작할 때 샀어요."

이제는 비가 세차게 쏟아져 내리며, 앞쪽 포치를 따라 늘어선 장미 덤불을 마구 때려대고 있었다. 헬렌은 플로렌스에게 가방을 트렁크 안에 두라고 말했고, 두 사람은 문을 향해 달려갔다.

지붕 달린 현관에서 헬렌이 낡은 자물쇠에 열쇠를 끼워 넣는 사이, 플로렌스는 소매로 얼굴을 닦았다. 삐걱하며 문이 활짝 열리자 눈앞이 확 밝아졌다. 집 안의 벽이고 천장이고 바닥이고, 시선이 미치는 곳은 죄다 짙은 우유색으로 칠해져 있었다.

그들은 작은 포이어*에 있었다. 한쪽 벽에 붙여놓은 오래된 목제 테이블에 열쇠들과 우편물이 흩어져 있었다. 테이블 밑에는 진흙투성이 장화가 두 켤레 놓여 있었다. 왼편에 있는 문 너머로 다이닝룸이 보였다. 헬렌은 그녀를 다른 쪽에 있는 거실로 데려가서는, 리넨을 씌운 큼직한 소파에 핸드백을 내던졌다. 꽉 찬 재떨이가 소파 팔걸이에 아슬아슬하게 놓여 있었다. 그 앞에는 책들이 쌓인 정사각형 오토만 하나와 타다 남은 장작이 산만하게 연기를 내뿜는 벽돌 벽난로가 있었다. 헬렌이 장작을 하나 더 던져 넣자, 이에 반항하듯 뿌연 재와 불꽃이 확 일어났다.

"자, 잘 받아먹어." 그녀가 말했다.

플로렌스의 엄마는 딸이 다이아몬드와 금처럼 화려한 인생을 살기를 바랐지만, 플로렌스가 원하는 인생은 여기, 바로 여기에 있었다. 귤껍질이 잔뜩 채워져 있는 파란색과 흰색의 찻잔. 창턱의 도자기 주전자에 꽂혀 있는 하얀 라넌큘러스 한 다발. 예전에 어맨다도 똑같은 꽃을 화병에 꽂아 자기 책상에 둔 적이 있었다. 이곳 전체가 마치 페르메이르의 그림 같았다. 그리고 추웠다. 냉랭한 돌풍에 창틀이 달그락거렸다. 언젠가 들은 적이 있는데, 유리는 사실 영겁의 세월 동안 서서히 굳는 액체라고 했다. 그래서 오래된 집의 창문들은 항상 위쪽보다 아래쪽이 더 두껍다고. 그 말이 사실일까? 상관없었다. 플로렌스는 왜 사람들이 그리도 모드 딕슨의 정체를 까발리지 못해 안달인지 이해할 수 없는 것처럼, 왜 사람들이 모든 걸 분명히 정의하려 드는지, 왜 아름다운 시를 딱딱한 사실로 바꾸려 하는지 이해

● 문과 거실 사이의 공간.

할 수 없었다. 시가 더 낫지 않나? 왜 아름다운 무언가를 흔해빠진 것으로 바꾸려 하지?

헬렌은 플로렌스에게 1층의 나머지 부분을 안내해주었다. 기다란 목제 테이블이 온통 책들과 랩톱 컴퓨터로 뒤덮인 다이닝룸, 색 바랜 누비이불이 깔린 1인용 침대가 두 개 놓인 작은 게스트룸, 시골풍의 거대하고 오래된 싱크대가 있는 부엌. 헬렌은 조리대에 놓인 낡은 미스터커피 커피메이커에서 주전자를 빼내, 두 머그잔에 커피를 부었다.

"위층에는 내 방이랑 집필실, 안 쓰는 방 두 개밖에 없어요." 그녀는 머리 위를 가리키며 말했다. 그러고는 플로렌스 앞에 커피 한 잔을 내려놓으면서 우유나 설탕을 권하지도 않았다. "당신은 뒷마당에 있는 별채에서 지내도록 해요. 마구간을 개조한 작은 집인데, 소박하지만 마음에 들었으면 좋겠네요."

플로렌스는 분명히 그럴 거라고 답했다. 그녀는 커피를 한 모금 마시고, 창문으로 흘러내리는 비를 지켜보았다. 창문 너머로는 흐릿한 갈색 얼룩이 조금 낀 회녹색 들판밖에 보이지 않았다.

비가 잠잠해지자 플로렌스는 차 트렁크에서 가방을 꺼낸 뒤 본채 뒤에서 헬렌과 합류했다. 그들은 회색 석판들이 이끼에 박힌 길을 따라갔다.

"전에 살던 사람이 수목 재배 전문가였어요." 헬렌이 말했다. "여기 있는 나무들을 많이 이종교배했죠. 그래서 특이한 품종들이 좀 있어요. 서로 다른 종이 반반씩 섞인."

플로렌스는 헬렌이 가리키는 나무들 중 한 그루를 보았다. 잡종이라기보다는 나무 두 그루를 억지로 접붙인 것처럼 보였다.

헬렌은 설명을 이어갔다. "저쪽에는 작은 채소밭이 있어요. 망치지 않으려고 최선을 다하고 있죠. 그리고 저 소나무들 뒤에는 나의 깊고도 어두운 비밀이 있답니다." 그러면서 그녀는 짐짓 얼굴을 찌푸리며 플로렌스를 쳐다보았다. "퇴비 더미. 잠깐, 아무 말도 하지 말아요. 맞아요, 나도 허드슨 밸리의 흔해빠진 히피족이 되어버린 것 같네요."

플로렌스는 빙긋 웃었다. 이것이 그녀가 해야 할 일이라는 걸 알았으니까.

그들은 본채에서 90미터 정도 떨어진 별채에 도착했다. 그 뒤에는 숲의 시작을 알리며 줄지어 선 나무들이 거뭇하게 보였다. 앞문이 틀에 꽉 끼어서 꼼짝도 하지 않자, 헬렌은 아래 모서리를 잽싸게 차서 문을 열었다. "내가 손 좀 볼게요." 그녀는 이렇게 말했다가 잠시 후 덧붙였다. "아니, 아마 못 할 거예요. 하지만 살다 보면 꽉 끼인 문보다 더 나쁜 일들도 있잖아요, 안 그래요?"

플로렌스는 고개를 끄덕이고 헬렌을 따라 안으로 들어갔다. 탁 트인 밝은 공간에 거실과, 한쪽 구석에 처박힌 간이 부엌이 있었다. 냉장고 옆의 벽에는 분홍색 다이얼식 전화기가 달려 있었다. 욕실을 살짝 들여다보니, 깊이 파인 구식 욕조가 있었다. 계단이라기보다는 사다리에 가까운 나무 발판들을 밟고 올라가니 다락방이 나왔다. 플로렌스는 그 방이 마음에 들었다. 지금껏 자기만의 공간도, 건물도 가져본 적이 없는 그녀는 드디어 제대로 된 곳을 찾은 듯한 기분이 들었다.

헬렌은 플로렌스가 새로운 집에 적응할 수 있도록 자리를 비켜주면서, 7시쯤 같이 한잔한 후 저녁 식사를 하자고 했다. 플로렌스는 곧장 짐을 풀기 시작했다. 그녀는 항상 정리 정돈을 잘했다. 신발들이 벽장 안에 깔끔하게 줄지어 놓여 있지 않으면 잠이 오지 않았다. 짐을 다 정리하고 더플백을 침대 밑으로 집어넣기까지 20분밖에 걸리지 않았다. 그녀는 소파에 앉아, 그날 아침 그랜드 센트럴 역에서 새로 산 공책을 펼쳤다. 여기서 지내는 동안 장편소설을 한 편 쓸 계획이었다. 단편보다 더 큰 작품이 필요했다. 그녀는 텅 빈 페이지를 몇 분 동안 노려보고 있었다. 그러다가 맨 위에 날짜와 '뉴욕주, 케이로'라고 썼다. 몇 분 후 그녀는 짜증 섞인 한숨을 내쉬며 공책을 덮었다.

뭐, 머지않아 얘기할 거리가 더 생기겠지. 헬렌 윌콕스를 만난 후의 삶이 따분할 리 없잖아.

그녀는 책을 펼쳤다. 한 달 전부터 재미있다고 스스로를 속이며 꾸준히 읽는 프루스트의 소설이지만 이내 덮어버렸다. 마음이 들썩이고, 뭘 해야 할지 종잡을 수 없었다. 루시에게 전화해볼까 생각했지만, 해고당한 후로 루시의 메시지에 한 번도 답하지 않았다. 동정받고 싶지 않았다. 지금까지처럼 주도권은 플로렌스에게 있어야 했다. 게다가, 새로운 일자리에 대해 마음껏 자랑할 수도 없잖은가. 뉴욕에 있었다면, 산책하거나 거실에서 브리애나와 세라와 함께 수다라도 떨었을 텐데.

이제야 얼마나 고립되어 있는지 실감이 났다. 눈을 감고 귀를 기울였다. 오로지 정적뿐이었다. 그녀는 철저히 혼자였다.

14

6시 55분, 플로렌스는 본채의 앞문을 조심스럽게 두드렸다. 아무런 답이 없자 그녀는 문을 열고 안으로 들어갔다. 부엌에서 음악이 흘러나오고 있어서, 그 소리를 따라갔다.

헬렌은 앞치마를 두른 채 와인을 마시고 담배를 피우고 토마토를 썰다가, 이따금 동작을 멈추고 오케스트라를 지휘하듯 칼을 휘둘렀다.

"저 왔어요." 플로렌스가 말했다.

헬렌은 몸을 빙 돌리고 허스키한 알토로 "라 투아 소르테 에 기아 콤피타아아아아아아아"라고 노래 부르며 마지막 음을 질질 끌었다. 그러고는 와인을 벌컥벌컥 마시는 것으로 마무리했다. "오페라 좋아해요?"

"음, 글쎄요." 자동차 광고를 볼 때가 아니면 플로렌스가 클래식 음악을 듣는 경우는 거의 없었다.

"얼마나 멋진데요. 죽여준다고요! 작년에 메트로폴리탄 극장에서 〈일 트로바토레〉를 봤어요. 다음번에 같이 가요. 자, 여기 와인."

"고맙습니다." 플로렌스는 헬렌이 건네는 잔을 받고는 기쁜 기색을 감추려 애썼다. 모드 딕슨과 함께 오페라 관람이라니. "식사 준비 도와드릴까요?"

"아니요, 부엌에선 뭐든 내 마음대로 해야 직성이 풀리거든요." 그녀는 엄지와 검지로 작은 방울토마토 하나를 집었다. "프랑스에서 이걸 뭐라고 부르는지 알아요? 비둘기 심장. 기가 막히지 않아요? 딱 그렇게 생겼잖아요? 앞으로는 비둘기를 볼 때마다 그 볼록한 가슴 안에서 뛰고 있는 토마토 모양의 조그마한 심장이 꼭 생각날 거예요."

"우리 엄마는 가끔 사람들한테 비둘기 심장을 가졌다고 욕하곤 하죠. 약해빠졌다고요."

"비둘기 심장을 가진 사람이라." 헬렌은 칼끝으로 그녀를 가리키며 말했다. "좋아요. 그 표현을 훔쳐 써야겠어요. 혹시 남부 출신이에요? 괜찮은 말들은 전부 남부에서 나오는 법인데."

"플로리다주예요. 별 볼 일 없어요."

"괜찮아요. 별 볼 일 있으면 또 뭐 하겠어요."

"그렇겠죠."

헬렌은 토마토를 썰던 손을 멈추고 말했다. "내 말이 맞아요. 진짜 힘은 아웃사이더한테 있거든요. 세상을 좀 더 또렷이 볼 수 있달까." 오븐 안에 든 무언가가 큰 소리로 탁하고 튀자 플로렌스는 놀라서 움찔했다.

"닭고기인데, 채식주의자 아니죠?" 플로렌스는 고개를 저었다. "주님 감사합니다." 헬렌은 거창하게 말하고는 다시 빠르게 칼질을 시작했다.

"여기서 잘 지낼 수 있을 것 같아요?"

"네, 고맙습니다."

"좋아요. 내일부터 작업 시작하죠."

"새 작품은 어떻게 돼가고 있어요?"

헬렌의 얼굴이 어두워졌다. "나오긴 나올 거예요." 그녀는 애매하게 답했다.

"《미시시피 폭스트롯》의 속편인가요?"

"아니에요. 모드와 루비의 이야기는 공식적으로 끝났어요." 그녀는 칼로 목을 긋는 시늉을 했다.

"아." 플로렌스는 조금 맥이 빠지는 기분이었다. 《미시시피 폭스트롯》의 팬들 대부분이 그렇듯, 그녀도 그 후의 이야기가 궁금했다. "사람들이 실망하겠어요."

"그러게요, 내 에이전트가 날마다 그 사실을 일깨워주고 있죠. 독자들한테 제대로 된 결말을 줄 의무가 있다나 뭐라나." 헬렌은 눈동자를 굴렸다.

"작가님은 그렇게 생각 안 하세요?"

헬렌은 웃었다. "의무라니! 말도 안 되지. 그런 게 어디 있어요. 에이전트는 그저 속편을 원하는 거예요, 돈이 될 테니까."

그녀는 오븐에서 닭을 꺼낸 뒤 전문가의 솜씨로 고기를 저며서, 두 접시에 가슴살과 다리를 하나씩 얹었다. 그런 다음, 접시들과 함께 와인 한 병과 샐러드 한 그릇을 식탁에 차렸다. 그녀는 플로렌스에게 앉으라고 손짓했다.

플로렌스는 언제 새 작품을 읽을 수 있느냐고 물었다.

"금방요. 내일쯤. 미시시피 공립학교 출신의 무시무시한 악필을 알아볼 수 있다면." 그녀는 리걸패드•에 초고를 쓴다고 했다. 그 내용을 타이핑하는 것이 플로렌스가 해야 할 일들 중 하나였다.

"초고를 4분의 1 정도 썼어요. 집필을 시작하자마자, 첫 작품보다

● 노란색 바탕에 줄이 쳐진 메모장.

조사할 게 훨씬 더 많으리라는 걸 알았어요. 그래서 당신 도움이 필요해요. 모로코에서 벌어지는 이야기인데, 가본 적 있어요?"

플로렌스는 고개를 저었다.

"모로코에 대해서 아주 잘 쓴 작가가 몇 명 있긴 해요. 타하르 벤 젤룬●과 폴 볼스●● 가 떠오르네요."

"죄송해요, 그분들 작품은 안 읽어봤어요. 읽어볼게요."

"사과할 필요 없어요. 읽으면 도움이 될 만한 책 목록을 적어줄게요. 논픽션부터 시작하죠. 벤 젤룬과 볼스는 잊어요. 오히려 작업에 방해가 될 거예요."

"작가님 작품은 무슨 내용이에요?"

"세부 내용은 아직 구상 중이에요. 큰 줄기를 말하자면, 한 미국 여성이 어린 시절 친구를 위해 모든 걸 내려놓고 모로코로 가는 이야기예요. 물론 거기서부터 재앙이 연달아 일어나죠." 헬렌은 빙긋 웃었다.

와인을 마셔서 긴장이 조금 풀린 플로렌스는 이 틈을 노렸다. "작가님이 여성들의 관계에 대해 쓰는 방식이 좋다고 말씀드리고 싶었어요." 기차역에서부터 여기로 오는 내내 차 안에서 머릿속으로 연습했던 말이었다. 이 말을 뱉자마자, 차 안에서 걱정했던 대로 진부하게 들릴까 봐 두려웠다.

"그야, 남자들이 나한테 별로 관심이 없거든." 헬렌은 이렇게 말하고는 웃었다.

무거운 침묵이 감돌았다.

"내가 동성애자라는 뜻은 아니에요." 헬렌은 분명히 밝혔다. "남자

● 1987년《신성한 밤》으로 공쿠르상을 수상한 모로코의 작가.
●● 아프리카를 배경으로 한 소설을 여럿 발표한 미국의 작곡가 겸 작가.

들이랑 자요. 가끔. 하지만 남자들이랑 연애하고 싶은 생각은 없어요. 한 명도 없더라고요…… 괜찮은 남자가. 괜찮은 여자들은 많이 봤지만. 남자들은 참 둔해요. 섬세함이라곤 없죠." 그녀는 말을 이었다. "예전에 사귀던 남자랑 주말여행을 같이 간 적이 있어요. 호텔에서 보니까 팁을 어떻게 주는지 전혀 모르더군요. 벨보이한테도, 객실 청소 직원한테도, 안내원한테도 안 주는 거예요. 언제, 누구한테, 얼마를 줘야 하는지 나한테 계속 묻는데, 정이 뚝 떨어졌죠. 그때 깨달았어요, 팁을 어떻게 주는지 모르는 남자하고는 절대 못 사귀겠구나. 그런데 나중에는 팁을 너무 매끄럽게 잘 주는 남자도 싫더라고요. 어찌나 잘난 척 심하고 건방진지. 그럼 누가 남겠어요?"

"중간 정도로 팁을 주는 남자가 있을지도 모르잖아요."

"아니요, 뭐든 중간이라는 건 없어요."

플로렌스는 중간에 속하는 온갖 것들이 생각났다. 사실 그녀에게는 세상 전체가 중간 지대처럼 느껴졌다. 하지만 그냥 입을 다물었다.

"중간에 있는 사람들은 이도 저도 아닌 어중간한 인간들이죠." 플로렌스의 마음을 읽기라도 한 것처럼 헬렌이 말했다.

곧 접시에는 기름투성이 닭뼈와 힘줄만이 남았다. 하지만 두 사람은 계속 식탁에 앉아 남은 와인을 마셨다. 그들의 대화에서 초반의 어색함이 많이 사라졌다. 밖에서는 귀뚜라미들이 귀뚤귀뚤 힘차게 울어댔다.

"괜찮으세요?" 플로렌스는 더 참지 못하고 물었다. "《미시시피 폭스트롯》을 쓴 사람이 작가님이라는 걸 아무도 몰라요."

"Bene vixit, bene qui latuit."

플로렌스는 고개를 끄덕이고는 말했다. "죄송해요, 무슨 뜻이죠?"

"라틴어예요, 오비디우스의 말이죠. '꼭꼭 숨어 지내는 자가 값진 인생을 보내는 자다."

"아."

플로렌스의 당혹스러운 표정을 보고 헬렌이 웃었다. "신경 쓰지 말아요. 괜히 신비로운 척해본 거니까. 짧게 답하자면, 괜찮아요. 내가 《미시시피 폭스트롯》을 쓴 작가라는 사실을 알아주는 사람이 없어도."

"그런데 왜 그러셨어요? 그렇게까지 비밀로 하신 이유가 뭐예요?"

헬렌은 담배에 불을 붙이고 창 쪽으로 시선을 돌렸다. "멍청한 짓 같아요? 아니에요. 그때 난 어렸어요. 책을 썼을 때 20대 중반이었죠. 당신 나이쯤이었을 거예요."

플로렌스는 끼어들 수밖에 없었다. "잠깐만요. 그럼 작가님 나이가 겨우…… 서른셋? 서른넷?"

헬렌은 웃었다. "그렇게 예의 차릴 거 없어요. 서른둘이에요."

플로렌스는 깜짝 놀랐다. 그녀의 눈에 헬렌은 더 나이 들어 보였다. 생각해보면, 《미시시피 폭스트롯》에는 사춘기 시절을 떠올리게 하는 내용이 많았다. 모드와 루비의 동급생들 중에 휴대전화를 가진 아이들도 몇 명 있었다. 부시가 대통령이었다. 이런 사실을 깨닫고 나니 그녀 자신의 무능함이 더욱 뼈저리게 느껴졌다. 그녀는 베스트셀러는커녕 작품으로 쓸 이야깃거리도 없어 헤매고 있었다. 아마도 그래서 헬렌이 더 나이 들어 보이는지도 몰랐다. 훨씬 더 많은 걸 이루었으니까.

"어쨌든." 헬렌은 플로렌스의 괴로운 속내를 전혀 알아채지 못한 채 말을 이었다. "그때 잭슨에서 살았는데, 어느 교과서 출판사에서 교정 일을 했어요. 소설은 거의 점심시간에만 썼죠. 신기한 건, 내 유일한 소원이 뉴욕으로 가서 유명한 작가가 되는 거였는데…… 그 작품을 쓸 때는 그런 욕심이 없었어요. 그냥 쓸 수밖에 없었거든. 내 안에서 그걸 끄집어내야 다음으로 넘어갈 수 있을 것 같았죠." 그녀는 고개를 돌려 플로렌스를 쳐다보았다. "촌충 없애는 법 알아요?"

플로렌스는 고개를 저었다.

"칠흑같이 캄캄한 방으로 들어가서, 따뜻한 우유 한 잔을 얼굴 앞으로 들어 올려요. 그러면 콧구멍에서 벌레가 쑥 나오죠. 그때 얼른 잡아서 뽑아내면 돼요.《미시시피 폭스트롯》을 쓰는 과정이 꼭 그랬죠. 격렬하고, 고통스럽고, 기괴하고. 하지만 궁극적으로는 마음이 치유됐어요. 그 작품과 관련해서 뉴욕으로 가고 싶지는 않았어요. 백지상태로 시작하고 싶었거든요. 미시시피주 하인스빌을 아는 사람이 아무도 없는 곳으로 가고 싶었어요."

플로렌스는 그 도시 이름을 머릿속에 새겨두었다.

"그냥 필명으로 작품 하나를 쓴 다음 뉴욕에 가서 헬렌 윌콕스로 화려하게 데뷔하자, 그렇게 생각했어요. 19세기 초에 미국 서부를 횡단하는 어느 가족의 수세대에 걸친 방대한 이야기를 쓰겠다고 거창한 계획까지 세웠죠. 그런데 이렇게 써봐도 저렇게 써봐도 항상 막히더군요. 나 자신의 이야기에서 벗어날 수가 없었어요."

헬렌은 의자를 거칠게 밀어내고, 냉장고 근처에 있는 수납장으로 갔다. 거기서 위스키 한 병과 유리잔 두 개를 꺼냈다. 술을 조리대에 조금 흘리며 대충 따라 한 잔을 플로렌스에게 건넸다.

"그런데." 그녀의 말이 이어졌다. "뜻밖에도《미시시피 폭스트롯》이 성공을 거둔 거예요. 그 칙칙한 촌구석 이야기에 흥미를 가질 사람이 수백만 명은 고사하고 한 명이라도 있을까 했는데. 그 소설을 내 눈앞에서 치워버리면 거기에서 벗어날 수 있지 않을까 싶어서 에이전시에 보냈던 건데. 그레타 프로스트한테 연락을 받았을 땐 놀라서 기절하는 줄 알았다니까요. 나중에 책이 정말 잘 팔리기 시작하니까, 그레타가 두 번째 작품의 계약금으로 말도 안 되는 액수를 주더군요. 지금은 기억도 잘 안 나는 한 페이지짜리 줄거리 요약만 보고. 그게 벌써 일 년도 더 전의 일이네요. 그리고 여전히 에이전시는 모드 딕슨에게 돈을 지불하고, 독자들은 모드 딕슨의 작품을 읽고 있죠. 내가 나서서 정체를 밝히면 모든 게 망가져버릴 거예요. 사람들은 진실을 원한다고 말하지만, 정작 진실을 알고 나면 실망하는 법이거든요. 진실은 미스터리보다 재미없는 법이니까. 믿을지 모르겠지만, 내 본명으로 작품을 발표하겠다고 그레타를 설득도 해봤어요. 하지만 그레타가 맞아요. 그건 말이 안 되는 거예요. 평생 난 모드 딕슨에 얽매여 있어야 해요."

"그나저나 그 이름은 어디서 따오신 거예요?" 플로렌스가 물었다.

헬렌은 담뱃재를 접시에 톡톡 털었다. "앨프리드 테니슨의 시 〈모드〉에서요. 알아요?"

플로렌스는 고개를 저었다.

"읽어봐요. 멋지니까. 온갖 기묘하고 어두운 의미들이 숨어 있는 사랑 이야기예요. 테니슨은 모드를 '불완전하게 완전하고, 차갑게 평범하며, 화려하게 무가치한' 사람으로 표현하죠. 끝내줘요."

"딕슨은요?"

"대학 시절 룸메이트요. 그 친구의 가운데 이름이 딕슨이었죠." 헬렌은 어깨를 으쓱했다. "견딜 수 없이 싫은 애였지만."

"고향을 떠난 후에도 계속 루비와 연락하고 지내셨나요?"

헬렌은 입술을 꾹 다문 채 크게 미소 지었다. 앞으로 플로렌스가 익숙해질 표정이었다. "플로렌스, 그건 그냥 소설이에요."

＊

　그들이 술을 다 마셨을 땐 11시가 지나 있었다. 헬렌은 설거지를 하겠다는 플로렌스의 제안에 손사래를 쳤다. "가서 좀 자요." 그녀는 립스틱 자국이 묻은 담배를 비벼 끄면서 말했다.

　"작가님이야말로." 플로렌스는 이 표현을 사용할 기회가 생겨 기뻤다. 기차역에서 헬렌이 그렇게 말했을 때 풍기는 지적인 분위기에 감탄했었다.

　플로렌스는 술기운에 알딸딸해진 상태로 별채를 향해 걸었다. 중간쯤 가서 고요한 어둠 속에 뒤를 돌아보았다. 모든 창문에 불이 켜져 있고, 헬렌은 부엌 싱크대 앞에 서 있었다. 다시 음악을 틀어놓고 지휘를 하는 중이었다.

　플로렌스는 소리 없이 웃었다. 누구보다 닮고 싶은 헬렌을 바로 곁에서 관찰할 수 있는 기회를 얻었다. 이 기회를 허비하지 않으리라, 그녀는 속으로 엄숙하게 맹세했다.

15

다음 날 아침 플로렌스는 6시에 일어났다. 해가 뜨자 샤워를 하고, 집 뒤의 숲을 잠깐 산책했다. 별채로 돌아와 보니 엄마에게서 온 새 음성 메시지가 있었지만 그냥 무시했다. 9시에 본채로 갔더니, 헬렌이 다이닝룸의 식탁에서 신문을 읽고 있었다.

"커피 만들어놨어요." 그녀는 고개를 들지도 않고 말했다.

플로렌스가 머그잔을 들고 돌아오자, 헬렌은 맞은편 의자를 발로 밀어냈다.

"좋아요." 그녀가 말했다. "본격적인 임무를 줄게요. 나한테 백 통의 안 읽은 이메일이 있어요. 바로 당신이 백 통의 이메일을 읽고 답장을 보내야 한다는 뜻이죠."

프로스트/볼른의 그레타나 그녀의 비서인 로런이 보낸 이메일이 대부분이라고, 그녀는 설명했다. 인터뷰나 방송 출연, 독자의 편지에 대한 답장 등등을 요청하는 내용이라고 했다. 헬렌은 식탁에 놓인 랩톱 컴퓨터를 열어, 'maud.dixon.writer@gmail.com'이라는 계정에 로그인했다. 그런 다음 화면을 플로렌스 쪽으로 휙 돌렸다. "자, 첫 이메일은 같이 해보죠."

플로렌스는 가장 최근에 온 이메일을 열었다. 그레타가 보낸 것이었다.

안녕하세요, M.

플로렌스하고는 어떤가요?

플로렌스는 초조하게 웃으며 제안했다. "다른 걸로 할까요?"

"지금 바로 답장해요." 헬렌이 말했다. "전부 다."

"알았어요……." 플로렌스는 손가락을 들어 키보드를 향하다가 멈추고 말했다. "잠깐만요. 그레타가 작가님을 M이라고 불렀는데, 모드의 M인가요?"

"맞아요. 모드 딕슨의 에이전트와 내 본명을 연결 지을 만한 건 뭐든 해킹당하면 안 되니까. 조심 또 조심해야죠. 이젠 습관이 돼버렸지만."

"하지만 제가 보내는 이메일에는 제 이름을 써야겠죠?"

"사실 그 문제는 생각 안 해봤는데. 그래요, 괜찮을 거예요. 내 본명만 안 쓰도록 조심하면 돼요. 이제 써봐요."

플로렌스는 애거사에게 배웠던 프로다운 무감정한 어조의 답장을 쳤다.

안녕하세요, 그레타.

작업은 문제없이 잘 진행되고 있어요. 신경 써주셔서 고맙습니다.

플로렌스 드림

플로렌스는 묻는 듯한 표정으로 컴퓨터 화면을 헬렌 쪽으로 돌렸다. 헬렌은 답장을 읽어보더니 눈동자를 굴렸다. 컴퓨터를 자기 쪽으로 다시 돌려서, 플로렌스가 쓴 내용을 고쳤다.

우리는 급속히 친해지고 있어요.

그녀는 '발송'을 클릭한 다음 플로렌스를 보며 말했다. "알아둬요. 난 남한테 적당히 맞춰주는 건 딱 질색인 사람이에요."

헬렌을 대신해서 답장을 쓰는 일 외에도, 플로렌스는 집필을 위한 취재를 돕고 헬렌의 초고를 타이핑해야 했다. 헬렌이 큼직하고 구불구불한 악필로 가득 찬 종이들을 한 무더기 건넸다. "당신을 위해 모아두고 있었죠. 타이핑은 따분해서 진저리가 나거든요."

"저한테 맡겨주세요." 플로렌스는 이렇게 말하고 초고를 랩톱 옆에 둔 다음, 헬렌이 말을 잇는 동안 그쪽으로 눈을 돌리지 않으려 애썼다.

일주일에 한 번 청소를 하고 장을 보는 여자가 오긴 하지만, 나머지 일상적인 일들은 플로렌스가 처리해야 한다고 했다. 신용카드 대금, 전화 요금, 인터넷 요금, 대출금 등등 온갖 요금을 내는 일도 여기에 포함되었다. 헬렌은 은행 계좌들과 비밀번호들을 태연하게 건넸다. 지나치게 순진한 걸까, 아니면 플로렌스를 철석같이 믿는 걸까. 플로렌스는 후자라고 생각하기로 했다.

"더 넓은 세계와 엮이는 게 싫어요." 헬렌은 해명하듯 말했다. "불편하지만 않으면 정말 은둔해버리고 싶어요. 게다가, 조금이라도 복잡한 일은 정말 젬병이거든요. 한번은 비행기표를 예약하는데, 날짜뿐만 아니라 연도까지 엉뚱한 표를 사버렸다니까요. 그런 자질구레한 일은 통이 작은 사람들한테 맡겨야지."

플로렌스는 헬렌을 힐끔 쳐다보았다. 방금 그 말이 새 조수에 대한 모욕이라는 걸 모르나? 하지만 헬렌은 계속해서 지시를 내릴 뿐이었다.

그녀는 본명으로도 지메일 계정을 하나 가지고 있다면서, 거기에 접속해서 여러 온라인 계정들을 전부 관리하는 방법을 보여주었다. 플로렌스는 받은 메일함을 얼른 쭉 훑어보았다. 대부분이 아마존 주문 확인서, 은행 통지서,《뉴욕 타임스》의 뉴스 요약본이었다.

10시에 헬렌은 커피를 들고 위층 집필실로 올라가면서, 플로렌스에게 모드 딕슨 앞으로 온 이메일을 처리해달라고 했다. 플로렌스는 안 읽은 메시지들 중 가장 최근에 온 것을 열었다. 전날 아침 그레타가 보낸 이메일이었다.

> 안녕하세요, M.
>
> 데보라가 두 번째 작품은 어떻게 되어가냐고 또 안달이네요. 내가 뭐라고 답해야 할까요? 출판사 쪽에 성의를 보여야 해요. 첫 챕터라든가. 좀 더 자세한 줄거리라든가. 타임라인이라든가. 뭐든지요. 같이 의논해봐요. 전화 주세요.
>
> G.

플로렌스는 왠지 죄를 짓는 듯한 기분이 들어 주위를 힐끔 돌아보았다. 이런 이메일은 헬렌이 남에게 보여주고 싶지 않을 것 같았다. 그녀는 얼른 그것을 닫고 '읽지 않음'으로 표시해두었다. 다음 이메일역시 그레타에게서 온 것이었지만, 헬렌이 미리 알려준 내용에서 크게 벗어나지 않았다.

> M—
>
> NPR의 〈프레시 에어〉에서 인터뷰 요청이 들어왔어요. 작가님이 직접 출연할 필요는 없어요. 방송국용 음성 변조기를 사용하면 될 것 같은데. 작가님

생각은 어때요? 사람들의 머릿속에 모드 딕슨이라는 이름을 계속 환기해주는 게 좋을 것 같아요. 데뷔작 출간 후 한참이나 지나서 두 번째 작품이 나오는 거니까요. 의견 주세요.

G.

플로렌스는 그레타의 말에 일리가 있다고 생각했지만, 헬렌이 분명히 해두었다. 무조건 부정의 답을 하라고. 플로렌스는 지금까지 배웠던 동업자 간의 예의 같은 건 전부 접어두고, 헬렌의 목소리로 쓰려 애썼다.

그레타,
인터뷰 거부 원칙은 예외 없이 적용될 거예요.

플로렌스는 마우스를 '발송' 버튼으로 옮겼지만, 클릭하지 않았다. 그럴 수는 없었다. 이런 답장을 그레타 프로스트에게 보내다니. 그녀는 썼던 내용을 지우고 다시 키보드를 두드렸다.

안녕하세요, 그레타,
유감이지만, 작가님은 NPR과 인터뷰하지 않겠대요. 이해해주시기 바랍니다.
플로렌스 드림

그녀는 '발송' 버튼을 눌렀다. 받은 메일함으로 되돌아갔더니, 헬렌의 두 번째 작품을 문의한 그레타의 이전 메시지가 사라지고 없었다. 플로렌스는 천장을 힐끔 올려다보았다. 헬렌이 삭제한 것이 분명했다. 저 위에 랩톱이 한 대 더 있나?

그 후 몇 시간 동안 플로렌스는 잔뜩 밀려 있는 모드 딕슨의 이메일들을 하나씩 처리했다. 그러다가 기분 전환도 할 겸, 헬렌의 모건 스탠리 은행 계좌에 로그인해보았다. 잔고를 본 그녀의 눈이 휘둥그레졌다. 300만 달러가 넘는 돈이 들어 있었다. TV 판권까지 팔렸으니 《미시시피 폭스트롯》으로 그 정도는 벌었으리라 예상은 했지만, 그 액수를 직접 눈으로 보는 건 또 달랐다. 끝에 몇 센트까지 붙어 있으니 더욱 현실로 다가왔다. 그 어마어마한 돈이 있으면 뭘 할까 생각해봐도 상상이 잘 되지 않았다. 헬렌과 똑같이 하지 않았을까. 집을 사고, 칩거하면서 토마토를 키우고.

오후 2시가 되어서도 헬렌은 아래층으로 내려오지 않았다. 플로렌스는 냉장고에서 찾은 칠면조 고기와 빵으로 샌드위치를 만들어 먹고, 커피를 마신 다음, 주전자를 씻었다. 임시 책상으로 쓰고 있는 식탁에 다시 앉은 플로렌스는 드디어 헬렌의 자필 원고를 집어 들었다.

그녀의 손안에 있었다. 모드 딕슨의 다음 소설이.

헬렌이 첫 페이지의 맨 위에 휘갈겨 써놓은 것은 아무래도 챕터 제목 같았다. '괴물들의 시대.' 그 뒷부분을 쭉 훑어보았지만 헬렌의 글씨를 거의 알아볼 수가 없었다. 눈을 가늘게 뜨고 첫 문장을 읽어보았다.

밤에 바람이 […] 날씨가 […], 그래서 하늘이 […] 되고……

플로렌스는 다음 페이지로 넘어갔다. 역시 알아볼 수 없는 단어들로 가득 차 있었다.

그녀는 귀를 기울였다. 그녀를 잠에서 깨운 건 […] 소리였을까? 바닷물이 바위에 부딪는 소리만 끊임없이 들려왔고, 저 멀리 아래에서 […]가 […]에 붙들려 있는 것 같았다. 그녀는 눈을 떴다. 방 안에는 휘황한 달빛이 가득했다. […]에서 들어왔지만, 사방에 보이는 거라곤 바다 위 […] 밤하늘의 빛뿐이었다. 침대에서 나간 그녀는 […]에 있는 문을 열어보았다. 잠겨 있다는 걸 확인하기 위해.

플로렌스는 원고를 내려놓고 손톱을 깨물었다. 어떻게 해야 할지 알 수 없었다. 이 원고를 컴퓨터로 옮기려면 빈칸 채워넣기 게임이라도 해야 할 판이었다. 그녀는 일어나서 계단 밑으로 갔다. 2층으로 올라와도 좋다는 허락을 아직 헬렌에게 받지 못했다. 계단을 절반쯤 올라가니 복도를 들여다볼 수 있었다. 모든 문이 열려 있는데 하나만 닫혀 있었다. 헬렌의 집필실인 모양이다. 플로렌스는 밟을 때마다 삐걱거리는 계단을 끝까지 올라가, 문 앞에서 귀를 기울였다. 아무 소리도 들리지 않다가 느닷없이 방 안에서 요란한 쿵음이 울렸다. 플로렌스는 화들짝 놀랐다. 방 저쪽에서 묵직한 무언가가 던져진 것 같았다. 그녀는 잠깐 더 서 있다가 몸을 돌려 살금살금 계단으로 돌아가기 시작했다.

바로 그때 방문이 홱 열리더니 헬렌이 나타났다. 단단히 화가 난 표정이었다.

"여기서 뭐 하는 거예요?"

"죄송해요. 전……."

"굳이 말할 필요가 없을 줄 알았는데, 보아하니 해야겠군요. 내가 작업하는 동안에는 방해하지 말아요. 다시 집중하기가 아주 힘들단 말이에요."

"정말 죄송해요, 다시 내려갈게요."

"뭐, 이미 방해한 거, 무슨 일인지 얘기나 해봐요."

"작가님 글씨요." 플로렌스는 원고를 내밀며 말했다. "알아보기 힘든 부분이 몇 군데 있어서요."

"미쳐." 헬렌은 짜증스럽게 원고를 낚아챘다.

헬렌이 원고를 살피는 동안 플로렌스는 그녀 뒤의 방을 훔쳐보았다. 책들이 가득 꽂힌 붙박이 책장과 튀르키예(터키)산으로 보이는 낡은 카펫이 있었다.

"어디가 이해가 안 돼요?"

플로렌스는 손가락으로 짚었다. "여기랑 여기요. 그리고 여기도요."

"여긴 '반짝이는'. 그리고 여긴, 여긴 그냥 앰퍼샌드(&)잖아요."

"그럼 이건요?" 플로렌스는 갈겨 쓴 또 다른 단어를 가리키며 물었다.

헬렌은 종이를 얼굴로 더 가까이 가져갔다가 환한 쪽으로 기울였다. 잠시 후 그녀는 한숨을 내쉬며 원고 뭉치를 플로렌스에게 돌려주었다. "나도 모르겠어요, 플로렌스. 당신이 알아서 해요. 짐작 가는 단어들 중에 제일 나은 걸 적고 밑줄을 그어놓든가 해요. 그럼 내가 나중에 볼 테니까."

거듭 사과하는 플로렌스의 면전에 대고 헬렌은 시원하게 문을 닫아버렸다.

플로렌스는 바보가 된 기분으로 터벅터벅 다이닝룸으로 내려갔다. 헬렌도 읽지 못한 마지막 단어를 보았다. 'p'로 시작한다는 것 말고는 전혀 종잡을 수 없었다. 그녀는 문장을 다시 읽어보았다.

그녀는 자신과 관련해서 '강압적'이라는 단어가 사용되는 걸

든자마자, 그 말이 완벽한 진실일 뿐 비난의 뜻이 아니라는 걸 알면서도, 품위 없는 […] 동물이 된 것 같은 기분이 들었고, 그 느낌이 불쾌했다.

플로렌스는 손가락으로 아랫입술을 톡톡 쳤다. '포식(predatory)'? 맞아. 그녀는 확신에 차 고개를 끄덕였다. 그 단어를 쳐넣고 밑줄을 그으며, 정답이기를 빌었다. 헬렌에게 인정받고 싶은 마음 때문만은 아니었다. 이젠 그녀가 조금 무서웠다.

16

그 후 며칠을 지내면서 헬렌과 플로렌스의 생활에 일정한 리듬이 생겼다. 플로렌스는 9시나 10시쯤 본채로 갔다. 보통은 헬렌과 함께 커피를 마시며 그날의 일정을 점검했다. 그렇지 않은 날에는 그녀가 할 일이 적힌 메모지가 부엌 조리대에 남겨져 있었다. 주로 타이핑과 이메일 답신에 관한 내용이었다. 헬렌은 또 플로렌스에게 모로코의 역사와 문화에 관한 책들을 읽고 새롭게 알게 된 사실들을 요약해달라고 했다.

헬렌은 플로렌스에게 두 번 차를 빌려주었다. 허드슨으로 가서 필요한 책이나 그녀가 좋아하는 샤토네프 뒤 파프 와인 몇 병을 사 오라는 것이었다. 매번 그녀는 플로렌스에게 느긋하게 즐기다 오라고 말했다.

진짜 허드슨이라 부를 법한 그곳은 플로렌스가 상상했던 것만큼 매력적이고 그림처럼 아름다웠다. 하지만 다리를 건너 케이로로 들어서는 순간 풍경은 쓸쓸하게 변하기 시작했다. 기차역에서 헬렌의 집으로 갈 때 우회하는 허드슨의 중심가에는 제과점, 인테리어 가게, 햇볕 잘 드는 식당들이 가득 들어서 있었다.

하지만 두 번째로 방문했을 때 도시의 매력에 뭔가 인위적인 면이 보이기 시작했다. 계속 브루클린에 사는 느낌으로 시골 생활을 체험하고 싶은 사람들을 위해 설계된 것 같았다. 게다가 수작업으로 홀치기 염색한 식탁보나 유목(流木)을 재생해 만든 예술품이 부티크에서 아주 비싼 값에 팔리는 모양이었다. 왜 헬렌이 멋이라고는 없는 케이로에 정착했는지 이해가 갔다.

헬렌은 도시에 잘 나가지 않았다. 대부분의 시간을 집에서 보냈다. 플로렌스는 헬렌의 조수로 일한 지 2주 차가 되었을 때 처음으로 집에 혼자 있게 되었다. 헬렌은 행선지를 밝히지 않은 채, 그저 몇 시간 후에 돌아오겠다고만 했다.

차가 떠나고 몇 분이 지나자, 플로렌스는 이 집에 도착한 후로 쭉 하고 싶었던 일을 했다. 살금살금 2층으로 올라가 헬렌의 집필실로 들어갔다. 방의 두 벽에 달린 창에서 흘러든 햇빛이 공기 중에 맴도는 먼지 티끌들을 비추었다. 플로렌스는 헬렌의 의자에 앉았다. 의자의 골진 캐러멜색 가죽은 많이 사용된 만큼 닳아 있었다. 그녀는 흠집이 많이 간 목제 책상을 두 손으로 훑어보았다. 맨 위 서랍을 열어보니 랩톱이 들어 있었다. 그녀는 문을 힐끔 보고는 랩톱을 꺼내어 열었다. 화면이 켜졌지만, 비밀번호를 요구하는 대화상자가 떴다. 플로렌스는 얼른 랩톱을 닫고 원래 자리로 되돌려놓았다. 그러고는 의자에 기대앉아 눈을 감았다. 마치 그녀의 집필실인 양. 그저 이 아름다운 방에 앉아 그녀가 원하는 건 뭐든 쓰기만 하면 되는 것처럼.

갑자기 아래층에서 쾅 하는 소리가 들려서 그녀는 의자를 바닥으로 굴리며 방에서 쏜살같이 뛰쳐나갔다. 아래층으로 내려가보니, 바람에 부엌문이 닫혔을 뿐이었다. 그녀는 급하게 집필실로 다시 올라가, 들어갔을 때 모습 그대로인지 확인했다.

이렇게 중단되고 만 위층 침략은 그녀의 호기심을 전혀 누그러뜨리지 못했다. 오히려 더 대담하게 만들었다. 그녀는 헬렌의 이메일을 살살이 살펴면서, 개인적인 무언가를 찾아보았다. 세 번째 페이지에서 마침내 '투란도트?'라는 제목의 메시지를 발견했다. 그 메시지를 열었다.

헬렌,

4월 5일에 〈투란도트〉 보러 가는 거 어때요? 작년에도 보긴 했지만, 이번 공연이 정말 대단할 거라고 하네요. 답장 기다릴게요.

실비

플로렌스는 이메일 주소에 그 이름이 있나 검색해보았다. 실비 댈라우드. 뉴욕에 사는 건축가였다. 플로렌스는 받은 메일함을 검색해, 이메일을 더 찾았다. 수십 통이었는데, 거의 모두가 오페라와 관련된 내용이었다. 헬렌의 답장은 실비의 메시지만큼이나 정중하고 형식적이었다. '적당히 맞춰주는 건 싫다더니' 하고 플로렌스는 생각했다.

11월까지 거슬러 올라가서야, 실비가 아닌 다른 사람에게서 온 사적인 이메일이 나왔다.

헬렌! 네가 맞았으면 좋겠네. 방금 대프니랑 우연히 만나서 네 이메일 주소를 받았는데, 이 주소로 연락 안 한 지 한참 됐다고 하더라. 어떻게 지내니? 결혼은 했어? 아이는? 지금은 어디서 살고 있어? 난 아직 잭슨에 있고, 팀이랑 결혼했어. 귀여운 딸이 둘이고 셋째를 기다리는 중이야. 팀은 자기가 이렇게 디즈니 공주들에 대해서 빠삭해질 줄은 몰랐을걸? 하하하. 암튼! 그냥 안부 인사나 하고 싶었어. 우리끼리는 아직도 자주 만나는데, 너하고는 너무 오래 얘기를 못 했네. 한번 놀러 안 올래? 얼마 전에 집을 확장해서(말도 마, 힘들어 죽는 줄 알았어!) 게스트룸에 네 이름까지 붙여놨어.

사랑을 담아, 토리가

플로렌스는 보낸 메일함을 뒤져보았다. 헬렌은 답장하지 않았고, 토리는 그 후로 다시 연락하지 않았다. '암튼!'이라고 편하게 말을 거는 사람에게조차 답을 하지 않은 것이 헬렌답게 느껴져 그리 놀랍지 않았다.

헬렌의 검색 기록을 들여다보니 별로 일관성이 없어 보였다. 젤랑 키스키스 셰이핑 크림 립 컬러 '레드 패션'. 해외에서 여권을 분실했을 때 재발급하는 방법. 미시시피주 가석방 규정. 리사 블랙퍼드라는 사람. 모로코의 세맛이라는 곳에 있는 식당. 플로렌스의 링크드인● 페이지와 인스타그램 계정. 플로렌스는 얼굴을 붉혔다. 팔로워가 겨우 서른 명밖에 안 되고, 거리에서 본 개 사진이나 책에서 읽은 글귀들만 올려놓은 그녀의 인스타그램을 헬렌이 본다고 생각하니 너무 창피했다.

하지만 고용할 사람을 사전에 조사하는 건 당연한 일이다. 게다가, 헬렌이 플로렌스의 소셜 네트워크 규모를 비웃을 만한 처지도 아니었다. 이메일을 보낸 실비와 토리 외에는 친구가 전혀 없어 보였다. 플로렌스가 여기서 지내는 동안 이 집의 유선전화가 울린 적은 딱 두 번밖에 없었다. 첫 전화는 텔레마케터에게서 온 것이었다. 두 번째는 그레타였는데, 헬렌은 플로렌스에게 자신이 집에 없다고 말해달라고 부탁했다.

헬렌과 통화하지 못한 그레타는 며칠 후 플로렌스에게 직접 전화

● 세계 최대의 비즈니스 전문 소셜 미디어 서비스.

를 걸었다.

"출발이 좋다니 다행이네요." 그녀가 말했다.

"맞아요, 고맙습니다." 플로렌스는 이렇게 대답했지만, 왜 그레타가 그녀의 휴대전화로 연락했는지 알 수 없었다.

"그리고 우리가 오래전에 보낸 이메일들을 한꺼번에 처리하느라 고생했어요. 재미있는 작업은 아니지만, 꼭 필요한 일이니까요."

"별말씀을요." 플로렌스는 조심스레 답했다. 그레타는 첫 만남 때와는 딴판으로 공손했다.

"저기, 저번에 받았던 단편소설들을 읽어봤는데 당신한테 상당한 잠재력이 있는 것 같아요. 아직 출판 가능한 수준이라고는 할 수 없지만, 그 문제는 우리가 같이 해결해가면 돼요, 당신이 괜찮다면요."

우리?

그레타가 말을 이었다. "당신도 잘 알겠지만, 소설집은, 더군다나 무명작가의 책이라면 정말 안 팔려요. 하지만 불가능한 것도 아니죠."

"안 그래도." 플로렌스는 허둥지둥 해명했다. "장편을 기획 중이에요. 여기서 작가님을 돕는 동안 써보려고요."

"잘됐네요. 초고가 완성되면 나한테 보내줘요."

"정말요?"

"그럼요. 준비가 되면 로런한테 연락해서 통화 시간을 정해요. 저, 플로렌스, 단도직입적으로 얘기하겠는데, 당신이 보답으로 내게 해줄 수 있는 일이 있어요."

플로렌스는 얼굴을 찡그렸다. 그녀가 그레타 프로스트에게 해줄 수 있는 일이란 게 있을까?

"헬렌이 지금 작업 중인 소설은 당연히 훌륭하겠지만, 헬렌이 너무 쉬쉬하고 있어서 내가 일을 제대로 못 하겠어요. 첫 작품 때보다 더 많은 조사가 필요하다는 건 알아요. 그래서 조수도 뽑았겠죠. 하지만 헬렌은 어떤 조사를 얼마나 많이, 얼마나 오래 진행해야 하는지, 심지어는 지금 진행 중인지도 말을 안 해주는군요. 내가 지금 알고 있는 게 거의 없어요. 헬렌은 타이핑이나 인터뷰, 홍보 같은 일들을 따분해하죠. 보통은 나도 집필을 제외한 일에 신경 쓰지 않도록 배려하는 편이에요. 하지만 조금은 지루한 일들도 누군가는 처리해야 하잖아요. 안 그래요?"

"그렇죠……."

"그래서 전략적인 업무를 당신이 나와 함께 해줬으면 좋겠어요. 그러면 앞으로 당신 경력에도 도움이 될 거예요."

"전략적인 업무요?"

"소설이 성공할 수 있도록 작품 외적인 일을 챙기는 거죠. 헬렌의 편집자를 비롯한 여러 관계자들과 연락을 주고받고, 예고와 출간의 최적기를 정하고, 홍보 계획을 짜는 거예요. 예를 들어, '미시시피 폭스트롯' 미니시리즈가 방송되기 시작할 즈음 두 번째 작품을 출간하는 게 이상적이겠죠. 하지만 물론 뭐라도 하려면 두 번째 작품이 어떤 내용이고 어느 정도까지 진행됐는지 내가 알아야 해요. 이 부분에서 당신이 도움을 줬으면 해요."

플로렌스는 아무 말도 하지 않았다.

"당연히, 헬렌에게 안 좋은 이야기는 굳이 안 해도 돼요." 그레타가 차분하게 말했다.

플로렌스는 시간을 끌었다. "음, 저도 아직은 아는 게 별로 없어요. 두어 챕터밖에 못 읽었거든요."

"괜찮아요. 지금까지 타이핑한 내용을 이메일로 보내줄래요?"

플로렌스는 입술을 잘근잘근 씹었다. "음. 그건 좀 곤란한데요."

"알겠어요, 그냥 없던 일로 해요. 단순하게 가죠. 어떤 내용인지 요점만 말해주겠어요?"

플로렌스는 목소리를 낮추었다. "지금 작가님이 위층에 계세요. 엿들기라도 하시면 어떡해요."

"아, 그렇군요." 그레타가 잠시 입을 다물었다가 다시 말했다. "그럼 오늘 밤에 나한테 전화해줄래요? 당신 소설 건에 관해서도 얘기할 겸. 내가 헬렌만을 위해서 이러는 건 아니에요. 설마, 영원히 작가 조수로 남고 싶은 건 아니죠?"

플로렌스는 바보가 아니었다. 그녀를 이용해 먹으려는 그레타의 속셈을 알고 있었다. 하지만 그레타의 말이 틀린 건 아니었다. 길게 보면, 헬렌보다는 그레타에게서 얻을 것이 더 많았다. 그리고 어쨌거나 그레타와 헬렌은 같은 편 아닌가.

"도와드릴게요." 마침내 플로렌스가 말했다.

"좋아요. 똑똑한 아가씨일 줄 알았다니까. 처음 만났을 때의 헬렌 생각이 많이 나더라고요. 헬렌이 얘기하던가요?"

"작가님 말씀으로는, 수십 명의 에이전트한테 원고를 보냈는데 정말 운 좋게도 당신이 받아줬다고 하던데요."

그레타는 거친 웃음을 짧게 뱉었다. "그래요, 헬렌은 그렇게 말하겠죠. 진상은 조금 더 복잡하답니다. 처음엔, 작품이 아주 강렬하고 잘 쓰긴 했지만 좀 더 다듬을 필요가 있다고 회신을 했죠. 그리고 사실 난 이런 유의 작품은 잘 취급 안 하니까 더 적합한 다른 에이전트들을 찾아보라는 말도 했죠. 몇몇 이름을 알려주기까지 했을걸요.

그러고 나서 몇 주 후에 당시 조수였던 레이철이 내 사무실 밖에서 누군가와 시끄럽게 싸우는 소리가 들리더군요. 무슨 일인가 싶어서 나가봤더니, 눈빛이 예사롭지 않고 남부 억양이 엄청 심한 여자가 있었어요. 처음엔 일부러 과장해서 그런 말투를 쓰는 줄 알았죠. 그 여자, 그러니까 헬렌은 약속을 했다고 우기면서 나를 만나기 전까지는 한 발짝도 안 움직이겠다고 했어요. 무슨 일인지 레이철이 설명해주더군요. 며칠 전에 헬렌이 전화해서는 내가 관리하는 어느 유명한 작가 밑에서 일하는 척하고 그 작가 이름으로 약속을 잡았다는 거예요. 그런 다음 자기가 직접 나타나서 무조건 들여보내 달라고 한 거죠.

뭐, 그 당당함이 통했나 봐요, 결국엔 내가 헬렌을 사무실로 들였으니까. 가장 큰 이유는 레이철이 슬슬 미치려고 하는 게 보여서였지만.

헬렌이 내 책상에 원고를 툭 떨어뜨리더니, 내 의견을 반영해서 수정했으니까 한 번 더 읽어달라고 하더군요. 그런 다음 의자에 털썩 앉아서 이렇게 말하는 거예요. 그 콧소리 섞인 목소리가 아직도 귀에 선하네요. '기다릴게요.'

난 웃어야 할지, 경비를 불러야 할지 알 수가 없었어요. 간단히 말하자면, 주말에 원고를 읽어보겠다고 약속하고 헬렌을 사무실에서 내보냈죠. 그리고 결국 헬렌을 작가로 맞게 됐어요. 당신도 알겠지만, 헬렌이…… 사람을 홀리는 구석이 꽤 있잖아요. 사실, 당신한테서도 그런 배짱과 야심이 보여요."

"고맙습니다." 플로렌스는 그레타의 이 말이 과연 진짜 칭찬일까 의심스러웠다. 야심보다는 재능을 알아주면 좋으련만.

"저기, 오늘 오후에 원고를 한 번 더 훑어보고 밤에 내 휴대전화로 연락 줘요. 난 항상 밤늦게까지 깨어 있으니까 괜찮아요."

플로렌스는 그러겠다고 답하며, 흥분과 수치심이 뒤섞인 감정을 느꼈다.

＊

그날 저녁, 플로렌스는 어떻게든 그레타에게 실망스러운 답을 주지 않으려 진땀을 뺐다. 원고의 일부밖에 보지 못했고, 그마저도 대부분 시간순으로 정리되어 있지 않았다.

"한 60페이지 정도 쓰신 것 같아요. 어릴 적 친구랑 같이 일하려고 모로코로 가는 여자에 관한 이야기예요. 아직은 이렇다 할 사건이 없어요. 하지만 제 생각에는 뭔가 안 좋은 일이 벌어질 것 같아요. 분위기가 굉장히 어둡고 불길해요. 서사를 점점 쌓아가는 중인 것 같은데, 주된 사건이 뭔지는 전혀 감이 안 와요. 아마 작가님 자신도 아직은 모르시지 않을까 싶어요. 뭔가 잘 안 풀리시나 봐요. 집필실에서 물건을 던지고 욕하는 소리가 들리더라고요."

"뭐, 헬렌이 차분하다 할 만한 사람은 아니니까요."

"그런 작가는 거의 없죠."

그레타는 멈칫했다. "헬렌을 너무 치켜세울 필요 없어요, 플로렌스. 헬렌에게 전혀 도움이 안 되니까." 그러고는 그녀의 어조가 바뀌었다. "그나저나, 거기서 지내기 어때요? 헬렌이 같이 일하기에 꽤 까다로운 위인이라는 거 나도 알아요. 같이 사는 건 어떨지 짐작도 못하겠네요, 더군다나 그런 외딴곳에서."

"사실." 플로렌스가 말했다. "마음에 들어요."

진심이었다. 호젓한 곳에서 지내니 마음이 편했다. 플로렌스는 문이 쉴 새 없이 휙 열리고 쾅 닫히는 아파트에서 자랐다. 엄마는 항상 텔레비전이나 라디오를, 혹은 둘 다 켜놓고 있었다. 그리고 절대 입을 다무는 법이 없었다. 노래를 부르고, 콧노래를 흥얼거리고, 혼잣말을 하고, 플로렌스에게 말을 걸고, 통화를 하고, 라디오에, 텔레비전에, 동네 사람들에게, 단골들에게 말을 걸었다. 그리고 그녀의 주된 이야깃거리는 그녀의 딸, 영특한 딸이었다.

두 사람이 함께 쓰는 작은 욕실, 청록색 타일이 붙어 있고 베라의 미용 제품들이 꽉 들어찬 그곳이 플로렌스의 피난처였다. 플로렌스는 기나긴 목욕을 즐겼다. 머리를 물 밑으로 밀어 넣고 무릎을 세운 채 누워서, 사방을 에워싸며 심장 박동에 따라 살짝 전율하는 묵직한 정적을 만끽했다.

여기, 깊은 숲속은 언제나 고요했다. 헬렌이 음악을 틀 때만 빼고는. 하지만 자동차 대리점 광고, 교통 정보 안내, 독설을 쏟아내는 DJ들이 판치던 엄마의 라디오와 달리, 오페라는 거슬리지 않았다. 오히려 아주 시끄러운 형태의 고요 같았다.

플로렌스에게는 헬렌과 오페라의 관계가 매혹적으로 여겨졌다. 어떻게 인구 3,200명(검색해서 알았다)의 미시시피주 하인스빌에서 태어난 헬렌이 베르디 작품의 가사를 외우고, 프랑스어로 토마토가 뭔지 알고 있을까?

플로렌스는 처음 뉴욕에 갔을 때, 그녀만 빼고 모두가 알고 있는 듯한 난해하고 낯설기 그지없는 지식에 주눅이 들었었다. 온라인으로 공부하려고도 해봤지만, 마치 전쟁을 벌이듯 저마다 무섭게 쏟아내는 어마어마한 양의 정보를 따라가기가 벅찼다. 그녀가 원하는 건 모두의 의견이 아니었다. 옳은 의견을 알고 싶었다. 붉은 장미가 왜 촌스럽다는 건지 알고 싶었다. 세련되게 발음하는 법을 알고 싶었다. 어맨다 링컨과 잉그리드 손 같은 사람들은 자기들이 얼마나 특혜받은 인생을 누리고 있는지 절대 이해하지 못할 것이다. 이것이 바로 사회 질서가 유지되는 방식이다. 필립 로스의 책을 읽고, 극장에 다니며, 식사를 마친 후 나이프와 포크를 어디에 두어야 할지 자녀들에게 가르치는 부모 밑에서 자란 사람은 남들을 교양 없거나 상스러운 인간으로 치부해도, 백인 쓰레기라 욕해도 계급 차별주의자라는 오명을 얻지 않는다. 하지만 몸에 딱 붙는 옷을 입고, 태닝 오일을 떡칠하고, 필립 로스가 잭슨빌의 가구 할인점인 줄 아는 엄마 밑에서 자랐다면? 그런 사람이 다른 인생을 원한다면? 어떻게 A라는 인생에서 B라는 인생으로 옮겨갈 수 있을까? 어떻게 하면 B에 어울리는 사람이 될까?

플로렌스는 그 답을 알지 못했다.

하지만 헬렌은 알았고, 어떻게든 그 규칙을 배웠다.

플로렌스는 용기를 짜내어 헬렌에게 비결이 뭐냐고 물었다. 헬렌이 그 질문을 제대로 이해하리라는, 혹은 이해하고 불쾌하지 않으리라는 확신이 없었다. 하지만 헬렌은 솔직하게 답해주었다.

"누구나 짐작할 만한 뻔한 방법이었어요. 아주 가까이에서 지켜본 다음, 똑같이 연기하는 거죠. 아주 오랫동안 그런 척하다 보면 자연스러워지거든요. 그러니까, 정말 그런 사람이 되는 거예요. 진심으로 좋아하지 않으면 오페라를 듣거나 비싼 와인을 즐기긴 어려우니까."

플로렌스는 어릴 때 잠깐 엄마가 그녀를 배우로 만들려 했던 일이 떠올랐다. 엄마는 그녀를 연기 수업에 등록시키고는 헤아릴 수 없이 많은 오디션에 끌고 다녔다. 수업에서 했던 우스꽝스러운 게임, 다른 아이들의 부자연스러운 과잉 연기, 사람들의 관심 등등 거의 모든 부분이 질색으로 싫었지만, 다른 사람인 척하는 건 좋았다. 자신의 버릇을 전부 벗어버리고, 깨끗하고 순수하며 텅 빈 도화지가 되었다.

처음으로 그녀는 자신이 새로운 사람으로 거듭날 수 있다는 걸 깨달았다. 더 나은 사람으로.

뉴욕주 북부에서 고립에 가까운 생활을 하면서, 과정의 전반부는 달성되기 시작했다. 파괴의 과정이다. 지금껏 다른 사람들과의 교류는 그녀의 개성을 구축하기 위한 발판에 지나지 않았다. 그런 교류가 점차 줄어들어 없어지다시피 하자, 감정을 표현할 출구를 잃은 예전의 플로렌스가 서서히 분해되는 것 같았다.

플로렌스는 기꺼이 그 과정에 박차를 가했다. 헬렌이 입지 않을 것 같은 옷은 버렸다. 그러니까, 그녀가 가진 옷 대부분은 사라져야 했다. 색상이 밝거나 주름이 잡힌 건 실격이다. 헬렌은 거의 예외 없이 네이비, 블랙, 화이트 계열에 실루엣이 깔끔한 옷을 입었다. 가끔 얌전한 패턴의 스카프를 감고 조각 같은 액세서리를 걸치긴 했지만, 보통은 치장하지 않았다. 플로렌스는 헬렌이 입는 브랜드를 살 여유가 없어서, 디자인을 흉내 낸 자라와 H&M의 옷을 온라인으로 주문했다. 헬렌의 아마존 주문 내역을 뒤져, 헬렌이 산 책과 그녀가 본 영화를 적어두었다. 플로렌스는 일종의 자기 계발 커리큘럼을 짰다. 헬렌에게 요리를 가르쳐달라고 부탁하기까지 했다.

사람들의 시야에서 점차 사라져 종적을 감추었다가 새로운 모습으로 화려하게 귀환하고픈 욕망이 뜨겁게 불타올랐다. 그 과정을 아무에게도 보여주고 싶지 않았다. 그건 마치 누군가에게 초고를 보여주는 것과 같다. 헬렌과 달리 플로렌스라면 절대 하지 않을 짓이다.

✱

첫 번째 요리 수업에서는 코코뱅●을 배우기로 했다.

3월 말의 창백한 햇살이 창으로 약하게 스며드는 헬렌의 부엌에서 두 여자는 나란히 서 있었다. 이제 겨우 오후 4시였지만 헬렌이 레드와인 두 잔을 따랐다.

"자, 우리 예쁜 새가 어디 있더라?" 헬렌이 물었다. "살짝 씻어주죠."

플로렌스는 냉장고에서 닭을 꺼내어 싱크대로 힘겹게 옮겼다. 닭 껍질 밑으로 움직이는 뼈들이 느껴지자 몸서리를 쳤다. "꼭 놈이 살아 있는 것 같아요"라고 말하는 동시에, 자신이 닭을 '놈'이라고 불렀다는 사실을 의식했다.

"살아 있는 놈이 아닌 걸 다행으로 알아요. 우리 할머니는 여덟 살배기인 나한테 닭 대가리를 자르게 시켰다니까요."

플로렌스는 설마 하는 마음에 헬렌을 힐끔 쳐다보았다. 1995년이 아니라 1945년의 미시시피주 시골에서나 있었을 법한 일 아닌가? 하지만 헬렌의 표정을 보아하니 농담은 아닌 것 같았다.

플로렌스가 미끈거리는 닭을 도마에 올려놓자, 헬렌은 흠진 검은색 자루가 달린 날카롭고 묵직한 칼을 집어 들었다.

"이제 부위별로 토막 내야 해요. 먼저, 다리랑 몸통을 연결하는 부분을 가른 다음 그냥 이렇게……." 닭다리를 힘껏 뒤로 비틀자 툭 하는 소리와 함께 다리가 뽑혀 나왔다. "자, 다른 쪽은 당신이 해봐요." 그녀가 플로렌스에게 칼을 내밀었다.

플로렌스가 닭 껍질을 자른 후 다리를 뒤로 당겨봤지만, 꿈쩍도

● coq au vin, 닭고기와 채소에 레드 와인을 넣어 조린 프랑스 요리.

하지 않았다.

"세게 당겨요." 헬렌이 명령을 내렸다. "그렇게 어중간하게 했다간 아무것도 안 돼요."

"어중간하게 해도 중간은 가지 않겠어요?" 플로렌스가 농담을 던 졌다.

"그러고 싶은 사람이 어디 있어요?" 헬렌은 이렇게 말하며, 차갑고 축축한 손을 플로렌스의 손에 얹고는 넓적다리뼈를 홱 뒤틀었다.

플로렌스가 날개에도 똑같은 과정을 되풀이하고 나자, 헬렌이 칼 로 몸통을 탁탁 몇 번 내리쳐 가슴살을 등에서 떼어낸 후 둘로 갈랐 다. 그런 다음 닭고기 조각들을 큼직한 그릇에 전부 집어넣고, 손을 씻고, 그들이 마시던 와인을 병째로 고기에 붓기 시작했다.

"와인은 얼마나 넣어요?" 플로렌스는 메모하려고 펜을 집어 들며 물었다.

"글쎄요. 몇 번이나 꼴깍거렸지? 세 번?"

플로렌스는 머뭇거리며 '세 번 꼴깍'이라고 썼다. 나중에 혼자 코코 뱅을 만들려고 할 때 아무런 도움도 되지 않을 것 같았다.

헬렌이 타임 줄기를 하나 꺼내더니 엄지와 검지 사이로 훑어내려 자그마한 이파리들을 그릇 속으로 떨어트렸다.

"잠깐만요, 타임은 얼마나 넣어요?" 플로렌스가 물었다.

헬렌은 눈동자를 굴렸다. "0.3그램."

플로렌스는 그렇게 적기 시작했다.

"플로렌스. 농담이에요. 무게 안 쟀어요."

플로렌스는 바보가 된 기분으로 펜을 조리대에 내려놓고 공책을 덮었다. 헬렌이 처음부터 끝까지 즉흥적으로 요리한다면, 무슨 수로 배운단 말인가? 전체적인 틀 같은 것이 필요하다.

"정말 레시피는 안 보세요?"

"못 봐주겠더라고요. '노릇노릇하고 흐물흐물해질 때까지 양파를 설탕에 조린다.' '보드라운 퓌레로 만든다.' 헬렌은 다시 눈동자를 굴렸다. "서민적이고 현실적인 척하지만, 너무 가식적이에요. 껍질이 딱딱한 양질의 빵에 버터를 한 번 발라 요리와 함께 대접하라는 소리를 한 번만 더 들으면 비명을 질러버릴 거예요. 난 보통 재료랑 요리 방법만 대충 본 다음, 나머지는 알아서 해요. 망치면 망치는 거죠. 사람들은 실수하는 걸 너무 두려워하더군요. 뭐, 계획을 세우고 조사를 하는 건 괜찮아요. 하지만 행동할 때가 되면 그냥 행동하라고요, 제발 좀."

플로렌스는 자신이 그럴 수 있다는 걸 증명해 보이고 싶어서, 칼을 잡고 버섯 하나를 반으로 툭 잘랐다. 나머지 버섯들도 거침없이 자르려다 직전에 겨우 멈추었다. 갑자기 사방에 튄 피를 본 것이다. 그녀는 깜짝 놀라 손가락을 들어 올렸다. 손가락 마디 바로 위쪽이 1센티미터 넘는 길이로 깊이 베여 있었다.

헬렌은 웃음을 터뜨렸다. "맙소사, 내 충고를 그렇게 곧이곧대로 받아들일 줄은 몰랐네요." 그녀는 플로렌스에게 종이 타월을 한 장 던져주었다. "반창고 필요해요?"

플로렌스는 손가락을 내려다보았다. 상처를 누른 종이 타월로 벌써 피가 스며들고 있었다. 꿰맬 정도까진 아니어도 확실히 반창고가 필요해 보였다.

"그렇겠죠?"

"위층 욕실 수납장 안에 있을 거예요. 못 찾겠으면 날 불러요."

"작가님 방에 있는 욕실요?" 아직 2층으로 올라가도 좋다는 허락을 받지 못한 터였다.

"욕실은 거기밖에 없어요."

위층으로 올라간 플로렌스는 혹시 헬렌의 지시를 잘못 이해한 건 아닐까, 여전히 불안한 마음으로 침실 문을 조심스럽게 밀었다. 벽은 검은색에 가까운 짙은 남색으로 칠해져 있었다. 벽난로 앞의 바닥에 튀르키예산으로 보이는 주황색 카펫이 또 하나 깔려 있었다. 퀸사이즈 침대 위에는 두툼한 흰색 이불이 건성으로 펼쳐져 있었다. 플로렌스는 침대 옆 테이블을 보려고 발끝으로 살금살금 걸어갔다. 한 무더기의 책들 위에 벌어진 채 놓여 있는 독서용 안경과 노란색 리걸 패드 하나. 메모장은 텅 비어 있었지만, 헬렌의 펜에 눌린 자국이 희미하게 남아 있었다. 책 더미의 맨 위에는 에밀리 윌슨이 번역한 《오디세이아》가 있었다.

플로렌스는 헬렌의 욕실로 들어가 수납장을 열었다. 반창고 상자가 보였지만, 그녀의 손은 그 옆에 있는 약병으로 직행했다. 라벨을 보니 그 병에 든 약은 클로나제팜정 0.5밀리그램이었다. 익숙한 이름이었다. 루시가 불안증 때문에 복용하는 약이기 때문이다. 의외였다. 헬렌이 쉽게 신경과민에 걸릴 사람 같지는 않은데. 플로렌스는 허둥지둥 약병을 제자리로 돌려놓고, 피투성이가 된 손가락에 반창고를 감았다.

플로렌스가 부엌으로 돌아왔을 때 파란 르크루제 냄비가 가스레인지 위에서 부글부글 끓고, 헬렌은 식탁에 앉아 와인을 마시고 있었다. 그녀는 자기 옆자리를 손으로 톡톡 쳤다.

"플로렌스 어머니께선 요리를 안 해요?" 플로렌스가 앉자 그녀가 물었다.

플로렌스는 고개를 끄덕였다. "엄마는 식당에서 일하거든요. 다른 부엌에서는 시간을 일 분도 쓰고 싶지 않대요."

"그럼 어릴 땐 뭘 먹었어요?"

"글쎄요. 다이어트용 냉동식품을 많이 먹었던 것 같아요. 엄마는 항상 관리 중이거든요."

"냉동식품?" 헬렌은 얼굴을 찡그렸다. "삭막하기도 하지."

"바비큐 치킨은 먹을 만해요." 플로렌스는 중얼거렸다.

"오, 플로렌스." 헬렌은 연민에 가까운 표정으로 그녀에게 미소 지었다. "그럴 리가요. 당연히 아주, 아주 형편없죠." 플로렌스는 헬렌이 그녀의 다친 손을 토닥이자 얼굴을 찡그리지 않으려 애썼다.

저녁 식사를 하면서 플로렌스는 접시에 담긴 코코뱅을 들여다보았다. 그녀의 피를 덮어썼던 버섯들이 둥둥 떠 있었다. 헬렌은 버섯을 냄비에 던져 넣기 전에 씻기는 했을까? 그러고 보니 코코뱅 만드는 법을 전혀 배우지 못했다.

17

4월의 첫 주, 창밖으로 보이는 벚나무에 꽃이 피고, 플로렌스는 드디어 헬렌의 이웃을 한 명 만났다. 거의 매일 그녀는 저녁 식사 전에 집 뒤의 숲을 산책했다. 8만 제곱미터 정도 되는 면적이, 그녀에게는 무한히 펼쳐진 숲처럼 느껴졌다. 땅거미 진 풀밭에서 어둑한 숲으로 넘어갈 때마다 뭔가 불길한 예감에 가슴이 두근거렸다. 숲속 깊이 들어가면 출구를 영원히 못 찾는 건 아닐까 하는 생각이 들기도 했다. 그래도 그녀는 숲속에 있는 것이 좋았다. 오롯이 혼자서, 18세기의 이주자들이 보았을 바로 그 풍경과 조우하는 것이 좋았다. 한번은 땅에 버려진 과자 포장지를 우연히 발견하고 마치 시체를 본 것처럼 소스라치게 놀랐다.

플로리다에서의 삶은 늘 답답했다. 작은 아파트. 우중충한 교실. 수백 년 전에는 광활하게 느껴졌을 곳들도 이제는 폐허가 되어버렸다. 배들로 꽉 막힌 항구, 시신들이 흩어져 있는 해변.

뉴욕은 더 심각했다.

그녀가 세상의 아름다움과 광대함을 느낄 수 있는 곳은 오로지 책이었다. 중학교 시절에는 《반지의 제왕》에 푹 빠졌다. 현실과는 완전히 다른 세계로 달아나는 것이 즐거웠다. 그녀가 작가의 꿈을 품게 된 이유 중 하나이기도 했다. 그 광대함을 손안에 품고 싶었다.

자신의 계획대로 온 세상을 빚고 싶었다.

4월의 어느 쌀쌀한 저녁, 평소처럼 산책을 즐기던 플로렌스는 뒤쪽 숲속에서 뭔가 바스락거리는 소리를 들었다. 걸음을 멈추고 귀를 쫑긋 세웠다. 처음엔 자신의 거친 숨소리밖에 들리지 않다가, 또 다른 숨소리가 헉헉거리며 합세하더니 쿵쿵거리는 발소리가 점점 더 커졌다. 도망치거나 숨어야 한다고 속으로 되뇌었지만, 몸은 꼼짝도 하지 않았다. 마치, 뭔가가 뒤쫓아오는데 속수무책으로 제자리에 붙박혀 운명을 바꾸지 못하는, 그런 꿈을 꾸는 것 같았다. 너무 무서웠다.

바로 그 순간 앞의 덤불이 갈라지고, 희미한 노란 얼룩이 곧장 그녀에게로 튀어나왔다. 그녀는 두 손을 앞으로 들어 올리며 자기도 모르게 작은 흐느낌을 뱉어냈다.

골든리트리버였다.

개는 그녀를 향해 신나게 성큼성큼 달려왔다. 흔들리는 엉덩이 때문에 몇 걸음마다 한 번씩 딴 길로 샜다. 개의 주둥이가 그녀의 바짓가랑이로 유쾌하게 파고들었다. 꼬리가 좌우로 휙휙 움직이면서, 땅에 떨어져 있는 이파리들과 잔가지들을 쓸어댔다.

플로렌스는 안도감에 가래 끓는 소리로 미친 듯 웃으며, 두 손을 뻗어 개의 귀를 긁어주었다.

60대 남자가 개를 뒤쫓아 달려와 고함을 질렀다. "벤틀리! 앉아, 이 녀석! 정말 미안해요, 아가씨. 벤틀리, 앉아!"

플로렌스는 그의 사과에 손사래를 치고는, 개의 머리와 목을 힘차게 문질렀다. 개는 황홀해하며 두 눈을 하늘로 치켜떴다.

"녀석이 아가씨가 마음에 드는 모양이야." 남자는 그녀 앞에 천천히 멈춰 서며 말했다. 그는 파란색 골프 셔츠를 카고 반바지에 넣어 입고서 약간 숨을 헐떡였다. 한 손에는 테니스공을 멀리 발사하는 플라스틱 장난감을 들고 있었다. "벤틀리는 1킬로미터 떨어져 있는 애견인 냄새도 맡을 줄 안다오."

"안녕, 벤틀리." 플로렌스가 조용히 말했다. "안녕, 친구."

남자는 다정한 미소를 띤 채 그들을 잠시 지켜보다가 말했다. "저쪽의 낡은 집에서 지내고 있지요?" 그가 고개를 까딱해 헬렌의 집을 가리키자 플로렌스는 그렇다고 답했다.

"그래, 덩치 크고 사나운 벤틀리를 조심하라고 경고 안 해주던가요?" 그는 빙긋 웃으며 물었다.

"아니요, 벤틀리 얘기는 한 번도 못 들었어요." 벤틀리는 축축하고 까끌까끌한 혀로 그녀의 두 손을 핥고 있었다.

"벤틀리가 한두 번 그 집 정원에 들어간 적이 있는데, 집주인 여자가 거의 실성을 하더군요. 그 후로 벤틀리는 그 여자를 볼 때마다 꼬리를 다리 사이로 감춰버리죠."

헬렌을 변호해줘야 할 것 같았다. "개하고 잘 안 맞으셔서 그럴 거예요."

"아, 그래요, 그건 확실하지. 하지만 개를 좋아하는 사람하고는 잘 맞는 모양이죠? 이제 이해가 가는군. 아가씨는 몇 달 만에 그 집에 찾아온 두 번째 손님인데, 벤틀리가 또 이렇게 좋아 죽으려 하잖소."

플로렌스는 깜짝 놀라며 고개를 들었다. "두 번째요? 첫 번째 손님은 언제였는데요?"

"아, 글쎄, 그러고 보니 좀 된 것 같은데. 분명히 땅에 눈이 있었으니까."

벤틀리가 돌연 얼어붙더니 두 귀를 쭈뼛 세웠다. 그러다가 이내 덤불 속으로 사라져버렸다. 등장처럼 퇴장도 갑작스러웠다.

"저 녀석, 또 시작이군." 남자는 고개를 젓고는, 플로렌스에게 작별 인사로 손을 흔들며 개를 뒤쫓았다.

그날 저녁 식사를 하던 중에 플로렌스는 헬렌에게 그 만남을 얘기하고, 손님이 누구였느냐고 물었다.

"모르겠어요." 헬렌이 말했다. "다른 집에서 지내던 사람이었겠죠. 여긴 아무도 없었어요."

"음."

"참, 그 개 정말 끔찍하죠."

"벤틀리요? 엄청 귀엽던데요."

"내 장미를 다 파헤쳐놓은 놈한테 그런 소린 못 하죠."

그때 갑자기 여자의 비명처럼 들리는 소리가 정적을 갈랐다.

플로렌스는 흠칫 놀라며 헬렌을 올려다보았다. "뭐죠?"

헬렌은 어깨를 으쓱했다. "아마 짐승일 거예요."

"'아마'라고요?"

플로렌스는 창으로 걸어가 밖을 내다보았다. 유리엔 약간 울퉁불퉁하게 비친 자신의 모습밖에 보이지 않았다. 그때 도로 쪽의 어딘가에서 또 그 소리가 들려왔다.

"가서 봐야겠어요."

플로렌스는 차가운 밤으로 걸어 나갔다. 밝은 집에 있다가 나오니, 마치 검은 두건을 뒤집어쓴 것 같았다. 그녀는 집에 딸린 사유 차도의 끝머리까지 다가가 어둠 속을 들여다보았다. 비명이 또 들리자 그쪽으로 걸어갔다.

올빼미 한 마리가 땅에 쓰러진 채 그녀를 올려다보았다. 노란 바탕에 검은 잉크를 떨어뜨린 듯 큼직한 두 눈이 공포에 질려 있었다. 핏자국이나 상처는 보이지 않았다. 올빼미는 끈덕지게 또다시 새된 소리를 질렀다.

플로렌스는 집으로 돌아갔다.

"올빼미예요. 상태가 안 좋더라고요. 수건 같은 것 좀 주실래요?"

"수건은 뭐 하게요?"

"올빼미를 안으로 데려와야죠. 연락 가능한 수의사는 있나요?"

"저런 걸 내 집에 들일 생각일랑 말아요."

"우리가 돕지 않으면 죽어요."

"자주 있는 일이에요. 쥐약을 삼킨 쥐를 먹어서 그래요."

"네? 너무 끔찍해요."

"베갯잇에서 쥐똥이 나오는 것도 마찬가지죠." 헬렌은 입술을 꾹 다문 채 특유의 음침한 미소를 지었다.

플로렌스는 그녀를 빤히 쳐다보았다.

"그쯤 해둬요, 플로렌스. 그냥 올빼미잖아요." 헬렌이 발끈하며 말했다. "내가 아는 인간들한테 나눠줄 공감력 짜내는 것만으로도 힘들어요. 날이면 날마다 시리아의 난민들, 체첸공화국의 게이들, 미얀마의 이슬람교도들을 가엾게 여기라고 난리들이죠. 너무 심하지 않아요? 인간의 마음은 큰 고통을 이해하도록 설계되지 않았다고요. 인간의 공감 능력은 자기가 속한 작은 공동체만 겨우 감당할 수 있어요. 그러니까 점점 줄어드는 내 연민을 올빼미한테까지 쓰라는 부탁은 말아줘요."

"알았어요, 죄송해요." 플로렌스는 조용히 말하고 다시 의자에 앉았다. 그러고는 이렇게 덧붙였다. "그냥 저는 올빼미도 우리 공동체의 일부 같아서요. 바로 저기 있잖아요." 그녀는 소심하게 문 쪽을 가리켰다.

"내 말을 잘못 이해했군요, 플로렌스. 내가 말한 건 진짜 공동체가 아니에요. 못 들었어요? 그런 건 우리가 전멸시켰잖아요. 내 공동체는 나예요. 그리고 그 밖에 있는 건, 인간이건 조류건 간에 내 책임이 아니에요."

충격이었다. 이게 이렇게 간단히 결론 내릴 수 있는 일인가? 그 누구에게도, 아무 빚도 지지 않았다고? 플로렌스는 헬렌이 그저 대화에 약간의 자극적인 재미를 더하는 말을 던질 때와 진심을 담아 말할 때가 구분되지 않았다.

플로렌스는 만약 모든 책임을 저버린다면 자신의 인생이 어떤 모양새일까 상상해보았다.

그림이 그려지지 않았다. 몇 분 후, 비명은 멈추었다.

18

    헬렌의 조수로 일한 지 한 달 정도 지난 4월 중순, 플로렌스는 정말, 정말정말 해서는 안 되는 일을 하고 있었다.

헬렌의 새 소설을 읽으면 읽을수록 별로라는 생각이 들었다. 문장도 좋고 플롯도 흥미롭지만, 《미시시피 폭스트롯》의 광채가, 그 생기가 빠져 있었다.

그 작품이 막 출간되었을 때 플로렌스는 아직 게인스빌의 서점에서 일하고 있었다. 한 동료가 마치 그리스도의 10대 시절 일기라도 되는 양 책을 극찬하며 그녀에게 내밀었다. 나중에 포레스터에서 일할 때 어맨다가 모드 딕슨에 대해 한 말이 있다. 그것은 플로렌스의 솔직한 심정이기도 했다. "그 여자를 죽일 수도 있을 것 같아." 물론 질투였다. 야심이 있는 사람에게 질투는 자연스레 따라오는 법이다.

플로렌스는 모드 딕슨의 글에서 풍기는 자신만만함과 활력에 압도당했다. 몇몇 문장들을 그대로 타이핑하기도 했다. 디디온이 헤밍웨이의 작품으로 그렇게 했다고 읽은 적이 있기 때문이다. 모드 딕슨의 글을 필사하다 보면, 플로렌스 자신이 위대한 작가로 변모한 것처럼 느껴졌다. 마치 관절염에 걸린 손가락으로 글을 쓰다가 갑자기 치료법을 찾은 것처럼.

하지만 헬렌의 두 번째 소설은 그 육필 원고를 타이핑하면서도 그런 감정이 전혀 일지 않았다. 다른 의미의 흥분이 생겨났다. 나도 쓸 수 있겠어, 라는.

그게 시작이었다.

알아볼 수 없는 단어가 나오면 이제 더 빠르고 자신 있게 결론을 내렸다. 처음엔 그저 첫날 헬렌의 집필실에서 당했던 수모를 피하고 싶은 마음뿐이었다. 하지만 곧 그 일을 즐기게 되었다. 단어를 골라서 넣을 때마다 작은 쾌감이 느껴졌다. 헬렌의 조수가 아닌 공동 저자가 된 기분이었다.

그녀는 점점 더 과감해졌다. 헬렌이 쓰지도 않은 단어들을 추가하기 시작했다. 하지만 그 덕에 작품이 더 나아졌다, 정말 그랬다. 헬렌이 알아챘다 해도 분명 동의하지 않을까? 오히려 플로렌스에게 고맙다는 인사를 하지 않을까?

하지만 헬렌은 알아채지 못했다. 초고를 받아서 타이핑을 마칠 때마다, 플로렌스는 새로운 버전의 원고를 컴퓨터에 저장하고 그 파일을 헬렌에게 이메일로 보냈다. 헬렌이 원고를 다시 읽고 손볼 줄 알았는데, 다시 타이핑해달라고 파일을 되돌려보내는 일은 한 번도 없었다. 플로렌스가 추가한 부분에 대해서도 가타부타 말이 없었다. 플로렌스는 그녀가 쓴 단어들이 결국 소설에 담기는 건가 하는 생각이 들기 시작했다.

어느 날 아침, 원고에 갈겨 써진 글씨와 얼추 비슷한 '파국적'이라는 단어를 막 쳤을 때, 자갈을 우두둑 뭉개는 타이어 소리가 들렸다. 플로렌스는 허리를 세웠다. 지금까지 손님이 찾아온 일은 한 번도 없었다.

일어나서 다이닝룸 창밖을 내다보았다. 차도에 경찰차가 서 있었다. 혹시 그녀가 헬렌의 원고에 하고 있는 짓을 경찰이 알아낸 걸까, 하는

말도 안 되는 의심이 잠깐 스쳤다. 삐걱삐걱 계단을 내려오는 발소리
가 들리자 그녀는 죄지은 사람처럼 몸을 홱 돌렸다.

"경찰이에요." 플로렌스가 헬렌에게 말했다.

"무슨 짓을 한 거예요?" 헬렌이 물었다. "술집이라도 털었어요?"

헬렌이 침착하게 앞문으로 걸어가서 슬며시 밖으로 나가는 순간,
경찰차 문이 쾅 닫혔다.

플로렌스는 창밖을 더 잘 보려고 고개를 뺐다. 창백한 피부에 탈
모가 진행 중인 뚱뚱한 경찰이 바지를 추키더니, 계단 밑에 똑바로
서 있는 헬렌을 향해 최대한 위엄을 부리며 뒤뚱뒤뚱 걸어왔다. 헬렌
은 플로렌스를 처음 만났을 때처럼 두 손을 눈 위로 올려 햇빛을 가
리고 있었다.

그들이 무슨 말을 하는지 플로렌스에게는 들리지 않았다. 남자가
집을 향해 손짓했다. 헬렌은 눈썹을 치켜세우며 가볍게 웃었다. 그러
고는 몸을 돌려, 그와 똑같이 손으로 집을 가리켰다. 창문 너머 플로
렌스를 발견한 시선이 잠깐 그녀의 얼굴에 머물렀다. 플로렌스는 뒤
로 물러섰고, 식탁에 다시 앉아 일에 몰두한 척했다.

몇 분 후 헬렌이 집 안으로 다시 들어왔다.

"괜찮아요?" 플로렌스가 물었다.

"미쳐, 내가 낸 세금이 이렇게 쓰이고 있다니, 차라리 재산을 케이
맨 제도•에 숨기고 말지."

"경찰이 뭐래요?"

"아, 속도위반 딱지 때문에 이러쿵저러쿵 헛소리를 하더군요."

"속도위반 딱지 때문에 집까지 찾아왔다고요?"

● 카리브해에 있는 영국 영토. 조세회피처로 알려져 있다.

"뭐, 내가 좀 많이 떼이긴 했거든요."

기차역에서 여기까지 운전하던 헬렌의 모습을 떠올린 플로렌스는 그럴 만도 하다고 생각했다.

"제가 처리할까요?"

"네? 아니, 괜찮아요. 내가 알아서 할게요. 책상 서랍 어딘가에 처박혀 있을 거예요."

이상하리만치 분한 마음이 든 플로렌스는 '파국적'이라는 단어를 한 글자씩 지웠다.

19

경찰이 찾아온 날 저녁, 헬렌은 식사 중에 고개를 들고는 포크와 나이프를 내려놓았다. "플로렌스, 당신한테 쭉 묻고 싶었던 게 있어요."

플로렌스는 얼어붙었다. 들켰구나. 알아챈 거야. 무엇에 홀렸기에 감히 헬렌의 원고에 손을 댔을까? 어리석기 짝이 없다.

늘 소심하게 망설이기만 하는 그녀지만 이따금 자멸적인 충동으로 경솔한 행동을 할 때가 있었다. 사이먼에게 사진을 보낸 것도 바로 그 충동 때문이었다. 그녀의 힘으로는 막을 수 없는 충동.

플로렌스는 너무 많이 씹어서 아무런 맛도 나지 않는 양고기를 삼킬 수가 없었다. 그날 오후 헬렌의 지시에 따라 삶은 고기였다. 그녀는 냅킨을 입으로 가져가 조용히 고기를 뱉었다.

"여권 있어요?" 헬렌이 물었다.

뜻밖의 질문에 당황하며 플로렌스는 고개를 저었다.

"발급받을 수 있어요?"

"네. 그런데 왜요?"

헬렌은 양고기와 쌀밥과 토마토 콩피●를 나이프와 포크로 모아서

● 설탕에 절인 토마토.

146

한입 크기로 만들어 입에 넣고는 천천히 신중하게 씹었다. 상대를 계속 기다리게 만들기 위한 연기라는 걸 플로렌스는 알았다.

"모로코로 취재 여행을 가려는데 당신도 같이 가고 싶을까 해서요. 어때요?"

플로렌스는 정신을 차리고 답했다. "물론이죠, 가고 싶어요." 안도감이 밀려들었다.

"잘됐네요. 월요일에 여권 발급소에 가서 급행 수속이 가능한지 알아볼래요? 물론 비용은 전액 내가 댈 거예요."

"저기, 언제 가시려고요?"

"가능한 한 빨리요. 글이 잘 안 써져요. 거기 가면 도움이 될 것 같아요. 그리고 촌구석에서 빈둥거리는 것도 이제 조금 질리지 않아요?"

플로렌스는 대답하지 않았다. 오히려 그녀는 인생에서 가장 행복한 나날을 보내고 있었다. 매일 아침 벚나무 사이로 스며드는 분홍빛 햇살을 맞으며 잠에서 깰 때마다, 마침내 자신의 자리를 찾았다는 생각이 들었다. "항공편을 알아볼까요?"

"네, 그래요. 오늘이 무슨 요일이더라, 토요일? 다음 주 수요일이나 목요일에 가죠, 자리가 있으면."

"잠깐만요, 사흘밖에 안 남았는데요?"

"그게 어때서요? 기다려서 뭐 해요? 비행기로 마라케시까지 날아가고, 그다음 날 세맛까지 차를 몰고 가면 돼요." 세맛은 헬렌이 쓰고 있는 소설의 배경이 되는 해안의 소도시였다.

"호텔도 예약할까요?"

"마라케시에 괜찮아 보이는 데가 있으면 예약해요. 하지만 세맛의 호텔들은 믿을 수가 없으니, 빌릴 수 있는 별장이 있나 알아봐요. 좋은 곳으로."

"얼마나 오래 있을 건가요?"

"한…… 2주 정도?"

플로렌스는 고개를 끄덕였다.

그때 테이블에 올려놨던 휴대전화가 윙윙거렸다. 화면을 보니, 또 엄마가 보낸 메시지였다. '전화 좀 해!!!!!' 헬렌의 집으로 들어온 후 플로렌스는 엄마의 연락에 2, 3일 후 답하는 습관이 생겼다. 헬렌 윌콕스나 그레타 프로스트 같은 여자들을 알고 나니 엄마의 결점이 훨씬 두드러져 보이기 시작했다.

"죄송해요." 플로렌스는 휴대전화를 뒤집었다.

"괜찮으니까 받아요."

"아니요. 그냥 엄마한테서 온 거예요."

"별문제 없는 거예요? 나한테는 얘기해도 돼요. 내 가족사도 꽤 파란만장하니까."

"아니, 아무 일도 없었어요. 그냥…… 처음엔 포레스터를 그만뒀다는 말을 하기 싫어서 엄마 전화를 피했어요. 그러다가 엄마랑 연락 안 하고 지내는 게 훨씬 더 편하다는 생각이 들기 시작하더라고요." 플로렌스는 거북한 웃음을 살며시 뱉었다.

헬렌은 고개를 끄덕였다. "나도 하인스빌을 떠날 때 비슷한 입장이었어요. 연락하면서 지내려고 노력은 했지만, 가족은 늘 나를 끌어내리기만 하는 무거운 짐처럼 느껴졌죠. 그때쯤 엄마는 이미 죽고 없었지만, 아버지랑 할머니는 떠나는 나를 원망했어요. 내가 시건방진 도시 여자라도 될 줄 알았나 봐요. 여기 미시시피주 옥스퍼드에서? 내가 프랑스 파리로 날아간 것도 아니잖아요. 두 사람은 어떻게든 내 콧대를 꺾어놓으려고 내 속을 후벼 파고 또 팠어요. 대화할 때마다 늘 그랬죠. 그래서 결국엔 연락을 끊어버렸어요."

"그냥 끊었다고요?"

"전화를 안 했어요. 편지도 안 쓰고, 집에도 안 갔죠. 그랬더니 짐을 벗은 기분이었어요. 홀가분해졌죠. 그제야 비로소《미시시피 폭스트롯》을 쓸 수 있었어요, 가족이 어떻게 생각할까 하는 걱정을 벗어 던지고 나니. 텅 비어버린 그 넓은 공간을 다른 무언가로 채울 수 있었던 거예요. 내 안에서 단어들이 마구 쏟아져 나오더군요."

플로렌스는 글을 쓰려고 할 때마다 찾아오는 마비 상태가 떠올랐다. 엄마가 문제일까?

"내 말 잘 들어요." 헬렌은 포크를 흔들며 말했다. "그 사람들을 잘라낸 건 내 인생 최고의 결정이었어요. 그러지 않았다면 이렇게 작가가 되지도 못했을 거예요."

그날 밤 플로렌스는 침대에 누워, 얼굴에서 겨우 1미터 남짓 떨어진 다락방 천장을 빤히 올려다보았다.

나도 그렇게 할 수 있을까? 인생에서 엄마를 잘라낼 수 있을까?

헬렌에게 했던 말은 진심이었다. 엄마와 연락을 끊은 후 더 행복해졌다. 이 거리감 덕분에, 엄마와의 모든 대화가 그녀에게 불안감과 자격지심을 심어준다는 사실을 제대로 볼 수 있었다.

엄마의 눈에는 두 명의 다른 플로렌스가 존재하는 건 아닌가 싶을 정도였다. 엄마가 아주 좋아하는, 크게 성공한 미래의 플로렌스. 그리고 엄마의 기대와 꿈을 끊임없이 좌절시키는 현실의 플로렌스. 아마도 그래서 엄마는 그녀에게 그리 살갑게 굴지 않았는지도 모른다. '우리 딸', '우리 자기'라고 부르며 말은 따뜻하게 했지만, 엄마는 손님들도 '자기'라고 불렀다. 식당 주인에게 주의를 받고 나서도 그랬다. "널 사랑하는 사람이 누구지?" 같은 공허한 질문은 안 하느니만 못했다.

플로렌스는 '현실의 플로렌스'가 그녀의 방식대로 작가로서, 예술가로서 성공할 수 있다는 걸 엄마에게 증명해 보이고 싶었다. 엄마의 이상에 미치지 못한다고 느끼는 데에 이제 넌더리가 났다.

어쩌면 이건 시험일지도 모른다. 엄마를 떨쳐버릴 수 있다면 헬렌과 똑같은 보상을 받을 수 있으리라. 장애물 제거. 재능의 격렬한 분출, 솟구치는 필력. 플로렌스 버전의《미시시피 폭스트롯》.

"내 말 잘 들어요." 헬렌은 이렇게 말했었다. "그러지 않았다면 이렇게 작가가 되지도 못했을 거예요."

어둠 속에서 반짝이는 휴대전화가 보였다. 부적처럼 두 손으로 잠깐 쥐고서 엄마에게 보낼 메시지를 입력했다. '일 때문에 잠깐 해외로 나가요. 여행하는 동안엔 연락이 안 될 거예요.' 최종적인 건 아니라고, 그녀는 속으로 중얼거렸다. 시험 별거라고나 할까.

문자를 보내기가 무섭게 엄마에게서 전화가 왔다.

플로렌스는 벨소리를 죽이고 휴대전화를 껐다.

20

　월요일 오후, 플로렌스는 포레스터 사옥에서 한 블록 떨어진 던킨도너츠 밖에 서서 아이스 커피에 꽂힌 빨대를 씹고 있었다. 이제 막 기차로 주 북부에서 맨해튼 시내로 들어온 참이었다. 여권을 급행으로 발급받을 수 있는 가장 가까운 곳은 허드슨 거리에 있는 여권국인데, 우연히도 포레스터 사옥의 바로 길 건너편이었다. 사이먼이 신청한 접근 금지 명령에 따르면 그녀는 사옥에서 150미터 이상 떨어져 있어야 했지만, 이 정도 위험은 감수할 만한 가치가 있었다.

　그녀는 건물을 찬찬히 살피며 그의 사무실 창문을 찾아보았다. 일직선으로 150미터라는 걸까? 14층에 있는 사이먼의 사무실은 엘리베이터를 타고 올라가면 그 거리의 3분의 1 정도 된다.

　"플로렌스?"

　그녀는 몸을 돌렸다. 어맨다 링컨이 놀란 표정으로 미소 지으며 그녀를 향해 걸어오고 있었다.

　"당신일 줄 알았어요. 여기서 뭐 해요? 포레스터에 다시 돌아오는 거예요?"

　"아니요. 이 근처에 회의가 있어서요." 플로렌스는 무의식적으로 답하며, 대충 왼쪽으로 손짓했다. 그러고 보니 포레스터 사옥의 왼편에는 UPS● 건물밖에 없었다.

"아직 뉴욕시에 살아요? 그림자도 안 보여서 아예 떠난 줄 알았죠."

위층의 동료들에게 신나게 떠들어댈 가십거리를 낚으려는 어맨다의 속셈이 빤히 보였다. ("내가 방금 누구랑 마주쳤는지 알아?") 플로렌스는 그녀가 해고당했을 때 그들이 무슨 말을 했을지 짐작조차 되지 않았다. 루시가 음성 메시지에서 넌지시 언급했던 터라, 사진에 얽힌 이야기가 새어 나갔다는 걸 플로렌스도 알고 있었다.

"아니요, 지금은 허드슨 근처에 있어요. 거기가 좋더라고요. 도시를 벗어나니 얼마나 마음이 편한지 몰라요. 솔직히, 뉴욕은 조금 과대평가된 것 같았거든요." 그러고는 경솔하게 덧붙였다. "언제 한번 놀러 와요."

"좋죠." 그들은 침묵 속에 서로의 눈을 계속 바라보았다. 너무나 황당한 이야기라는 걸 두 사람 모두 알았다. 그들은 친했던 적이 한 번도 없었다. 지금 그들이 하는 건 그저 기 싸움일 뿐이었다.

플로렌스가 먼저 침묵을 깼다. "안타깝지만 재워주진 못해요. 멘토라고 할 수 있는 분의 손님용 별채에서 지내고 있거든요. 정말 좁아요."

"대단하네요. 나도 별채 가진 멘토가 생겼으면 좋겠어요." 어맨다는 웃으며 말했다. "그런 남자는 어떻게 알게 됐어요?"

"여자분이에요."

"아, 미안해요, 그냥 지레짐작으로."

플로렌스는 손가락이 따끔거리고 배 속에 열이 오르는 익숙한 감각을 느꼈다. 어떻게든 어맨다에게 굴욕감을 안기고 싶었다. 톡톡히

● 미국의 국제 운송업체.

망신을 주고 싶었다. 어맨다는 평생 망신이라곤 당해본 적이 없겠지. 플로렌스는 왼손의 손톱으로 손바닥을 깊숙이 눌렀다. 이 정도 통증으로는 부족했다.

"이제 가볼게요." 플로렌스가 말했다. "늦을 것 같아서요."

"아, 그럼 안 되죠. 만나서 반가웠어요!"

어맨다가 플로렌스의 뺨에 입을 맞추려 가까이 다가오자 플로렌스는 포옹으로 어색하게 답했다. 결국 그녀는 어맨다의 머리칼을 한 입 물고 말았다.

나중에 여권국에 줄을 선 플로렌스는 어맨다와의 만남을 머릿속으로 재생해보았다. 어맨다가 접근 금지 명령 위반으로 그녀를 경찰에 신고할 수도 있다. 아니면 사이먼에게 일러바치거나. 그래, 그녀라면 그쪽을 택하겠지. 그땐 부인하면 그만이다. 어차피 며칠 후엔 해외로 나갈 테니까.

그녀는 아홉 살 때 오디션 때문에 갔던 로스앤젤레스보다 더 멀리 떠나본 적이 없었다. 엄마는 가는 길에는 잔뜩 들떴다가, 돌아오는 길에는 실망해서 뚱한 표정이었다.

플로렌스는 돌아올 때 다른 사람이 되어 있으리라는, 이번 여행으로 자신이 달라지리라는 예감이 들었다. 변화는 매끄러운 곡선이 아니다. 급격한 도약과 충격이 있고, 정체기와 안정기가 있다. 예전의 내가 사라진 후 새로운 내가 정착하기 전의 시기에는 면책 특권이라도 받은 듯한 느낌이 있다. 아무것도 문제가 되지 않는 것처럼. 나는 내가 아니다. 아무도 아니다.

현재의 '플로렌스'에게 남은 시간은 점점 줄어들고 있었다. 이렇게 생각하니 즐거웠다. 그녀 자신에게 질릴 대로 질렸다. 늘 자신의 머릿속에만 갇혀 있다 보면 이런 문제가 생긴다. 바깥세상의 작은 소리는 안에서 끝없이 이어지는 독백을 몰아내지 못한다. 날이면 날마다 똑같은 헛소리뿐이다. 그녀가 날 좋아할까? 지금 내 몰골이 괜찮아 보일까? 난 행복해질 수 있을까? 성공할 수나 있을까? 수년 동안 똑같은 노래를 매일 듣고 또 듣는 거나 마찬가지였다. 이건 거의 고문 아닌가?

"플로렌스 대로?"

20분 전에 그녀의 신청서와 사진을 받았던 남자가 불렀다. 플로렌스는 아무 소리도 듣지 못했다. 딱딱한 나무 벤치에 걸터앉아, 떨리는 손으로 느릿느릿 여권 신청서를 작성하는 할머니를 지켜보고 있었다. 관절염에 걸린 그 손가락에서 펜을 낚아채 멀리 던져버리고 싶은 충동이 갑자기 일었다. 지긋지긋한 할망구, 신청서 하나 제대로 못 쓰면서 세관이랑 보안 검색대는 어떻게 통과하겠다는 거야? 돌연 치솟는 분노에 플로렌스의 온몸이 경직되었다. 왜 이렇게 화가 나는지 그녀 자신도 알지 못했다. 노파의 연약한 모습이 왠지 참을 수 없을 정도로 불쾌했다.

그녀는 억지로 시선을 돌리고, 천천히 심호흡을 몇 번 했다. 분노가 지나가리라는 걸 경험으로 알고 있었다. 사이먼과 어맨다, 그리고 알지도 못하는 이 노파를 그녀의 머릿속에서 몰아내려 애썼다.

"플로렌스 대로?"

그녀는 힘겹게 큰 소리로 답했다. "네, 접니다!"

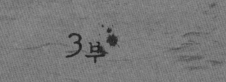

3부

21

비행기는 쿵 하고 거칠게 착륙해서는 왼쪽으로 휙 꺾으며 쭉 미끄러졌다. 열여섯 시간이 넘는 여행이었다. 뉴욕에서 리스본까지, 리스본에서 마라케시까지. 헬렌은 비즈니스석에, 플로렌스는 이코노미석에 앉았다.

비행기가 터미널로 이동할 때, 플로렌스 옆에 앉은 키 작은 아랍인 남자가 그녀를 쳐다보며 말했다. "저기 나무에 부는 바람 보이죠?" 그는 그녀 쪽으로 몸을 기울여, 손톱이 깔끔하게 손질된 손가락으로 플라스틱 창문을 눌렀다. "'세르귀(chergui)'라는 겁니다. 사하라사막에서 불어오지요. 보통은 이렇게 일찍 오지 않는데."

"그 바람이 불면 어떻게 되는데요?"

"열기와 먼지를 몰고 온답니다." 그는 빙긋 웃었다. "우리 할머니한테 물어보면, 불운이라고 하시겠지요."

비행기가 터미널에서 조금 떨어져 멈추자, 두 남자가 흔들거리는 계단 한 벌을 운반해 기체에 댔다. 플로렌스는 비행기에서 내리자마자 그 바람을 느꼈다. '세르귀.' 그녀의 머리칼이 바람에 마구 휘날리며 얼굴을 때리고 입속으로 들어갔다. 비행기 엔진이 서서히 꺼지면서 윙윙거리는 소리가 바람의 굉음에 합세했다. 갑작스레 열기와 소음이 들이닥치자 플로렌스는 방향 감각을 잃었다. 반면 헬렌은 뜨겁고 강한 돌풍에 오히려 기운이 나는 모양이었다. 그녀는 두 눈을 반짝이며 플로렌스에게 환하게 미소 지었다.

"Bonjour, l'aventure(안녕, 모험이여)!" 그녀가 바람 속으로 외쳤다.

타맥●에서, 군인 훈련복 차림에 녹색 베레모를 쓰고 자동화기로 무장한 두 남자가 따분한 눈빛으로 승객들의 줄을 따라왔다. 터미널이 두 군데 있었다. 오른쪽 터미널은 분홍색의 낡은 2층짜리 건물로, '마라케시 메나라 공항'이라고 프랑스어와 아랍어로 적힌 간판이 위태롭게 걸려 있었다. 그 옆에는 이케아 테이블처럼 반짝이는 흰색 플라스틱이 위에 지붕처럼 덮여 있고, 구멍 뚫린 놋쇠로 정면을 장식한 신축 건물이 반짝이고 있었다.

그들은 두 번째 건물로 안내받아 들어갔다. 현란한 무늬의 카펫과 반들반들한 표면이 흡사 중미의 콘퍼런스 센터 같아 실망스러웠다. 플로렌스는 좀 더 이국적인 모습을 기대했기 때문이다.

JFK 공항에 도착하기 전까지 플로렌스는 헬렌과 함께 공공장소에 있어본 적이 없었다. 그곳에서, 이제는 플로렌스가 익숙해진 헬렌의 성급하고 가끔은 모진 성격이 처음으로 그 실체를 드러냈다. 그녀는 인파를 뚫고 나가면서 사람들을 마치 산탄처럼 흩뜨려놓았고, 플로렌스는 뛰지 않으려 애쓰며 뒤를 쫓아갔다. 사실 이런 공격적인 효율성이 플로렌스에게는 오히려 편했다. 헬렌의 피보호자라는 역할에 안착한 느낌이었다. 당분간은 책임감을 내려놔도 될 것 같았다. 그녀는 헬렌의 등만 바라보며, 다른 모든 것을 차단해버렸다.

마라케시에서도 헬렌은 긴 여행으로 피곤해 느릿느릿 움직이는 승객들을 비집고 앞으로 돌진했다. 하지만 널찍한 세관 검사장에 도

● 활주로를 벗어난 포장길.

착해보니 수백 명의 사람들이 꾸불꾸불 줄을 서 있었다. 마치 뱀이 생쥐를 통째로 여러 마리 삼킨 것처럼, 기다란 줄의 여기저기에 가족들과 관광객들 무리가 불룩불룩 튀어나와 있었다. 헬렌은 그 많은 사람들을 보고 걸음을 뚝 멈추더니, 방향을 바꾸어 제복을 입은 한 여자에게 곧장 다가갔다.

"나 임신부예요." 그녀는 자세한 설명 없이 영어로 말했다.

여자는 순간적으로 헬렌의 납작한 배를 힐끔 보고는 말했다. "이리 오세요." 두 사람은 더 짧은 줄로 안내되었다. 예닐곱 명이 유모차와 휠체어와 목발에 둘러싸여 있었다. 플로렌스는 더 긴 줄에서 한두 시간은 기다려야 할 사람들을 슬쩍 뒤돌아보았다. 그들 사이에 있지 않은 것이 기뻤다. 이젠 좀스럽게 규칙에 얽매이고 싶지 않았다. 그런 건 왠지 하층 계급에나 어울리는 한심한 짓처럼 보였다.

플로렌스는 그들을 호텔까지 태워줄 운전기사를 구해두었다. 그는 수하물 찾는 곳 밖에서 '윌콕'이라고 적힌 표지판을 들고 서 있었다. 블랙진 위에 탁한 다갈색의 기다란 튜닉을 입고, 리복 운동화를 신은 차림이었다. 그는 함자라는 이름으로 자신을 소개한 후 바깥의 주차장에 세워놓은 신형 피아트로 안내했다. 플로렌스는 또 한 번 실망했다. 하긴, 뭘 기대했던가? 낙타?

그들은 매끄러운 현대식 도로들을 달리며, 투광 조명등에 비친 광고판들(대부분 영어였다)을 지나고, 깔끔한 화단들이 조성된 질서 정연한 회전교차로들을 지났다. 네온사인과 정교한 분수대로 장식된 큼직하고 화려한 건물들이 이어졌다. 마치 라스베이거스 같았다.

드디어 구시가지인 메디나를 에워싼 성곽이 가까워지고, 여행 안내서에서 봤던 마라케시가 그들 앞에 모습을 드러냈다. 함자가 말하기를, 성벽은 12세기에 지어졌다고 했다. 점토의 따뜻한 황토색이 오후 햇살을 받아 반짝이고 있었다. 성벽에는 큼직한 구멍들이 마맛자국처럼 뚫려 있고, 그중 일부에는 나무 버팀목이 채워져 있었다. 플로렌스가 읽은 바에 따르면, 마라케시는 원래 주변의 평야에서 나온 붉은 점토로 건물들을 지었기 때문에 '붉은 도시'로 불린다고 했다. 나중에 정부는 새로운 건축물에도 같은 색을 칠하도록 명했다.

메디나로 들어가는 가장 혼잡한 성문들 중 하나인 밥 엘 즈디드를 지나자, 쿠투비아 모스크의 첨탑이 무척이나 세밀한 뇌문 세공을 뽐내며 우뚝 솟아 있었다. 꼭대기에 도금된 구체 네 개를 차례로 쌓은 그 탑은 도시의 어느 곳에서나 보였다. 플로렌스는 12세기에 지어진 원래의 모스크가 완전히 철거되고 정확히 메카를 향하는 방향으로 재건되었다는 사실을 조사를 통해 알게 되었다. 그들의 호텔은 모스크에서 멀지 않은 곳에 있었다.

이곳의 도로는 성벽 밖의 현대식 도로보다 더 무질서했지만, 자동차, 당나귀, 마차, 모페드 들이 사고 없이 서로를 잘 피해 다녔다. 플로렌스는 차창 밖을 내다보았다. 건물들은 플로리다나 심지어는 뉴욕에서도 전혀 볼 수 없는 섬세한 아름다움을 지니고 있었다. 기하학적인 조각과 형형색색의 타일 공예는 엄청난 인력을 쏟아부은 것처럼 보였다. 플로렌스는 신비로운 분위기를 위해 실용성을 포기한 이곳 사람들의 낭만이 마음에 들었다. 건물들의 정면에는 야자수 그림자가 흔들리고 있었다.

10분 정도 구시가지를 달린 후 함자는 어느 혼잡한 교차로에 차를 세웠다.

"뭐 하는 거예요?" 플로렌스가 물었다.

"도착했어요." 그가 말했다.

플로렌스는 주위를 둘러보았다. 그림처럼 아름다운 골목길을 여럿 지나왔지만, 이곳은 달랐다. 모퉁이의 한 식당에서 음악이 요란하게 울려댔다. 그 옆에 타이어와 자동차 배터리를 파는 가게가 있었다. 인도라고 부르기도 민망한 길가에는 십여 명의 남자들이 흰 플라스틱 의자에 축 늘어져 있었다.

"죽여주네." 헬렌이 맥 빠진 목소리로 말했다.

"아니에요." 플로렌스는 고개를 저으며 말했다. "여기 아니에요." 그녀는 호텔 예약 확인서를 펼쳐 함자에게 다시 보여주었다. 몇 시간이나 검색해서 고른 호텔이었다. 트립어드바이저(TripAdvisor) 사이트에 따르면, '현지의 매력이 고스란히 담긴 숨은 오아시스 같은 호텔'이었다.

"리아드 벨사." 그녀는 손가락으로 종이를 쿡쿡 찌르며 말했다. "현지의 매력이 고스란히 담긴 숨은 오아시스 같은 호텔."

"네." 그는 유쾌하게 답했다. "아주 좋은 호텔이랍니다." 그는 차에서 내려 트렁크로 빙 돌아갔다. 그러고는 차 근처에 빈둥거리며 서 있는 키 크고 마른 남자에게 그들의 가방을 건넸다. 그러자 남자는 자기 옆에 있는 큼직한 외바퀴 수레로 가방을 던져 넣고는, 좁고 어두운 골목을 향해 수레를 밀기 시작했다.

"잠깐만요." 플로렌스는 괜스레 말을 꺼내보았다.

"차로는 더 못 가요." 함자가 참을성 있게 설명했다. "여기서부터는 이 남자를 따라가요."

"이건 아닌 것 같아요." 플로렌스는 헬렌에게 나지막이 말했다.

헬렌은 어깨를 으쓱이며, 함자에게 줄 팁을 꺼내려고 지갑을 뒤졌다. "문제없을 거예요. 저 남자 제복에 호텔 이름이 쓰여 있잖아요."

플로렌스는 마지못해 헬렌을 따라 어두컴컴한 통로로 들어갔다.

"이래도 괜찮을지 모르겠어요." 그녀가 속삭였다.

"걱정해봐야 기운만 빠져요, 플로렌스."

그들은 수레를 가진 남자를 따라 미로처럼 뒤얽힌 골목길을 누볐다. 방향을 틀 때마다 또 다른 어둑한 통로가 나왔다. 벽을 따라 살금살금 움직이는 비쩍 마른 고양이들 말고는 텅 비어 있었다. 플로렌스는 표지판을 찾아봤지만, 어느 골목길에서도 보이지 않았다. 나가는 길을 절대 못 찾을 것 같았다.

그때, 쿠투비아 모스크가 있는 쪽에서 기도 시간을 알리는 소리가 울렸다. 플로렌스의 귀에는 구슬픈 애가처럼 들렸다. 위를 올려다보니 이곳의 벽들은 너무 높고 간격이 좁아 첨탑이 보이지 않았다.

드디어 막다른 길에 이르러, 정교하게 조각된 나무 문이 보였다. 문에 달린 금 명판에 리아드 벨사라는 이름이 새겨져 있었다. 플로렌스는 트립어드바이저에 올라와 있던 사진에서 그 입구를 본 기억이 났다. 남자가 커다란 놋쇠 노커를 흔들자, 스카프를 머리에 두른 덩치 큰 여자가 빙긋 웃으며 문을 열었다. 그녀는 "살람 알라이쿰, 어서 오세요, 비앵브뉴"라고 따뜻하게 인사한 후, 그들을 데리고 작은 안뜰을 지나, 물이 졸졸 흐르는 분수대가 한가운데에 있는 더 큰 안뜰로 들어갔다. 잎이 무성한 가지들이 축 처져 있는 귤나무들과 석류나무들이 가득했다. 바닥과 벽에 붙은 검은색, 붉은색, 초록색 타일들이 반짝거렸다. 그녀는 덩굴 밑에 틀어박혀 있는 테이블에 그들을 앉힌 다음, 당귤나무 향을 더한 우유가 담긴 작은 유리잔 두 개와 대추야자 한 접시를 가지고 돌아왔다. 플로렌스는 안도하며 주위를 둘러보았다.

곧 스리피스 차림의 남자가 그들의 테이블로 와서는 앉았다.

"안녕하십니까." 그는 영국 억양의 영어로 말했다. 빛나는 검은 머리에 빗질 자국이 빳빳한 이랑처럼 남아 있었다. "리아드 벨사에 오신 것을 환영합니다. 저는 지배인인 브라힘이라고 합니다."

그는 그들이 어디에서 왔는지, 여행이 어땠는지 물었다. 그러고는 이렇게 말했다. "죄송하지만, 괜찮으시면 형식적인 절차로 넘어가겠습니다. 그런 다음엔 마음껏 관광을 즐기실 수 있습니다." 그는 서류 두 장을 테이블 위로 쭉 밀었다. "경찰에 제공할 정보가 필요합니다. 매일 밤 새로 온 손님들에 대해 신고해야 하거든요. 예약하신 내용으로 저희가 대부분 작성했습니다만, 직업란과 서명란이 남았습니다, 여기랑 여기요." 플로렌스는 서류를 살펴보았다. '호텔 투숙객 신고서'라는 제목이 붙어 있고, 그녀의 이름과 주소, 여권 번호는 이미 적혀 있었다.

"직업이 뭔지 여쭤봐도 될까요?" 브라힘이 물었다.

헬렌과 플로렌스는 동시에 "작가", "조수"라고 답했다.

"조수, 아주 좋아요." 그는 플로렌스에게 고개를 끄덕이며 말했다.

"하지만." 그는 헬렌에게 고개를 돌렸다. "작가는 곤란합니다. 경찰의 주목을 받을 테니까요. 당신이 정치적인 기사나 우리 나라에 대해 안 좋은 글을 쓸 거라 생각하고 말이죠. 당신이 어디에 갔었는지, 무슨 사진을 찍었는지 우리에게 물을 겁니다. 그럼 골치 아파요. 그러니까, 그냥 '영업사원'이나 '관리자'라고 써주십시오. 그게 최선이에요."

헬렌은 이런 우스꽝스러운 요구가 즐거운 듯 보였다. "그럼 관리자로 할게요. 뭘 관리하지? 공장?"

"그냥 관리자라고 하시면 됩니다." 브라힘이 온화하게 말했다.

"난 주로 톱니를 만들어요." 헬렌은 거의 경박스럽게 말을 이었다. "보트 엔진에 쓰는 톱니요. 사실, 원양 선박들이죠. 배를 띄우기만 하면 동력으로 움직일 수 있어요……. 톱니를 써서. 선전 문구를 만

들어야겠네, 어때요, 플로렌스?"

플로렌스는 애매하게 미소 지었다. 헬렌의 이런 장난기 어린 모습
은 낯설었다.

"그냥 관리자면 돼요." 브라힘이 다시 말했다. "그리고 하룻밤만 묵
으실 거죠?" 그는 아이패드를 보며 물었다.

그들은 고개를 끄덕였다. 다음 날 차를 몰고 서쪽의 세맛으로 갈
예정이었다.

"그럼, 짧은 여행 일정을 제안해드릴까요? 여기서 별로 멀지 않은
곳에 엘 바디라는 궁전의 폐허가 있습니다. 아주 장엄하지요. 한번
가볼 만합니다. 그리고 수크●도 잠깐 들러보십시오. 제일 유명한 가
게들을 알려드리겠습니다. 가죽, 보석, 뭐든지요."

"음, 글쎄요." 헬렌은 심드렁했다. 남에게 지시받은 대로 움직이기
싫은 것이다. 플로렌스는 해안으로 가는 길에 아틀라스산맥을 돌아
서 가자고 제안했다가 헬렌의 이런 일면을 알았다. 헬렌은 거북한
침묵이 흐른 몇 초 동안 플로렌스를 빤히 쳐다보다가 방에서 나가버
렸다.

"아주 안전합니다, 손님." 브라힘은 헬렌의 망설임을 잘못 해석한
모양이었다. "수크에는 사복형사가 수십 명씩 깔려 있어요. 오로지
관광객들을 지키기 위해서요. 주정꾼이나 부랑자인 척 건물에 기대
어 있거나 땅바닥에 앉아 있다가 뭔가가 눈에 띄기만 하면 곧장 움
직이지요." 그가 크게 손뼉을 치자 그 소리가 안뜰에 울려 퍼졌다.

플로렌스는 눈썹을 올렸다. "정말요?"

"그럼요. 마라케시 사람들은 전부 다 다른 사람인 척 연기를 하고

● 북아프리카와 중동 지역의 야외 시장.

있거든요." 그는 한쪽 눈을 찡긋했다.

"이제 방으로 가야겠어요." 헬렌은 자리에서 일어나며 선언하듯 말했다. 갑자기 기운이 빠진 것처럼 보였다. 플로렌스는 헬렌이 그녀만큼이나 해외여행에 익숙하지 않다는 사실을 떠올렸다. 마라케시는 이제 겨우 오후 4시가 지났고, 그들은 열두 시간 이상 깨어 있었다. 그들이 도시에 대해 느꼈던 호기심도 시차로 인한 피로감 때문에 무뎌졌다.

"그러세요, 손님." 브라힘은 그들을 이끌고 2층으로 이어지는 나선형 계단을 올라갔다. "우리 호텔은 모로코의 전통 가옥인 리아드랍니다." 그가 설명해주었다. "1층에 있는 옥외 정원을 중심으로 지어졌지요." 위층에서 플로렌스는 연철 난간 너머로 아래의 안뜰을 내려다보았다. 늦은 오후 햇살이 가득했다. 그들의 방은 뻥 뚫린 공간을 사이에 두고 마주 보고 있었다. 그들은 먼저 헬렌의 방에 들렀다. 그녀와 플로렌스는 7시에 아래층에서 만나 저녁 식사를 하기로 했다.

이번에는 브라힘이 플로렌스를 그녀의 방으로 데려갔다. 아치 모양의 문간을 지나가면서 그녀는 나무문과 문틀에 고리 모양의 쇠가 하나씩 붙어 있는 것을 알아챘다. 누군가를 방에 가둘 때 그 구멍으로 막대기나 빗자루를 끼워 문을 잠갔으려나.

누가 이런 걸 설치해놨을까 잠깐 의문이 들었지만, 너무 피곤해서 신경 쓸 기운도 없었다. 그저 자고 싶을 뿐이었다. 가두고 싶으면 그러라지.

22

잠에서 깨어난 플로렌스는 머리가 아프고, 비쩍 마른 입에서 신맛이 났다. 짙은 안개에서 빠져나오기가 힘들었다. 이불은 축축하고 헝클어져 있었다. 어제 솟구쳤던 아드레날린의 여파가 혈관 속에서 맥동하는 것이 느껴졌다. 꿈을 기억하려 해봤지만, 꿈들은 물고기처럼 잽싸게 도망쳐버렸다. 뛰었던 것 같은데. 무언가에 쫓겨서.

그녀는 억지로 일어나 앉아 얼굴을 거칠게 문질렀다. 휴대전화를 보았다. 오전 6시 14분. 어떻게 이럴 수 있지? 열네 시간을 잤다고? 그녀는 무거운 몸을 일으켜 침대에서 나왔다. 뻣뻣한 다리로 욕실까지 가 차가운 물을 여러 번 얼굴에 끼얹었다.

서서히 현실 감각이 돌아오기 시작했다. 그녀는 마라케시에 있었다. 어제저녁 헬렌과 만나서 저녁을 먹을 계획이었지만, 내리 자버린 모양이다. 오늘은 차를 몰고 세맛까지 가야 한다.

플로렌스는 샤워를 한 뒤, 더플백을 열자마자 눈에 띈 청바지와 쭈글쭈글한 티셔츠를 입었다. 복도로 나가 헬렌의 방문 앞에서 귀를 기울여봤지만 아무 소리도 들리지 않았다. 난간 너머로 안뜰을 내려다보았다. 오렌지 나무 아래의 테이블에 앉아 블랙커피를 앞에 두고 있는 헬렌이 보였다. 그녀는 뻣뻣한 검은색 리넨 원피스를 입고, 발목까지 올라오는 가죽 샌들을 신고 있었다.

플로렌스는 헬렌의 맞은편에 털썩 앉았다.

"죽은 줄 알았네." 헬렌이 유쾌하게 말했다.

"저도요."

"내 계획이 망가질 뻔했네요."

"하, 하."

"커피 마셔요." 헬렌은 그늘에 차려진 뷔페 테이블 위의 은 주전자를 가리키며 말했다.

플로렌스는 커피 잔을 들고 돌아오자마자 사과했다. "어떻게 된 일인지 모르겠어요. 저녁 식사는 하셨나요?"

헬렌은 그녀의 질문을 무시했다. "오늘 떠나기 전에 엘 바디에 한 번 가보죠. 오늘 아침에 또 브라힘과 얘기를 나눴는데, 정말 멋진가 봐요. 엘 바디가 '비할 데 없는'이라는 뜻이래요. 굉장하지 않아요? 알라의 아흔아홉 가지 이름 중 하나라는데, 내가 참 초라해지네요. 난 두 개밖에 없는데. 아침 먹고 나서 곧장 거기에 들른 다음, 차를 받으러 가요."

여행을 계획할 때 플로렌스는 세맛까지 그들을 태워줄 운전기사를 고용하자고 제안했지만, 헬렌은 차를 빌려야 한다고 고집을 부렸다. "아랍인들은 운전할 줄 몰라요." 마치 "난 보이시에서 자랐어요"라고 말하는 것처럼 사무적인 투였다.

아침 식사 후 두 사람은 각자 방으로 돌아가 몇 가지 물건을 챙긴 후 복도에서 다시 만났다. 헬렌은 지갑과 휴대전화, 담배를 플로렌스에게 건네며 말했다. "좀 맡아줄래요? 가방 들고 다니기 싫어서 그래요."

"아. 그럼요." 플로렌스는 이미 가득 찬 핸드백에 그 물건들을 쑤셔 넣었다.

호텔을 에워싼 어둑한 미로를 빠져나가는 데 시간이 좀 걸렸다. 벽들이 너무 높아서 햇빛이 거의 들지 않았고, 양쪽 벽이 동시에 몸에 닿을 정도로 간격이 좁았다. 자세히 들여다보니 몇몇 건물들은 돌처럼 보이도록 프린트된 인조 포장재로 덮여 있었다.

브라힘은 호텔에서 조금만 걸어가면 엘 바디에 도착할 거라 했지만, 그들이 방향을 제대로 잡는 데 걸릴 시간은 미처 계산에 넣지 못했다. 전날 운전기사가 그들을 내려줬던 큰 교차로에 드디어 도착했다. 거기서 더 넓고 혼잡한 도로들이 뻗어 있었고, 자동차들과 모페드들과 행인들과 당나귀들이 자리를 차지하려 서로 다투고 있었다. 딱해 보일 정도로 비쩍 마른 당나귀들은 거의 똑같이 생긴 수레들을 끌고 있었다. 콘크리트, 벽돌, 기다란 강철봉 같은 건축 자재가 담긴 자루들이 수레 밖으로 처져 먼지투성이 길을 긁으며 지나갔다. 택시 몇 대와 1980년대에 만들어진 낡은 황토색 메르세데스 세단들이 그들을 태우려 멈춰 섰지만, 그들은 손을 흔들어 거절한 후 계속 걸었다. 이제 겨우 오전 9시지만 벌써부터 더웠다. 플로렌스는 바지를 입은 것을 후회했다.

그들이 지나가는 가게들 대부분이 바깥의 땅바닥에 펼쳐놓은 상품들도 꽉 막힌 거리를 침범해 들어와 있었다. 이국적인 물건들과 행인들이 뒤섞인 오묘한 분위기가 풍겼다. 살아 있는 거북이, 비닐로 포장된 양말, 어린이용 우산, 안료와 향신료와 콩이 담긴 자루, 기저귀, 선글라스, 번들거리는 날고기…… 젤라바●를 입은 엄숙한 표정의 남자들이 모든 것을 감시하고 있었다. 고양이 한 마리가 새의 머

● 북아프리카나 아랍권 국가의 남성들이 입는 두건 달린 긴 상의.

리를 입에 문 채 그들 옆을 재빨리 지나갔다.

그들이 엘 바디에 도착했을 즈음, 플로렌스는 더위에 지쳐 잔뜩 예민해져 있었다. 입장료 70디르함(미화로 약 7달러)을 내고 들어갔더니, 대규모의 옥외 유적 단지가 나왔다. 지독히도 고요하고 적막했다. 이제 막 문을 연 궁전은 경비원을 제외하면 그들이 첫 방문객인 것 같았다.

플로렌스는 입장권과 함께 받은 팸플릿을 읽고 헬렌에게 요약해주었다. "1578년에 술탄이 궁전 건축을 의뢰했고 15년 후 완성됐어요. 그로부터 100년 후에 새로운 술탄이 궁전을 허물고 그 자재들로 자기 궁을 새로 지었대요. 북쪽에 있는 멘케스…… 아니, 잠깐만요, 죄송해요, 메크네스에."

헬렌이 플로렌스의 손에서 팸플릿을 낚아채고는 그것으로 부채질을 하기 시작했다. "푸른 화염● 처럼 뜨겁네."

"세르귀 때문이에요." 플로렌스가 답했다.

헬렌은 안뜰의 중앙에 있는 푹 꺼진 정원으로 걸어갔다. 플로렌스는 아주 조금 그늘이 져 있는 높은 벽으로 물러났다. 그녀는 두 손으로 거칠거칠한 벽을 훑었다. 메디나의 성벽처럼 큼직한 구멍들이 여기저기 뚫려 있었다. 하지만 이곳의 구멍들을 빽빽이 채운 건 수백 마리의 비둘기였다. 구구구 하는 울음소리는 호러 영화에 나오는 자장가처럼 조금 무섭게 들렸다. 지푸라기 몇 개가 두둥실 내려와 플로렌스 앞에 떨어졌다. 그녀는 위를 올려다보았다. 거대한 몸집의 황새들이 벽 꼭대기에 지어놓은 둥지에서 태연히 내려다보고 있었다. 복슬복슬한 둥지에서 지푸라기들이 점점 빠지고, 온 천지에 새똥이 널

● blue blazes. 지옥을 뜻하는 관용어.

169

려 있었다.

플로렌스는 가파른 계단을 내려가 쭉 이어져 있는 망가진 방들로 들어갔다. 갈라진 타일들이 바닥에 깔려 있고 지붕은 없었다. 새들이 한결 더 시끄럽게 울어댔다. 벽이 오목하게 파여 햇볕이 닿지 않는 공간을 발견한 플로렌스는 그 표면에 뺨을 대보았다. 돌은 깜짝 놀랄 정도로 차가웠다. 잠시 후 또 다른 관광객이 들어왔다. 그는 플로렌스를 발견하지 못한 듯했다. 안으로 더 들어왔다가 그녀를 보고 움찔했다.

"젠장!" 그가 소리를 질렀다. "깜짝 놀랐잖아요."

"미안해요." 그녀는 그늘에서 나가며 말했다.

"숨어 있었어요?"

"햇빛을 피하려고요."

"네, 오늘 좀 심하긴 하죠." 이를 다 드러내고 웃는 모습과 억양으로 미루어보아 영국인 같았다. "휴가 중이에요?"

"아니요." 플로렌스가 말했다. "일하러 왔어요."

"그래요? 내가 한번 맞혀보죠." 그는 그녀를 아래위로 천천히 훑어보았다. "고고학을 공부하는군요." 그는 가늘고 긴 손가락으로 그녀를 가리키며 말했다.

"소설가예요." 플로렌스의 말에 남자는 눈썹을 치켜세웠다. "오, 대단하네요." 그가 말했다. "멋져요."

거짓말을 한 후 플로렌스는 바다에서 헤엄을 치다 파도를 피할 수 있는 지점을 지나 너무 깊숙이 들어간 나머지 파도 속으로 뛰어들 수밖에 없는 처지가 된 심정이었다. 터무니없지만, 남자에게 신문이라도 받을 것 같았다.

그녀는 서둘러 그 자리를 벗어나 밝은 바깥으로 올라갔다. 유적을 가로질러 오렌지 나무들이 있는 움푹 파인 정원과 녹조 낀 연못을 지나갔다. 반대편에 밑으로 내려가는 계단이 또 하나 있었다. 그 계단으로 내려가니, 계속 이어지는 어둑한 통로에 그녀 혼자밖에 없었다. 한 방에는 원시적으로 보이는 사슬과 목 족쇄가 가득 채워진 진열장들이 있었다. 벽에는 절망한 표정으로 몸을 웅크리고 있는 죄수들의 색 바랜 흑백 사진들이 걸려 있었다. 플로렌스는 햇빛 쏟아지는 지상으로 허둥지둥 다시 올라갔다.

헬렌이 그늘에 서서 작은 오렌지의 껍질을 벗기고 있었다. 손이 움직이는 박자에 맞추어 레진 팔찌가 달그락거렸다.

"그건 어디서 났어요?" 플로렌스가 물었다.

헬렌은 정원에 있는 오렌지 나무 쪽으로 고개를 까딱했다.

"그냥 딴 거예요?"

헬렌은 어깨를 으쓱했다. "어때서요? 누구 먹으라는 건데요? 황새들?"

플로렌스는 헬렌의 손목을 타고 흐르는 과즙을 부럽게 쳐다봤지만, 직접 오렌지를 딸 배짱은 없었다. 얼굴에 여드름 흉터가 남은, 핸드폰을 두드리고 있는 20대 경비원을 힐끔 쳐다보았다. 그는 자기를 지켜보는 시선을 느낀 듯 고개를 들었다. 플로렌스는 얼른 눈을 돌렸다.

"이제 갈까요?" 플로렌스가 물었다.

헬렌은 오렌지 씨 하나를 입에서 빼내어 엄지와 검지 사이에 들고 햇빛으로 들어 올리더니 멀리 튕겨버렸다. "그래요."

그들은 궁전 입구에서 헤어지며, 한 시간 후 호텔 근처의 교차로에서 만나기로 약속했다.

"참, 내가 맡긴 물건들." 헬렌은 뒤돌아보며 말했다.

플로렌스는 핸드백에서 헬렌의 휴대전화와 지갑, 담배를 꺼내 건 냈다. 헬렌은 담배와 휴대전화를 원피스 주머니에 집어넣은 후, 지갑에서 운전면허증을 꺼내 플로렌스에게 내밀었다.

"이건 왜요?"

"렌터카 가게에 가져가요. 예약할 때 썼던 신용카드와 같은 명의의 면허증을 보여달라고 할 거예요."

플로렌스는 운전면허증의 사진을 보았다. 카드를 기울이자 홀로그램에 햇빛이 반사되었다. "괜찮을까요?" 그녀와 헬렌 모두 금발에 작은 체격이었지만, 그 외에 또 닮은 구석이 있다고는 감히 생각해본 적이 없었다.

"두고 보면 알겠죠."

23

플로렌스는 해를 등지고 서쪽으로 출발했다. 렌터카 가게는 메디나 성벽 밖에 있었다. 브라힘의 말로는 20분 정도 걸어가면 된다고 했다.

"제마엘프나 광장을 지나가세요." 그는 지도에 표시를 해가며 설명해주었다. "마라케시의 명소니까요. 예전에 죄수들을 총살하던 곳이죠. 집행한 다음에는 그들의 머리를⋯⋯." 그는 손가락을 몇 번 튕겼다. "그걸 뭐라고 부르더라? 그거 있잖아요. 핫도그랑⋯⋯ 핫도그랑 같이 먹는 거. 기다랗고 녹색에 아삭아삭한 거."

"피클요?" 플로렌스는 반신반의하며 답했다.

"피클! 죄수들의 머리를 피클처럼 절여서 성문에 매달아놨지요. 경고의 의미로."

"아."

"거기서 손에 헤나 문신을 받을 수 있어요, 아주 예쁘답니다."

제나 엘프나 광장은 사각형이 아니라 불규칙한 모양의 널찍한 공간으로, 한쪽 끝에 카페 드 프랑이 있었다. 그날 아침 일찍 그녀와 헬렌은 그곳이 뭔지도 모르고 지나갔었다. 그때는 텅 비어 있던 곳이 이제는 슬슬 활기가 돌기 시작했다. 방수포와 양산으로 햇빛을 가린 테이블에 곧 주스가 될 오렌지들이 탑처럼 높이 쌓여 있었다.

쉰 목소리로 말하는 노인이 카메라를 멘 관광객들의 관심을 한 몸에 받고 있었다. 플로렌스가 어디선가 읽은 적 있는 거리의 이야기꾼인 모양이었다. 그보다 더 많은 관광객이 그늘에 앉아 손과 손목에 복잡한 무늬의 페인팅을 받고 있었다.

어떤 남자가 가느다란 검은 뱀 한 마리를 높이 쳐든 채 플로렌스에게 다가오더니 그녀의 어깨에 뱀을 걸치려 했다.

"아니, 됐어요." 그녀가 살금살금 피하며 말했지만 남자는 포기하지 않았다.

"싫어요." 그녀는 좀 더 강하게 말했다.

그는 웃었다. "무서워하지 마세요."

플로렌스는 울컥 화가 치밀었다. 그녀는 두려운 것이 아니었다. 뱀을 목에 두르기 싫은 이유가 그것 하나뿐일까? 그녀는 그를 빙 돌아가 계속 걸었다. 뒤에서 남자의 웃음소리가 불쾌하게 울려 퍼졌다.

여기야말로 마라케시의 이국적 정취를 맛볼 수 있는 곳이었다. 관광객들의 입맛에는 맞을지 몰라도 그녀는 이제 관심이 없었다. 덥고 피곤했다.

메디나의 끝자락에 도착했다. 한 성문 앞에 웅장한 건물 한 채가 서 있고, 각기 다른 색의 제복을 입은 세 명의 경비가 양옆을 지키고 있었다. 플로렌스가 건물을 찍으려고 휴대전화를 꺼내자 그들이 동시에 고함을 지르기 시작했다. 그들 중 한 명은 계속 소리를 지르며, 길을 건너 이쪽으로 오려 했다. 여러 행인들이 고개를 돌려 무슨 일인지 구경했다. 플로렌스는 얼굴로 피가 몰리는 걸 느끼며 휴대전화를 가방에 도로 집어넣었다. 사과의 의미로 손을 흔들자 경비는 물러났다. 부르카로 온몸을 감싼 행인이 그녀를 유심히 살폈다. 그녀의 안경에 햇빛이 반사되어 반짝였다. 플로렌스는 빠른 걸음으로 자리를 뜨다가 당나귀 똥 같은 것을 밟았다.

렌터카 가게를 찾는 데 30분이 걸렸다. 그곳에 도착했을 즈음 플로렌스는 온몸에 먼지를 뒤집어쓴 채였다. 먼지가 축축한 피부에 들러붙고 속눈썹 위에서 바르르 떨렸다. 이 사이에 낀 먼지가 까끌까끌했다.

"De l'eau?" 그녀는 책상에 앉아 있는 깡마른 10대에게 물었다. 대학 시절 배운 프랑스어가 투박하게 나왔다. 그녀는 손으로 물 마시는 시늉을 했다. "물?"

10대 아이는 우울한 표정으로 고개를 저었다. 플로렌스는 한숨을 내쉬고 예약 확인서를 건넸다.

"Un moment(잠깐만요)." 아이가 이렇게 말하더니, 여기저기 갈라진 합판 문 뒤로 사라졌다.

접이식 의자 두 개가 벽에 기대어져 있었다. 플로렌스는 그중 하나에 앉아 고개를 젖혔다. 위에서 선풍기가 덜거덕덜거덕 돌아가고 있었다.

10대 아이와 함께 돌아온 한 남자가 영어로 인사했다. 그녀는 헬렌의 운전면허증을 건넸다. 남자는 대충 힐끔 보더니 카운터 위로 쭉 밀어 돌려주었다.

"따라오세요." 그녀는 남자를 따라 문밖으로 나갔다. 남자가 신은 플라스틱 샌들이 발바닥을 요란하게 때려댔다. 남자의 발뒤꿈치는 바싹 말라 논바닥처럼 갈라져 있었다.

차고는 바로 옆 건물이었다. 흰색 포드 피에스타 앞에서 과장된 손짓으로 차를 가리키더니 지붕을 톡톡 치며 말했다. "최신형입니다." 감사 인사를 하자, 남자는 옆으로 비켜서서 그녀가 차에 타는 모습을 지켜보았다. 먼저 에어컨을 최대로 틀어보았다. 처음엔 사람의 입김처럼 역한 냄새가 나고 뜨거운 공기가 나오더니, 곧 서늘해지면서 피부에 맺힌 땀이 마르기 시작했다. 잠에서 깨어난 후로 더위 때문에 뒤틀리고 흐리멍덩했던 머리도 맑아지기 시작했다. 렌터카 가게 남자는 여전히 제자리에 서서 그녀를 지켜보고 있었다. 후진 기어를 넣고 정신없는 도로로 들어가던 중에 어느 할머니를 칠 뻔했다. 아슬아슬하게 사고를 면했다.

24

플로렌스가 약속 시간보다 15분 늦게 도착했을 때, 헬렌은 전날 그들의 가방을 받아줬던 호텔 직원과 함께 교차로에 서 있었다. 그들의 가방은 어제와 똑같은 손수레 안에 쌓여 있었다. 헬렌은 차에 올라타서는 쓰고 있던 챙 넓은 밀짚모자를 벗어서 무릎 위에 올려놓았다.

"산 거예요?" 플로렌스는 모자를 가리키며 물었다.

"그래요, 호텔로 돌아가는 길에 샀어요. 40디르함에. 브라힘 말대로 수크는 굉장히 멋지던데요."

플로렌스는 고개를 끄덕이고 미소 지었다. 그러고는 잠깐 의자에 머리를 기댔다. 온몸이 긴장되어 있었다. 여기까지 차를 몰고 오는 동안 표지판을 전혀 알아볼 수 없었다. 급기야 마차를 들이받을 뻔했고, 거기에 타고 있던 두 관광객은 질겁했다. 호텔 직원이 트렁크를 닫고 가볍게 톡톡 쳤다. 하지만 플로렌스는 움직이지 않았다.

"플로렌스, 출발해요." 헬렌이 그녀에게 손가락을 튕겼다. 장난일 수도 있지만 아무래도 아닐 것 같았다.

"죄송해요." 그녀는 허리를 세우며 말하고는, 운전대를 움켜잡고 기어를 바꾸었다.

＊

한 시간 정도 지난 후 에어컨이 멈춰버렸다. 헬렌은 몸을 앞으로 숙여 통풍구를 몇 번 툭툭 치다가 몸을 뒤로 젖히고 눈을 감았다. 앞으로 두 시간을 더 달려야 한다.

플로렌스는 고장 난 에어컨을 끄고 차창을 내렸다. 바람이 윙윙거리며 불어닥치자, 그들의 머리칼이 마치 물속에 있는 것처럼 정신없이 빙글빙글 돌며 휘날렸다.

트럭 한 대가 옆을 지나갈 때 플로렌스가 살짝 차선을 벗어났다.

"세상에, 플로렌스, 조심해요." 헬렌이 한숨을 푹 내쉬었다.

헬렌은 여전히 눈을 감고 있었고 안전띠는 매지 않은 채였다. 항상 그랬다. 플로렌스는 급브레이크를 밟으면 어떻게 될까 궁금해졌다. 헬렌의 머리가 축구공처럼 계기판에 맞고 튕겨 나가겠지. 도로에 다른 차들은 그리 많지 않았다. 플로렌스는 액셀러레이터를 꾹 밟으며, 위로 올라가는 바늘을 지켜보았다. 곧 커브가 나와 속도를 줄여야 했다. 해는 더 아래로 떨어졌고, 햇살이 나무들 사이로 깜박였다. 헬렌은 눈을 뜨고 라디오를 켰다가 다시 껐다. 그러고는 담배에 불을 붙였다. 바람에 날아가지 않도록 담배를 차 안으로 들고 있어야 했다. 담배 연기가 플로렌스의 목구멍에 들러붙었다.

그들은 침묵 속에 한 시간을 더 달렸다. 갈수록 풍경이 점점 더 건조해지고 먼지가 많아졌다. 마라케시가 사실은 사막의 오아시스라는 걸 플로렌스는 읽어서 알고 있었다. 여기 고속도로에서는 도시의 우거진 나무나 화려한 색채가 전혀 보이지 않았다. 쿵쿵거리며 도로를 달리는 바퀴의 일정한 리듬과 뜨거운 열기 때문에 그들은 서서히 최면 상태로 빠져들었다. 차 속으로 불어오는 공기가 달라졌음을 느낀 후에야 그들은 정신을 차리기 시작했다. 약간 시원해진 데다 더 상쾌하고 맑게 느껴졌다. 플로렌스는 바다 내음을 맡은 것 같았다. 주변도 점점 초록빛으로 물들고 있었다. 플로렌스는 휴대전화 화면에 떠 있는 지도를 힐끔 보았다. 세맛까지 10~15킬로미터 정도 남은 듯했다.

도로는 가파른 비탈로 다가가다가 절벽 가장자리를 따라 이어졌다. 아래에서는 대서양이 거품을 일으키며 일렁이고 있었다. 저 멀리 수면에 햇빛이 반짝거렸다. 플로렌스가 가까이에서 보고 자란 그 바다와 같은 물이라고는 믿기 어려웠다. 모로코의 성벽과 첨탑을 구경한 후 플로리다로 간 바다는 지붕이 납작한 창고들을 보고 얼마나 실망했을까.

절벽 가의 도로는 간신히 2차선만 가능한 폭이었고, 가끔 반대편에서 자동차나 오토바이가 달려올 때마다 플로렌스는 거의 정지할 때까지 속도를 줄이고픈 충동을 느꼈다. 그녀는 땀으로 축축한 손바닥을 좌석 덮개에 연신 닦아댔다.

짐칸을 범포로 덮은 트럭 한 대가 뒤쪽 범퍼에 바짝 다가붙으며 신음하듯 끙끙거리는 소리를 내다가 결국 추월했다. 트럭이 다시 원래 차선으로 들어오려고 하는 순간 반대편에서 자동차 한 대가 커브를 세게 돌았다. 그들이 경쟁하듯 울려대는 경적 소리에 플로렌스의 머릿속이 멍해졌다.

마침내 도로가 절벽 가장자리에서 멀어지고, 잠시 후 플로렌스는 왼쪽으로 꺾어 서류에 적혀 있는 이름의 작은 도로로 들어갔다. 자동차가 고요한 거리를 덜컹덜컹 달리는 동안 그녀는 코로 숨을 크게 들이마셨다. 축축한 흙냄새가 났다.

도로가 급격한 오르막길이 되더니, 곧 새파란 테두리가 쳐진 흰 집

(리아드라는 걸 플로렌스는 알아보았다)이 눈앞에 나타났다. 가파른 언덕의 꼭대기에 홀로 서 있는 별장이었다. 그들은 흰색 바탕에 파란 글씨로 '빌라 데 그레나드(Villa des Grenades)'라고 적혀 있는 커다란 바위를 지나갔다.

"데 그레나드?" 플로렌스는 이곳을 예약할 때 궁금해서 물었다. "수류탄이라는 뜻일까요?"

"석류예요." 헬렌이 바로잡아주었다.

플로렌스는 대문을 지나 차도에 차를 세웠다. 그러고는 등을 뒤로 기댔다. 온몸이 끈적거렸다.

몸집이 통통하고 머리가 희끗희끗한 60대 여자가 집에서 나왔다. 그녀는 다리를 절며 그들 쪽으로 걸어왔다. 헬렌과 플로렌스는 그녀에게 인사하려고 차에서 내렸다.

여자가 앞으로 나와 플로렌스와 악수를 나누며 말했다. "Bonjour, mesdames, bienvenue."

"영어 할 줄 아세요?" 헬렌은 그녀의 인사에 이렇게 답했다.

"네, 조금요." 여자는 수줍게 미소 지으며 말했다.

그녀는 자신의 이름이 아미나이며, 20년 넘게 빌라 데 그레나드에서 일해왔다고 설명했다. 요리와 장보기, 청소를 도맡아 할 거라면서, 필요한 게 있으면 뭐든 자신에게 말하라고 했다. 아미나는 언덕 아래의 어딘가를 가리키며, 바로 이 근처에 살고 있다고 했다. 그녀가 가방을 들어주겠다 했지만, 플로렌스는 자신이 직접 옮기겠다고 고집을 부렸다.

집 안으로 들어간 플로렌스는 공황 상태에 빠지고 말았다. 바닥에는 큼직한 타일들이 빠져 있고, 집 안 구석구석 곰팡이가 피어 있었다. 담쟁이의 기다란 덩굴손이 창문 안쪽으로 들어와 벽과 천장을 가로질렀다. 잡초들이 무성히 자랐다가 잘려나간 자리에는 갈색 얼룩이 남아 있었다. 플로렌스는 고향 집에서 민달팽이가 기어 다니며 남겨놓았던 끈적끈적한 흔적이 떠올랐다.

위층의 벽과 바닥도 마찬가지로 상태가 안 좋았지만, 적어도 이불은 깨끗했고 온수와 냉수가 잘 나왔다. 호텔에서처럼 2층의 중앙에 뚫린 공간이 있어서 햇볕 잘 드는 안뜰이 내려다보였다.

집 뒤에는 석판이 깔린 널찍한 테라스가 작은 수영장 쪽으로 뻗어 있었다. 수영장에 그늘을 드리운 야자수들은 삼베 같은 껍질이 여기저기 보풀처럼 일어나 있어서, 마치 옷을 벗다가 들킨 것 같은 모습이었다. 수영장은 4분의 3만 물이 채워진 채, 녹조가 두껍게 끼어 있었다. 수면을 가로지르며 겁 없이 행진하는 벌레들이 보였다. 수영장 둘레에는 심하게 망가진 안락의자 세 개가 비닐 끈들을 너덜너덜하게 늘어뜨리고 있었다. 아미나가 근처의 테이블에 깔끔하게 개켜진 깨끗한 수건들을 가리키자, 헬렌은 웃음을 터뜨렸다.

"임대 업체에 연락해야겠어요." 플로렌스가 말했다. "다른 곳을 구할 수 있나 알아볼게요. 웹사이트에 올라온 사진은 정말 이렇지 않았어요." 헬렌도 그 사진을 보고 플로렌스의 선택에 찬성했었다.

헬렌은 딱 잘라 말했다. "괜찮아요. 아무 문제 없어요."

✳

그날 오후 헬렌이 글을 조금 쓰고 싶어 했기 때문에, 그들은 1층의 널찍하고 밝은 거실에 자리를 잡았다. 그곳의 문들은 뒤편의 테라스로도, 집 중앙의 타일 깔린 안뜰로도 통했다. 헬렌은 빠른 속도로 미친 듯 써내려갔다. 기울어진 채 사납게 종이를 가로지르는 펜이 이따금 페이지에 구멍을 뚫었다.

플로렌스는 조금 떨어진 소파에 앉아 헬렌을 지켜보고 있었다. 그녀도 무릎에 공책을 얹어놓은 채 펜을 쥐고 있었지만, 한 자도 쓰지 못했다.

한 문장, 하고 그녀는 속으로 중얼거렸다. 한 문장만 쓰자.

그녀는 이렇게 썼다. '나는.'

참 짧기도 하지.

나는…… 뭐? 나는 뭐야?

그녀는 펜 뚜껑을 닫았다. 그런 다음, 집중하느라 이마를 잔뜩 찌푸리고 있는 헬렌을 다시 바라보았다.

플로렌스는 테이블에 공책을 탁 내려놓았다. 헬렌의 화난 시선을 받으며 일어나 테라스로 나갔다. 안락의자 하나에 드러누워 눈을 감았다. 저녁 7시가 다 됐지만, 공기는 여전히 따뜻했다. 그녀는 야자수 이파리들이 바스락거리고 새들이 지저귀는 소리에 귀를 기울였다.

배신당한 기분이었다. 엄마와의 관계를 끊었잖아? 그런데 왜 아직도 글이 안 써지는 거지? 글이 마구 쏟아져 나온다며? 그건 헬렌만 받을 수 있는 보상인 건가?

날카로운 새소리가 슬슬 귀에 거슬리기 시작했다. 플로렌스는 다시 안으로 들어가, 거실 한구석의 조각된 나무 책상에 설치해놓았던 랩톱으로 헬렌의 이메일을 확인했다.

그레타의 비서인 로런이 이메일을 몇 통 보냈지만, 중요한 내용은 없었다. 그리고 헬렌 윌콕스 계정으로 도착한 개인적인 메시지 한 건.

"실비 댈라우드가 이메일을 보냈어요." 그녀가 말했다.

헬렌은 고개를 들고 눈을 몇 번 깜박였다. "미안해요, 뭐라고요? 딴 데 정신이 팔려서."

"실비 댈라우드가 이메일을 보냈다고요. 다음 시즌 메트로폴리탄 오페라 공연을 예약하려는데, 작가님과 날짜를 맞춰서 몇몇 공연을 같이 볼 수 있을지 알고 싶대요."

헬렌은 메모장과 펜을 옆의 테이블에 내려놓았다.

"알았어요, 나중에 답장할게요."

플로렌스는 고개를 끄덕이고 랩톱을 닫았다. "작가님, 바보 같은 질문인 건 알지만…… 뭘 써야 할지 어떻게 아세요?"

헬렌은 얼굴을 찡그렸다. "뭘 써야 할지 어떻게 아느냐. 거꾸로인 것 같은데.《미시시피 폭스트롯》을 썼을 때, 작가가 되기로 마음먹고 플롯을 찾은 게 아니었어요. 꼭 해야 할 이야기가 있어서 글로 쓴 거죠."

"아." 플로렌스는 김이 빠졌지만, 헬렌의 말이 정확히 무슨 의미인지 이해할 수 없었다. 그녀의 머릿속에 들어 있던 이야기였을까? 아니면 실제로 벌어졌던 일? 하긴 플로렌스에게는 둘 다 없으니 어느 쪽이건 상관없었다. "지금은요?" 그녀가 다시 물었다. "두 번째 작품도 같은 과정으로 진행되고 있나요?"

"음, 아니요. 꼭 그렇지는 않아요."

헬렌이 한참이나 말이 없어서 플로렌스는 대화가 끝난 줄 알았다. 그런데 헬렌이 다시 입을 열었다. "가끔은 자신만의 이야기를 만들어야 할 때도 있어요."

"그게 무슨 뜻이에요?"

"모든 이야기는 현실에 어느 정도 기반을 두어야 하죠, 안 그러면 진정성이 안 느껴지니까. 하지만 물론 현실은 이런저런 모양으로 바꿀 수 있어요."

"그래요?"

"그걸 질문이라고 해요? 당연하죠. 당신 스스로 결정을 내리잖아요. 행동하고. 이⋯⋯." 그녀는 손짓으로 주변을 가리켰다. "여행도 당신의 현실을 바꾸는 한 가지 방법이고요."

"그건 그래요." 플로렌스가 말했다. 자신이 현실을 바꾼 것 같기는 했다. 만약 그 사진들을 사이먼에게 보내지 않았다면 헬렌과 이렇게 모로코에 있을 리도 없으니. 이것도 이야기가 될 수 있을까? 어쩌면 플로리다에서 뉴욕으로, 모로코로 떠나온 여정은 충분히 플롯이 될 수 있을지도 몰랐다. 남편을 먹는 아내들에 대해 그녀가 뭘 알겠는가? 그녀가 아는 건 그녀 자신의 인생이었다. 드디어 그녀의 인생도 글로 쓸 수 있을 만큼 흥미로워지는 듯했다.

❋

아미나는 뒤쪽 테라스에서 바스락거리는 야자수들 사이에 저녁을 차려주었다. 플로렌스와 헬렌은 리스본의 면세점에서 산 위스키를 큼직한 유리잔 두 개에 따랐다.

아미나는 요리를 잇따라 내왔다. 병아리콩과 렌틸콩으로 만든 하리라 수프, 매운 호박 퓌레, 으깬 가지, 기름진 올리브 한 접시, 플로렌스에게 영국 머핀의 밑바닥을 떠올리게 한 납작한 참깨 빵, 그리고 마지막으로 뜨거운 양고기 타진•과 거기에 곁들인 말린 자두. 그들은 식사를 하는 동안 냅킨이 바람에 날아가지 않도록 접시 밑에 끼워두었다. 하늘에는 밝고 선명한 초승달이 떠 있었다.

"세상에, 엘 바디 정말 아름답지 않았어요?" 헬렌은 두 사람의 술

• 소고기, 양고기, 닭고기, 생선 등의 주재료에 향신료와 채소를 넣어 만드는 모로코의 전통 스튜.

잔에 위스키를 조금씩 더 따르며 물었다.

"아름답다고 해야 할지 잘 모르겠어요. 이젠 폐허가 되어버려서."

"하지만 전성기에 어떤 모습이었을지 상상이 되잖아요. 그 어마어마한 규모라니. 어처구니가 없을 정도죠. 방이 360개. 이탈리아산 대리석. 수단산 황금. 얼마나 대단한 프로젝트예요? 민주주의에 대한 설득력 있는 반론이 될 거예요."

"어째서요?"

"뭐, 민주주의 체제하에서 그런 궁전은 절대 지어지지 못했을 테니까요. 이집트의 피라미드나 베르사유 궁전도 마찬가지고. 하지만 모두 우리를 행복하게 해주잖아요? 인간이 아무런 제약 없이 마음껏 재능을 발휘하면 이렇게나 아름다운 것들을 창조할 수 있다는 사실을 아는 게 행복하지 않아요? 민주주의가 '공정'—헬렌은 이 단어를 말할 때 손가락으로 허공에 따옴표를 만들었다—하긴 하죠. 하지만 왜 공정함이 항상 목표가 되어야 하죠? 위대함은요? 둘을 동시에 갖는 게 불가능할 때도 있어요."

"글쎄요. 그래도 평등을 중시하는 데는 그럴 만한 이유가 있지 않을까요?"

"평계 없는 무덤은 없다죠, 플로렌스. 하지만 모든 사람이 평등하다면, 서로 바뀌어도 아무 상관 없어지는 거예요. 그냥 세상이 납작해지는 거죠."

플로렌스는 어떻게 반응해야 할지 알 수 없었다.

"말해봐요, 어렸을 때 주변 사람들이 정말 당신과 동등하다고 생각했어요?"

플로렌스는 애매하게 어깨를 으쓱했다.

"안 그랬을 거예요, 플로렌스. 난 당신을 알아요. 당신은 자기가 남

185

들보다 낫다고 생각했을 거예요. 그녀는 잠깐 말을 끊었다. "그리고 아무래도 당신 생각이 옳았던 것 같고."

"그럴지도 모르죠." 플로렌스는 이렇게 중얼거리고 위스키를 한 모금 더 마신 후, 미소를 감추려고 고개를 돌렸다.

"날 믿어요." 헬렌의 말이 이어졌다. "평생 공정함을 찾아봐야 실망만 하게 된다니까. 공정함이라는 건 없어요. 있다면, 세상이 지루해지겠죠. 뜻밖의 사건 같은 건 전혀 일어나지 않을 테니까. 하지만 아름다움, 예술, 초월성 같은 위대한 것들을 추구하면 보상이 따를 거예요. 그래야 사는 보람이 있죠." 헬렌이 위스키 잔을 거칠게 내려놓자 술이 테이블에 조금 튀었다. "과거의 내 지인들 중에는 내 인생이 이렇게 풀린 게 공정하지 않다고 생각하는 인간들도 있을 거예요. 뭐, 정말 공정하지 않을 수도 있죠. 하지만 이걸 알아줬으면 좋겠어요. 난 내가 했던 일들을 하나도 후회하지 않아요. 단 하나도."

플로렌스는 헬렌이 이렇게 훌륭한 제자 대하듯 그녀에게 이야기할 때가 좋았다. 헬렌이 그녀를 여행에 데려와줘서 기뻤다. 조수 자격으로 온 건 맞지만, 그녀가 할 일은 그리 많지 않았다. 하루에 한 시간씩 타이핑하는 플로렌스를 곁에 두기 위해 헬렌은 많은 돈을 쓰고 있었다. 어쩌면 헬렌은 그저 동행을 원했을지도 모른다고, 플로렌스는 생각했다. 어쩌면 날 좋아하는 건 아닐까.

"작가님." 플로렌스는 참지 못하고 말해버렸다. 경솔한 짓을 벌이고 있는 듯한 기분이 들었다.

콧노래를 흥얼거리며 손가락으로 테이블을 가볍게 두드리고 있던 헬렌은 플로렌스를 힐끔 쳐다보았다. "음?"

"어디까지가 실화예요?"

"뭐가요?"

《미시시피 폭스트롯》요."

헬렌은 고개를 저었다. "그게 뭐가 중요해요? 난 '사실'에 집착하는 사람들을 도무지 이해 못 하겠어."

"글쎄요." 플로렌스는 어깨를 으쓱했다. "그래도 바뀌는 건 하나도 없잖아요. 그냥 궁금해서 그래요."

헬렌은 잠깐 아무 말 없이 그녀를 빤히 쳐다보았다. 플로렌스는 선을 넘은 건 아닌가 걱정스러웠다. 그때 헬렌이 말했다. "뭐, 알 게 뭐야. 아무한테도 말하면 안 돼요."

"당연하죠."

헬렌은 장난스럽게 살짝 미소 지으며 그녀를 쳐다보다가 마침내 입을 열었다. "루비."

플로렌스는 상세한 설명을 기다렸다. 하지만 헬렌은 더 이상 말이 없었다.

"루비가 왜요? 루비가 실존 인물이에요?"

헬렌은 천천히 고개를 끄덕였다. "루비는 실존 인물이에요. 이름만 다를 뿐." 그녀는 얼굴을 찡그렸다. "아, 루비라는 이름 정말 마음에 안 들어. 내가 무슨 생각으로 지었는지 모르겠다니까. 걔한테 전혀 안 어울리는데."

"본명은 뭐예요?"

헬렌은 옛날을 추억하듯 꿈을 꾸는 듯한 표정으로 미소 지었다. "제니. 가장 친한 친구였어요." 그녀는 말을 멈추고 담배에 불을 붙였다. "책을 읽으면 짐작 가겠지만 내 아버지는 쓸모없는 인간쓰레기였고, 엄마는 그냥, 뭐랄까, 간신히 버티고 있었어요. 지칠 대로 지쳐서. 그냥 죽을 날만 기다리는 사람 같았어요. 그리고 죽었죠, 내가 여덟 살이었을 때. 그래서 제니뿐이었어요. 나와 제니." 헬렌은 한숨

을 쉬었다. "그런데 제니가 그 남자를 죽였고, 모든 게 끝나버렸답니
다." 그녀는 손가락을 탁 튕겼다. "우리의 우정. 어린 시절. 그 모든 것
이. 내 세상이 완전히 끝나버렸어요."

"살인이 실화였어요?" 플로렌스는 눈을 휘둥그레 뜨고서 물었다.

"뭐, 세부 내용은 조금 다르지만. 그 남자는 그냥 마을을 지나가던
중이 아니었어요. 우리보다 더 오래 그곳에 살았던 사람이죠. 제니
가 열다섯 살이 됐을 때 놈이 제니한테 역겨운 환상을 품기 시작했
어요. 졸졸 따라다니고, 데이트 신청을 하고, 집 밖에서 기다리고. 결
국 참다못한 제니가 자기 아빠 엽총으로 놈을 쏴버렸죠."

"끔찍하네요."

헬렌은 놀란 표정으로 그녀를 쳐다보았다. "그래요? 솔직히 말하
면, 끔찍하다고 생각한 적은 한 번도 없는데. 오히려 그 반대였지. 뭐
랄까, 자랑스러웠어요. 질투도 났던 것 같고. 우리가 아는 사람들은
아무도 해보지 못한 경험을 그 애는 했으니까. 제니가 말하기를, 놈
을 쏴 죽이기로 결심하고 나서 실제로 방아쇠를 당기기 전에 모든
게 고조됐다고 하더군요. 감각이나 감정, 전부 다. 폐가 팽창하는 소
리가 들리고, 혈관 속에서 피가 세차게 돌아가는 소리가 들리고. 경
이로운 힘이 몸 전체에 흐르는 걸 느꼈대요, 전류처럼. 그런데 난 그
런 건 하나도 모르니까 전혀 공감할 수가 없었어요. 마치 나를 안 받
아주는 사교 클럽에 제니가 들어간 것 같았달까. 사기꾼이 된 기분
이었죠. 나는 어른인 척, 전부 다 아는 척, 무정한 척, 냉소적인 척하
면서 살아왔지만 제니는 달랐던 거죠. 그 아이는 진짜였어요. 그리
고 그 사실이 나를 겁쟁이로 만들었죠. 난 더 이상 제니를 따라다닐
수 없었어요. 걔는 내가 갈 수 없는 곳으로 가버렸으니까. 나 혼자 남
겨두고."

헬렌은 멍하니 담뱃갑을 테이블에 톡톡 쳤다. 담배 한 개비를 꺼내어, 손에 쥐고 있던 꽁초에서 불을 이어 붙였다. 플로렌스는 그녀가 이야기를 이어가도록 가만히 입을 다물고 있었지만, 헬렌은 아무 말도 없었다. 그저 담배를 피우며 플로렌스를 빤히 쳐다보기만 했다.

"제니는 어떻게 됐어요?"

"25년 형을 받았어요."

"하지만 책에서는……."

"소설."

"네, 소설요. 소설에서는 작가님이었잖아요. 모드가 살인자였죠."

헬렌은 손을 흔들었다. "그래야 이야기가 더 재미있어지니까. 뭐, 조금은 질투가 작용했는지도 모르고. 제니가 했던 일의 희미한 그림자라도 시도하고 경험해보고 싶었거든요."

"그럼 제니는 아직도 거기 있나요?"

"어디?"

"감옥요."

헬렌의 두 눈이 다시 초점을 찾았다. 플로렌스가 그녀를 미몽에서 깨운 것이다. "그럼요."

헬렌은 큰 소리로 한숨을 푹 내쉬고는 두 눈을 크게 떴다. "자!" 그들의 대화는 여기서 끝이라는 신호였다. "예상 못 했던 방향으로 이야기가 흘러갔네요." 그녀는 가볍게 웃고는 두 손으로 허벅지를 짚고 몸을 일으켜 세웠다. "이제 이 늙은 몸뚱이는 잠자리에 들어야겠어요. 내일 아침에 볼까요? 시내로 가서 답사 좀 하려는데."

플로렌스는 고개를 끄덕였다.

문간에서 헬렌이 뒤돌아보며 말했다. "이 얘기는 우리 둘만 알고 있어야 한다는 거, 굳이 말 안 해도 되겠죠?"

플로렌스는 고개를 끄덕였다.

"좋아요." 그녀는 잠깐 말을 끊었다. "당신이 같이 와줘서 기뻐요, 플로렌스." 그러고는 대답을 기다리지 않고 어둑한 집 안으로 사라졌다.

25

창문에 뒤엉켜 있는 덩굴 사이로 이른 아침의 햇살이 새어 들어와, 그녀 옆의 벽에 잔물결 모양의 그림자를 드리웠다. 플로렌스는 시계를 보았다. 8시가 조금 지나 있었다. 그녀는 두 다리를 침대 밖으로 빙 돌려, 서늘한 테라코타 바닥에 두 발을 내려놓았다.

아래층으로 내려가보니, 테라스에 이미 아침 식사가 차려져 있었다. 깨끗한 행주로 덮어놓은 바구니에 갓 구운 브리오슈가 담겨 있었다. 작은 도자기 접시에서 점점 녹고 있는 버터와 세 가지 잼. 나무 스푼을 똑바로 꽂을 수 있을 정도로 걸쭉한 꿀 한 그릇. 접시에 담긴 대추야자, 아몬드, 석류 씨앗, 네이블 오렌지 조각들. 주전자에 담긴 세 가지 주스.

플로렌스가 의자에 앉자, 빵 바구니를 콕콕 쪼고 있던, 참새처럼 생긴 작은 새가 깜짝 놀라며 근처 의자로 파드닥 날아갔다.

"미안하구나, 작은 새야." 그녀는 브리오슈를 조금 떼어 던져주며 말했다. 새의 깃털이 뼈대보다 무겁다고 어디선가 읽은 기억이 났다.

곧 헬렌이 내려왔다. 그녀는 문간에 잠깐 멈춰 서서 해를 올려다보았다.

"세상에, 햇살이 끝내주네." 그녀가 말했다.

그들은 천천히 식사를 하며 대화는 거의 하지 않았다. 두 사람 모두 약간의 숙취에 시달리고 있었다. 식사를 마친 후 플로렌스는 거실에 있는 랩톱으로 이메일을 확인했다.

"그레타가 보낸 메시지가 세 통 있어요." 그녀는 아직 테라스에 남아 담배를 피우며 먼 곳을 물끄러미 바라보고 있는 헬렌에게 큰 소리로 알렸다.

"뭐래요?" 그녀는 고개도 돌리지 않고 물었다.

"여행을 잘 다녀오길 바라고, 어쩌고저쩌고, 그리고 의논하고 싶은 일이 있으니까 시간 있으면 통화하재요."

"무슨 일?"

"그건 안 써놨어요. 그냥 전화해달래요."

"알았어요."

"답장 쓸까요?"

"됐어요. 조금 이따 내가 전화할게요."

플로렌스는 자신의 이메일에 로그인했다. 엄마가 보낸 메시지 한 통뿐이었다. 대충 훑어보고 창을 닫기 전 '배신'이라는 단어가 눈에 걸렸다.

✳

그들은 10시쯤 시내로 출발했다. 문을 나서기 전, 헬렌은 이번에도 소지품을 전부 플로렌스에게 맡겼다.

"여권은 가져가세요?" 플로렌스가 물었다.

"삶의 지혜. 해외에서는 꼭 여권을 몸에 지니고 다닐 것. 무슨 일이 벌어질지 모르니까. 게다가 난 저 여자 못 믿겠어요."

"아미나요?" 플로렌스는 웃으며 물었다. "설마요."

"측은한 마음이 든다고 순진하게 무작정 믿으면 안 돼요. 그 여자에 대해 아는 게 아무것도 없으니까."

플로렌스는 눈동자를 굴렸지만, 그래도 자기 방으로 터벅터벅 돌아가 여권을 챙겼다.

진정한 의미의 세맛을 보려면, 그들이 왔던 방향과 반대로 15분 정도 차를 몰고 가야 했다. 해안 위의 언덕에 집들이 옹기종기 모여 있고, 모래밭과 같은 색깔의 성벽이 도시를 에워싸고 있었다. 성벽은 거품 이는 파도를 일으키는 거센 바닷바람을 막아주었다. 메디나로 들어가자 차들은 거의 없고, 새파란 하늘을 배경으로 흰 건물들이 뒤죽박죽 모여 있었다. 1세기에 베르베르인들이 지은 이 도시는 그 후 로마, 포르투갈, 프랑스에 차례로 점령당했다. 가이드북에는 어촌이라고 쓰여 있지만, 이제 도시의 주 수입원은 관광업이었고, 에사우이라와 아가디르 같은 인기 많은 해변 휴양지의 유혹에 걸려들지 않은 관광객들 덕분에 도시 사람들은 어떻게든 생계를 이어가고 있었다.

플로렌스는 세맛의 중심부와 가까운 하산 2세 광장 근처로 가서, 눈부시게 푸른 아치형 문이 달린 건물 밖에 차를 세웠다. 한쪽으로는 항구와 해변이 보이고 그 반대쪽에 시내가 있었다. 차에서 내린 플로렌스는 신발창 밑으로 깔깔한 알갱이들을 느꼈다. 내려다보니 해안에서 날아온 모래였다.

그녀는 수크에 들려도 되겠느냐고 물었다. 헬렌의 모자를 본 후로 그녀도 쇼핑을 하고 싶었다. 마라케시의 수크에 비하면 아주 작은 시장 안으로 들어가니, 해를 가리려 머리 위에 쳐놓은 등나무 깔개 사이로 햇살이 스며들어 깜박거렸다. 몇몇 테이블에 향신료가 높이 쌓여 있고, 사프란, 쿠민, 하리사 같은 이름들이 보였다. 알록달록한 타진 냄비들이 깔끔하게 줄지어 진열된 테이블도 있었다. 플로렌스는 장식 달린 가죽 핸드백을 파는 남자에게 다가갔다. 그의 뒤에서는 동료가 칼로 생가죽에 복잡한 문양을 새겨넣고 있었다. 플로렌스는 붉은색의 작고 빳빳한 가방을 들고 열어보았다.

"200디르함." 테이블 뒤의 남자가 말했다. "20달러."

플로렌스는 핸드백을 손에 든 채 이리저리 돌려보았다. 헬렌의 의견을 물으려고 고개를 돌렸더니, 헬렌은 몇 걸음 떨어진 곳에서 죽은 닭의 털을 뽑는 남자를 지켜보고 있었다.

"좋아요. 이거 살게요." 플로렌스는 남자에게 이렇게 말하고 지갑에서 돈을 꺼냈다.

그녀는 물건들을 새 핸드백으로 옮겨 어깨에 걸쳤다. 여행 기념품이 생겨 기뻤다. 사람들에게 칭찬을 받고 어디서 샀는지 얘기하는 모습을 상상해보았다. 그녀는 이제 타진 냄비를 구경하고 있는 헬렌에게 다가가 핸드백을 보여주었다.

"어때요?"

"얼마예요?"

"20달러요."

"얼마나 깎았어요?"

"안 깎았어요. 20달러면 싸게 사는 것 같아서."

"흥정을 안 했다고요?"

플로렌스는 어깨를 으쓱했다. "흥정은 나보다 그 사람들이 더 필요할걸요."

"중요한 건 그게 아니에요. 장사꾼들은 협상할 줄 아는 사람들을 존중하는 법이거든요. 이제 그 사람은 미국인들이 다 줏대 없고 멍청한 응석받이인 줄 알 거 아냐."

플로렌스는 항상 그녀를 바보로 만들어버리는 헬렌 때문에 순간 화가 치밀었다. "그러니까요." 그녀는 고집스럽게 우겼다. "제가 너무 거저먹으려고 하면 정말 그렇게 생각하지 않겠어요?"

헬렌은 떨떠름하게 코웃음을 쳤다.

그들은 수크를 떠나 하산 2세 광장을 다시 지나며 항구로 향했다. 거리에서 행상들이 생선을 굽고 있었다. 연기가 자욱하게 위로 피어오르다 바람에 붙잡혀 끌려갔다. 수십, 아니 수백 척의 선박들이 물결을 타고 아래위로 흔들리고 있었다. 대부분은 새파란 색의 낡아빠진 유람용 보트들과 1인 조업선들이었지만, 대형 목선이나 작고 볼품없는 요트도 조금 눈에 띄었다. 플로렌스는 고향 생각이 났다. 고등학교 시절, 친구인 휘트니와 함께 항구의 비어 있는 배에 몰래 올라타곤 했었다. 내부로 들어가진 못해도 갑판에 누워 배 주인인 척할 수 있었다.

그들은 문어를 땅바닥에다 계속 때려대는 남자를 보고 걸음을 멈추었다.

"뭐 하는 거죠?" 플로렌스가 물었다.

"연하게 만드는 거예요." 헬렌이 말했다. "저렇게 해두지 않으면 너무 질겨서 못 먹으니까."

그들은 시내로 다시 들어가는 대신, 항구의 야외 테이블에서 해산물 요리를 점심으로 먹었다. 바다에서 불어오는 미풍도 똑같이 후텁지근한 공기를 몰고 오는 듯했다. 그들은 바다에서 갓 잡은, 아니 그렇다고 광고하는 문어와 함께 다양한 채소 구이와 현지 맥주인 카사블랑카를 주문했다. 해가 정점을 향해 올라가면서 양산의 그늘이 움직여 헬렌의 맨다리가 햇빛에 노출되었다. 그녀는 플로렌스에게 자리를 바꿔달라고 했다.

"어린 피부가 햇볕에 더 강하니까."

플로렌스는 이 핑계를 듣고 얼굴을 찡그렸다. 겨우 여섯 살 차이인데. 하지만 헬렌이 아니었다면 여기 있지도 못했을 거라는 사실을 떠올리며 냉큼 자리에서 일어났다.

이글거리는 태양 아래에서 플로렌스는 풀처럼 시들어가는 기분이들었다. 맥주병을 이마와 목에 갖다 댔다. 문어는 제대로 쳐다보기도힘들었다. 죽을 때까지 땅바닥에 내리쳐지던 모습이 떠올랐다. 그녀는 접시를 멀리 치워버렸다.

"먹어보지 그래요?" 헬렌이 물었다.

플로렌스는 고개를 저었다.

헬렌은 접시를 자기 쪽으로 끌어당겼다. "배고파 죽겠어."

식사를 마치자 헬렌은 담배에 불을 붙이고, 문어 다리가 남은 접시에 재를 톡톡 털었다. 플로렌스는 역겨워서 시선을 돌렸다.

푹푹 찌는 더위 속에 광장으로 돌아가는 길은 플로렌스의 기억보다 더 가팔랐다. 그러고 보니 모자 사는 걸 깜박했다. "푸른 화염처럼 뜨겁네." 그녀는 낮은 목소리로 중얼거렸다.

"뭐라고요?" 헬렌이 물었다.

"아무것도 아니에요."

플로렌스가 그늘에 주차할 생각을 미처 하지 못한 탓에, 그들은 원피스로 손을 감싼 채 차 손잡이를 잡아야 했다. 에어컨은 여전히 고장 난 채였다.

그날 오후 두 사람은 각자 방에서 쉬었다. 플로렌스는 낮잠을 자려 했지만 계속 자다 깨다 했고, 깨어났을 때는 오히려 몸이 더 찌뿌둥했다. 8시가 지나서야 저녁을 먹으러 나갔다. 플로렌스는 흰색 면원피스를 입고, 허드슨에서 큰마음 먹고 샀던 가죽 샌들을 신고, 새핸드백을 멨다. 그녀의 얼굴은 햇볕에 분홍빛으로 익어 있었다.

그녀는 헬렌의 방문을 똑똑 두드렸다. "준비되셨어요?"

"잠깐만요." 방 안에서 헬렌이 소리쳤다. "끝낼 일이 좀 있어서."

서랍을 거칠게 쾅 닫는 소리가 들리더니 헬렌이 문을 활짝 열었다. 그녀는 앞쪽에 단추가 달린 감색 원피스를 입고, 파란색과 흰색 줄무늬 스카프를 어깨에 두르고 있었다.

"출발하죠." 그녀는 입가에 짧은 담배꽁초를 문 채 말했다. 방 전체에 담배 냄새가 진동했다. 임대 계약서에 있던 금연 조항은 싹 무시해버리셨군, 하고 플로렌스는 생각했다.

복도로 나가자 헬렌은 잉크로 물든 손가락을 휙 튕겨 담배꽁초를 난간 너머로 버렸다. 꽁초는 5미터 아래에 있는 단단한 타일 바닥으로 떨어졌다. 플로렌스는 나중에 아미나가 허리를 구부려 꽁초를 주워야 한다는 생각에 얼굴을 찌푸렸다. 문간에서 헬렌은 또 소지품들을 플로렌스에게 맡겼다.

밤은 거의 낮만큼이나 더웠고, 공기 중에 재스민 향이 감돌았다. 차창을 연 채 달리니, 바닷바람이 그들의 얼굴을 때려댔다. 그들은 헬렌의 친구가 추천해준 식당이 있는 세맛 북쪽의 언덕으로 향하는 중이었다.

"어떤 친구예요?" 플로렌스는 묻고 싶었지만, 입을 다물었다. 대신 이렇게 말했다. "작품을 위해서 어떤 취재를 해야 하는지 설명을 안 해주셨잖아요."

"음?" 헬렌은 창밖을 바라보며 물었다.

"그러니까, 여기 있는 동안 제가 뭘 해야 할까요? 인터뷰를 한다든가, 어디를 방문한다든가. 정확히 무엇을 해야 하는지 아직 잘 모르겠어요."

"아, 아직 확실히 정해진 건 없어요. 난 그냥 이곳의 분위기를 느끼고 싶어요, 그게 다예요."

도로가 오르막길이 되자 자동차 엔진이 윙윙거렸다. 시내와 빌라 데 그레나드 모두 룸미러 속에서 멀어져갔다. 대서양의 거센 물결 위로 솟은 해안 도로는 3미터, 6미터, 9미터로 점점 더 높아졌다. 플로렌스는 운전대를 꽉 붙잡았다. 바람 부는 밤이었고, 갑작스레 몰아치는 돌풍이 계속 차를 흔들어댔다. 그녀는 최대한 벼랑에서 떨어져 도로 오른편으로 바짝 붙었다.

"좀 위험하지 않아요?" 헬렌이 말했다.

플로렌스는 눈앞의 도로에서 눈을 떼지 않은 채 고개만 끄덕였다. 불안함을 드러내고 싶지 않았다. 그랬다간 헬렌의 조롱을 받을 것 같았다.

15분 후 그들은 무사히 식당에 도착했다. 플로렌스는 뭉친 어깨를 문질렀고, 헬렌은 바람과 싸우며 식당 문을 당겼다.

식당에 있는 손님이라곤 이미 디저트를 먹고 있는 60대의 영국인 부부뿐이었다.

식당 주인이 헬렌과 플로렌스를 따뜻하게 맞았다. "Bienvenue, 어서 오십시오."

"위스키 두 잔요." 헬렌은 인사에 이렇게 답하며 손가락 두 개를 들어 올렸다.

플로렌스는 여행을 위해 이런저런 예약을 마친 후에야 그들이 단 며칠 차로 라마단을 피했다는 사실을 알았다. 헬렌이 술을 마실 수 없었다면 재앙이나 다름없는 사태가 벌어졌을 것이다.

그들은 아흔 살이 멀지 않아 보이는 웨이터에게 테이블을 안내받았다. 잠시 후 기름진 지문이 덕지덕지 묻은 유리잔에 위스키가 담겨 나왔다.

"로마에 가면……." 플로렌스는 술잔으로 손을 뻗으며 어깨를 으쓱했다.

"……살모넬라균에 감염돼라." 헬렌이 마무리를 했다.

그들은 술잔을 부딪쳤다. "새로운 시작을 위하여." 헬렌이 힘 있게 말했다. 두 사람은 위스키를 길게 쭉 들이켰다.

✳

헬렌은 식당의 대표 메뉴인 낙타 고기를 주문했지만, 음식이 나왔을 때 플로렌스는 앞에 쌓인 고기 더미를 보고도 전혀 식욕이 일지 않았다. 햇볕과 열기의 후유증이 느껴졌고, 빈속에 술을 너무 많이 마신 건 아닌가 싶었다. 테이블 위에 설치된 스피커에서 흘러나오는 아랍 음악의 첫소리는 조명과 한통속이 되어 맥박 치면서 점점 더 커지는 것만 같았다.

헬렌이 뭔가 말하고 있었지만, 저 멀리서 들려오는 소리 같았다. 모든 것이 아주 멀게 느껴졌다. 플로렌스 자신의 자아 전체가, 의식 전체가 조약돌 크기로 줄어들어 그녀의 두개골 안에서 이리저리 굴러다니는 듯한 기분이었다. 그녀의 내면은 어둡고 광활했으며, 바깥

세상은 멀리 떨어진 화면에 영사되는 영화처럼 너무 멀어 어떻게 되든 상관없어졌다. 접시에 올려진 고기는 땀을 흘리고 있는 것 같았다. 죽은 후로 계속 땀을 흘리고 있는 거니? 아니, 아니, 계속되는 건, 계속 자라는 건 발톱과 털이었지.

　그때 음악 소리가 잠잠해졌다. 모든 것이 더 조용해졌다. 마치 물속에 잠긴 것처럼. 물이 소리를 집어삼켰다. 그녀는 빠른 물살에 잠겼다가, 파도에 휩쓸렸다가, 강한 손들에 끌려갔다가, 다시 휩쓸렸고, 그러는 내내 헬렌의 목소리는 깊게 진동했다. 고래의 노래처럼, 메아리처럼, 음향 속의 그림자처럼. 예전에 했던 말들이 더 깊고 더 짙게 울리다 완전히 사라져버리고 파도만 남은 것처럼. 부드럽게 찰싹, 찰싹, 찰싹…….

26

"윌콕 씨?"

다시 깨어났을 때 플로렌스의 의식은 좀 더 또렷해졌다.

그녀가 차 사고를 당했다고, 의사에게 들었던 기억이 났다. 그가 그녀를 윌콕스 씨라고 불렀던 것도 기억났다. 그게 무슨 뜻일까? 헬렌은 어디 있지? 다른 병실의 다른 침대에 누워, 대로 씨라고 불리고 있으려나?

간호사가 돌아오자 플로렌스가 물었다. "나랑 같이 차에 타고 있던 여자도 여기 있나요?"

간호사는 멍하니 그녀를 쳐다보았다.

"병원에 또 다른 미국인은 없어요? 여자?" 그녀는 뇌의 흐리멍덩한 구석에서 기본적인 프랑스어 단어를 힘겹게 찾았다. "Autres américaines? Ici? A l'hôpital?"

간호사는 고개를 저었다. "Il n'y a que vous." 그녀뿐이다.

"차에 나랑 같이 탄 여자가 있었어요. 그 여자는 어떻게 됐는지 아세요? L'autre femme?"

간호사는 힘없이 미소 지으며 어깨를 으쓱했다.

"나를 찾아온 사람은 없었어요? Quelqu'un visite, um, moi?"

간호사는 고개를 저었다. "Personne." 그녀는 이 말을 남기고 떠났다.

플로렌스는 천장을 물끄러미 올려다보았다. 아무도 없었다. 아무도 그녀를 찾아오지 않았다.

그녀는 창으로 고개를 돌리다가, 침대 옆 테이블에 놓인 구겨진 비닐봉지의 존재를 처음으로 알아챘다. 그쪽으로 손을 뻗자 갈비뼈에 통증이 확 몰려왔다. 그녀는 얼굴을 찡그리며 비닐봉지를 무릎 위로 끌어당겼다.

그 안에는 전날 밤 입었던 옷이 들어 있었다. 흰 원피스, 속옷, 그리고 낮에 샀던 핸드백. 모조리 흠뻑 젖어 있었다. 핸드백의 옆 주머니 지퍼를 열자, 헬렌의 여권과 지갑, 휴대전화, 그리고 물에 불은 담뱃갑이 들어 있었다. 모두가 그녀를 윌콕스 씨라 부르는 이유를 알 것 같았다. 핸드백 안에 다른 건 아무것도 없었다. 그녀 자신의 지갑과 휴대전화, 여권은 사라지고 없었다. 그녀는 헬렌의 휴대전화를 켜려고 전원을 눌러보았다. 아무 일도 일어나지 않았다.

27

플로렌스는 움찔 놀라며 깨어났다. 숨이 차고, 심장이 빨리 뛰었다. 눈을 비비면서 그녀는 병실에 다른 사람이 있다는 걸 깨달았다. 병원에서 처음 깨어났을 때 봤던, 제복 차림의 남자였다. 간호사가 쫓아냈던 그 남자. 왜 그는 그녀가 잠들었을 때만 나타날까? 마치 그녀의 꿈이 마법으로 불러낸 형체 같았다.

"월콕 씨." 그가 말했다. "내가 기억납니까? 나는 왕립 경찰 소속하미드 이드리시라고 합니다. 사고에 관해서 물어보겠습니다." 약간서툴지만 모로코 소도시의 경찰치고는 훌륭한 영어였다.

플로렌스는 주위를 둘러보았다. 간호사가 다시 나타나서 이 남자를 내쫓아주기를 기대했지만, 아무도 오지 않았다. 그녀는 경찰에게고개를 끄덕였다.

남자는 주머니를 톡톡 두드리며 작은 베이지색 수첩을 찾더니, 씹힌 자국이 남아 있는 펜과 함께 꺼냈다. 마치 관절을 새것으로 갈아서 아직 적응이 안 된 사람처럼, 그의 움직임은 부자연스럽게 툭툭끊겼다.

"먼저. 어젯밤 사고가 기억납니까?"

플로렌스는 고개를 저었다.

이드리시는 수첩을 몇 페이지 넘긴 후 말했다. "22시 30분경 당신

차가 루 바드르를 벗어나서 바다로 빠졌습니다. 운 좋게도 늦게까지 바다에 나가 있던 한 어부가 그걸 봤지요. 어부가 당신을 차에서 끌어내 구했습니다. 23시에 당신은 병원에 도착했어요. 의식이 없는 상태로."

플로렌스는 난데없이 엉뚱하게도 웃음이 픽 나왔다. 경찰이 그녀를 놀리고 있는 것 같았다.

"내 차가 바다에 빠졌다고요?" 그녀는 미심쩍게 물었다. "그리고 차가 가라앉는 동안 누가 나를 꺼내줬고요?"

"네, 그런 일이 있었습니다."

플로렌스는 이 농담을 마무리 짓는 결정적인 한마디를 기다리며 그를 계속 쳐다보고 있었다.

그도 그녀를 빤히 쳐다보았다. 신중하면서도 지친 눈빛이었다. 그녀의 미소가 사그라졌다. 이 새로운 정보를 받아들이기가 어려웠다. 그런 일이 있었는데 아무런 기억이 없다니, 황당하지 않은가. 그녀의 인생에서 가장 극적인 순간을 놓치고 말았다. 참 그녀답게도.

루 바드르는 그들이 식당에 갈 때 탔던 도로였다. 깎아지른 절벽으로 뚝 떨어지던 갓길이 떠올랐다. 겨우 몇 시간 후에 그들의 말쑥한 포드 피에스타가 밤하늘을 날아 검푸른 바닷물로 뛰어들었다니, 믿기지가 않았다.

플로렌스는 그녀와 헬렌이 땅과 바다 사이의 공중에 붕 떠 있는 모습을 상상해보았다. 그들은 무슨 일이 벌어지고 있는지 알았을까?

그보다, 헬렌은 지금 대체 어디 있을까?

플로렌스는 질문을 하기 시작했지만 경찰도 동시에 말했다. "윌콕 씨, 어젯밤 일 중에 마지막으로 기억나는 건 뭡니까?"

플로렌스는 기억을 떠올려보았다. 낙타 고기. 쇳소리가 나는 음악.

"저녁 식사요." 그녀가 말했다. "식당에서요."

"어느 식당이죠?"

"언덕 위에 있었어요. 다르 아말이던가? 그 비슷한 이름이었어요."

그는 수첩에 받아 적었다.

"술을 마셨습니까?"

플로렌스는 동요하지 않으려 애썼다. "뭐라고요?"

"저녁 식사 중에 술을 마셨나요?"

플로렌스는 아무 말도 하지 않았다. 사고가 그녀 탓이라는 건가? 그의 표정을 봐서는 아무것도 알 수 없었다.

"윌콕 씨?"

"기억이 안 나요." 마침내 그녀는 입을 열었다. "죄송하지만, 모르겠어요." 그녀는 고개를 저었다.

"모로코에서는 술을 마신 후에 운전하는 게 불법이라는 사실을 아십니까? 한 잔도 안 돼요."

그녀는 기름때가 덕지덕지 묻은 유리잔 두 개에 담겨 나왔던 위스키가 기억났다. 진땀 나는 운전 후 처음 들이켠 술 한 모금이 목을 타고 넘어가는 느낌이 어찌나 시원하던지. 그러고 나서는? 첫 잔을 마신 후에 무슨 일이 있었더라? 기억이 나지 않았다. 그저 암흑뿐이었다.

답을 얻지 못한 질문이 되돌아왔다. 헬렌은 어디 있지?

그리고, 왜 헬렌은 그녀를 보러 오지 않았을까? 헬렌의 여권과 지갑이 왜 아직도 그녀에게 있을까? 어째서 헬렌은 차 안에 없었을까? 당연히 식당에서 같이 출발했을 텐데.

헬렌은 대체 어디에 있을까?

플로렌스는 이 의문의 주변을 천천히 맴돌았다. 한 가지 답이 떠오른 후에도 자꾸 다른 답을 찾았다. 조금만 더 망설이면 다른 결과를 얻을 수 있을 것처럼.

경찰은 계속 유심히 그녀를 지켜보고 있었다.

혹시? 그 사고로 헬렌이 죽었을까?

"윌콕 씨, 다시 묻겠습니다. 술을 마신 후에 운전하는 게 불법이라는 사실을 아십니까?"

플로렌스는 마지못해 답했다. "알아요. 운전해서 돌아가야 한다는 걸 알았다면 안 마셨을 거예요."

경찰은 그녀를 지켜보며 천천히 고개를 끄덕였다.

"그런데……." 그녀는 이 남자에게 뭔가를 묻고 싶었지만, 뭘 물어야 할지 알 수 없었다. 왜 그는 차 안에 있던 다른 사람은 언급하지 않았을까?

"잠깐만요, 누구죠? 나를 구해준 사람이?"

"어부입니다."

"정확히 누군데요?"

"이름을 알고 싶은 겁니까?"

"아무래도 그렇죠. 감사 인사를 해야 하잖아요?"

경찰은 관자놀이를 문질렀다. 그러고는 수첩에 적힌 이름과 전화번호를 깨끗한 면에 옮겨 쓴 다음 그 페이지를 찢어 플로렌스에게 건네며 말했다. "이 사람이 영어를 할 수 있을지 모르겠네요."

그녀는 종이를 보지 않은 채 침대 위에 올려놓고는 눈을 질끈 감았다. 눈을 감자, 마치 눈꺼풀에 영사된 것처럼 헬렌의 영상이 펼쳐졌다. 헬렌은 차창을 세차게 들이받으며, 구조되는 플로렌스를 무력하게 지켜보고 있다. 그렇게 된 걸까? 어부가 헬렌을 차 안에 내버려뒀을까? 헬렌을 보지 못했나? 아니면 체력적으로나 시간적으로나

한 명밖에 구할 수 없는 상황에서 플로렌스를 택한 걸까? 이런, 바보 같은 사람.

그는 잘못 골랐다.

그녀는 고개를 저어 익사하는 헬렌의 이미지를 머리에서 몰아냈다. 만약 그녀가 헬렌을 죽였다면 모를 리가 없다. 그렇지 않은가?

확신이 흔들리기 시작했다. 그러고 보니 어제 점심이나 저녁을 먹지 않았다. 어쩌면 정말 술에 취해서 도로를 벗어났을지도 몰랐다. 그래야 모든 것이 설명된다. 그렇지 않다면 헬렌은 환자로든, 아니면 사고에서 아무 탈 없이 살아남은 면회자로든 여기 있어야 했다.

플로렌스는 눈시울이 뜨거워지자 눈을 깜박여 눈물을 참았다.

경찰은 꼬았던 다리를 풀었다가 다시 꼬며 그녀에게 어디서 왔느냐고 물었다.

"네?" 갑자기 받은 쉬운 질문에 그녀는 당황해서 물었다.

"어디서 왔습니까?"

"미국에서요."

경찰은 가벼운 질문을 잇따라 던졌다. 모로코에 온 지는 얼마나 됐습니까? 어디서 묵고 있어요? 여기에 온 목적은?

"조사차 왔어요." 그녀가 말했다.

이 말에 그는 갑자기 눈을 치켜떴다. "저널리스트?"

"아니요." 그녀는 그의 말투에 깜짝 놀라 얼른 답했다. "아니에요. 책 때문에요. 소설요."

그의 표정이 풀어졌다. "소설가예요?"

플로렌스는 자신의 두 손을 내려다보았다. 그리고 한 번 고개를 끄덕였다.

경찰은 30분 가까이 있는 동안 헬렌의 이름을 한 번도 언급하지 않았다. 마침내 그는 떠나기 위해 자리에서 일어나며 말했다. "운이 아주 좋군요." 목소리에서 비난하려는 의도가 고스란히 드러났다. 그가 몸을 돌려 커튼을 잡자 플로렌스가 말했다. "잠깐만요."

그가 뒤돌아봤다.

"차는 어떻게 됐어요?" 그녀가 물었다. "인양했나요?"

"'인양'이 뭡니까?"

"물에서 건져냈나요?"

"네, 물론이죠. 하지만 이제 못 써요." 그는 마치 어린아이의 질문에 답하듯 말했다. "엔진은 완전히 젖었고, 앞 유리도 없어졌습니다."

"아니요, 그게 아니라⋯⋯." 플로렌스는 말을 끊었다.

앞 유리가 없어졌다. 충격에 부서졌으리라. 그렇다면 안전띠를 절대 매지 않는 헬렌은⋯⋯.

경찰은 그녀를 계속 빤히 쳐다보고 있었다.

"그럼 차 안에 뭐⋯⋯ 다른 건 없었나요?"

"어떤 거요?"

그녀는 멈칫했다가 입을 열었다. "내 신발요. 신발을 잃어버렸거든요. 비싼 건데."

이드리시는 콧구멍을 벌름거렸다. 그러고는 주머니에서 휴대전화를 꺼내어 어딘가로 전화를 걸더니 아랍어로 빠르게 말했다. 그는 전화를 끊고 그녀에게 말했다. "신발은 없었답니다. 스카프가 하나 나왔다는군요."

"스카프요?"

"네. 파란색과 흰색 줄무늬 스카프. 그런 걸 두르고 있었습니까?"

헬렌이 담배꽁초를 난간 너머로 튕길 때 줄무늬 스카프가 그녀의 어깨에서 미끄러지던 모습이 눈에 선했다.

"네, 제 거예요." 플로렌스가 속삭였다.

"알았습니다, 내가 챙겨 드리죠."

"고맙습니다." 그녀는 다리를 덮고 있는 얇은 담요만 물끄러미 노려보았다. 그가 어서 떠나기를 바랐다. 이윽고 커튼이 휙 젖혀지며 이드리시가 떠났다.

플로렌스는 억지로 호흡을 늦추었다.

경찰은 차 안에 한 명이 더 있었다는 사실을 모른다. 그녀가 누군가를 죽였다는 사실을 모른다. 그는 모른다. 헬렌은 그냥…… 저 멀리 흘러간 모양이었다.

플로렌스는 두 손으로 얼굴을 가렸다. 그렇게 몇 분을 있다가, 자신이 일종의 연기를 하고 있으며 관객은 한 명도 없다는 걸 깨달았다. 그녀는 두 손을 다시 침대에 내려놓았다.

28

다음 날 아침 일찍, 간호사가 서류 몇 장을 가져와 서명을 부탁했다. 퇴원 절차를 밟는 것이었다. 서류는 아랍어로 적혀 있었지만, 플로렌스는 상관하지 않았다. 간호사가 가리키는 곳에 헬렌 윌콕스라는 이름을 인쇄체로 쓰고, 그 밑에 알아보기 힘든 서명을 휘갈겼다.

플로렌스가 자신은 헬렌 윌콕스가 아니라고 말할 기회는 이렇게 사라지고 말았다.

그녀는 일어서다가 다리가 후들거려 주저앉을 뻔했다. 간호사가 그녀를 부축해 복도에 있는 공동 화장실로 데려갔다. 화장실은 작고 아주 더러웠다. 플로렌스는 그전까지 사용해온 요강에 새삼 고마움을 느꼈다.

그녀는 콘크리트 바닥에 고여 있는 염분 섞인 물웅덩이를 피해 뻣뻣한 동작으로 옷을 입었다. 그런 다음 한참이나 거울을 들여다보았다. 그녀의 얼굴은 칙칙한 빛으로 퉁퉁 부어 있었다. 마치 거울이 창문이나 다른 누군가의 사진인 양, 기묘한 단절감이 느껴졌다. 대학 시절 사람들이 술에 취해 쓰러진 친구들의 얼굴에 사인펜으로 낙서를 하곤 했던 일이 떠올랐다. 누군가가 그녀의 얼굴에 그런 짓을 한 것 같은 기분이었다. 그녀가 잠든 사이 무대용 분장으로 멍과 피를 그려 넣은 것 같은.

하지만 물론 이 상처들은 진짜였다. 아직 아물지 않아서 만지면 아팠다. 소금기로 빳빳해진 원피스 천이 여기저기 벗겨진 그녀의 살갗을 쓸고 지나가자 따끔거렸다. 몸통을 감싼 두터운 반창고가 자줏빛 피부를 잡아당겨 따가웠다.

그녀는 세면대의 온수를 틀고, 들쭉날쭉 흘러나오는 물줄기 밑에 두 손을 댔다. 몇 분이 지나도록 짜증스럽게 미지근한 물만 계속 나왔다. 답답해서 결국엔 물을 잠가버렸다.

퇴원하기 전 그녀는 청구서를 받았다. 미화로 90달러였다. 그녀는 헬렌의 신용카드를 썼다. 그때 경찰 이드리시가 그녀를 빌라 데 그레나드까지 데려다주려고 왔다. 그녀는 택시를 타고 싶었지만 의심을 살 행동은 피해야 했다. 결백한 사람이라면 차를 태워주겠다는 경찰의 제안을 거절할 리 없으니까. 더군다나 신발도 없는 사람이.

차 안에서 플로렌스는 그를 보며 물었다. "나한테 무슨 문제라도 있나요?"

"말씀드렸다시피, 술 마시고 운전하는 건 불법입니다."

"그런데 왜 내가 술을 마셨다고 생각하시는 거예요? 혈중 알코올 농도 검사라도 했나요?"

"그게 뭡니까?"

"그러니까, 내가 술을 마셨다는 증거가 있냐고요."

"식당 사람들이 그렇게 말했으니까요."

"그 사람들하고 얘기했어요?"

"당연히 했지요."

플로렌스는 불편하게 몸을 꼼지락거렸다. 안전띠에 갈비뼈가 눌려서 아팠다. "이제 어떻게 되는 거죠?" 그녀가 물었다.

그들 앞의 차가 갑자기 멈추자, 이드리시가 주먹을 내리쳐 경적을 울렸다. 그러고는 창밖으로 머리를 빼고 상대 운전자에게 화를 내며 고함을 질렀다. 차들이 다시 움직이기 시작하자 그는 몸을 뒤로 기댄 채 숨을 크게 한번 쉬었다.

다음 정지 신호에서 그는 플로렌스를 쳐다보며 말했다. "어떻게 되느냐고요? 아마 아무 일 없을 겁니다. 여기는 관광업이 중요하니까요. 무슨 말인지 이해하죠?"

플로렌스는 고개를 끄덕였다. 민망한 기분이 들었다. 그가 의도한 대로.

"내 조카는 그랬다가 여섯 달 동안 감옥에 있었습니다. 내 조카는 미국인이 아니라서요."

"죄송해요." 플로렌스는 힘없이 말했다. 왜 경찰 인맥을 써서 조카를 꺼내주지 않았는지 궁금했지만, 묻지 않았다. 이곳에서는 그런 방법이 통하지 않는지도 모른다.

"영어를 잘하시네요." 그녀는 그의 기분이 풀어지기를 기대하며 아첨하는 말을 던졌다.

"네, 그래서 새로 생긴 관광 여단에 뽑혔죠." 그는 이를 악문 채 말했다. "경찰요. 관광객만 상대하는."

"축하해요." 플로렌스는 긴가민가하며 답했다.

그는 코웃음을 치고는 액셀러레이터를 더 세게 밟았다.

별장에 도착했을 때 아미나가 그들을 맞이하러 걸어오기 시작했다. 그러다가 운전석에 앉은 경찰을 보더니 걸음을 멈추었다. 그가 그녀에게 고개를 끄덕였지만, 그녀는 그를 쳐다보고만 있었다.

플로렌스가 문손잡이에 손을 얹자 이드리시가 갑자기 물었다. "친구는 어디 있습니까?"

그녀는 몸을 그에게로 휙 돌리며 날카롭게 물었다. "무슨 친구요?"

그의 얼굴에 미소가 언뜻 스치는 듯도 했다. 마치 그 질문을 플로렌스에게 갑자기 들이댈 때를 기다렸던 사람처럼.

"다르 아말에서 같이 저녁을 먹었던 친구요."

그렇지. 그는 식당 사람들과 얘기를 했다.

이제 와 자백하기엔 너무 늦지 않았을까? 위스키와 스카프, 그리고 시커먼 구멍이 뚫린 기억에 대해 말한다면? 그녀는 입을 열었다가 다시 닫았다.

"친구는 택시를 타고 일찍 돌아갔어요." 그녀의 목소리가 너무 작아, 이드리시는 그녀 쪽으로 몸을 기울였다.

"왜요?"

"몸이 안 좋아서요."

"식당에서 택시를 불러줬습니까?"

플로렌스는 고개를 저었다. "자기가 전화로 불렀어요."

"그래서 지금은 어디 있습니까? 병원에 당신을 보러 오지도 않았죠?"

플로렌스는 어깨를 으쓱했다. "그다음 날 아침에 마라케시로 돌아가는 게 그 친구 계획이었어요. 아마 거기로 갔을 거예요. 사고가 있었는지도 모를걸요."

이드리시는 그녀를 빤히 쳐다봤지만 아무 말도 하지 않았다.

플로렌스는 머뭇머뭇 문손잡이에 다시 손을 올렸다. 이드리시가 그녀를 막으려는 낌새가 보이지 않자, 그녀는 문을 열고 차에서 내렸다.

걷기 시작할 때 이드리시가 조수석 창을 내리더니 소리쳤다. "윌콕 씨?"

플로렌스가 돌아보았다.

"세맛을 떠나게 되면 나한테 알려주십시오." 그는 창밖으로 명함을 내밀었다. 그녀는 여전히 축축한 핸드백에 명함을 슬며시 집어넣고는, 차도를 맨발로 조심조심 가로질러 아미나가 서 있는 곳으로 갔다. 두 여자는 이드리시의 차가 언덕을 내려가는 모습을 지켜보았다.

차가 시야에서 사라지자, 아미나는 플로렌스의 얼굴에 남아 있는 멍과 손목의 깁스를 가리키며 물었다. "괜찮아요?"

"네." 플로렌스는 그녀를 안심시켰다. 익숙한 곳에 돌아오니 안도감이 밀려들었다. 이드리시의 분노나 의심과는 극명히 대조되는 아미나의 친절함이 고마웠다.

그녀는 아미나를 따라 집 안으로 들어가 위층으로 올라갔다. 온몸이 쑤셔서 얼른 눕고만 싶었다. 하지만 자신의 방으로 가기 전에 헬렌의 방부터 살펴보았다. 헬렌의 옷들은 전부 여전히 옷장 안에 걸려 있었다. 액세서리는 화장대에 흩어져 있었다. 칫솔도 세면대의 컵에 제대로 꽂혀 있었다. 언제든 방 주인이 돌아올 것만 같았다. 정말로 헬렌 혼자서 세맛을 떠났을지도 모른다는 기대를 조금은 품고 있었지만, 이제 보니 허황된 생각이었다. 옷들과 칫솔, 여권을 이렇게 내버려둔 채 떠났을 리 없었다.

플로렌스는 옷장에 걸려 있는 원피스들을 손으로 가볍게 훑어보았다. 이에 답하듯 옷걸이들이 나지막이 달그락거렸다.

그녀는 헬렌의 침대에 털썩 앉아, 병원에서 받은 진통제를 핸드백에서 꺼냈다. 이틀 동안 제자리를 지키고 있던 유리잔에 절반 정도 채워진 물과 함께 하이드로코돈 두 알을 삼켰다. 그녀는 뒤로 푹 쓰러져 천장에 드리워진 그림자들을 빤히 올려다보았다. 경찰에게 거짓말한 건 실수였다. 하지만 차 안에 한 명 더 있었다고 말할 수는 없었다. 음주운전을 한 관광객은 봐줄지 몰라도, 그 과정에서 죽은 사람이 있다면 얘기가 달라진다. 살인은 살인이었다.

게다가 지금에 와서 무슨 소용인가? 헬렌은 이 세상에 없다. 설마 부유물에 매달려 구조를 기다리고 있을 것 같지는 않았다. 그녀는 죽었다. 어떤 것도 그 사실을 바꾸진 못했다.

플로렌스는 이 사실에 내포된 의미를 가만히 생각해보았다. 다시는 헬렌을 보지 못하겠지. 이제 그녀에게는 직업도 집도 없었다. 앞으로는 아무도 모드 딕슨의 신작을 읽지 못하리라. 플로렌스는 눈물이 나오기를 기다렸다. 하지만 약 기운이 슬슬 돌기 시작하면서 머릿속이 몽롱해졌다. 귀가 먹먹했다.

그녀의 생각은 자꾸만 헬렌의 시신으로 되돌아갔다. 지금 어디에 있을까? 엄마가 즐겨 보는 플로리다의 선정적인 뉴스들에서 말하기를, 시신은 물속에 단 며칠만 있어도 물에 붇고 물고기들에게 먹혀 신원 확인이 불가능해진다고 했다. 또, 어떤 문화권, 아니 대부분의 문화권에서 성스러운 시신 처리를 중시한다는 것도 플로렌스는 알고 있었다. 하지만 도무지 이해할 수 없는 풍습이었고, 헬렌 역시 그런 정서를 받아들이지 않았을 거라는 생각이 들었다.

죽으면 끝이다. 장례식 같은 건 살아 있는 사람들의 슬픔을 달래기 위한 의례에 불과했다.

그녀는 몸을 옆으로 굴려 헬렌의 방을 둘러보았다. 그녀의 방보다 훨씬 더 컸다.

이 생각을 끝으로 그녀는 잠들었다.

29

    플로렌스는 그다음 날을 침대에서 보냈다. 일어나서 아무 것도 못할 만큼 아픈 건 아니었지만, 견디기 힘든 불안감에 온몸이 마비되었다. 대체 무슨 짓을 저질렀단 말인가? 지난 60시간 사이에 미국에서 가장 존경받는 소설가 중 한 명인 자신의 고용주를 죽이고 경찰에게 거짓말을 하다니, 가능한 일인가? 다른 누군가에게 벌어진 일인 것만 같았다.

    그녀는 사고가 일어난 밤을 기억해보려 애쓰고 또 애썼다. 눈을 감고 식당까지의 운전, 위스키, 낙타 고기를 떠올렸다.

    그런 다음엔?

    그 후가 이어지지 않았다. 그녀는 이야기의 시작부터 가속도를 붙여, 기억이 멈춘 지점을 뚫어보려 애썼다. 운전. 위스키. 낙타. 운전. 위스키. 낙타. 그다음엔? 그다음엔…… 텅.

    아무것도 없었다.

    술을 그렇게 많이 마셨던가? 전에도 필름이 끊길 때까지 술을 마시다 정신을 잃은 적이 있지만, 오래전의 일이고 대학을 졸업한 후로는 한 번도 그러지 않았다. 물론, 빈속에 술을 마시긴 했다. 어리석게도.

    그녀는 다시 두 눈을 질끈 감았다. 운전. 위스키. 낙타.

갑자기, 세차게 밀려들던 물이 기억났다. 그냥 상상인 걸까? 아니다. 역시 있었다. 빠르게 솟아오르는 차가운 물.

그리고 하나 더. 그녀의 팔을 꽉 붙잡는 손. 누구의 손이지? 어부의 손?

그녀는 눈을 뜨고 소매를 걷어 올려 팔 위쪽을 살펴보았다. 상체의 피부는 대부분 변색되어 있었지만, 지문 크기의 작은 멍자국 네 개가 또렷이 남아 있었다.

그때 아미나가 문을 똑똑 두드렸다.

"들어오세요." 플로렌스는 쉰 목소리로 크게 말했다.

아미나가 토스트와 달걀을 쟁반에 담아 들고 왔다. 잠시 후에는 큼직한 놋쇠 찻주전자를 가져와서 김이 모락모락 나는 민트 차를 따라주었다. 부엌에서 따랐다면 더 편했겠지만, 플로렌스는 이렇게 격식을 차려주는 그녀가 고마웠다. 어린 시절엔 아파도 엄마가 거의 휴가를 얻지 못했기 때문에, 지금 이렇게 아미나의 간호를 받는 것이 즐거웠다.

아미나는 달콤한 차를 홀짝이는 플로렌스를 흡족한 표정으로 지켜보다가 물었다. "친구분은 가셨어요?"

플로렌스는 왜 자기가 헬렌의 방을 쓰고 있는지, 헬렌에게 무슨 일이 있었는지 아무 말도 하지 않았었다. 어쩌다 멍이 들었는지도 설명하지 않았다. 진통제의 여파로 깜박했다고 변명할 수도 있었지만, 솔직히 아미나가 경찰과 똑같은 시선으로 그녀를 볼까 봐 두려웠다. 플로렌스는 고개를 끄덕였다.

"다시 올까요?"

"아닐 거예요. 마라케시로 돌아갔거든요."

"이걸 다 놔두고……." 아미나는 방에 흩어져 있는 헬렌의 물건들을 가리켰다.

"작은 가방에 몇 가지 챙겨 갔어요. 나머지는 내가 떠날 때 가져갈 거예요."

아미나는 고개를 끄덕였다.

그날 플로렌스는 꾸벅꾸벅 졸다가 당황하며 공황 상태에서 깨어나기를 반복했다. 어느 순간엔 그녀가 식중독에 걸렸던 건지도 모른다는 생각이 들었다. 그녀의 무거운 책임감을 벗겨줄 변명거리가 절실했다. 어쩌면 헬렌이 그녀에게 과음을 강요했을지도. 미국에서 헬렌은 확실히 와인을 물 마시듯 했다.

땅거미가 지기 시작하자 플로렌스는 진통제를 두 알 먹었다. 다음에 깨어났을 땐 아침이었다.

❋

밤사이 심해진 열기가 플로렌스의 몸에 담요처럼 무겁게 내려앉았다. 이미 30도가 넘었을지도 몰랐다. 그녀는 이불을 걷어차고 베개 두 개를 침대 머리판으로 밀어붙인 후, 어깨와 허리를 최대한 살살 움직이며 일어나 앉았다. 온몸이 쑤셨지만 찌르는 듯한 통증은 사라졌다. 휴대전화를 집으려 손을 뻗던 그녀는 이제 그것이 없다는 사실을 떠올렸다. 침대 옆 테이블에 놓여 있는 하이드로코돈이 보였지만 먹지 않기로 했다. 어제의 당혹감과 좌절, 피해망상의 소용돌이에는 분명 진통제의 영향이 어느 정도 있었다. 또다시 그럴 순 없었다.

무덥고 밝은 방에 가만히 앉아 있자니 시큼한 체취가 느껴졌다. 이틀 넘게 샤워를 하지 않았다. 그녀는 분비물에 전 살냄새를 깊숙이, 기괴할 정도로 들이마셨다. 자신의 체취를 감추려면 얼마나 많은 노력을 쏟아부어야 할까.

그녀는 타일이 깔린 널찍한 욕실로 다리를 후들거리며 들어가, 붕대가 감긴 손목을 최대한 물줄기 밖으로 빼놓고 오래도록 샤워를 했다. 긁힌 상처가 따끔거렸지만 오히려 상쾌하니 기운이 났다. 통증 덕분에 몸으로 주의를 돌릴 수 있었다. 지금은 생각에 빠져 있고 싶지 않았다.

샤워를 마친 그녀는 타월로 몸을 감싼 채, 세면대에 놓인 유리병에서 걸쭉한 수분크림을 조금 덜어내 얼굴에 톡톡 발랐다. 그런 다음 머리칼을 뒤로 빗어 넘기고 거울을 보았다.

왜 병원 사람들이 그녀를 헬렌으로 착각했는지 이해가 갔다. 적어도 헬렌의 흠뻑 젖은 여권 속 사진과 비교하면 그랬다. 가장 눈에 띄는 면들이 닮았다. 날씬한 체격, 금발, 검은 눈동자. 게다가 그녀의 얼굴은 지금 퉁퉁 붓고 멍이 들어 이목구비가 많이 흐려졌다. 예전에 헬렌이 글쓰기와 관련하여 해줬던 조언이 떠올랐다. 인물의 외모에 대해서는 한두 가지만 구체적으로 알려주면 된다. 그 정도로도 독자는 머릿속에 이미지를 그릴 수 있다. 그 이상은 방해만 될 뿐이다.

플로렌스는 헬렌의 회색 실크 속옷을 입었다. 그런 다음 헬렌의 옷장을 열어, 가운데에 뿔 모양의 단추들이 줄줄이 달린 베이지색 리넨 원피스를 꺼냈다. 헬렌의 팔찌 몇 개도 손목에 끼웠다.

사고가 나던 날 밤 헬렌이 두툼한 팔찌를 끼고 있었던 것이 갑자기 생각났다. 헬렌은 차 밖으로 헤엄쳐 나가려 했을까? 혹시 팔찌의 무게에 방해를 받았을까?

플로렌스는 두 뺨을 가볍게 톡톡 쳤다. 상관없어, 그녀는 속으로 중얼거렸다. 상관없어. 또다시 끝없는 의문들에 빠지지 말자.

아래층 테라스에서 그녀는 실컷 배를 채웠다. 브리오슈에 버터와 잼을 듬뿍 바르고, 아미나에게 달걀 프라이를 만들어달라고 부탁했다. 커피에 크림을 넣어 석 잔 마셨다. 식사를 마친 후 안락의자에 털썩 앉았다. 아미나가 민트와 레몬을 넣은 차가운 물을 가져다주었다. 유리잔을 내려놓기도 전에 벌써 물기가 맺히기 시작했다. 플로렌스는 눈을 감고 밀려드는 열기를 느꼈다.

헬렌이 죽었다.

플로렌스는 그 생각을 이리저리 돌려보았다. 마치 빛에 비추어 사방으로 샅샅이 살펴보듯이. 헬렌이 죽었다.

그녀는 어떤 감정이 찾아들기를 또 기다렸다. 슬픔, 어쩌면 죄책감. 하지만 아무것도 찾아오지 않았다.

죽음은 누군가의 인생에 가장 큰 변화를 일으키는 사건이지만, 일단 일어나고 나면 그 사람에게는 더 이상 문제가 되지 않는다. 그 사람은 이 세상에서 사라진다. 죽음의 의미는 산산이 부서지고 흩어진다. 그 충격은 살아남은 자들 사이로 퍼져나간다.

그럼 헬렌에게 있어 그들은 누굴까? 그녀의 어머니는 죽었고, 나머지 가족과는 연을 끊었다. 또 누가 있을까? 편집자? 헬렌의 설명에 따르면, 두 사람은 그리 가까운 사이가 아니었다. 그레타? 작가한 명을 잃어서 속이 쓰리긴 하겠지만, 일을 하다 보면 으레 겪게 되는 실망스러운 사건들 중 하나일 뿐이다.

사실, 헬렌의 죽음을 한탄해야 할 유일한 사람은 바로 플로렌스 자신이었다. 다친 데다 외국에 홀로 남겨졌고, 일자리와 집과 멘토를 한꺼번에 잃어버렸다.

그런데도 아무런 느낌이 없었다. 연민도, 후회도, 아무것도.

그리고 아무런 감정도 없으니, 사실을 냉철하게 직시할 수 있었다.

그녀가 직시한 사실의 흥미로운, 아주 흥미로운 점은 어떤 일이 있었는지 아무도 모른다는 것이었다. 헬렌 윌콕스의 죽음을 아는 사람은 이 세상에 오직 그녀뿐이었다.

30

어쩌면 이드리시 경관이 그녀의 귀에다 '윌콕 씨'라는 이름을 속삭였던 그 순간, 플로렌스는 자신이 무엇을 할지 조금은 예감했을지도 모른다. 아니, 그보다 더 전이었을지도. 5주 전 헬렌의 차갑고 흰 집으로 처음 걸어 들어가서 창턱의 미나리아재비와 빛나는 벽난로를 봤을 때. 계절에 맞지 않게 무더운 아침, 세맛의 이글거리는 태양 아래 누운 플로렌스에게 의구심은 거의 없었다.

그녀는 헬렌 윌콕스가 될 작정이었다.

안 될 이유가 없지 않은가. 헬렌의 신원은 텅 비어 있는 큰 집처럼 사용되지 않은 채 대기 중이었다. 반면 그녀는 자기 몸 하나 겨우 들어갈 만한 작고 추한 가축우리 같은 곳에서 살고 있었다. 왜 버려진 저택에 들어가면 안 되지? 그런 집을 왜 썩혀야 하지? 그녀가 거기 들어가 살며 건사할 수도 있었다. 배수구를 청소하고, 바닥을 닦고, 보기 좋은 상태로 관리하는 것이다.

열쇠는 이미 그녀에게 있었다. 이것이 놀라운 부분이었다. 그녀는 헬렌이 되는 방법을 알고 있었다. 헬렌의 일상이 어떻게 돌아가는지, 그 소소한 부분들은 헬렌 자신보다 그녀가 더 능숙하게 처리할 수 있었다. 플로렌스는 헬렌의 집에서 살았고, 이런저런 공과금을 냈으며, 그녀의 이메일을 대신 써주었다. 외모도 헬렌으로 통할 수 있으리라는 확신이 들었다. 이미 한 번 그런 적이 있다. 헬렌의 여권과 운전면허증에 실린 사진은 어쨌든 작고 오래됐으며, 안 그래도 홀로그램에 가려져 있었는데 이제는 물에 젖기까지 해서 더욱 알아보기 힘들었다. 헬렌의 이목구비에서 가장 두드러진 특징은 우뚝 솟은 콧날이었지만, 정면 사진에서는 별로 티가 나지 않았다. 게다가 이런 사진을 누가 그렇게 자세히 들여다볼까?

그러고 보니 플로렌스 자신의 여권도 없었다. 헬렌의 몸과 마찬가지로 물살에 휩쓸려 사라졌다. 대사관에 가서 새 여권을 받는 것이 정상이지만, 지금껏 정상적인 길을 따라온 결과는 실망뿐이었다. 더군다나, 앞으로 플로렌스 대로의 여권이 필요할 날이 과연 올까?

플로렌스는 자기도 모르게 나지막한 웃음을 픽 뱉었다. 속삭임 같은 작은 한숨. 이 상황이 너무 기이하고 거짓말 같아서인지, 어떤 강력한 힘이 내려준 선물은 아닐까 하는 생각까지 들었다. 엄마가 그 오랜 세월 그녀에게 장담했듯이, 그분이 도와주시는 걸까. 위대한 인생이라는 걸 누릴 수 있는 기회가 찾아왔다. 헬렌이 남기고 떠난 공간으로 들어가기만 하면 그만이었다. 헬렌이 죽었다는 말을 아무에게도 하지만 않으면.

플로렌스는 한 팔을 들어 눈앞을 가렸다. 그렇게 몇 분 동안 가만히 누워 있었다.

그녀의 뼛속에, 영혼에 깃드는 빛이 느껴졌다. 평생 그녀를 따라다녔던 의구심과 불안과 걱정, 플로렌스 대로에게 속했던 그 모든 것들을 마침내 떠나보낼 수 있었다. 이젠 변하려고 발버둥 칠 필요도 없었다. 변화? 얼마나 큰 거짓말인가! 변하는 사람은 아무도 없다. 수년을 쏟아부어 습관을 고치고, 삶의 행로를 바꿔보겠다는 일념으로 조금씩 나아가지만 헛수고일 뿐이다. 아니, 손을 떼야 할 때를 알아

야 한다. 그리고 플로렌스 대로는 의심의 여지 없이 복구 불능의 고
물차다. 그녀에게는 아무도 없었다. 작품 하나 발표하지 못했다. 그런
그녀를 구해봐야 무슨 소용일까? 과거를 청산하리라. 플로렌스 대로
를 단숨에 떨쳐내버리고 헬렌 윌콕스라는 새 옷을 입으리라. 특별한
인생. 예술가, 작가의 삶.

그리고 모드! 모드 딕슨을 깜박했다! 한 번에 두 개의 신원을 손
에 넣는 것이다. 헬렌 윌콕스와 모드 딕슨.

그녀는 이제 모드 딕슨이 될 수 있었다.

그럴 수 있을까?

모드 딕슨이라는 필명을 가진 헬렌 윌콕스로서 사람들 앞에 나섰
다가는 주목을 너무 많이 받을 테니 그럴 순 없겠지만, 모드 딕슨의
이름으로 그녀 자신의 소설을 발표하는 건 확실히 가능했다. 다음
작품도 이미 계약되어 있겠다, 그녀가 할 일은 탈고뿐이었다. 그레타
는 아직 시작 부분도 보지 못했으니, 그녀가 작품 전체를 다시 써도
상관없었다. 드디어 그녀의 작품이 출간되는 것이다. 케이로에서 원
고 여기저기에 조금씩 끼워 넣었던 단어들뿐만 아니라, 작품 전체가.
그녀의 작품이. 그녀의 본명으로 출간되지 않아도 상관없었다. '플로
렌스 대로'는 이미 과거의 유물처럼 느껴졌다. 거기에 아무런 미련도
없었다. 그리고 모드 딕슨의 이름으로 발표하면, 사람들이 드디어 그
녀의 재능을 알아봐주리라는 확신이 있었다. 어쨌든 관건은 포장이
었다. 애거사가 입이 마르도록 말하지 않았던가.

헬렌이 옳았다. 유명해지든 아니든 그건 문제가 아니었다. 중요한
건 자부심이었다. 모두가 읽고 있는 단어 하나하나가 그녀 자신의
손에서 나왔음을 아는 것. 수년이 지나면 언젠가는 온 세상이 그녀
가 모드 딕슨이라는 사실을 알게 될지도……

그녀는 고개를 저었다. 그만. 괜히 앞서갈 필요는 없었다. 그녀는 억지로 숨을 한 번 쉬었다. 가까운 미래부터 계획해야 했다.

원래 일정대로 일주일 더 모로코에 머물러야 할 것 같았다. 어떤 이유에서든 의심을 살 만한 행동은 하고 싶지 않았다. 아무 문제도 없는 양 지낼 것이다. 그런 다음엔? 헬렌의 집으로 돌아갈 것이다. 플로렌스 자신의 집이 된 그곳으로. 큰 방에 짐을 풀고. 큼직한 벽난로에 불을 지피고. 헬렌의 집필실 벽에 가득 채워진 책들을 전부 다 읽고. 요리를 익히고. 토마토를 키우고.

다시 일하지 않아도 될 만큼 돈은 많았다. 헬렌처럼 검소하게 생활한다면 아무 문제 없으리라. 평생 집필에만 힘을 쏟을 수 있다. 헬렌의 아름다운 위층 집필실에서 글을 쓸 수 있다. 오페라를 틀어놓고 천재성이 흘러나오기를 기다려야지. 재능도 쾌적한 환경을 필요로 한다. 싸구려 이케아 가구와 텅 빈 요거트 용기에 둘러싸인 아스토리아의 작고 어두침침한 방에서는 그 녀석이 고개조차 내밀지 않은 것이 당연하다.

그녀는 갑자기 기운이 솟았다. 그래, 그거야! 마땅히 받아야 할 대접을 이제야 받는 것이다.

플로렌스는 평생 열심히 일하고 규칙을 지키며 조심조심 살았다. 그래야 플로리다로부터, 엄마로부터 멀리 달아날 수 있는 최고의 기회가 주어진다는 걸 알았기에. 그리고 그 전략이 통했다. 엄격하게 통제된 생활은 그녀를 게인스빌로, 그다음엔 포레스터로, 마지막엔 헬렌에게로 데려다주었다.

몇 달 전 사이먼을 처음 만나면서부터 비로소 그녀는 스스로 만들어놓은 벽을 깨부수기 시작했다. 어느 시점엔가 그녀는 옛 규칙에서 벗어나기로 마음먹었다.

한번은 헬렌이 그녀에게 말하기를, 플롯을 전진시키는 것이 항상 중요하다고 했다. 글쓰기에 관한 조언이었지만 삶의 방식에도 적용되는 말이었다. 중요한 건 앞으로 밀고 나가는 힘이다. 일반적으로 여자들은 고민하는 데 너무 많은 시간을 쏟아붓는다고 헬렌은 말했다. 마침내 결정을 내렸을 땐 이미 그곳에서 남성들이 동맹을 맺고, 전선을 넘고, 모든 걸 깨부수고 있다고 말이다.

실수는 언제든 만회할 수 있다고 헬렌은 말했다.

그래, 좋아. 플로렌스는 행동하기로 마음먹었다. 먼저 깨부순 다음 필요하면 나중에 고치는 거야.

그녀는 빙긋 웃었다. 그래, 좋은 계획이야. 아주 좋은 계획.

그녀는 일어나 원피스 뒷면에 묻은 마른 잎들을 털었다. 부엌으로 아미나를 찾아가서 택시를 불러달라고 부탁했다. 너무 오래 갇혀 있었다. 사고 후의 이틀보다 훨씬 더 오래. 플로렌스 대로의 작고 비좁은 인생에 26년을 갇혀 있었다.

"몸은 좀 괜찮아졌어요?" 아미나가 물었다.

플로렌스는 미소 지었다. "아주 좋아요."

31

초승달 같은 기다란 해변의 북쪽 끝에 이르자 플로렌스는 택시에서 내렸다. 불과 나흘 전 어부가 문어를 땅바닥에 내려치는 모습을 헬렌과 함께 구경했던 항구의 바로 남쪽이었다.

플로렌스는 모래밭으로 내려가는 울퉁불퉁한 계단의 꼭대기에 서서 바다를 바라보았다. 파도는 마치 숟가락으로 푼 아이스크림처럼 동그랗게 말린 모양으로 나지막하고 꾸준히 밀려들었다. 모래밭에 바람이 휘몰아쳐 여기저기서 한바탕 모래가 확 일었다가 멀리 흩어졌다. 계단 밑에는 낙타 세 마리가 알록달록한 담요를 덮은 채 햇볕 속에 앉아 있었다. 바로 옆에서 한 남자가 낙타들을 묶은 줄을 손에 쥐고 있었다.

플로렌스가 해변을 찾은 건 수년 만이었다. 마지막은 대학 시절 플로리다에서였다. 혼자 수영을 하러 갔다가 해파리에게 쏘였다. 비틀거리며 물 밖으로 나왔더니 해변에 있던 한 여자가 수건을 에비앙 물로 적셔서 그녀의 벌게지는 살갗에 대주었다.

"해파리는 사실 95퍼센트가 물이에요." 플로렌스는 아파서 머리가 띵한 와중에 비밀을 털어놓듯 은밀하게 말했다,

"그럼 뭐가 바닷물이고 뭐가 해파리 물인지 어떻게 알아요?" 여자는 이렇게 물었다. 좋은 질문이었다.

플로렌스는 샌들을 벗고 해변을 걸었다. 비교적 트인 공간이 나오자, 별장에서 가져온 낡아빠진 타월을 깔고 네 모서리를 모래에 묻어 고정했다. 타월이 조금 팔랑이면서 고정해놓은 부분이 팽팽하게 당겨지긴 했지만, 빠지진 않았다.

얇은 천 사이로 뜨거운 모래가 느껴졌다. 하늘에는 오래전 지나간 비행기들이 남겨놓은 흰 비행운만 조금 있을 뿐, 구름 한 점 없었다. 그녀는 겉옷을 벗고 헬렌의 검은 비키니만 입은 채 물가로 걸어갔다. 물은 생각보다 차가웠다. 계속 걸어 들어가자 물이 허리까지 찼다. 잠수해 들어가고 싶은 마음이 간절했지만, 의사가 깁스를 젖지 않게 하라고 말했던 것이 떠올랐다. 깁스는 어떻게 풀지? 아마 뉴욕의 병원에 가야 할 것이다. 그녀는 부러진 손목을 허공으로 쳐들고서 머리를 수면 아래로 밀어 넣었다. 물 밖으로 나올 때는 기운이 솟는 기분이었다.

그녀가 타월로 걸어가는 동안, 몇몇 사람이 그녀의 배와 가슴에 얼룩덜룩하게 남아 있는 자줏빛 멍들을 쳐다보았다. 육체의 나약함을 노골적으로 드러내는 것이 꼴사나웠는지, 그들은 민망해하며 얼른 시선을 돌렸다. 얼굴의 상처는 헬렌의 화장품을 써서 최대한 가렸지만, 몸은 어쩔 수가 없었다. 가방에서 《오디세이아》를 꺼내어 배 위에 조심스럽게 올려놓았다. 하지만 책을 읽는 대신 두 팔을 얼굴에 얹었다. 피부는 벌써 다시 뜨거워졌고, 헬렌의 수분크림 냄새가 났다. 그녀는 눈을 감고 진한 사향 향기를 들이마셨다.

갑자기 얼굴에 그림자가 드리워졌다. 깜박 잠이 들었나? 그녀는 눈을 떴다. 20대처럼 보이는 여자가 그녀를 내려다보고 있었다. 여자의 축 처진 오렌지색 비키니 하의에 휴대전화가 쑤셔 넣어져 있고, 배에는 돌고래 문신이 새겨져 있었다.

"안녕하세요." 그녀는 갈라지고 퉁퉁 부은 아랫입술을 잘근잘근 씹었다.

플로렌스는 그녀를 쳐다보고만 있었다.

"미안해요, 실례인 줄은 알지만, 등에 선크림 좀 발라줄래요?"

플로렌스는 잠깐 더 그녀를 빤히 쳐다보다가 물었다. "내가 영어 쓰는 걸 어떻게 알았어요?"

"책요."

플로렌스는 이 반갑지 않은 상황의 원흉을 힐끔 보았다. "아."

"해주실래요?" 여자는 번들거리는 선크림 병을 자기 앞에 휘둘러 댔다.

플로렌스는 주춤주춤 몸을 조금 일으켰다. 여자의 까만 머리 뿌리, 늘어진 뱃살, 가슴에 얼룩덜룩한 여드름이 보였다. 그녀는 고개를 저었다. "싫은데요."

여자는 어설프게 픽 웃었다. "네?"

"당신 등에 선크림 발라주기 싫다고요."

"아." 여자는 멈칫했지만 미소 지었다. "알았어요." 그녀는 고개를 돌리다가, 플로렌스의 상체에 남은 멍 자국들을 보았다.

"어머. 어쩌다 그런 거예요?" 여자는 쪼그려 앉더니, 손가락을 자줏빛 피부 쪽으로 뻗다가 약간 못 미쳐 멈추고는 가볍게 흔들었다.

플로렌스는 얼굴을 찡그렸다. 그녀의 부상이 힘의 균형을 뒤집어 놓았다. 아주 근본적인 이치였다. 그녀는 다친 짐승이었고, 따라서 아무런 위협도 되지 않았다. 이 여자에게 플로렌스의 상처는 초대장이자 육체적 약점이었다. 그래서 불필요한 사교적 친절을 베풀고, 추상적인 상하 관계를 만들려 했다.

"차 사고 때문에요." 플로렌스는 무뚝뚝하게 답했다.

여자의 두 눈이 휘둥그레졌다. "당신이었어요?"

"무슨 소리예요? 뭐 들은 얘기라도 들었어요?"

"루 바드르에서 바다로 추락한 차 아니에요? 네, 모르는 사람이 없죠. 엄청 무섭지 않았어요?"

플로렌스는 헛웃음이 나왔다. 엄청 무서웠냐고? "기억도 안 나요."

"난 이곳에 있는 외국인을 거의 다 알아요. 아주 작은 도시인 데다, 여기서 지낸 지 꽤 됐거든요. 그런데 아무도 당신을 모르더라고요. 그래서 이제 막 여기 온 사람이구나 했죠. 이름이 헬렌 뭐, 맞죠?"

플로렌스는 망설였다. 뭐, 어디서든 시작은 해야 했다. "맞아요. 헬렌. 헬렌 윌콕스예요."

"난 메그예요. 여기 온 지 얼마 안 됐나요?"

플로렌스는 고개를 끄덕였다.

"아, 잘 왔어요! 궁금한 게 있으면 뭐든 나한테 물어봐요. 내가 여기 명예 주민이나 마찬가지거든요. 다들 그렇게 불러요."

여전히 쪼그려 앉아 있던 메그는 플로렌스의 작은 타월 아래쪽에 털썩 주저앉았다.

"휴가 온 거예요?"

"그런 셈이죠. 일하는 휴가랄까."

"일하는 휴가라뇨?"

"조사차 왔거든요. 소설 때문에."

"잠깐만요, 소설? 작가예요? 정말 멋지네요. 나도 책 읽는 거 좋아하거든요. 어렸을 땐 해리 포터에 미쳐 있었죠. 집착하다시피 했어요. 목도리, 안경, 전부 다 살 정도로." 그녀는 플로렌스를 쳐다보며 반응을 기다렸다. "지팡이도요." 그녀는 아주 중요한 일인 듯 덧붙여 말했다.

"대단하네요." 마침내 플로렌스가 답해주었다.

메그는 열성적으로 고개를 끄덕였다. 그러고는 예고도 없이 아주 거칠게 벌떡 일어나 모래바람을 일으켰다.

"저기, 담배 피워요?"

"그래요." 플로렌스는 단호하게 말했다. 그날 아침 헬렌의 담뱃갑을 가방에 넣어 왔다. 이 무더위 속에서 담배를 피울 생각만 해도 진저리가 쳐졌지만, 유용하게 써먹을 수 있을 것 같았다. 배우들이 배역에 몰입할 때 지팡이나 담배 파이프를 사용하는 것처럼.

메그는 몇 걸음 떨어져 있는 자기 타월로 껑충껑충 뛰어가서는 지저분한 토트백 안을 뒤지기 시작했다. 돌아와서는 마리화나를 의기양양하게 내밀었다.

"아." 플로렌스가 말했다. 지금까지 한 번도 마리화나를 피워본 적이 없었다. 고등학교 시절의 변변찮았던 교우 관계와 대학 시절의 외톨이 생활을 상징하는 부끄러운 과거였다. 그래도 그녀는 메그가 건네는 마리화나를 받아서 엄지와 검지 사이로 조심스럽게 들었다. 못할 게 뭐 있어? Bonjour, l'aventure!

메그가 라이터를 내밀었다. 플로렌스는 영화에서 봤던 것처럼 담배의 한쪽 끝을 불에 대고는 반대쪽 끝을 강하고 길게 빨았다. 곧장 기침이 터져 나왔다. 그녀는 눈물을 흘리며 담배를 메그에게 돌려주었다.

"네, 여기 키프가 좀 독하긴 하죠." 메그는 웃으며 말했다.

"키프요?"

"마리화나요."

"그래요, 내가 피우던 거랑 좀 다른 것 같네요."

"당신은 아마 해리 포터 약초 같은 거 피우겠죠."

플로렌스는 웃었다. "그게 무슨 말도 안 되는 소리예요." 그녀는 타월에 누워 한 팔로 얼굴을 가렸다. 메그가 또 발치에 풀썩 앉는 것이 느껴졌다.

"어디서 왔어요?" 메그가 물었다.

"뉴욕요." 플로렌스는 이렇게 답한 뒤 덧붙였다. "고향은 미시시피 주고요."

"정말요? 억양만 들어보면 아닌 것 같은데."

"떠난 지 오래됐거든요."

"아."

"당신은 어디서 왔어요?"

"털리도요. 오하이오주."

딱히 답해줄 말이 없었다. 플로렌스가 움직이면 몸 밑에서는 모래가 해먹처럼 흔들렸다. 기분 좋게 긴장이 풀리기 시작했다. 이런 여유로움을 만끽하는 것도 몇 달 만에 처음이었다.

저 멀리 어딘가에서 새 한 마리가 계속 큰 소리로 울어댔다.

"난 올빼미처럼 우는 저 새들이 좋더라고요." 메그는 꿈을 꾸는 듯한 표정으로 말했다.

"그러니까, 올빼미 말이죠?"

메그는 야단스럽게 웃어젖혔다. "쟤들이 그거예요? 쟤들이 정말 올빼미예요?"

플로렌스는 답하지 않았다. 메그가 무슨 얘기를 하는 건지 알 수 없었다. 그녀의 목소리가 저 멀리서 들려오는 듯했다.

메그는 그 단어를 조금씩 다른 발음으로 반복했다. "올빼미. 올빼미. 올빼미. 정말 묘한 단어예요. 어떻게 들으면 4음절 단어 같잖아요? 헷갈려요."

"네?" 플로렌스는 그녀의 말을 따라갈 수가 없었다.

"내 생각엔 4음절 같아요. 오올뻬미. 오올뻬미."

플로렌스의 행복감은 떠나버렸다. 그녀는 눈을 뜨고 옆에 있는 여자를 쳐다보았다. 메그가 웃으면 그녀의 배에 새겨진 돌고래가 발작을 일으키는 것처럼 보였다. 그녀의 발가락에는 마치 모기 다리를 뒤집어놓은 듯한 검은 털들이 삐죽삐죽 튀어나와 있었다. 플로렌스는 발가벗겨지고 더러워진 느낌이 들었다. 집으로 돌아가고 싶었다. 헬렌의 방에서, 헬렌의 물건들 사이에 있고 싶었다. 이 여자는 헬렌이 사귈 법한 사람이 아니다. 뭔가 잘못돼도 한참 잘못됐다.

그녀는 갑자기 일어나 물건들을 챙기기 시작했다. "가야겠어요." 그녀는 더 어린 여자의 몸 밑에 깔린 타월을 거칠게 잡아당겼다. 메그는 아무 저항 없이 통나무처럼 모래로 굴러갔다.

"알았어요." 그녀는 유쾌하게 말했다. "그래도 오늘 밤 파티에는 꼭 오세요."

"파티요?"

"그냥 흥청망청 노는 파티가 아니에요. 외지인들 모임인데, 엄청 재미있고 창의적인 사람들이 많아요. 당신 마음에 들 거예요."

그녀의 마음에 들지 어떨지 메그가 어떻게 알까 하는 의문은 떠오르지 않았다. 그저 누군가가 그렇게 생각해주다니, 우쭐한 기분이 들 뿐이었다. 놋쇠 랜턴 안의 촛불들이 깜박이는 곳에서, 화려한 색상의 카프탄을 입은 시인들과 화가들에 둘러싸인 자신의 모습을 상상해보았다.

"좋아요." 플로렌스는 고개를 끄덕이며 말했다. "갈게요."

차가 없다고 말하자 메그는 8시에 그녀를 태우러 빌라 데 그레나드에 가겠다고 했다.

플로렌스는 뜨거운 모래밭을 터벅터벅 밟으며 도로로 돌아갔다. 원래는 시내로 들어가서 점심을 먹을 계획이었지만 제일 먼저 눈에 띄는 식당으로 들어갔다. '미국식 핫도그'를 광고하며 관광객을 노리는 변변찮은 곳이었다. 식당 사람들이 택시를 불러주는 사이 그녀는 콜라를 마셨다. 기름진 부스러기 속에 뒹구는 핫도그들을 보니, 피클처럼 절여진 머리들이 떠올랐다.

32

플로렌스는 입술을 잡아당겼다. 모래투성이의 축축한 옷을 벗지도 않은 채 다이닝룸에 앉아, 그레타 프로스트에게서 온 이메일을 읽는 중이었다. 여러 번 읽어도 내용은 변하지 않았다.

안녕하세요, M. 한 번 더 확인차 메일 보내요. 전화 줘요. TPR 건에 관해서 더 자세히 의논하고 싶으니까. G.

플로렌스는 화면에 떠 있는 단어들의 뉘앙스를 파악하려 애썼다. 하지만 아무런 생각도 나지 않았다. 인터넷으로 'TPR'을 검색해보았다. 대형 의류 업체의 약칭 혹은 아이들에게 외국어를 가르치는 교수법의 머리글자만 나왔다. 어느 쪽도 이 문맥에는 맞지 않았다. 그녀는 손가락으로 키보드를 가볍게 두드리다가 잠시 후 '답장' 버튼을 누르고 이렇게 썼다.

유감스럽게도 내가 심한 식중독에 걸렸지 뭐예요.

플로렌스는 문장을 다시 읽어보고는 지웠다. 대신 이런 답장을 보냈다.

오늘은 통화 못 해요. 완전히 썩은 문어를 먹었다가 식중독에 걸렸거든요.
결과: 모로코의 변기를 이렇게 잘 이해하게 될 줄은 미처 몰랐네요……

M.

곧장 알림음과 함께 답장이 날아왔다.

정말 유감이군요. 쾌유를 빌어요. 계속 연락해요.

플로렌스는 화면에 묻은 얼룩을 닦고 랩톱을 살며시 닫았다. 드디어, 정말 중요한 누군가에게 헬렌 윌콕스 행세를 했다. 가면 놀이가 시작된 것이다. 그레타는 언젠가 맞닥뜨릴 수밖에 없는 사람이었지만, 지금은 최대한 때를 미루고 싶었다. 적어도 그녀를 어떻게 상대할지 좀 더 명확한 아이디어가 떠오르기 전까지는.

그레타는 그녀의 계획에서 가장 큰 걸림돌이었다. 그레타는 헬렌과 정기적으로 연락을 취해왔고, 헬렌의 작업 과정에 처음부터 끝까지 관여하며, 지금은 그녀와의 통화를 원하고 있다.

플로렌스는 그레타를 설득해서 자신의 계획에 동참시킬 수 있지 않을까 하는 생각이 들었다. 그레타라면 모드 딕슨이라는 이름이 계속 살아 있기를 바랄 테니까. 하지만 3년 동안 아주 성공적으로 함께 일해온 사람의 죽음을 무시할 만큼, 그리고 신원 도용을 방조할 만큼 직업적인 욕심이 클까? 알 수 없는 일이었다. 게다가 모든 걸 자백하지 않고 어떻게 계획을 설명할 수 있겠는가? 전부 털어놓거나 아니면 입을 꼭 다물고 있어야 한다.

뭐, 협력을 고집할 필요는 없었다. 플로렌스에게는 시간이 있었다. 선택지가 있었다. 그녀는 한 가지만은 확신하고 있었다. 그녀에게 주어진 이 선물을, 누구도, 그 누구도 빼앗아 가지 못하리라는 것.

그날 오후 플로렌스는 오래도록 푹 잤다. 일어나 샤워를 할 때쯤엔 해가 지고 있었다. 화장을 하고 있는데 아미나가 문을 살며시 두드렸다.

"들어와요!" 플로렌스는 욕실에서 소리쳤다.

아미나는 문간에서 서성였다. 그녀의 손에는 헬렌의 파란색과 흰색 줄무늬 스카프가 들려 있었다. 플로렌스는 마스카라를 든 채 얼어붙었다.

"그건 어디서 났어요?"

"Le gendarme." 아미나가 답했다. 경찰.

"이드리시요? 지금 여기 있어요?"

"떠났어요. 당신이 자고 있을 때." 그녀는 불편한 표정으로 덧붙였다. "친구분에 관해 묻더라고요. 언제 왔고, 언제 떠났느냐고."

"그래서 뭐라고 했어요?"

"사실대로 말했죠. 나는 밤에 여기 없다고."

"잘하셨어요." 플로렌스는 조용히 말했다. "고마워요."

아미나는 그 말을 들은 척하지 않고, 스카프를 침대에 내려놓고는 주름을 폈다. 바로 그때 초인종이 울리자 플로렌스는 화들짝 놀랐다. 시계를 보니 8시 몇 분 전이었다. 메그가 도착한 모양이었다.

아미나는 문을 열어주러 아래층으로 내려갔다. 몇 분 후 뒤따라 내려간 플로렌스는 안뜰에서 휴대전화를 들여다보는 메그를 발견했다. 메그는 플로렌스를 보더니 탄성을 질렀다. "어머, 정말 멋져요!"

플로렌스는 실크 원피스에 에스파드리유*를 신고 있었다. 헬렌이 항상 바르던 빨간 립스틱도 발랐다. 거울을 봤을 땐 마치 가면을 쓴 듯한 기분이 들었다. 자신의 모습이 너무 낯설었다. 한 손을 들고서, 거울 속의 여자가 혹시 손을 흔들지 않을까 지켜보았다.

"고마워요." 그녀가 답했다. "당신도 멋지네요." 메그는 밑단 올이 풀린 반바지와 자수가 놓인 페전트 블라우스**를 입고 있었다.

별장 밖에서 플로렌스는 곧 부서질 것만 같은 혼다 오토바이에 올라탄 뒤 메그의 말랑말랑한 허리에 조심스레 두 팔을 감았다. 그리고 왼쪽 손목에 감긴 붕대를 오른손으로 살며시 잡았다.

"뒤에 괜찮아요?" 메그가 물었다.

"아주 좋아요. Bonjour, l'aventure!"

빌라 데 그레나드가 있는 길은 좁고 구불구불했다. 위에서 보면 땅에 떨어진 머리카락 한 올처럼 보이리라. 커브를 돌 때마다 스쿠터의 낑낑거리는 모터 소리가 커졌다가 작아졌다. 플로렌스는 오토바이가 방향을 바꾸면서 위험하게 한쪽으로 기울어지는 짜릿함을 즐기고 있었다. 세맛까지 운전해 오면서 액셀러레이터를 밟던 그 감각이 떠올랐다. 헬렌의 머리가 축구공처럼 계기판에 맞고 튕겨 나가는 모습을 상상했던 그때. 그녀는 고개를 저어 그 기억을 떨쳐냈다.

15분 정도 지나자 메그는 메디나의 성벽 바로 밖에 있는 어느 매력 없는 현대식 아파트 건물의 주차장으로 들어갔다. 메그의 말로는, 오스트레일리아 남자 네 명이 이곳의 아파트를 빌렸고, 다양한 외국인들이 그 집에 들어가 몇 주씩 지낸다고 했다. 대부분은 카이트보딩을 즐기려고 바람을 기다리는 사람들이었다. 메그가 초인종을 누

● 노끈을 엮어 만든 밑창을 가진 캔버스 재질의 신발.
●● 농부 옷의 특징을 살려 만든 헐렁한 블라우스.

르자 경쾌한 선율이 흘렀다.

"네?" 스피커가 지직거렸다.

"나예요." 메그는 인터컴에 립글로스 얼룩을 남기며 힘차게 말했다. 잠깐의 침묵이 흐른 후 또 스피커가 지직거렸다. "누구요?"

메그는 웃으며 말했다. "메그요!" 그녀는 온화한 표정으로 플로렌스를 보며 눈동자를 굴렸다. 잊히는 데 익숙해진 여자 같았다. 마침내 인터컴이 윙윙거리더니 쿵 하는 소리와 함께 문이 열렸다. 3층까지 올라갔을 때 플로렌스가 메그에게 나이를 물었다.

"9월에 스물두 살이 돼요. 참, 당신은 몇 살이에요?"

플로렌스는 헬렌과의 나이 차를 반으로 나누기로 했다. "스물아홉요."

위층에서 보드용 반바지만 입은 금발의 남자가 문을 열었다. 그는 아무 말 없이 몸을 돌려 방으로 다시 들어갔다. 메그를 따라 안으로 들어가면서 방을 둘러보던 플로렌스는 점점 더 실망감에 휩싸였다. 찢어진 곳을 마스킹 테이프로 대충 가려놓은 거대한 검은색 가죽 소파가 점령한 방에 여덟아홉 명이 여기저기 널브러져 있었다. 더러운 테이블에는 꽉 찬 재떨이와 텅 빈 맥주 캔이 흩어져 있었다. 화려한 색의 카프탄을 입고 있는 사람은 한 명도 없었다. 랜턴도 없었다.

"안녕, 여러분." 메그는 신나게 인사하고는 방을 돌아다니며, 분위기와 어울리지 않게 격식을 차려 모두에게 플로렌스를 소개했다. "헬렌은 작가예요." 매번 그녀는 이렇게 말했다. "소설가요."

남자가 문을 열어줬을 때 대부분의 사람들은 따분한 듯 똑같이 무표정한 얼굴이었지만, 메그가 그녀를 작가로 소개하자 그들의 가면이 약간 벗겨지는 것 같았다. 플로렌스는 속으로 미소 지었다. 존경까지는 아니더라도 호기심 같은 것이 그들의 눈에 번득였다.

"나도 작간데." 비키니 상의를 입은 깡마른 여자가 전자담배를 빨며 고백하듯 말했다. "뭐, 지금은 여행 블로그만 쓰고 있지만, 언젠가 책으로 내고 싶어요."

"그거 좋네요." 플로렌스가 말했다.

"그렇죠, 그러니까 에이전트를 얻는 비결이라든가 뭐 그런 거 있으면……."

플로렌스는 관대하게 미소 지었다. "그럼요."

"당신은요? 당신이 쓴 작품 중에 내가 읽은 게 있을까요?"

"음, 당신이 뭘 읽었는지 난 모르죠."

여자는 빙긋 웃으며 고개를 저었다. "미안해요, 바보 같은 질문을 했네요. 뭘 썼어요?"

헬렌이라면 이런 질문을 받을 때 뭐라고 답할까? 플로렌스는 헬렌이 사람들과 어울리는 모습을 거의 보지 못했다. 어쩌면 헬렌은 사람들에게 자기가 작가라는 사실을 아예 말하지 않았을지도 모른다. 하지만 이미 늦었다. "실은, 필명으로 글을 쓰고 있어요. 남들한테는 비밀로 하는 편이에요."

문을 열어줬던 남자가 담배를 말다가 고개를 들고 말했다. "설마 모드 딕슨은 아니겠지."

플로렌스는 억지로 웃었다. "그러면 얼마나 좋겠어요."

"모드 딕슨, 저어엉말 끝내주지." 햇볕에 심하게 탄 미국 여자가 말했다. 소파에 앉은 채 다리를 옆에 있는 남자의 허벅지에 걸치고 있던 그녀는 남자 쪽으로 고개를 돌렸다. "제이, 내가 맨날 그 작가 얘기하잖아?" 남자가 아무런 반응도 보이지 않자 그녀는 다리를 흔들었다. "자기, 내가 맨날 얘기하잖아, 시골의 살인범 말이야."

"음." 제이는 휴대전화 화면을 스크롤하며 말했다.

"찔러버릴 거야!" 그녀는 칼로 그의 배를 찌르는 시늉을 하며 장난스럽게 말했다.

"그만해." 그는 심드렁하게 대꾸했다.

메그가 부엌에서 카사블랑카 맥주 두 병을 들고 나왔고, 플로렌스와 메그는 주차장이 내려다보이는 발코니로 나가 흰 플라스틱 의자에 앉았다.

"자!" 메그가 유쾌하게 말했다.

"자." 플로렌스는 덜 유쾌하게 맞장구를 쳤다.

"재밌네요."

"음."

"어떻게 작가가 됐는지 얘기해줘요."

"글쎄요. 글은 항상 썼어요. 그러다 운이 따라준 거죠."

"정말 멋져요. 나도 작가가 되고 싶거든요."

"글을 써요?"

"그런 건 아니고. 난 엄청난 좌뇌형 인간이에요. 심하게 논리적이랄까?"

"그럼 앞으로 뭘 할 거예요?"

"모르겠어요. 부모님은 대학으로 돌아가라는데, 별로 안 내켜요. 연기를 해볼까 싶기도 하고."

"영화 같은 거요? 아니면 연극?"

"음, 영화가 좋은 것 같아요. 잘 모르겠어요. 그냥 생각만 해보는 거예요. 보험 계리사도 괜찮은 것 같고. 우리 아빠가 하는 일이거든요."

"배우랑 보험 계리사라. 너무 다른데요."

"그렇죠?" 메그는 눈을 둥그렇게 뜨고 이렇게 말한 뒤, 테이블에 놓여 있던 담뱃갑에서 한 개비 꺼내 플로렌스에게 건넸다. 플로렌스는 고개를 저었다.

"그런데 왜 가명을 써요?"

플로렌스는 자신이 헬렌에게 그 질문을 했을 때 어떤 대답을 들었었는지 기억하려 애썼다. 촌충이 어쩌고 했던 것 같은데…… "복잡해요." 결국엔 이렇게 말할 수밖에 없었다.

메그는 고개를 끄덕였다. "당연히 그렇겠죠."

아파트에 사는 사람들 중 한 명이 팔다리를 건들건들 움직이며 발코니로 느긋하게 나왔다. 이름이 닉이라고 했었다. 큰 키에 구릿빛 피부를 가진 그는 레게 스타일의 기다란 금발만 아니면 엄청난 미남이었다. 플로렌스를 빼고는 아무도 그 머리를 민망하게 여기지 않는 듯했다.

"나도 하나 줄래, 메그?" 그가 물었다.

플로렌스는 그에게 담뱃갑을 밀어줄 때 살짝 붉어지는 메그의 얼굴을 본 것 같았다. 그는 이곳에서 그녀의 이름을 처음으로 불러준 사람이었다.

담배에 불을 붙인 후 그는 플로렌스를 보며 말했다. "며칠 전 밤에 루 바드르에서 바다로 점프했다는 그 거친 여자가 바로 당신이에요?"

"그렇다고 들었어요."

"스릴을 찾고 있다면, 내 보드 빌려줄 수 있는데."

플로렌스는 빙긋 웃었다. "고마워요, 꼭 기억해둘게요."

닉은 고개를 저었다. "농담이 아니라, 그 도로는 너무 위험해요. 몇 주 전에 내 모페드도 그 언덕길에서 망가졌죠."

"올해에만 벌써 네 번이나 사고가 일어났대요." 메그가 끼어들었다.

이 소식이 플로렌스에게는 약간의 위로가 되었다. 어쩌면 그 사고는 그녀의 잘못이 아닐지도 몰랐다. "사고 소식은 어떻게 들었어요?" 그녀가 물었다.

"《르 마탱》에서 봤죠." 닉이 말했다.

"프랑스어 할 줄 알아요?" 플로렌스는 놀라며 물었다.

"Un peu(조금요)." 그의 억양은 끔찍하리만큼 형편없었다.

"난 맥주 한 병 더 마실래요. 두 사람은요?" 메그가 물었다. 닉과 플로렌스는 고개를 저었다. 닉은 메그가 비운 의자에 털썩 앉아 목덜미를 문질렀다. "작가시라고요?"

플로렌스는 고개를 끄덕였다.

"멋지네요."

플로렌스는 닉을 보고 누군가가 떠올랐지만, 누군지는 생각나지 않았다.

"당신은요?" 그녀가 물었다. "직업이 뭐예요?"

"아직 학생이에요."

"그래요? 나이가 좀 더 있어 보이는데."

"스물네 살이에요. 몇 년 휴학했죠. 가을에 UC 샌디에이고를 졸업해요."

"그다음엔요?" 플로렌스는 왜 자기가 직업 상담사 노릇을 하고 있는지 알 수 없었다. 사실, 다른 사람 행세를 하고 있지 않더라도, 외국에서 열린 작고 허접한 파티에서 낯선 사람들에게 둘러싸여 있으니 어떻게 행동해야 할지 몰라 난감했다.

"아마 부동산업 쪽으로 가지 않을까 싶어요. 형 스티브가 부동산 중개업잔데 돈을 잘 벌더라고요."

"우리 엄마도 나한테 계속 그 일을 하라고 하죠."

"아, 그래요?"

"그래요. 엄마 친구의 딸이 탬파에서 꽤 잘나가는 부동산 중개업자인 데다가, 남편도 있고 네 아이도 있고 사진이 들어간 명함까지 있거든요. 하지만 나더러 그렇게 살라면 차라리 죽겠어요."

"왜요? 그렇게 나빠 보이지 않는데. 해변 근처의 집에서 아이들 두어 명 키우면서 사는 것도."

"너무 시시하잖아요. 80년 동안 집이랑 슈퍼마켓만 왔다 갔다 하면서 산다고 상상해봐요. 목표를 더 높게 잡으면 안 돼요?"

"기분 나쁘게 듣지는 마세요. 작가가 된다고 더 나을 게 있나요?"

"왜 예술이 더 나은 일이냐고요?"

"그래요. 사람들한테 집을 찾아주는 것도 좋은 일이에요. 그런 게 진짜죠."

"예술이 진짜예요."

"난 이야기보다는 집이 갖고 싶은데요."

"좋아요, 하지만 소비자 같은 사고방식에서 잠깐 벗어나봐요. 당신 인생은 어쩌고요? 인생의 대부분을 사람들한테 집이나 구경시키는 데 써도 정말 괜찮겠어요? 당신 인생의 목적이 뭐죠?"

"뭐, 난 그냥, 음, 좋은 사람이 되고 싶은데요."

진심으로 하는 말인가 싶어 플로렌스는 닉의 얼굴을 살폈다. 그는 진심이었다.

"그것도 중요하긴 하죠." 그녀는 중얼거렸다.

닉은 고개를 저었다. "오해하지 말아요. 모든 사람이 그걸 인생의 목적으로 삼아야 한다는 소리가 아니에요. 당신이 그런 고민을 하고, 열정을 쏟아부을 대상을 찾은 건 정말 대단하다고 생각해요. 단지 내가 하고 싶은 말은, 어떤 길이 다른 길보다 더 낫거나 더 나쁜 건 아니라는 거죠."

플로렌스가 미심쩍은 듯 한쪽 눈썹을 치켜세우자 닉은 웃었다. 그는 방 안으로 통하는 유리 미닫이문을 힐끔 보더니 낮은 목소리로 말했다. "좋아요, 당신한테만 하는 말이지만, 저 안에는 그냥 인스타그램 스타가 되고 싶어 하는 여자애들이 좀 있어요. 그래요, 그 길은 간디의 길보다는 약간 덜 고귀하다고 할 수 있겠네요."

플로렌스는 웃었다. "뭐, 내 인스타그램 팔로워는 일곱 명이니까 걱정하지 말아요, 내가 그 길로 빠질 위험은 전혀 없으니까."

닉은 열심히 고개를 끄덕였다. "봤죠? 내 말이 그거예요. 다른 사람이 어떻게 생각하든 신경 쓸 거 없잖아요? '좋아요'가 몇 개 찍히든, 무슨 댓글이 달리든 신경 꺼요, 가식 떨면서 살 필요 없어요."

"맞는 말이에요." 플로렌스는 이렇게 맞장구를 치는 순간에도, 그녀가 다른 사람들의 시선을 얼마나 걱정하며 살아왔는지 의식하고 있었다.

하지만 헬렌은 그렇지 않았다.

플로렌스는 몸을 앞으로 기울여, 닉의 손가락에 끼워져 있는 담배를 뽑아 들었다. "그래서, 세맛에는 무슨 일로 왔어요?" 그녀는 길게 한 모금 빨며 물었다.

"바람을 찾아왔죠."

"카이트보딩?"

"네. 당신도?"

플로렌스는 웃었다. "아니요. 그럴 리가."

"농담 아니에요. 한번 해봐요. 원하면 내가 가르쳐줄게요."

플로렌스는 고개를 갸우뚱했다. "생각해볼게요." 헬렌이라면 그의 제안을 받아들일까, 아니면 자기 품격에 안 맞는 일이라고 생각할까. 어떤 상황에서든 헬렌의 행동을 예측할 때마다 헬렌이 항상 예측 불허한 사람이었다는 점 때문에 골치가 아팠다. 뭐, 예측 불허한 행동이라면 그녀도 할 수 있었다. 그녀는 닉의 허벅지에 손을 올렸다. "이리 와요."

15분 후, 플로렌스는 매트리스 위에서 그의 몸에 올라타 있었다. 더러운 침낭이 그들의 발밑에 뭉쳐져 있었다. 그녀는 그의 셔츠 단추를 거칠게 풀었다. 그는 일어나 앉아 두 손으로 그녀의 얼굴을 감쌌다.

"당신은 아름다워요." 그가 말하자 그녀는 그를 밀어 다시 눕혔다.

"내 이름을 말해봐요."

"헬렌." 그가 숨을 헐떡이며 말했다.

"한 번 더."

"헬렌."

33

플로렌스는 마지막 크루아상 조각을 작은 잼 병에 살짝 담근 다음 입안으로 쏙 집어넣었다. 프렌치 프레스에 남아 있는 커피를 컵에 따르고, 헬렌의 방에서 가져온 담뱃갑에서 한 개비를 꺼내 불을 붙였다. 접시 가장자리에 담배 개비를 톡톡 쳤다. 그녀는 필터에 묻은 빨간 립스틱 자국을 보고 빙긋 웃었다. 헬렌이 버릇처럼 하던 동작을 하고 있으려니, 정말 헬렌의 손을 보고 있는 느낌이 들었다. 당혹스러웠다. 그녀는 담배를 한 모금 더 빨았다. 담배 연기가 폐를 까맣게 태우며, 그녀의 속까지도 헬렌으로 바꿔버리는 듯했다. 갑자기 현기증이 난 그녀는 잼에다 담뱃불을 껐다.

지난밤은 아주 즐거웠다. 섹스 때문은 아니었다. 닉은 약에 취해 축 늘어져 있었다. 하지만 파티 자체가 경이로웠다. 그곳에서 그녀는 헬렌이었다. 진짜 헬렌. 처음에 실망스러웠던 초라한 방과 매력 없는 사람들은 그녀의 새로운 자아가 부화하기에 완벽한 환경이었다. 어쨌든 경멸은 언제나 자신감으로 이어지는 디딤돌이었으니, 지금의 그녀에게 꼭 필요한 것이었다. 평소의 하찮은 불안감이나 자기 불신이 아닌, 오만에 가까운 무언가. 세상의 헬렌 윌콕스들과 어맨다 링컨들 사이에서 플로렌스는 자신이 초라하고 무능한 인간이라고 느끼는 데 익숙해져 있었다. 하지만 지난밤 메그와 닉, 그리고 그녀에게 글쓰기에 대한 조언을 구했던 여자는 정말로 그녀를 대단하게 생각하는 것 같았다. 그때만큼은 그녀도 힘 있는 사람이었다.

헬렌은 힘을 사랑했다. 육체적 힘이 아니었다. 그건 무의미했다. 정서적 힘, 심리적 힘, 이것이 그녀의 재산이었다. 음악가나 무용수가 자신의 기교를 소박하고 순수하게 즐기듯, 헬렌은 자신의 위력을 행사하기를 좋아했다. 대화를 할 때면 방향과 분위기를 그녀 자신이 정해야 했다. 이렇다 할 이유 없이 정보를 숨기고, 엉뚱한 주장으로 플로렌스를 당황시키기 일쑤였다. 《미시시피 폭스트롯》도 깊이 들여다보면 결국 힘에 관한 탐구였다. 처음엔 음탕한 프랭크가 루비에게 휘두르는 힘, 그다음엔 단 한 번의 폭력으로 그의 힘을 빼앗은 모드의 힘.

인간관계에서 힘의 역학을 정복하려는 플로렌스의 시도는 성공한 적이 거의 없었다. 중학교와 고등학교 시절에는 외톨이가 되는 것이 두려운 아이들끼리 친구라는 이름으로 뭉쳐 다녔다. 대학에 다닐 땐 영문학 수업에서 친구들을 사귀긴 했지만, 특별히 가까워진 사람은 없었다. 누군가와 몇 시간을 보내고 나면 꼭 혼자만의 시간이 필요했다.

그렇다면 이곳에서 새로운 존재 방식을 연습할 수 있지 않을까. 애원하는 사람이 아닌 애원의 대상이 되어 사람들과 관계를 맺는 것이다.

그녀에게 크나큰 매력과 힘을 상징하는 다른 이름으로 스스로를 부르기만 했을 뿐인데 인생행로 자체가 다시 조율되었다. 마치…… 변신이라도 한 듯한 기분이었다. 중요하지 않은 사람들, 헬렌이 세계적으로 유명한 작가라는 사실을 모르는 사람들 사이에서도, 심지어는 집으로 돌아가는 택시의 뒷좌석에 혼자 앉아 있을 때도. 헬렌이라는 가면을 쓰고 나니, 모든 면에서 더 당당하고, 더 흥미롭고, 더 가치 있는 사람이 된 것처럼 느껴졌다. 묘하게도 지금의 그녀가 본래의 자신처럼 느껴졌다. 그녀 안의 어딘가에 있지 않을까 늘 생각해왔던 여자. 그저 할 수 있는지 보려고 닉을 유혹하기까지 했다. 드물긴 해도, 표적이기만 했던 그녀가.

플로렌스는 니코틴 맛을 없애려고 오렌지 주스로 입안을 헹구었다. 그런 다음 식탁을 떠나, 랩톱 컴퓨터가 있는 별장 안의 책상으로 갔다. 그레타가 또 한 통의 이메일을, 이번에는 플로렌스의 계정으로 보냈다.

> 안녕하세요, 플로렌스
>
> 오늘 모드 컨디션은 좀 어때요? 통화가 가능할까요? 아픈 사람을 귀찮게 하고 싶진 않지만, TPR이 가을 호에 인터뷰를 내고 싶다고 하니까 시간이 별로 없어요.

플로렌스는 이제야 깨달았다. TPR은 유명 작가들과의 심층 인터뷰로 유명한 문학 계간지 《파리 리뷰(The Paris Review)》였다.

앞선 이메일에서 그레타는 TPR 건에 관해 '더 자세히' 의논하고 싶다고 했었다. 그렇다면 헬렌이 인터뷰에 동의했다는 뜻인가? 플로렌스는 얼굴을 찌푸렸다. 말이 되지 않았다. 헬렌은 자기 자신이나 작품을 옹호하려는 욕구가 전혀 없었다. 그런 부류의 사람이 아니었다. 본명과 함께 자신의 정체를 드러낼 작정이었을까? 《파리 리뷰》는 전에 작가의 필명만 사용해서 익명의 인터뷰를 실은 적이 있지만, 딱 한 번뿐이었다.

플로렌스는 헬렌의 받은 메일함을 얼른 검색해보았다. 《파리 리뷰》

가 언급된 다른 이메일은 한 통도 없었다. 그녀는 위층으로 올라가, 헬렌의 개인 랩톱을 찾아 방을 헤집었다. 공항에서 헬렌의 휴대용 가방 안에 들어 있는 랩톱을 언뜻 본 기억이 있었다. 침대 옆 테이블의 서랍에서 꽤 빨리 찾았지만, 랩톱을 열었을 때 케이로에서처럼 비밀번호를 요구하는 창이 뜨자 그녀는 좌절했다. 플로렌스는 몇 번 어정쩡한 시도를 해보았다. 'MississippiFoxtrot', 'Jenny', 'Ruby'. 전부 오답이었다.

아래층의 컴퓨터로 돌아간 플로렌스는 그레타에게 보내는 답장을 썼다.

유감이지만 작가님의 컨디션이 아직 안 좋아요. 그런데 인터뷰에 관한 생각이 바뀌셨대요. 인터뷰를 안 하시겠다네요.

몇 초 후 알림음과 함께 답장이 왔다. 그녀는 시계를 보았다. 뉴욕은 오전 5시였다. 일요일.

플로렌스, 전화 좀 해줄래요?

플로렌스는 이를 악물었다. 통화하고 싶지 않았다. 무슨 말을 할지 계획을 세우고 수정할 시간이 없었다. 아마도 다른 사람들은 자기 검열 없이 단도직입적인 그레타의 이런 면을 좋아하겠지. 플로렌스는 내키지 않았지만, 유선전화가 있는 부엌으로 터벅터벅 걸어가 그레타의 이메일에 적혀 있던 번호로 전화를 걸었다.

"안녕하세요, 플로렌스." 익숙한 쉰 목소리였다.

"안녕하세요, 그레타. 거긴 아직 이른 시간이죠."

"아, 난 항상 5시 전에 일어나요. 나이가 들어서 그런지. 그래, 헬렌은 좀 어때요?"

"상한 문어를 드셨어요."

"전화도 못 받을 정도예요?"

"24시간 내내 화장실을 들락거리셨어요."

"상황이 심각한 것 같네요. 의사는 불렀어요?"

"네, 당연히 불렀죠. 물을 충분히 마시라는 말만 하더라고요."

"24시간 동안 그렇게 아프다니, 큰일이에요. 마라케시로 돌아가는 게 어때요? 내가 거기 병원에 연락해서 예약해줄게요. 지금 두 사람이 있는 곳은 병원이 남북전쟁 때 막사보다 나을 게 없을 텐데."

"그 정도는 아니에요."

"갔다 왔어요?"

"아. 네. 어제 작가님을 데려갔어요."

"그래서요?"

"물을 충분히 마시라는 말을 그때 들은 거예요."

"흠." 한참이나 정적이 흘렀다. "헬렌이 《파리 리뷰》 인터뷰에 대한 생각을 바꿨다고 했죠."

"네, 마음이 바뀌셨대요. 인터뷰를 원하지 않으세요."

"신기하네요." 그녀는 다시 뜸을 들이다 말했다. "헬렌은 아직 인터뷰에 동의하지도 않았어요. 인터뷰하는 게 좋겠다고 내가 설득하는 중이었죠. 그러니까 헬렌 생각은 그대로인 것 같아요. 내가 착각한 게 아니라면."

젠장. "아, 그런가요?"

"그래요."

"이상하네요. 아마 작가님이 잘못 말씀하셨나 봐요. 정말 정신이 없으시거든요. 헛소리도 조금 하시더라고요."

"흐음."

또다시 침묵.

"플로렌스, 솔직히 말해서, 정말 걱정돼요. 헬렌이 헛소리를 하고, 전화도 못 받고, 화장실을 들락거린다니. 심각하잖아요. 얼른 마라케시로 돌아가서 헬렌이 치료를 받게 해줘요. 로런이 알아서 준비해줄 테니까. 오늘 두 사람한테 차를 보내줄게요."

"아니요…… 작가님은 괜찮으실 거예요. 물어보긴 하겠지만, 작가님이 꼭 여기서 조사를 마무리하고 싶다고 하셨거든요."

"당신 말을 들어보면, 헬렌이 스스로 결정을 내릴 수 있을 만큼 정상적인 상태가 아닌 것 같은데요. 저기, 플로렌스, 당신은 어리니까 헬렌이 무섭기도 할 거예요. 이해해요. 하지만 헬렌한테 몇 시간 미움받는다고 걱정할 필요 없어요. 헬렌을 돌봐주고 회복시키는 게 더 중요하니까."

"아뇨, 저도 알아요. 생각해볼게요."

"좋아요. 오늘 오후에 다시 전화할게요, 상황이 어떻게 돌아가고 있는지 확인할 겸. 아, 그러고 보니, 두 사람 휴대전화에 전화를 걸어봤는데 먹통이더군요."

"아, 여기 통신 상태가 아주 안 좋아서요."

"그럼 이 번호로 연락하면 될까요?"

"네, 유선전화예요."

"알았어요. 또 통화해요."

플로렌스는 전화기 받침대에 수화기를 쾅 내리쳤다. 미치겠네. 몇 시간 후든 며칠 후든 헬렌은 없을 텐데 그레타에게 뭐라고 말하지?

"안녕하세요, 그레타, 실은 내가 헬렌을 죽였지 뭐예요, 어머나! 그러니까 이제 내가 모드 딕슨이 되면 안 될까요?"

참 완벽한 답이다.

34

플로렌스는 해변에 앉아 발가락을 모래에 묻었다. 그녀가 여기 온 후로 모든 걸 쉴 새 없이 때려대던 바람은 아무런 해명도 없이 사라져버렸다. 주위의 공기는 고요하고 후텁지근했다. 태양의 가차 없는 맹공격을 당해낼 도리가 없었다.

그녀는 그레타와의 통화를 잊으려 애썼다. 아침에 깨어났을 때의 그 흥분, 헬렌이 됨으로써 느꼈던 짜릿한 쾌감을 되찾고 싶었다. 다시 플로렌스로 돌아가 그레타를 상대한 후 씁쓸한 뒷맛이 남았다. 그 끈적끈적하고 불쾌한 기분을 박박 문질러 없애고 싶었다. 가벼운 마음과 자신감과 강인함을 돌려받고 싶었다.

그녀는 모래를 한 줌 집었다가 손가락 사이로 흘려보냈다. 그녀의 살갗은 햇볕에 분홍빛으로 익었다. 멍 자국은 자주색에서 노란색과 초록색으로 변해가고 있었다. 그녀는 다리가 다 덮이도록 모래를 그 위로 부었다.

그레타와의 통화를 끝낸 후 그녀는 《르 마탱》에 실린 기사를 찾아서 열심히 번역해보았다. 겨우 몇 줄짜리 기사였다. 뉴욕에서 온 헬렌 윌콕스라는 관광객이 토요일 밤 10시에 루 바드르에서 렌터카를 몰다가 도로에서 이탈했다. 마침 엔진 고장 때문에 늦게까지 바다에 나가 있던 현지 어부가 첨벙 하는 소리를 들었다. 그는 아직 물 위에 떠 있던 차로 가서 윌콕스 씨를 열린 창으로 빼냈다. 그녀는 가벼운 부상을 입은 채 병원에 도착했고 완쾌할 것으로 예상된다. 올해 루바드르에서 일어난 다섯 번째 사고다. 지난해 일어난 사고에서는 두 명이 사망했다.

플로렌스는 짜증스럽게 컴퓨터를 닫았다. 이미 다 알고 있는 사실들뿐이었다. 그녀의 기억은 여전히 블랙홀이었고, 이드리시 경관이 그녀보다 먼저 빈 곳을 채울까 봐 두려웠다. 그땐 헬렌 윌콕스로서의 새 인생은 물론이고 옛 인생까지 망가지고 만다.

그녀는 일어나 몸에 묻은 모래를 털었다. 해변 저쪽에 카이트보더들이 듬성듬성 모여 있었다. 그녀는 짐을 챙기고 그들 쪽으로 걷기 시작했다. 가까워지자 몇 명이 그녀를 쳐다봤지만, 그들의 시선은 오래 머물지 않았다. 그녀의 모습은 해변과 어울리지 않았다. 그녀의 창백한 피부에 햇빛이 심하게 반사되었고, 헬렌의 비키니 상의는 그녀에게 컸다.

그녀는 식탁보만 한 타월에 앉아 있는 닉을 발견했다. 그의 잠수복은 중간쯤까지 열려, 위쪽 절반이 마치 그림자처럼 그의 뒤로 드러누워 있었다. 그는 녹는 아이스캔디를 맹렬하게 핥고 있었다. "안녕." 그녀는 그를 내려다보며 말했다.

닉은 올려다보더니 즐겁게 미소 지었다. "아, 당신!" 그가 잠깐 한눈을 파는 사이 아이스캔디가 녹으며 뚝뚝 떨어져 그의 팔뚝으로 흘렀다. "젠장." 그는 목을 길게 빼며 팔꿈치부터 손목까지 혀로 쭉 핥았다.

플로렌스는 닉이 누구를 연상시키는지 이제야 깨달았다. 헬렌의 동네에서 봤던 골든리트리버, 벤틀리였다.

"뭐 해요?" 그녀가 물었다.

"글쎄요. 오늘은 영 상황이 안 좋아서." 그는 거의 잔잔한 바닷물을 가리켰다.

플로렌스는 바다를 보고는 생각에 잠긴 표정으로 고개를 끄덕였다.

닉은 남은 아이스캔디를 모래로 던졌다. "젠장, 하나 먹기가 왜 이리 힘들어." 그는 두 손을 허벅지에 거칠게 닦고는 플로렌스를 올려다보며 씩 웃었다. "당신은요?"

"글쎄요. 책을 읽고 있었는데, 너무 더워서 해변에 계속 앉아 있기가 힘드네요. 그래서 시내를 한 바퀴 돌아볼까 생각 중이었어요." 그녀는 잠시 말을 끊었다. "같이 갈래요?"

닉은 거리낌 없이 기쁜 표정을 지었다. "네. 그래요." 그는 곧장 슈트를 벗고, 작은 배낭을 뒤져 돌돌 뭉쳐져 있는 티셔츠를 꺼냈다. 그때 책 한 권도 같이 튀어나왔다. 플로렌스는 책을 집어 들어 표지를 보았다. 폴 볼스의 《하늘의 안식처(The Sheltering Sky)》.

"이걸 읽고 있어요?"

"이제 막 다 읽었어요. 원하면 빌려줄게요. 끝내주더라고요."

플로렌스는 놀라움을 애써 감추었다. 헬렌이 극찬했던 작가의 작품을 읽을 남자로는 안 보였는데. 그녀는 여행을 오기 전 폴 볼스의 책을 한 권 사려 했지만, 헬렌이 던져준 일거리가 너무 많아 그럴 여유가 없었다. 그녀는 책을 뒤집어 뒤표지에 적힌 설명을 읽어보았다. 1940년대에 북아프리카의 사막을 여행한 세 명의 미국인에 관한 이야기였다. 볼스의 첫 작품으로, 엄청난 성공을 거두었다. 그녀는 처음 몇 문장을 읽었다. 닉의 말대로, 아주 좋았다.

"갈까요?" 닉이 물었다.

플로렌스는 고개를 끄덕이고 책을 그에게 돌려주었다.

"나중에 봐." 그는 자리를 뜨면서 어깨 너머로 나머지 사람들에게 외쳤다.

플로렌스와 닉은 해변을 느긋하게 걸었다. 닉이 카이트보딩에 대해 뭔가를 설명하고 있었지만, 플로렌스는 한 귀로 흘리며 딴생각에 빠졌다.

그들은 언덕을 오르며 하산 2세 광장을 지나 시내의 중심가로 향했다. 메디나의 성벽을 에워싼 혼잡한 도로에 이르자, 닉은 금빛 털이 빽빽하게 난 구릿빛 팔을 그녀의 몸통으로 뻗어, 그녀가 오토바이의 물결 속으로 들어가지 않도록 막아주었다. 그녀는 그를 올려다보며 미소 지었다.

그들이 거리를 건널 때 한 익숙한 얼굴이 갑자기 그녀의 눈길을 끌었다. 어느 화려한 건물 바로 앞에 꼿꼿하게 서 있는 사람은 병원에서 봤던 경찰, 이드리시였다. 호흡이 빨라졌다. 그녀는 두려워할 이유가 전혀 없다고 속으로 중얼거렸다. 이드리시가 아는 그녀는 렌터카로 음주운전을 해서 사고까지 냈지만 미국 달러를 가지고 있다는 이유로 처벌을 면한 어리석은 관광객에 불과했다. 하지만 차 안에서 식당에 같이 갔던 친구에 대해 물으면서 쳐다보던 시선을 잊을 수 없었다. 그는 뭔가를 의심하고 있었다.

그러지 말아야 할 이유도 없었다. 그녀에게는 비밀이 있으니까. 그레타의 전화가 떠오르자 돌연 불안감이 밀려들었다. 그녀는 그 생각을 머릿속에서 밀어냈다. 이드리시는 천천히 고개를 돌리며 사람들을 살폈다. 플로렌스는 본능적으로 벽에 바짝 붙었다.

"왜 그래요?" 닉이 물었다.

"아무것도 아니에요. 쥐를 본 것 같아서."

"귀엽네요." 그가 그녀를 가까이 끌어당겨 질펀하게 키스했다. 그에게서 선크림과 인공 딸기향 맛이 났다.

"여기 구경해요." 그녀는 그를 수크 쪽으로 끌어당기며 말했다.

시장 안은 더 시원하고 어두웠다. 대충 만들어놓은 천장의 갈라진 틈으로 스며든 햇살 속에서 먼지 티끌들이 반짝거렸다.

"어때요?"

플로렌스는 뒤돌아보았다. 알록달록한 천들이 걸려 있는 가판대 앞에 닉이 서서 기다란 파란색 튜닉을 자기 몸에 대고 있었다.

플로렌스는 웃었다. "이상해."

가게 주인이 그들에게 다가와 말했다. "카프탄이에요. 여자용." 그가 옷 무더기에서 검은색 튜닉을 한 장 빼냈다. "이게 남자 거예요. 입어보세요." 그는 닉의 머리로 옷을 씌우기 시작했다. 닉은 두 손을 저으며 "됐어요, 아저씨"라고 말했지만, 소용없었다. 이미 절반은 입혀져 있었다. 남자는 두 손으로 천을 쓸며 주름을 폈다. "그리고 이거." 그가 이렇게 말하며, 회색 천을 비비 꼬아서 닉의 머리에 둘렀다. 터번이었다. 닉은 두 팔을 벌린 채 어색하게 서서 플로렌스를 보며 물었다. "어울려요?"

플로렌스는 웃으며 고개를 저었다. "아니, 정말 이상해요."

"자, 사진 찍어줄게요." 남자가 휴대전화를 달라며 두 손을 내밀었다. 플로렌스는 괜스레 두 손을 펴 보였다. "휴대전화 없어요." 남자는 닉을 돌아보았다.

"내 주머니에 있어요." 남자는 튜닉 주머니에 두 손을 집어넣었다. 구멍이 뚫려 있어서 바지 주머니로 곧장 손이 들어갔다.

"와, 멋진데!" 닉이 플로렌스에게 탄성을 질렀다. "구멍이 나 있어요!"

플로렌스는 또 웃기 시작했다.

가게 주인은 서로를 보며 낄낄거리는 두 사람의 어둡고 흐릿한 사진을 찍었다. 닉은 힘들게 튜닉을 벗고 터번을 풀더니, 처음 집었던 파란색 카프탄을 들어 올리며 가게 주인에게 물었다.

"얼마예요?"

"아름다운 숙녀분한테 사주려는 거죠? 200디르함에 드리죠."

"아니, 됐어요." 플로렌스는 닉에게 말했다. "안 사줘도 돼요."

"뭐라도 사야죠."

"아뇨, 괜찮아요. 이 사람은 이걸 하루에 50번은 할 테니까."

하지만 닉은 이미 돈을 꺼내고 있었다. 그가 150디르함을 건네자 가게 주인은 고개를 끄덕이며 돈을 받고는, 새 카프탄을 담은 쭈글쭈글한 비닐봉지를 그녀에게 주었다.

"고마워요." 그녀는 겸연쩍게 말했다.

"고마워할 필요 없어요. 나중에 내가 빌려 입으려고 사준 거니까."

플로렌스는 기쁜 마음을 감추려고 눈동자를 굴렸다. 하지만 이미 닉은 옆 가판대에서 콩 바구니에 손을 푹 집어넣고 있었다.

플로렌스는 생선 장수에게 가서, 그가 칼을 빠르고 능숙하게 놀려 은색 물고기의 껍질을 벗기고 뼈를 발라내는 모습을 구경했다. 그녀에게 요리를 가르쳐주며 칼로 닭을 자르던 헬렌이 떠올랐다. 남자는 깨끗하게 손질한 물고기를 더미로 휙 던졌다. 이젠 물고기가 아니라 그저 요리 재료에 불과했다. 파리 한 마리가 가늘고 긴 털북숭이 팔과 가녀린 팔꿈치로 생선을 주무르기 시작했다.

플로렌스는 수크 안쪽으로 더 깊숙이 들어갔다. 마라케시의 시장처럼 이곳도 장식품과 실용적인 물건들을 두루두루 팔고 있었다.

갑자기 누군가가 그녀의 팔을 붙잡더니 휙 돌려세웠다. 주름이 자글자글한 작은 남자가 은 장신구 가판대 쪽으로 그녀의 셔츠를 잡아당겼다. "자수정." 그가 속삭였다. "아주 좋아요. 아주 예뻐요." 그녀는 남자의 손에서 팔을 빼냈다.

"됐어요."

그는 한 걸음 더 그녀에게 다가왔다. "그쪽에는 가짜밖에 없어요. 여기 있는 게 진짜예요."

"됐다니까요." 그녀는 좀 더 모질게 말하고는 큰길로 이어지는 작은 골목으로 들어갔다. 더 어둑한 이곳에서 남자 몇 명이 작은 의자에 옹송그리고 앉아, 김이 모락모락 나는 어떤 음료를 마시고 있었다. 그들은 그녀를 힐끔 올려봤다가 무관심한 표정으로 눈길을 돌렸다. 그녀는 한 줄로 진열되어 있는 밝은색의 가죽 슬리퍼들을 손으로 훑었다. 젖은 동물처럼 독하고 눅눅한 냄새가 풍겼다. 이유는 알수 없지만 심장 박동이 빨라졌다.

갑자기 또 그 남자가 그녀를 붙잡아 돌려세웠다. 플로렌스는 그의 손을 홱 뿌리치며 그를 마주 보았다.

"플로렌스!"

그녀는 한 걸음 물러서다가 울퉁불퉁한 땅에 걸려 비틀거렸다. 그녀는 자기 앞에 있는 얼굴을 물끄러미 바라보았다. 지나치게 큰 치아, 선명한 분홍색 폴로셔츠, 미용 기구로 쫙쫙 편 건조한 머리칼.

"휘트니?"

놀란 표정으로 눈을 휘둥그레 뜬 채 그녀를 빤히 쳐다보고 있는 사람은 고향 친구였다. 그들은 잠깐 어색하게 서 있다가 포옹을 했다. 휘트니는 7학년 때부터 180센티미터였고, 그런 그녀를 감싸 안으려면 플로렌스는 발끝을 세워야 했다. 고등학교 졸업 후로 휘트니를 보지 못했다. 주고받은 메시지가 20여 통 남짓일 것이다. 뉴욕으로 오고 나서 플로렌스는 아예 연락을 끊어버렸다. 휘트니의 미소에 섭섭함이 조금 배어났지만, 이 우연한 만남의 기쁨에 안 좋은 감정은 잠깐 밀려난 듯했다.

"세상에!" 휘트니가 탄성을 질렀다. "어쩜 이런 일이 다 있니?"

"여기서 뭐 해?"

휘트니는 갑자기 헉하고 숨을 몰아쉬었다. "어쩌다 이랬어?" 그녀는 멍이 아직 가시지 않은 플로렌스의 얼굴과 손목 깁스를 가리키며 물었다. "괜찮아?"

"가벼운 차 사고가 있었어. 보기엔 이래도 많이 아프진 않아."

"웬일이야."

"넌 여기서 뭐 해?" 플로렌스는 약간 날이 선 목소리로 다시 물었다. 안 그래도 이드리시와 그레타, 심지어는 자수정 상인에게까지 큰 위협을 느꼈던 터라 신경이 곤두서 있었다. 휘트니는 그냥 휘트니일 뿐이라고 속으로 되뇌어야 했다. 4년 연속 장기자랑에서 〈하이 스쿨 뮤지컬(High School Musical)〉 주제곡을 힘차게 불렀던 아이. 그녀의 어린 시절을 아는 사람이 지금의 그녀를 보면 무슨 생각을 할지 무서워졌다. 하지만 이 두려움은 그냥 스쳐 지나갔다.

"대학 친구랑 여행 중이야." 휘트니가 말했다. "바로 오늘 아침에 세맛에 도착했어. 며칠 동안 아틀라스산맥에 있다가."

고등학교 시절 휘트니는 열심히 공부했지만 플로렌스보다 성적이 좋지 못했다. 그런데도 휘트니는 아버지(어린 시절 플로렌스의 치과 의사이기도 했다)가 학비를 전액 대준 덕분에 명문대학인 에모리에 들어간 반면, 플로렌스는 다른 아이들처럼 플로리다 주립대학에 다닐 수밖에 없었다. 그 생각을 하면 지금도 속이 쓰렸다.

"넌 여기서 뭐 해?" 휘트니가 물었다.

"일 때문이랄까."

"그래? 무슨 일을 하는데?"

"음, 얘기하자면 길어. 조사 같은 걸 하고 있어."

"멋지다! 지금도 출판계에 있어?"

"응, 그런 셈이야."

"대단하다. 정말 잘됐어. 넌 항상 책을 좋아했잖아."

플로렌스에게 문학이란 생물학이나 물리학 같은 생명체의 구성 원리나 마찬가지였다. 그녀와 달리 문학을 책이라는 물리적 사물로만 보는 사람들도 있었다. 그들은 바이올린 현 하나의 생김새와 감촉으로 음악의 힘을 완전히 알 수 있다고 생각할까? 사실 플로렌스도 책의 냄새와 종이의 까칠까칠한 감촉을 사랑했지만, 그 안에 담긴 거대한 세상에 비하면 아무것도 아니었다.

"넌?" 플로렌스가 물었다. "무슨 일 해?"

"버라이즌 탬파 지점의 프로젝트 매니저로 있어. 애틀랜타에도 잠시 있어봤는데, 해변이랑 가족이 그립더라고. 그리고 버라이즌이야, 뭐, 최고의 직장이니까."

그러고 보니 고등학교 시절 휘트니는 주변 사람들이 의욕을 잃고 힘들어할 때 눈치 없이 자신의 관심사를 열성적으로 떠들어대는 성격 때문에 친구를 많이 사귀지 못했다.

휘트니는 갑자기 눈을 감더니 코로 숨을 크게 들이마셨다. 그러고는 플로렌스의 두 손을 잡았다. 전에도 그녀는 남의 몸을 거리낌 없이 만졌다. "플로렌스, 그냥 말해도 될까? 여기서 너랑 마주치다니, 운명인 것 같아. 몇 달 전부터 너한테 꼭 하고 싶은 말이 있었거든."

플로렌스는 6년 동안 거의 연락을 하지 않은 사람에게 꼭 해야 할 말이 뭘지 감도 오지 않았다.

"나, 트레버랑 사귀고 있어." 그녀는 후다닥 말을 해치웠다.

플로렌스는 웃음을 참느라 힘들었다. "잘됐다, 휘트니. 난 괜찮아. 정말. 우리가 만난 건 오래전 일인걸. 전생 일 같다니까. 그땐 우리 둘 다 아주 다른 사람이었지."

휘트니는 큰 소리로 숨을 뱉었다. "아, 살았다. 우리 둘 다 죄책감 때문에 힘들었거든." 휘트니라면 몰라도 트레버가 과연 양심의 가책을 느낄지는 의문이었다. 플로렌스가 아는 트레버는 마인크래프트와 아인 랜드●의 광적인 팬이었다.

"어이, 자기." 플로렌스와 휘트니는 고개를 돌렸다. 닉이 짐승의 발처럼 큼직한 손에 진한 주황색 강황을 한 자루 들고 있었다.

"아." 플로렌스는 갑작스레 닥친 곤란한 상황에 긴장해서 말했다.

"안녕하세요, 닉이에요." 플로렌스가 서로를 소개해주지 않자 닉이 휘트니에게 말했다.

"휘트니예요. 플로렌스의 어릴⋯⋯."

"휘트니는 내 어릴 적 친구예요!" 플로렌스가 큰 소리로 끼어들었다.

"와." 닉이 말했다. "세상 참 좁군요."

"휘트니는 대학 친구랑 모로코를 여행 중이래요."

"멋지네요."

"끝내주죠." 휘트니가 말했다.

플로렌스는 주위를 힐끔거렸다. "친구도 여기 있어?"

"에이미? 아니, 호텔에 뻗어 있어. 어젯밤에 엄청 늦게 잤거든."

"오오오." 닉이 말했다.

세 사람 사이에 침묵이 감돌았다.

"오늘 밤에 우리랑 같이 놀아요." 닉이 플로렌스를 보며 물었다. "괜찮죠, 자기?"

● 미국의 소설가이자 극작가, 시나리오 작가, 철학자. 극단적인 개인주의를 강조한 사상으로 유명하다.

플로렌스는 얼굴을 찡그렸다. '자기'라니, 너무 강력한 급습이었다.
"아니, 휘트니는 조용한 밤을 보내고 싶을 것 같은데."

"아니, 괜찮아." 휘트니가 말했다. "그동안 밀린 얘기나 하지 뭐. 에이미가 깨는 것만 보면 돼." 그녀는 휴대전화를 꺼냈다. "번호 그대로야?"

플로렌스는 고개를 저었다. 뉴욕으로 옮긴 후 제일 처음 한 일이 지역번호 변경이었다. 그녀는 917로 시작하는 번호를 휘트니에게 불러주었다.

"잠깐, 지금 휴대전화 없잖아요." 닉이 끼어들었다.

"아, 그렇지." 그녀는 휘트니에게로 고개를 돌렸다. "사고 때 잃어버렸어."

"내 번호 저장해요." 닉은 자기 번호를 빠르게 읊었다.

"좋았어. 우리 계획이 정해지면 연락할게. 에이미가 저녁 예약을 이미 해놨을 것 같지만, 괜찮다고 하면 같이 두 사람을 만나러 갈게." 그녀는 플로렌스의 손을 또 잡고서 눈을 들여다보았다. "너랑 만나서 얼마나 기쁜지 몰라."

"그래." 플로렌스는 어설프게 답했다.

휘트니가 떠나자 닉은 플로렌스를 보며 물었다. "왜 그래요? 저 친구 싫어해요?"

"아니, 좋아해요. 그냥, 글쎄요. 갑자기 만나서 좀 놀랐을 뿐이에요."

정오의 밝은 햇살 속으로 걸어 나갈 때 닉이 그녀의 손을 잡았다. 갑자기 그녀의 뒤에서 익숙한 목소리가 들렸다. "윌콕 씨."

그녀는 몸을 휙 돌렸다.

이드리시가 수크 입구 바로 옆에 서 있었다. 그녀가 들어가는 걸 봤을까? 그녀를 기다리고 있었을까? "좋아 보여서 다행이군요."

"고마워요." 그녀는 겨우 답했다. 휘트니와의 만남으로 인한 충격이 채 가시지도 않았는데, 이번엔 경찰이라니 최악이었다.

닉은 플로렌스와 경찰을 번갈아 보았다.

"안녕하세요, 닉이에요." 그는 손을 내밀며 이드리시에게 말했다.

이드리시는 경멸 어린 눈초리로 그 손을 힐끔 보고는 플로렌스에게로 고개를 돌렸다. "친구분한테서 소식은 없었습니까?"

플로렌스는 햇빛이 뜨거워 손으로 얼굴을 가렸다. 여기서 뭐라고 답해야 현명한 처사가 될까? '있었다'라고 답하면 지어내고 변호해야 할 거짓말이 하나 더 늘어나니 위험했지만, '없었다'라고 답했다가는 사라진 의문의 여인에 대한 의혹만 더 커질 터였다.

결국 그녀는 고개를 끄덕였다. "연락이 왔어요. 마라케시에 있대요. 내가 생각했던 대로."

이드리시는 잠깐 그녀를 빤히 쳐다보다가 시원하게 말했다. "좋습니다. 그런데 이상하군요. 그날 밤 다르 아말에서 친구분을 태웠다는 택시를 찾을 수가 없거든요."

"그게 중요한가요?" 플로렌스가 물었다. "친구는 마라케시에 있어요. 아무 탈 없이."

"마무리를 지으려는 겁니다. 경찰이라고 해서 차 추격전이나 총격전만 벌이는 게 아니거든요." 그는 어색한 미소를 지었다. "친구분 전화번호를 알려주시겠습니까? 직접 통화해보고 싶은데."

"전화번호요? 음, 지금은 몰라요. 내 휴대전화에 저장되어 있는데 잃어버렸으니까요."

"그럼 집에서 했겠군요? 통화를?"

"아, 아마도. 실은 친구가 나한테 전화를 했어요. 유선전화로."

"뭐, 그럼 일이 더 쉬워지겠군요. 내가 통화 기록을 확인해보겠습니다."

플로렌스의 얼굴이 새파랗게 질렸다. "그래요." 그녀의 정수리로 타는 듯이 뜨거운 햇볕이 느껴졌다. "실은 몸이 완전히 다 나은 게 아니라." 그녀는 불쑥 말했다. "집에 가서 쉬려던 참이었어요." 그녀는 이드리시에게서 몸을 돌리고 곧장 혼잡한 도로로 걸어 들어갔다. 어느 모페드 운전자가 그녀를 간신히 피하며 알아들을 수 없는 말을 큰 소리로 외쳤다.

닉은 플로렌스의 팔을 잡고 그녀를 길 건너편으로 안전하게 데려 갔다.

"이게 다 무슨 일이에요?" 반대편에 도착하자 그가 물었다. "친구라니, 누군데요?"

"그 인간은 내 친구가 아니에요!" 플로렌스는 발끈했다.

"아니, 그 남자가 말하던 당신 친구요."

"아. 잠깐 같이 여행하던 사람인데 마라케시로 돌아갔어요. 이유는 모르겠는데 차 사고를 조사 중인 아까 그 경찰이 심하게 집착을 하는 거예요. 단순 사고였는데도 자꾸 나를 따라다니면서 괴롭히네요." 그녀의 목소리는 조금 히스테릭했다. "경찰한테 무슨 말을 더 해야 할지 모르겠어요. 아무것도 기억이 안 나는데!"

닉은 팔에 손을 얹어 흥분한 그녀를 가라앉혔다. "진정해요, 진정. 여기 경찰들은 하나같이 지독하게 썩었어요. 당신한테 뇌물을 못 받아서 열 받았나 보죠."

플로렌스는 걸음을 멈추었다. "그래요? 정말이에요?"

"그래요. 리엄은 마약 봉지를 갖고 있다가 걸렸는데, 경찰한테 40달러 찔러주고 그냥 넘어갔다니까요."

"오."

플로렌스는 이드리시가 그녀를 지켜보며 서 있는 곳을 돌아보았다. 이 모든 게 오해였나? 지금 당장 문제를 해결할 수 있을까?

그녀는 핸드백을 뒤졌다. 헬렌의 돈이 아직 1,500디르함 가까이 남아 있었다. 그녀는 지폐 두 장을 꺼내 접어 손에 쥐었다. 길을 다시 건너면서, 그녀를 유심히 보는 이드리시의 시선이 느껴져 초조하게 미소 지었다.

"안녕하세요, 또 뵙네요." 그녀가 말했다.

그는 고개를 끄덕였다.

"사고 후에 많이 도와주셔서 정말 고맙다는 인사를 하고 싶었어요. 집까지 태워주시고 스카프도 돌려주시고. 그리고 수사도 열심히 해주시고. 고맙습니다." 그녀는 손바닥 안에 눅눅하고 말랑말랑한 공처럼 동그랗게 뭉쳐져 있는 돈을 어색하게 내밀었다. 헬렌의 애인이 그녀의 차가운 시선을 받으며 호텔 직원에게 팁을 건넸을 때 바로 이런 기분을 느끼지 않았을까.

이드리시의 시선이 그녀의 손으로 내려갔다가 그녀의 얼굴로 다시 올라왔다. 그는 꼼짝도 하지 않았다.

"이거 받으세요." 그녀는 손바닥을 앞으로 쑥 내밀며 말했다. "고마워서 드리는 거예요."

"내 영어가 아직 별로라서 말입니다." 그는 한 박자 쉬었다가 말했다. "이게 뇌물이라는 겁니까?" 그는 헛웃음을 지었다. "그 단어가 맞아요?"

"아니요, 전혀 아니에요! 그냥 선물이에요. 아니면…… 경관님 마음대로 생각하세요."

"미국에서는 경찰한테 이런 선물을 자주 하나 봅니다?"

"그래요. 가끔." 플로렌스는 얼굴이 화끈거렸다.

"그렇습니까? 거기서는 불법인 것 같던데. 물론 여기도 마찬가지

이고요."

"그래요? 몰랐어요." 플로렌스는 돈을 핸드백에 다시 쑤셔 넣었다.
"죄송해요. 난 그냥……."

"감사 인사를 하고 싶었다고요?" 이드리시는 능글맞게 웃으며 그
녀의 말을 대신 끝냈다.

그녀는 고개를 끄덕였다.

"아니면, 내가 수사를 그만두게 하고 싶었겠죠."

"아니, 절대 아니에요. 내 말은, 수사할 게 있기나 해요? 내가 보기
엔 아주 명확한 사고인데요." 명백한 거짓말이었다. 그녀에게 그날
밤 일은 아직도 뿌연 안개 속에 있었다.

"그렇습니까, 윌콕 씨? 나는 왜 당신과 당신 친구가 식당을 따로
떠났는지 이해가 잘 안 되거든요. 그 친구를 빌라로 데려다준 택시
를 왜 찾을 수 없는지도 이해가 안 되고 말입니다. 사고 다음 날 그
친구가 사라진 것도 이상하고, 왜 그녀와 연락이 안 되는지도 이상
합니다. 내가 그녀와 얘기할 수 있게 당신이 도와주기만 하면 이 모
든 의문이 깨끗이 해결될 텐데 말이죠."

"나 때문에 기분 나빴다면 미안해요." 플로렌스는 나지막이 말하
며 몸을 돌렸다.

그녀는 닉이 격려의 미소를 지으며 서 있는 곳으로 서둘러 돌아
갔다.

"잘됐어요?" 그가 물었다.

그녀는 억지로 미소 지었다. "잘됐어요."

35

　몇 시간 후, 플로렌스는 깁스한 손목을 욕조 가장자리에 올려놓은 채 목욕물에 몸을 담그고 있었다. 잠깐 물 아래로 미끄러져 들어가 머리카락이 무중력 상태로 떠다니게 하다가 숨이 차서 다시 밖으로 나왔다. 물속에 잠겨 있으면 사고에 대한 기억이 조금 더 돌아오지 않을까 하는 기대도 반쯤은 있었다. 그녀의 팔을 붙잡는 손, 밀려드는 차가운 물. 뇌리를 스치는 몇 안 되는 장면들은 선명해지기는커녕 갈수록 흐릿해졌다.

　그러는 사이 문제는 계속 쌓여만 갔다.

　가장 시급한 문제는 몇 시간 후 휘트니가 닉의 아파트에 올 때 닥칠 것이다. 휘트니가 닉에게 자기 번호도, 호텔 이름도 알려주지 않았기 때문에, 플로렌스는 휘트니에게 연락해 약속을 취소할 수 없었다. 닉이 휘트니에게 그녀의 상태가 별로 안 좋다고 대신 전하는 방법도 있겠지만, 그렇게 되면 닉과 휘트니가 그녀에 대한 대화를 나누게 될 것이다. 같은 사람을 다른 이름으로 부르면서 닉은 그녀의 본명이 플로렌스 대로라는 사실을, 휘트니는 플로렌스가 헬렌 윌콕스 행세를 하고 있다는 사실을 알게 될 것이다.

　플로렌스는 그날 오후 내내 이 일의 결과를 생각해보았다. 정말 모든 게 끝장나버릴까? 꽤 그럴듯한 변명이 떠오르긴 했다. '과거를 모두 잊기 위해' 가명으로 여행하고 있다고 하면? 설득력이 약하긴 하지만, 닉과 휘트니가 그녀의 범죄를 의심할 이유는 전혀 없었다.

문제는 그녀를 의심하는, 아니면 적어도 의심하기 시작한 다른 사람들이 있다는 것이다.

이드리시는 그녀의 거짓말을 천천히 파고들었고, 그레타는 헬렌과의 통화에 점점 더 안달을 내고 있었다. 양쪽에서 이런 위협을 받고 있는 이상, 닉이나 휘트니 같은 중요치 않은 사람이라도 플로렌스 대로와 헬렌 윌콕스가 동일인이라는 사실을 알게 되면 곤란했다.

플로렌스는 몇 주 후든 몇 달 후든 만사가 해결되는 때로 시간을 건너뛰고 싶었다. 그때쯤이면 그녀는 헬렌의 집에서 글을 쓰고 정원을 가꾸며 요리를 하고 있을 테고, 플로렌스 대로는 과거의 일부가 되어 있으리라. 하지만 그때로 건너가는 방법을 알아내야 했다.

플로렌스는 몸을 닦고 헬렌의 가운을 걸쳤다. 이런 실크 가운을 갖고 여행하기는커녕 하나 장만할 생각도 해보지 못한 그녀였다. 그녀는 옷장 앞에 서서 한 줄로 깔끔하게 걸려 있는 옷들을 손가락으로 훑었다. 그러다 붉은 자수가 놓인 크림색 원피스를 꺼내 몸에 대보았다. 붉은색이 헬렌의 립스틱 색깔과 완벽하게 어울렸다.

그녀는 옷을 입은 뒤 욕실 거울을 보며 꼼꼼하게 화장했다. 샌들 끈을 묶고 있을 때 전화가 울렸다. 잠시 후 아미나가 방문을 똑똑 두드렸다.

"네?" 플로렌스는 조심스레 말했다.

아미나가 방 안으로 고개를 쑥 내밀었다. "그레타 프로스트 씨가 전화했어요."

"지금 없다고 전해주실래요?" 한 번에 한 문제씩.

"네, 그럴게요." 그녀는 살며시 문을 닫았고, 플로렌스는 그녀가 발을 끌며 계단을 내려가는 소리에 귀를 기울였다.

곧 닉이 그녀를 데리러 왔다.

빌라 현관으로 들어서는 그의 표정을 보니, 자신과 플로렌스가 아주 다른 예산으로 여행하고 있다는 사실을 처음으로 실감한 모양이었다.

"별장 전체를 혼자 써요? 으리으리한데요."

플로렌스는 어깨를 으쓱했다. "비용이 호텔 방이랑 비슷하더라고요. 봐요, 온통 곰팡이가 피어 있잖아요."

"그래도 우리 아파트보다는 훨씬 나아요."

그 말엔 플로렌스도 반박할 수 없었다. 닉이 별장을 안내해달라고 하자, 그녀는 그의 부탁을 들어주면서 사고 전에 썼던 방은 건너뛰었다. 그 방엔 딱 한 번, 칫솔을 가지러 다시 들어갔었다.

"여기 진짜 최고네요." 구경을 끝낸 닉이 말했다.

플로렌스에게 한 가지 생각이 번뜩 떠올랐다. "그냥 여기서 놀래요?"

"그럴까? 그럼 정말 좋죠. 다른 사람들도 부를까요?"

플로렌스는 어깨를 으쓱했다. "괜찮아요. 당신이 하고 싶은 대로 해요."

"아, 그리고 휘트니한테도 알려야죠. 문자가 왔더라고요. 친구랑 같이 10시쯤 들르겠다고."

플로렌스는 뻣뻣한 미소를 지었다. "잘됐네. 그럼 그냥 계획대로 해요. 여기서는 내일 밤에 놀아도 되니까."

닉은 고개를 끄덕였다. "좋아요, 그렇게 해요. 음, 리엄이 벌써 피자를 주문해놨으니까."

피자는 먹기 힘들 정도로 말라 비틀어져 있었다. 플로렌스는 건성으로 피자 조각을 쿡쿡 찔렀다. 초인종이 울릴 때마다 그녀는 누가 왔는지 들으려고 고개를 휙 돌렸다. 아직 휘트니는 오지 않았다. 그녀는 맥주를 한 모금 홀짝였다. 미지근하고 밍밍해서, 맥주보다는 캔 맛이 더 강하게 났다. 그녀는 캔 하나를 한 시간 넘게 붙잡고 있었다. 오늘 밤엔 정신을 똑바로 차려야 한다.

오늘 밤만이 아니다. 평생 정신을 똑바로 차려야 한다. 헬렌처럼. 약점을 잡히거나 우유부단하게 굴어서는 안 된다. 지난 며칠 동안 그녀가 그레타와 이드리시에게 저지른 실수는 일종의 경종이었다. 절대 경계심을 늦추어서는 안 된다는 사실을 일깨워주는 경종. 새로운 신원을 갖는다는 건 새로운 장기를 얻는 거나 마찬가지였다. 죽을 때까지 거부 반응 방지 약을 입에 달고 살아야 한다.

10시 반, 열 번째쯤일까, 초인종이 또 울렸고, 스피커를 통해 휘트니의 쾌활한 목소리가 들려왔다. 플로렌스는 벌떡 일어나 곧장 부엌으로 갔다. 컵 두 개에 보드카를 따르고 스프라이트를 섞었다. 그런 다음 주머니에서 종이 한 장을 꺼내 조심스럽게 폈다. 그 안에는 흰 가루가 들어 있었다. 여기 오기 전 별장에서 헬렌의 보습 크림 뚜껑으로 빻은 하이드로코돈 세 알.

휘트니가 약에 취하면 이 자리를 빨리 끝낼 수 있을지도 모른다. 그녀가 아무리 '플로렌스 대로'라는 이름을 입에 올려도 사람들은 그 말을 믿지 않고 취중의 횡설수설로 묵살하리라. 플로렌스는 자신이 지나치게 신중한 것 같았지만, 새로운 신원을 깨끗한 상태 그대로 지키고 싶었다. 그녀는 헬렌 윌콕스다. 그 사실에 어떤 혼란도 있을 수 없었다.

그녀는 가루를 톡톡 쳐서 컵 하나에 집어넣은 다음 칼로 사납게 휘저었다. 종이를 버리고 칼은 싱크대에 던져 넣은 후, 술잔을 들고 문으로 갔다. 닉이 휘트니와 그녀의 친구를 아파트 안으로 들이고 있었다.

"안녕." 플로렌스는 큰 소리로 인사하고는 두 여자에게 컵을 건넸다. 그들은 약간 놀란 표정이었지만, 어쨌든 컵을 받아 들었다.

"됐어." 휘트니는 웃으며 말했다. "오늘 밤엔 얌전히 놀 거야."

"휴가잖아!" 플로렌스는 이번에도 너무 야단스럽게 소리쳤다.

"그래, 맞아! 참, 여기는 내 친구 에이미." 휘트니는 운동선수처럼 생긴 흑갈색 머리의 여자를 가리켰다. 그다음엔 에이미에게로 고개를 돌리고, 플로렌스에게 한 팔을 뻗으며 말했다.

"그리고 이 친구는……."

"오, 그런 시시한 얘기는 그냥 넘어가!" 플로렌스는 휘트니의 말을 끊어버렸다. "지루하잖아. 난 클레오파트라예요! 난 엘리자베스 여왕이랍니다!"

닉과 휘트니, 에이미는 걱정 어린 표정으로 그녀를 바라보았다. 아무도 입을 열지 않았다. 마침내 닉이 침묵을 깼다.

"괜찮아요?" 그는 플로렌스에게 가까이 다가서며 물었다.

"괜찮아요! 파티잖아! 쭉 들이켜요!" 그녀는 맥주 캔으로 그들의 술잔을 가리키며 미지근한 맥주를 또 한 모금 마셨다.

나머지 사람들은 순종적으로 잔을 들어 올렸다.

휘트니는 얼굴을 찡그렸다. 약 맛이 나서가 아니라 보드카 때문이기를 플로렌스는 속으로 빌었다. 하지만 휘트니는 그저 이렇게 말할 뿐이었다. "플로렌스, 네 이런 모습은 처음이야!"

"오래 못 봤잖아, 휘트니. 난 완전히 달라졌어."

"그런 것 같네."

플로렌스는 목소리를 낮추고 그녀 쪽으로 몸을 기울였다. "저기, 잠깐 우리끼리만 얘기할 수 있을까?"

"음…… 그래." 휘트니는 에이미를 힐끔 보며 물었다. "괜찮겠어?"

"걱정 마, 휘트니, 난 너보다 보드카가 훨씬 더 좋으니까."

"오, 고맙다, 그래."

"별말씀을요."

플로렌스는 휘트니를 닉의 방으로 데려간 뒤 문을 닫았다. 전날 밤 닉과 함께 썼던 매트리스가 눈에 들어왔다. 불을 켜놓고 보니 훨씬 더 흉물스러웠다. 그래도 그녀는 그 위에 앉아 자기 옆을 톡톡 쳤다. 휘트니는 어색하게 웅크려 앉았다.

플로렌스는 이 대화가 두려웠지만, 선택의 여지가 없다는 결론을 내렸다. 진통제의 효과가 나타날 때까지 적어도 10분 동안은 휘트니를 사람들로부터 떼어놓아야 했다. 플로렌스는 휘트니가 무기력한 상태로 이 방에서 나가기를 원했다.

"저기, 전에는 네가 트레버랑 사귀어도 상관없다고 말했지만, 오후 내내 그 생각이 나더라. 실은 정말 속상해."

휘트니는 손으로 얼굴을 가린 채 고개를 저었다. "그럴 줄 알았어."

플로렌스는 뺨의 안쪽 살을 씹으며, 휘트니의 얼굴에 대고 웃음을 터뜨리거나 아니면 따귀를 때리고픈 두 가지 충동과 싸웠다. 트레버는 항상 토티노*의 피자 롤 같은 냄새가 났었다. 그녀의 처음을 빼앗았을 땐 울었다. 눈물 한두 방울 흘린 정도가 아니라, 몸을 들썩이

● 미국의 냉동 피자 브랜드.

며 크게 흐느껴 울었다. 그는 영어를 전공하는 건 '완전한 낭비'라고 그녀에게 말하기도 했다. 지난 8년 동안 플로렌스가 트레버 길펀을 그리워한 적은 없었다.

"어쩌다 그렇게 됐는지 말해줄 수 있어?" 플로렌스는 휘트니의 답을 재촉했다.

휘트니는 술을 한 모금 마셨다. "저기, 트레버도 버라이즌에서 일하는 거 알고 있었어?"

"엄마한테 들은 것 같아."

"트레버는 시스템 엔지니어야." 휘트니는 고개를 들어 플로렌스의 표정을 살폈다.

"계속해." 플로렌스는 시스템 엔지니어가 뭔지 몰랐지만, 딱히 알고 싶은 마음도 없었다.

"경쟁이 엄청 치열한 분야야."

"그렇겠지."

휘트니는 고개를 끄덕이고 술을 또 한 모금 마셨다. 그러고는 그들의 연애사로 넘어갔다. 피트니스 센터에서의 만남, 두 사람의 수많은 공통점, 그리고 함께 고양이를 입양할 계획에 대해서.

플로렌스는 고양이를 싫어했다.

"정말 미안해." 휘트니가 이야기를 끝내며 말했다. "내가 우정의 첫 번째 규칙을 깨버렸어."

플로렌스는 그 우정이라는 걸 일방적으로 끝낸 자신이야말로 우정의 첫 번째 규칙을 깬 사람이 아닌가 싶었지만, 침묵을 지켰다. 그녀는 눈을 문지르고 이마를 찌푸리며 창밖을 바라보았다.

"세상에, 난 최악이야." 휘트니가 말했다. "내가 어떻게 하면 되겠어?" 그녀는 컵의 테두리를 씹었다. 플로렌스가 그 안을 살짝 엿보니 절반 정도 비어 있었다.

"트레버랑 결혼할 거야?" 플로렌스는 대화를 이어갈 만한 다른 화젯거리가 떠오르지 않자 이렇게 물었다.

휘트니의 큰 입이 씰룩였다. 미소를 참기 위한 몸부림이라는 걸 플로렌스는 알았다. "나도 모르겠어." 휘트니가 말했다. "그러면 좋겠지만. 미안, 이런 말은 좀 그런가?"

플로렌스는 이 상황을 더 견딜 자신이 없었다.

"있지, 난 괜찮아. 정말이야. 너랑 트레버를 위해서 건배하자."

"정말?"

"그럼, 우리도 이젠 어른이잖아."

플로렌스는 맥주 캔을 들어 올려 휘트니의 컵에 톡 쳤다. 휘트니는 또 한 모금 홀짝였다. 플로렌스는 휘트니에게 손을 흔들며 계속 마시라고 말했다. "축배잖아! 마셔, 마셔!"

휘트니는 술을 꿀꺽꿀꺽 삼킨 다음 침을 튀기며 웃었다. 그러고는 손등으로 입을 닦았다.

"넌 좋은 친구야, 플로렌스." 휘트니는 혀가 조금 꼬였는지, 플로렌스를 '플로르쉬'처럼 발음했다.

"친구 얘기가 나와서 말인데." 플로렌스는 밝은 목소리로 말했다. "내가 널 붙잡고 무슨 짓을 하고 있는지 에이미가 궁금해하겠다. 이제 나가자."

휘트니는 일어나다가 조금 휘청거렸다. 플로렌스는 그녀를 잡아주며 물었다. "괜찮아?"

"괘애앤찮아, 괘애앤찮아."

플로렌스는 휘트니의 손에서 술잔을 낚아챘다. "자, 내가 가져갈게. 마실 만큼 마셨어." 그녀는 남은 술을 창밖으로 버린 다음 텅 빈 컵을 들여다보았다. 바닥에 흰 가루가 덩어리져 가라앉아 있었다. 그녀는 침전물도 전부 창밖으로 털어버리고, 휘트니의 손을 잡아끌며 거실로 나갔다. 닉과 에이미는 그곳에 없었다. 플로렌스는 부엌 싱크대 옆에서 웃고 있는 그들을 발견했다.

"왔네." 에이미는 유쾌하게 말하다가, 눈이 풀려 있는 휘트니를 보더니 얼굴이 어두워졌다. "어머, 괜찮아, 휘트니?"

"오, 괘애앤찮지."

에이미는 의아한 표정으로 플로렌스를 쳐다보았다.

"단숨에 다 마셔버렸지 뭐예요." 플로렌스가 말했다. "미안해요, 내가 너무 센 술을 줬나 봐요."

에이미는 휘트니의 손을 잡고 그녀의 눈을 가만히 들여다보았다.

"휘트니?"

휘트니의 두 눈은 친구에게 초점을 맞추지 못했다. 그녀는 미소 짓고 있었지만, 입술이 풀리면서 맥없이 벌어졌다.

"자." 에이미가 말했다. "광란의 10분을 보내고 온 것 같으니까 오늘 밤은 여기서 끝내자. 참 빠르기도 하다, 휘트니." 그녀는 닉을 보며 말했다. "미안한데 택시 좀 불러줄래요? 난 로밍 신청을 안 해놔서."

닉은 휴대전화를 꺼냈다. "그럼요."

"우리가 묵고 있는 호텔은 리아드 로터스예요." 그녀는 플로렌스에게로 고개를 돌렸다. "정말 미안해요, 이런 애가 아닌데."

"뭐, 휴가 때는 풀어져도 괜찮죠." 플로렌스가 말했다.

"5분 걸린대요." 닉은 휴대전화를 주머니에 도로 집어넣었다.

세 명이 함께 휘트니를 부축해 계단을 내려간 뒤 택시 뒷좌석에 그녀를 앉혔다. 그녀는 에이미의 허벅지에 머리를 기댔다. 에이미는 그녀의 머리칼을 부드럽게 쓰다듬으며 다시 한번 플로렌스에게 사과했다.

"별일 아니에요. 실수 한번 안 하는 사람이 어디 있겠어요."

"정말 친절하네요, 두 사람 다. 고마워요."

택시가 떠나자 닉은 플로렌스의 어깨를 감싸 안고 가까이 끌어당겼다.

✳

그날 밤 늦게 플로렌스는 닉의 팔을 베고 누웠고, 그는 그녀의 등을 천천히 아래위로 쓰다듬었다.

"뭐 하나 물어봐도 돼요?" 그가 조용히 말했다.

"음."

"에이미가 자꾸 당신을 플로렌스라고 부르던데."

그녀는 눈을 떴다.

"그리고 내가 당신을 헬렌이라고 부르니까 조금 당황해하는 눈치였어요."

두 사람은 잠시 아무 말도 없었다. 플로렌스는 그녀의 등을 쓰다듬던 닉의 손이 멈추었다는 사실을 깨달았다.

마침내 그녀가 말했다. "어릴 땐 다들 플로렌스라고 불렀어요. 대학에 들어가면서 헬렌이라는 이름을 쓰기 시작했지. 내 가운데 이름이거든요."

닉은 아무 말도 하지 않았다. 너무 어두워서 그의 얼굴이 보이지 않았다.

곧 그가 말했다. "뭐, 괜찮아요. 그런데 난 플로렌스라는 이름이 좋은데."

그녀는 안도의 한숨을 내쉬었다. (적어도 그녀의 목적에 맞는) 닉의 큰 장점 중 하나는 남을 의심할 줄 모르는 성격이었다. 그는 사람들에게서 최고의 모습을 찾아냈고, 무슨 말을 듣든 그대로 믿었다.

"아니, 너무 따분해."

"아니에요. 귀여운데."

"뭐, 고맙네요. 하지만 난 헬렌이 더 좋아요. 됐죠?"

"당신 마음이 그렇다면야. 이름이 뭐든 상관없어요. 그냥 당신이 좋으니까." 그는 그녀를 더 가까이 끌어당겼고, 플로렌스는 어둠 속에서 눈을 반짝이며 미소 지었다.

36

다음 날 아침, 플로렌스는 닉보다 먼저 깨어났다. 불안감에 가슴이 갑갑했다. 그리고 불안감의 친구인 후회가 밀려왔다. 왜 닉을 에이미와 단둘이 있게 내버려뒀을까? 에이미한테도 약을 먹였어야 했다. 지금 와서 보면 명백한 일이다. 두 사람이 다친 어린 양들처럼 몸을 못 가누고 호텔도 못 찾아갈까 봐 걱정했나? 바보 같은 생각이었다. 다 큰 어른이다. 하룻밤 술에 취한다고 큰일 나지 않는다. 둘 다 과거에 그런 경험이 많았을 것이다.

계획은 너무 소심했다. 이제 알 것 같았다. 좀 더 대범해져야 한다. 그녀에게 필요한 건 배짱과 뻔뻔함이다. 어중간한 태도는 이제 그만 버려. 얼마나 더 스스로에게 일깨워줘야 할까?

그녀는 몸을 돌려 다시 닉의 가슴으로 파고들고 싶었다. 지난밤을 보낸 안락하고 따스한 곳으로 돌아가고 싶었다. 하지만 그건 함정이라는 걸 알았다. 그녀는 억지로 일어나 앉았다. 옷을 입고 부엌으로 가서, 차가운 물을 받아 한 줌씩 한 줌씩 입안으로 넣었다. 그런 다음 젖은 손으로 뺨을 톡톡 가볍게 쳤다. 계속 밀어붙이는 수밖에. 계획은 아직 어그러지지 않았다. 때아닌 옛 친구와의 만남 때문에 이 기회를 놓칠 수는 없었다.

그녀는 멈칫했다. 그러고 보면 그레타에게도 똑같은 실수를 저질렀다. 지나치게 조심스러웠다. 지어낸 식중독 이야기는 너무 변변찮고, 너무 진부하며, 너무 근시안적이었다. 헬렌의 스타일이 전혀 아니다.

그녀는 방으로 돌아가 닉을 깨웠다.

"저기." 그녀가 속삭였다. "컴퓨터 좀 빌려줄래요?"

그는 일어나 앉아 게슴츠레한 눈을 비볐다. "음, 저기 있어요."

그는 한 무더기로 쌓여 있는 지저분한 옷들을 가리켰다. 그 밑을 파헤치니, 낡고 금이 간 델 랩톱 컴퓨터가 나왔다.

그녀는 모드 딕슨의 지메일 계정으로 로그인했다. 그런 다음 편지 쓰기 버튼을 누르고 키보드를 두드리기 시작했다. 다 쓴 다음 다시 읽어보았다.

그레타,

지금까지 당신한테 거짓말을 했어요. 난 아프지 않아요. 플로렌스에게 계속 거짓말을 시키는 것도 예의가 아니죠. 실은, 고민이 좀 있어서 며칠 동안 모든 연락을 끊고 지냈어요. 지금은 생각이 정리됐고 한 가지 중요한 결정을 내렸어요.

에이전트를 바꿀까 해요. 지난 몇 년간 정말 고마웠지만 난 내 문학적 야망을 전심전력으로 뒷받침해줄 에이전트가 필요해요. 당신이 계속 내게 《미시시피 폭스트롯》의 속편을 강요한 이유는 이해해요. 하지만 난 완전히 다른 작품을 쓰고 싶고, 시간이 좀 걸릴 거예요. 당신은 내게 그런 여유를 주지 않으니 다른 사람을 찾겠어요.

모드

직설적이면서도 신중한 분위기로 글의 어조를 잘 잡은 것 같았다. 플로렌스는 '보내기' 버튼 위에 마우스를 둔 채 망설이다가 억지로 클릭을 했다. 그런 다음 로그아웃을 한 뒤 랩톱을 탁 닫고는 옷 무더기 위로 다시 던졌다.

끝났다.

닉은 다시 잠들어 있었다. 방 한구석에 너덜너덜한 문고판 헌책들이 쌓여 있었다. 책들을 쭉 훑어보니 폴 볼스의 또 다른 작품이 눈에 띄었다. 그녀는 그 책을 빼냈다.《퍼부어라(Let It Come Down)》라는 소설이었다. 뒤표지의 설명에 따르면, 그의 두 번째 작품이었다. 탕헤르로 가서 도덕적 타락에 빠지는 어느 은행원의 이야기. 그녀는 책을 획획 넘겨보았다. 챕터 제목 하나가 그녀의 눈길을 끌었다. '괴물들의 시대.' 그녀는 얼굴을 찌푸렸다. 최근에 어디서 이 표현을 들었더라? 그녀는 몇 페이지를 읽어보았다.

그녀는 자신과 관련해서 '강압적'이라는 단어가 사용되는 걸 듣자마자, 그 말이 완벽한 진실일 뿐 비난의 뜻이 아니라는 걸 알면서도, 품위 없는 포식 동물이 된 것 같은 기분이 들었고, 그 느낌이 불쾌했다.

'포식'이라는 단어를 보자 퍼뜩 떠올랐다. 케이로에서 헬렌의 원고를 컴퓨터로 옮길 때 똑같은 단락을 본 적이 있었다. 헬렌은 단어 하나 다르지 않게 메모장에 손으로 직접 써서 두 번째 소설의 초고라며 내놓았다. 왜 그랬을까? 남성 중심적인 문학계에 일침을 날리는 일종의 성명서 같은 걸까? 아니다. 말도 안 되는 소리. 이건 노골적인 표절이다.

헬렌이 계속 그레타에게 원고를 숨겼던 이유도 이 때문일 것이다. 하지만 마지막엔 어쩌려고 그랬을까? 도무지 이해가 되지 않았다. 무사히 넘어갈 수 없으리라는 걸 헬렌도 잘 알았을 텐데. 책이 인쇄

되기도 전에 누군가에게 발각될 수밖에 없다. 모드 딕슨이라는 이름을 더럽히려 일부러 그랬을까?

"방금 휘트니한테 문자 왔어요." 뒤에서 닉이 말했다.

플로렌스는 어리둥절한 표정으로 그를 쳐다보았다. 이곳이 어딘지 잠시 잊고 있었다. "뭐라고요?"

그는 일어나 앉아 매트리스 위에서 알몸으로 책상다리를 했다. 그러고는 다시 한번 말한 뒤 휴대전화를 그녀에게 내밀었다. 그녀는 화면을 보았다. '안녕, 닉, 어젯밤엔 미안했다고 플로렌스한테 전해줘요. 내가 왜 그랬는지 모르겠어요. 두 사람한테 사과하고 싶은데, 오늘 밤에 시간 괜찮아요?'

휘트니의 상태가 괜찮다니, 플로렌스는 안도감이 밀려들었다.

그녀는 답장을 썼다. '안녕, 나 플로렌스야. 미안해할 필요 전혀 없어. 오늘 밤에 우린 그냥 조용히 보내려고 해.' 답장을 보낸 후 그녀는 닉과 휘트니가 주고받은 메시지를 전부 삭제하고 휘트니의 번호를 차단했다. 휴대전화를 닉에게 돌려주자 그는 보지도 않고 매트리스 위로 획 던지고는 두 팔을 그녀에게 뻗었다.

"점심 먹을래요?" 그가 물었다. 그녀는 고개를 끄덕였다. 기분이 좋아졌다. 마침내 문제들이 해결되고 있었다.

그들은 뉴질랜드에서 온 부부가 운영하는 근처의 카페로 갔다. 커피와 아보카도 토스트를 먹으며, 담청색에서 자줏빛으로 변하는 하늘을 지켜보았다.

"와." 플로렌스는 수평선에 몰려들고 있는 먹구름을 가리켰다. 버려진 냅킨과 담배꽁초들이 그들의 발밑에서 소용돌이치기 시작했다.

"바람 부는 것 좀 봐요." 닉이 말했다. 나무 이파리들이 가지에서 떨어질 듯 격렬하게 흔들리기 시작했다. 맑았던 전날 내내 힘을 비축

해둔 바람이 이제 그 맹위를 떨치는 것 같았다. "보드 가져와야지."

"설마 이 날씨에 바다로 나가려는 건 아니죠?"

"당연히 나가야죠, 그것 때문에 여기 있는 건데."

"안전해요?"

닉은 빙긋 웃었다. "참 상냥하다니까. 아무 문제 없어요. 정말로."

플로렌스는 거리 건너편에서 한 남자가 작은 동물 조각들이 놓인 테이블 위에 임시 차양을 달려고 애쓰는 모습을 지켜보았다. 바람 때문에 차양의 천을 자꾸만 놓쳤다.

"전에도 이런 험한 날씨에 나가봤어요?"

"그럼요, 수도 없이 나갔죠. 여기 도착한 첫 주도 장난 아니었어요. 풍속 30노트•에, 해안에서는 측면 바람이 불고, 파도도 엄청났죠. 상어까지 떠밀려 왔다니까요. 진짜 상어가."

플로렌스는 얼어붙었다.

닉은 웃었다. "걱정하지 말아요, 상어한테 안 잡아먹힐 테니까."

플로렌스는 아무 말도 하지 않았다.

"저기, 괜찮아요?"

갑자기 플로렌스는 자기 계획의 크나큰 허점을 발견했다. 헬렌의 시신이 언젠가 해안으로 떠밀려 올 것이다. 시신들은 늘 떠밀려 온다. 아직 그러지 않은 건 순전히 운이다. 그녀는 점차 기세를 더해가는 폭풍이 새삼 두려워졌다. 지금까지 어쩌자고 그리도 속 편하게 지냈을까?

그녀는 닉을 돌아보며 로봇처럼 딱딱하게 말했다. "난 가야겠어요."

"지금?"

"갑자기 속이 안 좋아요. 당신은 카이트보딩 하고 싶으면 해요."

• 시속 55킬로미터 남짓. 자동차가 밀려갈 정도의 강한 바람.

"됐어요, 같이 가요. 내가 태워줄게요."

그녀는 고개를 끄덕였다.

빌라 데 그레나드로 가는 길 내내 그녀는 하늘만 올려다보았다. 화강암 같은 거뭇한 빛을 띤 하늘에 구름이 불길하게 휘몰아치고 있었다. 최대한 빨리 세맛을 떠나고 싶었다. 우선 짐을 챙기고 렌터카를 예약하자. 어쩌면 모로코에서 출발하는 항공편의 시간을 앞당겨야 할지도 모른다. 조만간 헬렌의 여권을 시험해봐야겠다.

시체가 떠밀려 오면 모든 사실이 드러날까? 이드리시가 진상을 밝혀낼까?

물론 그럴 것이다. 그가 찾던 퍼즐의 빠진 한 조각이 헬렌의 행방이니까. 법의학자들은 시신이 얼마나 오래 물속에 있었는지, 그리고 시신이 발견된 장소와 조수에 근거하여 어디서 물에 빠졌는지도 알아낼 것이다.

그땐 이드리시가 와서 그녀의 방문을 두드리겠지.

별장의 차도에 오토바이가 천천히 멈춰 섰다. 그녀는 오토바이에서 내린 뒤 잠시 그를 쳐다보며 서 있었다. 이렇게 보는 것도 마지막일 텐데, 하는 생각이 들었다. 이 순간을 기억하기 위해 뭔가 말하고 싶었지만, 마땅한 말이 떠오르지 않았다.

"오늘 밤에 볼래요?" 그가 물었다.

그녀는 고개를 끄덕였다.

이 무심한 작별인사와 함께 그는 기어 변속기를 발로 차고 한 손을 들어 경례하며 떠났다.

"조심해요." 사라져가는 그의 뒤로 플로렌스는 소리쳤다.

그녀는 집으로 몸을 돌렸다. 바람에 이파리들이 펄럭이며 그 창백하고 여린 뒷면을 내보이고 있었다. 새들은 사라졌다. 굵은 빗방울 몇 개가 돌로 떨어졌다. 더 거뭇한 얼룩들이 늘어나기 시작하고 땅이 검게 반짝이자 그녀는 집 안으로 뛰어 들어갔다.

들어가자마자 랩톱으로 헬렌의 받은 메일함을 확인했다. 아직 그레타에게서는 아무런 답도 없었다. 좋아. 잘됐어. 그녀는 세맛에 있는 렌터카 가게를 찾아 그곳의 유일한 SUV 차량인 다치아 더스터를 예약했다. 악천후에 강한 데다 지금 당장 빌릴 수 있는 차였다. 창밖을 내다보았다. 빗줄기가 유리창을 때려대고 저 멀리서 천둥이 으르렁거리고 있었다. 몇 초 후, 번개가 쳐서 방 안이 환해졌다. 이 상황에 운전을 할 수나 있을까? 깁스까지 한 손목으로? 뭐, 그 답은 곧 알게 될 것이다.

그녀는 델타 항공에 전화해서 항공편 변경을 알아보려고 부엌으로 갔지만, 수화기를 들자마자 새된 고함 소리가 들려왔다. "여보세요? 거기 누구 없어요?"

그녀는 수화기를 귀에 갖다 댔다. "여보세요?"

"누구시죠?"

"그쪽은 누구시죠?" 플로렌스는 전화가 막 울리려 할 참에 수화기를 들었다는 사실을 깨달았다.

"그레타 프로스트예요, 헬렌 윌콕스와 통화하고 싶은데요."

"아. 안녕하세요."

"헬렌?"

플로렌스는 멈칫했다. "네."

"헬렌, 이메일 받았어요. 얘기 좀 할 수 있어요?"

"좋아요."

"헬렌?" 그녀가 다시 물었다.

"흠."

"혹시 플로렌스?"

젠장. "네?"

"플로렌스예요?"

"네."

"아깐 왜 헬렌이라고 했어요?"

"네? 죄송해요, 연결 상태가 너무 안 좋아서요. 지금 여긴 폭풍우가 휘몰아치고 있거든요."

플로렌스는 셔츠로 전화기를 훑으며 잡음을 내려 애썼다.

"헬렌 좀 바꿔줄래요?" 그레타가 퉁명스레 물었다.

"네?"

"헬렌이랑 얘기해야겠어요. 당장."

"죄송한데, 작가님은 여기 안 계세요."

"그럼 어디 있는데요?"

"나도 몰라요. 오늘 아침에 떠나셨어요."

"어디로 갔어요?"

"잘 모르겠어요." 그때 한 가지 묘안이 떠올랐다. "작가님이 절 해고하셨어요."

"당신을 해고했다고요?"

"네."

"오." 그레타는 잠시 멈추었다가 다시 말했다. "나도 해고했어요."

"정말이에요?"

"네."

"말도 안 돼요."

"맞아요, 내 생각도 그래요." 그런 다음 그녀는 물었다. "이유는 말 안 해주던가요?"

"좀 복잡했어요. 내가 당신 편이라는 말을 자꾸 하더라고요, 무슨 의미인지 모르겠지만. 내가 당신한테 정보를 넘기고 있다고 의심했어요." 플로렌스는 잠깐 말을 끊었다. "실은, 작가님이 나한테 '폭스트롯' 속편을 쓰라고 하셨어요. 그럼 당신이랑 나 둘 다 만족할 거라고."

"뭐라고요?"

"아니, 농담하신 거예요."

"당연히 그렇겠죠."

두 사람 다 잠깐 말이 없었다.

"어디로 가는지 말해주던가요?" 그레타가 물었다.

"아니요…… 그냥 이 여정을 혼자 떠나야 한다고만."

"여정이라뇨?"

"아마, 예술적인 여정 같은 거겠죠? 제가 받은 인상은 그래요. 어…… 일종의 창의적인 방랑이랄까."

"창의적인 방랑을 하겠다고, 헬렌이 그러던가요?" 그레타는 미심쩍은 듯 물었다.

"음."

"그 방랑의 끝이 어디일지는 얘기하던가요?"

"방랑이란 게 그렇지 않나요? 목적지가 없잖아요?"

"헬렌이, 뭐랄까, 제정신으로 보이던가요? 내가 아는 헬렌 같지 않아서 그래요."

"아주 확신에 찬 목소리였어요."

두 사람은 잠시 침묵을 지켰다. 그러다 그레타가 물었다. "지금 있는 곳이 어디죠, 정확히?"

"네?"

"지금 당신이 있는 도시 이름을 한 번 더 말해줄래요?"

"왜요?"

"내가 그쪽으로 가려고요."

"여기 오신다고요? 모로코에?"

"그래야 할 것 같아요. 헬렌은 가장 중요한 내 작가 중 한 명이고, 솔직히 걱정돼요. 최근 행동이 너무 헬렌답지 않아서."

"그레타, 난 작가님이 어디 있는지 몰라요."

"우리가 같이 찾으면 돼요."

플로렌스는 아무 말도 하지 않았다.

"플로렌스, 걱정하지 말아요, 잘 해결될 테니까. 헬렌은 다혈질이긴 해도 결국엔 항상 제자리로 돌아오니까요."

"어, 네."

"저기, 로런한테 비행기표 예약해달라고 할게요. 마라케시로 들어 갔죠?"

"네."

"그다음엔 어디로 가요?"

플로렌스는 꾸물대다가 천천히 수화기를 내려놓았다.

일 분도 채 안 지나 전화가 울리기 시작했다. 플로렌스는 여전히 전화기에 손을 얹은 채 꼼짝도 하지 않았고, 아미나는 그런 그녀를 지켜보고 있었다.

"이래서 빌어먹을 전화로는 얘기하기 싫다고!!!" 그녀는 이렇게 악을 쓰고 싶었다. 창의적인 방랑? 그게 대체 뭔데? 그레타가 여기 온다고? 안 돼. 절대.

그녀는 나지막이 끙끙 앓는 소리를 내며 갑갑한 속을 풀었다. 그때 전등이 깜박거리다가 꺼져버렸다. 아미나는 마치 플로렌스의 짓인 것처럼 깜짝 놀란 표정으로 그녀를 쳐다보았다.

37

플로렌스는 계단을 올라가다가 자신이 손가락 마디를 물어뜯고 있다는 사실을 알아채고는 우뚝 멈춰 섰다. 헬렌의 말이 옳았다. 걱정해봐야 기운만 빠질 뿐이다.

그녀에게는 계획이 있었다. 오늘 세맛을 떠날 것이다. 최대한 빨리 모로코를 뜰 것이다. 그런 다음 헬렌 윌콕스의 인생을 가로채리라. 아무도 그녀를 막지 못한다. 이드리시 경관도. 그레타 프로스트도. 그 누구도.

플로렌스는 짐을 싸기 시작했다. 옛 물건들을 전부 남겨둔 채 떠나고 싶었지만, 그랬다가는 의심을 살지도 모른다. 두 명이 왔다가 한 명만 떠난 것처럼 보여서는 안 된다. 시체가 해변으로 떠밀려 온다면 더더욱. 그래서 그녀는 두 개의 가방을 싸면서 하나에는 헬렌의 물건들을, 다른 하나에는 자신의 물건들을 가득 채웠다. 그런 다음 손목의 통증은 아랑곳없이 가방을 하나씩 끌고 계단을 내려갔다.

그녀가 위층에 있는 사이 비는 그쳐 있었다. 그녀는 가방들을 현관 옆에 두고 뒤편 테라스로 나갔다. 모든 것이 빗방울을 뚝뚝 떨어뜨리고 있었다. 용감한 새 몇 마리는 팔짝팔짝 뛰어다니며, 폭풍우가 어떤 좋은 것들을 파헤쳐놓고 갔는지 살피고 있었다. 그 보람이 있었다. 수십 마리의 익사한 벌레들이 빗물에 퉁퉁 불은 채 풀잎에 들러붙어 있었다. 플로렌스는 숨을 크게 한 번 쉬었다. 더위는 한풀 꺾였다.

그녀는 다시 안으로 들어가 아미나에게 떠난다고 말하려고 몸을 돌렸다. 렌터카 매장까지 타고 갈 택시를 불러달라고 부탁해야 했다. 해 질 녘이면 마라케시에 돌아가 있을 것이다. 오늘 밤엔 헬렌 윌콕스로 체크인을 할 거라서 다른 호텔을 알아봐야 한다.

갑자기 그녀는 얼어붙었다. 집 안에서 여러 사람의 목소리가 들려왔다. 그녀는 슬그머니 고개를 들이밀었다.

현관에서 한 남자가 말했다. "저기 있군."

이드리시 경관이 문간에 서 있고, 카키색 바지에 담청색 버튼다운 셔츠를 입은 30대 남자가 그와 함께 있었다. 생김새를 보니 미국인 같았다.

아미나는 초조한 표정으로 문을 잡고 있었다. 두 남자가 자신만만한 걸음걸이로 플로렌스를 향해 성큼성큼 다가왔다. 아미나는 그들의 신발이 바닥에 남기는 진흙 자국을 속절없이 바라보았다.

처음 보는 남자가 플로렌스에게 손을 내밀며 자신을 소개했다. "댄 매시라고 합니다. 미국 국무부 소속이죠. 라바트에 있는 주 모로코 대사관에서 일하고 있습니다."

플로렌스는 두 남자를 번갈아 쳐다보았다.

"무슨 일이죠?" 헬렌의 시신을 찾았구나.

"일단 앉으시죠." 매시가 거실 쪽으로 팔을 뻗으며 말했다. 계단 밑을 지날 때 그는 그녀의 여행 가방을 힐끔 보았다.

"어디 가십니까?"

"네." 그녀는 자세한 설명 없이 답했다.

세 사람은 소파에 앉았다. 매시가 서류 가방을 앞의 테이블에 올려놓고 열면서 그녀를 힐끔 쳐다보았다. "월콕스 씨. 뉴욕주 카이로에서 오신 헬렌 애들레이드 월콕스, 맞으시죠?" 그는 발음을 틀렸다.

플로렌스는 고개를 끄덕였다. "케이로죠. 네."

"뭐, 좋습니다, 지난 며칠 동안 케이로 경찰국이 당신과 연락이 안 돼서 애를 먹었습니다."

"사고가 났었거든요." 그녀는 깁스를 들어 올렸다. "그때 휴대전화를 잃어버렸어요."

"무슨 일 때문인지 아십니까?"

"전혀요."

"당신의 집에서 시체 한 구가 발견됐습니다."

순간 현기증이 일면서 플로렌스는 생각했다. '헬렌?' 하지만 말이 되지 않았다.

"시체요." 그녀는 멍하니 말했다.

내시는 고개를 끄덕였다. "퇴비 더미에서요." 그가 서류 가방에서 파일 하나를 꺼내 확인했다. "약 일주일 전 일입니다." 그는 헛기침을 했다. "꽤 부패한 상태로, 이웃의 개한테 발견됐답니다."

"벤틀리요?"

"네?"

"시체를 발견한 개의 이름이 벤틀리인가요?"

매시는 얼굴을 찌푸렸다. "개 이름은 저도 모릅니다, 월콕스 씨."

"뭐, 그건 중요하지 않겠네요." 그녀는 멈칫했다가 물었다. "누구의 시체죠?"

"그래요, 자기 집에 시체가 있다는 말을 들으면 보통은 그걸 제일 먼저 묻죠. 시체를 발견한 개의 이름이 아니라." 그는 또 파일을 살폈다. "시체의 신원은 저넷 버드로 확인됐습니다." 그는 플로렌스를 힐

294

끔 쳐다보며 그녀의 반응을 지켜보았다. "아는 사람입니까?"

"아니요."

"아니라고요?" 그는 눈썹을 치켜세웠다. 단단하고 깡마른 그의 얼굴에 주근깨 낀 창백한 피부가 팽팽해졌다. 이마에는 살이 별로 없어 주름이 잡히지도 않았다. 저 얼굴로는 연민의 감정을 표현하기도 어렵겠구나, 하고 플로렌스는 생각했다.

"네."

매시는 고개를 끄덕였다. "미시시피주 잭슨의 레슬리 블랙퍼드가 말하기를, 올해 초에 두 사람이 저넷 버드에 관한 대화를 나눴다고 하던데요." 그는 무릎에 얹어놓은 서류 몇 장을 휙휙 넘겼다. "정확히 말하면 3월 1일에요. 기억 안 나십니까?"

플로렌스는 고개를 저었다. 레슬리 블랙퍼드라니, 전혀 모르는 사람이다.

"또 저넷 버드의 석방 수속 서류에 당신 번호가 비상 연락처로 올라 있습니다. 알지도 못하는 사람의 연락처를 올리다니, 정말 이상하지 않습니까?"

"석방이라뇨?"

"버드 씨는 올해 2월 24일 미시시피주 중앙 교도소에서 가석방됐습니다."

하필 그때 아미나가 김이 모락모락 나는 차 석 잔을 쟁반에 담아 가져왔다. 그녀가 테이블에 찻잔을 하나씩 조심스레 내려놓는 동안, 세 사람은 약속이라도 한 듯 입을 다물었다. 마지막 찻잔을 살짝 달그락거리며 내려놓은 뒤 아미나는 잰걸음으로 거실을 떠났다.

매시가 말을 이었다. "레슬리 블랙퍼드는 버드 씨의 보호관찰관입니다. 첫 면담 날 버드 씨가 나타나지 않은 모양이더군요. 며칠 후 블랙퍼드 씨는 버드 씨로부터 전화 메시지를 받았습니다, 당신 집의 유선전화 번호로 말이죠."

매시가 온 후로 쭉 플로렌스는 애써 차분한 미소를 띠고 있었지만, 이제 흔들리기 시작했다.

매시의 설명이 계속되었다. "그다음 날 블랙퍼드 씨가 당신에게 전화를 했습니다. 하지만 당신은 버드 씨를 보지도, 소식을 듣지도 못했다고 주장했죠. 미시시피주는 저넷 버드가 가석방 조건을 어겼다는 판단하에 3월 27일 그녀에 대한 체포 영장을 발부했습니다. 그 시점까지 버드 씨는 블랙퍼드 씨와의 면담을 세 번이나 빼먹었습니다. 여기 파일에는, 케이로 경찰국의 마이클 레도스키 형사가 당신 집에 찾아가 당신에게 버드 씨의 행방을 물었다고 되어 있군요. 당신은 버드 씨를 못 봤다고 주장했고요." 그는 플로렌스를 똑바로 쳐다보았다. "그런데 당신은 레슬리 블랙퍼드와의 대화가 기억 안 난다고 말씀하시는군요. 저넷 버드도 모르시고요. 당신 집에서 부패한 시신으로 발견된 여자를요."

플로렌스는 천천히 고개를 저었다. "무슨 말씀을 드려야 할지 모르겠어요." 적어도 이 말은 진실이었다.

이드리시는 몸을 앞으로 구부려 무릎에 팔꿈치를 괴고는, 앉은 후 처음으로 입을 열었다. "참 이상하군요. 그 짧은 시간 동안 불운한 일이 이렇게 많이 일어나다니."

플로렌스는 아무 말도 하지 않았다.

"제 영어가 짧아서 죄송합니다만, 그 단어가 맞습니까, 윌콕 씨? 차 사고에. 이번에는…… 집에 여자 시체까지. 이런 걸 불운이라고 합니까?"

플로렌스는 핏기 없는 얼굴로 속삭였다. "불운, 맞아요."

이드리시는 계속 그녀를 빤히 쳐다보고 있었다. 왠지 의심스러운데 퍼즐 조각을 맞출 수가 없는 것이다. 하긴, 모로코에서 일어난 차사고를 수천 킬로미터나 떨어진 곳의 시신과 어떻게 연결 짓겠는가? 그녀라면 절대 불가능할 일이었다.

그녀는 이드리시를 마주 쏘아보며, 동요하지 않은 것처럼 보이려 애썼다.

매시가 둘 사이의 긴장감을 끊어놓았다. "좋습니다." 그는 자세를 풀며 말했다. "저는 취조하러 여기 온 게 아닙니다. 전 경찰이 아니니까요. 하지만 미시시피주와 뉴욕주의 경찰은 당신과 얘기하고 싶어 안달인 것 같군요. 최대한 빨리 귀국하시는 게 좋을 겁니다. 가능하면 오늘요. 준비는 제가 도와드리겠습니다."

"전화로 얘기하면 안 될까요?"

"안 됩니다, 윌콕스 씨. 반드시 귀국하셔야 합니다."

"꼭 그래야 하나요? 내가 지금 구속된 상태인가요?"

"전 당신을 체포할 권한이 없습니다, 윌콕스 씨. 그저 강력한 권고를 드릴 뿐이죠."

"미국과 우리 나라 사이에는 범죄인 인도조약이 체결되어 있지 않습니다." 이드리시가 끼어들었다. "우리가 당신을 돌려보낼 책임은 없어요."

"맞습니다." 매시가 말했다. "그렇다곤 해도 계속 여기 머무는 건 좋은 생각이 아니에요. 윌콕스 씨, 당신은 살인 사건의 공식 용의잡니다. 귀국 및 수사 협조를 거부한다면 미국은 당신의 여권을 무효화할 수 있고, 그렇게 할 겁니다. 죽을 때까지 모로코 밖으로 나갈 수 없게 되는 거죠. 여기서 무슨 법이든 어길 경우, 이 친구한테 듣기로는……." 그는 이드리시를 가리켰다. "이미 어기신 것 같습니다만,

모로코 경찰이 언제든 당신을 고발할 수 있고 미국 대사관은 개입할 수 없습니다. 그리고 또 한 말씀 드리자면 윌콕스 씨, 모로코 교도소보다는 미국 교도소가 훨씬 더 쾌적하답니다."

이드리시는 씩 웃었다. "당신네 나라가 아주 좋아하는 전기의자보다는 모로코 교도소가 더 나은 것 같소만."

매시는 눈동자를 굴렸다.

"아니, 잠깐만요, 이건 말도 안 돼요." 플로렌스가 말했다. "난 아무도 안 죽였어요." 이 말을 뱉자마자 그녀는 사실이 아니라는 걸 깨달았다. 하지만 그들이 얘기하고 있는 건 차 사고가 아니었다. "난 2월, 아니 그 일이 언제 벌어졌든 그때 케이로에 있지도 않았다고요."

매시가 말했다. "납세 신고서에 따르면 당신은 2년 전 크레스트빌 로드 174번지의 집을 구매했고, 그 후로 줄곧 그곳을 실거주지로 등록해놨습니다."

플로렌스는 일어나서 창문으로 걸어갔다. 또 보슬보슬 비가 내리고 있었다.

젠장.

젠장, 젠장, 젠장.

모든 것이 그녀에게서 떠나가고 있었다. 그럼 그렇지, 어차피 이렇게 될 일이었다. 그녀가 평생 원했던 모든 것을 손에 쥐여주더니, 이제 다시 확 거두어가려는 이 세상의 장난질. 악수라도 하려는 듯 내밀었던 손을 막판에 빼버리는 세상.

그녀는 할 일을 전부 다 했다. 학창 시절 열심히 공부해서 장학금을 받았고, 누구 하나 격려해주는 사람이 없는데도 틈날 때마다 글을 썼고, 무의미한 직장에서 오래도록 일했다. 그러나 이 모든 노력으로 무엇 하나 얻지 못했다. 그런데 어맨다 링컨 같은 사람은 자기가 원하는 모든 것, 플로렌스도 원하는 그 모든 걸 아무런 노력 없이 가졌다. 고생 끝에 드디어 낙이 왔다고 생각한 것이 그토록 어리석은 짓이었을까?

그랬던 모양이다.

플로렌스는 한숨을 쉬었다. "사실은요." 그리고 돌아서며 말했다. "난 헬렌 윌콕스가 아니에요."

이드리시와 매시는 시선을 주고받았다.

"뭐라고요?" 매시가 물었다.

"난 헬렌 윌콕스가 아니라고요." 그녀는 파일을 가리키며 다시 말했다.

매시는 무릎에 엎어진 종이들을 정리하여 테이블에 살며시 올려놓았다. "윌콕스 씨, 이 모든 일을 벌이신 데에는 분명 수긍할 만한 이유가 있겠죠. 그냥 경찰한테 사실대로 얘기한 다음 원래 생활로 돌아가시면 됩니다. 원하시면 다시 모로코로 돌아와도 상관없어요."

"아니, 농담이 아니에요. 내 이름은 플로렌스 대로예요. 1993년에 플로리다주 데이토나비치에서 태어났어요. 한번 알아보세요. 헬렌은 내 고용주였어요. 하지만, 하지만 죽었어요. 그리고 내가 잠시 그녀 행세를 하고 있었죠. 그냥 장난으로."

"장난이라." 매시가 맥 빠진 목소리로 말했다.

이드리시가 끼어들었다. "닷새 전 병원에서 나한테 헬렌 윌콕스라고 말했잖습니까."

"음, 정확히 그런 건 아니죠. 경관님이 처음부터 나를 그렇게 불렀고, 내가 바로잡지 않았을 뿐."

이드리시는 한숨을 내쉬었다. "신용카드도, 운전면허증도, 여권도 헬렌 윌콕스 앞으로 되어 있습니다. 사고가 났던 차도 헬렌 윌콕스라는 이름으로 빌렸고. 이 집도……." 그는 주변으로 손을 휙휙 저었다. "헬렌 윌콕스라는 이름으로 예약되어 있어요." 그는 잠깐 말을 끊었다. "참, 여기 친구들이 있죠? 그 사람들은 당신을 뭐라고 부릅니까?"

플로렌스는 그를 노려보았다. "날 감시했나요?"

"무슨 이름으로 부르냐니까요?"

플로렌스는 두 손을 휙 쳐들었다. "헬렌요! 됐어요? 헬렌 윌콕스! 어떻게 보일지 나도 알아요, 안다고요. 하지만 맹세코, 그냥 헬렌인 척했을 뿐이에요."

매시가 말했다. "우리 입장에서 보면 어떨까요, 윌콕스 씨? 좀 더 그럴듯한 얘기가 될 겁니다. 물론 당신이 다쳐서 병원에 입원했을 때, 친구들에게, 그리고 법적 문서에 이름을 속였을 수도 있겠지만, 그냥 지금 상황이 곤란해지니까 거짓말을 하고 있다는 거죠."

"어떻게 들리든 상관없어요. 난 플로렌스 대로예요. 그게 사실이에요."

"좋습니다." 매시가 말했다. "그럼 신원을 증명해줄 만한 걸 보여주시겠습니까?"

"아무것도 없어요." 플로렌스는 어깨를 으쓱하고는 새된 웃음을 터뜨렸다. "미친 소리처럼 들리겠지만, 없어요. 사고가 났던 차 안에 전부 있었으니까요. 지금쯤은 아마 대서양 한가운데에 있을걸요."

"그렇군요." 매시는 천천히 말했다.

"내 지문을 확인해보면 안 되나요?"

"체포된 적 있습니까?"

"아니요."

"그러면 기록에 안 남아 있습니다."

플로렌스는 큰 소리로 한숨을 뱉었지만, 대답은 하지 않았다. 그들은 잠시 조용히 앉아 있었다.

"잠깐만요!" 플로렌스가 갑자기 말했다. "여기서 기다리세요." 그녀는 위층으로 뛰어 올라가 그녀 방의 화장대에 놓여 있는 여권을 집어서는 아래층으로 내려가 의기양양하게 매시에게 내밀었다. "봐요, 내가 아니잖아요. 자세히 보세요." 매시는 조심스레 여권을 펼쳐 사진을 보았다. 그런 다음 이드리시에게 여권을 건넸다. 두 사람은 사진을 면밀히 살피다가 플로렌스를 힐끔 쳐다보며 사진과 비교했다.

"잘 모르겠는데." 매시는 고개를 저으며 말했다.

"사진이 선명하지 않아서." 이드리시가 맞장구를 쳤다.

"코를 봐요."

"코 모양쯤은 바꿀 수 있죠." 매시가 말했다.

플로렌스는 여권을 잡아채서 사진을 보았다.

"누가 봐도 내가 아니잖아요." 그녀는 이렇게 말하면서도 확신이 점점 줄어드는 것을 느꼈다.

매시가 손을 내밀자 그녀는 여권을 다시 넘겼다. "나랑 전혀 안 닮았어요."

"뭐, 우선, 당신이 헬렌 윌콕스가 아니라면서 왜 헬렌 윌콕스의 여권을 갖고 있는지 도무지 이해가 안 되지만, 이 사진이 당신인지 아닌지 판단하는 건 제 일이 아닙니다. 아까 말씀드렸다시피 경찰이 해결할 사안이죠." 그는 여권을 재킷 안주머니에 집어넣었다.

"잠깐만요, 그걸 가져가면 어떡해요?" 플로렌스가 말했다. "돌려주세요."

"윌콕스 씨, 당신은 뉴욕주에서 일어난 살인 사건의 신문 대상자로 수배 중이므로 당신의 여권을 압수할 권한이 제게 있음을 알려드리는 바입니다. 대신, 미국행 비행기를 탈 수 있도록 임시 서류를 발급해드리죠. 다른 곳은 갈 수 없습니다. 공항에 마중 나온 제복 경찰이 신문을 위해 당신을 케이로 경찰국에 데려갈 겁니다. 다시 한 번 묻겠습니다. 요청에 응하실 의향이 있습니까?"

플로렌스는 대답하지 않았다. 눈앞의 테이블만 물끄러미 바라보았다.

마치 그녀의 대답을 듣기라도 한 것처럼 매시는 고개를 끄덕였다. "좋습니다, 만약 마음이 바뀌면 제 사무실로 전화 주십시오." 그는 테이블에 명함을 올려놓았다. "아니라면, 음, 말씀드렸다시피 당신에게 강요할 순 없습니다. 하지만 이 범죄가 해결되기 전까지 미국 정부는 당신에게 새 여권을 발급하지 않을 겁니다."

매시는 일어나서 파일을 서류 가방에 집어넣기 시작했다.

"이제 어떻게 되는 거죠?" 플로렌스는 그를 힘없이 올려다보며 물었다.

"그건 제 소관이 아닙니다." 매시가 말했다. "뉴욕의 집으로 돌아가십시오. 이게 제가 해드릴 수 있는 유일한 조언입니다. 따라주셨으면 좋겠군요."

그런 다음 그는 계단 밑에 놓여 있는 가방들을 가리켰다. "그리고 혹시 세맛을 떠날 계획이라면 소재를 제게 알리시는 편이 좋을 겁니다. 그래야 나중에 일이 더 수월해질 테니까요."

플로렌스는 그의 말을 못 들은 척하고 이드리시에게 물었다. "경관님은요?" 지금까지 그녀를 불안하게 만들기만 했던 그가 그녀 곁에 있어줬으면 하는 마음이 갑자기 들었다.

이드리시는 어깨를 으쓱했다. "저도 모르겠습니다, 윌콕스 씨." 그를 만난 후 처음으로 플로렌스는 그의 막막한 표정을 보았다.

38

　두 남자가 떠나자마자 플로렌스는 저넷 버드를 검색해보
았다. 2005년도《미시시피 클래리언 레저》에 실린 기사가 하나 나왔
다. 그 이름을 가진 열일곱 살 소녀가 미시시피주 힌스빌의 어느 모
텔 방에서 엘리스 웨이머스라는 남자를 죽인 혐의로 유죄 판결을
받았다. 기사에 따르면 그녀는 처음부터 밤새도록 친구와 함께 있었
다며 결백을 주장했지만, 알리바이는 그 친구가 진술을 바꾸면서 무
너졌다. 미성년자라서 신문에 이름이 언급되지 않았지만 플로렌스는
친구의 이름을 쉽게 짐작할 수 있었다. 헬렌 윌콕스.

　저넷 버드는 제니였다. 소설 속의 루비.

　그녀는 2월에 가석방되었다. 그다음엔? 15년을 감옥에서 썩은 후
옛 친구 헬렌을 찾아갔다? 그럴듯한 얘기였지만, 어쩌다 퇴비 더미
속에서 발견됐는지는 알 수 없는 일이었다. 헬렌은 이기적인 나르시
시스트이지만 살인을 저지를 사람은 절대 아니었다.

　플로렌스는 멈칫했다.

　정말 그럴까? 그레타조차 다혈질이라고 평할 만큼 종잡을 수 없
고 변덕스러운 헬렌에게 '절대'라는 말이 어울릴까?

　매시의 말로는 시체가 2월부터 쭉 크레스트빌 로드의 퇴비 더미
속에 있었다고 했다. 그러니까 플로렌스는 그 집에서 지내는 내내,

썩어가는 제니의 시신에서 불과 몇 미터 떨어진 곳에서 잠을 잔 것이다. 퇴비 더미 위로 바나나 껍질을 던진 적도 있었다.

또 그가 무슨 말을 했더라? 헬렌이 제니의 보호관찰관과 케이로 경찰에게 거짓말했다고 했다. 플로렌스는 헬렌의 차도에서 바지를 추키던 뚱뚱한 경찰과 그런 그를 쏘아보던 헬렌의 모습이 번뜩 떠올랐다. 그녀는 그 대화를 처음부터 끝까지 전부 지켜보았다.

플로렌스가 보기에는 두 가지 설명이 가능했다. 헬렌이 제니를 감싸고 있었거나, 아니면 오히려 제니를 죽였거나. 그렇다면 플로렌스는 몇 주 동안 살인자와 함께 살았던 것이 된다.

그녀는 랩톱을 탁 닫고 그 자리에서 움직이지 않았다. 무기력감에 짓눌려 꼼짝도 할 수 없었다. 아까까지만 해도 세맛을 얼른 떠나고 싶어 안달이었던 마음은 사라져버렸다. 지금은 그저 자고 싶었다. 망각 속으로 빠지고 싶었다.

하긴, 떠나고 싶어도 떠날 수 없었다. 여권이 없으니까. 그녀가 갖고 있는 신분증이라고는 헬렌의 운전면허증밖에 없는데 더는 그녀 행세를 할 수 없었다. 헬렌은 살인 혐의로 지명 수배된 사람이었다. 그녀가 플로렌스라는 사실을 증명해줄 것은 하나도 없었다. 그녀는 아무도 아니었다. 아무것도 아니었다.

그녀는 몸을 일으켜 다이닝룸에서 위스키를 가져왔다. 빈 찻잔에 술을 조금 따라 천천히 홀짝였다. 밖에서는 이파리들이 계속 빗방울을 뚝뚝 떨어뜨리고 있었다.

그녀가 플로렌스 대로라는 사실을 확인해줄 방법이 아주 없는 건 아니었다. 이런저런 사람들에게 연락할 수 있었다. 파헤치면 문서도 나올 터였다. 이런 생각을 하니 마음이 놓이기는커녕 절망감만 밀려들었다. 헬렌이 죽은 후엔 슬픔을 느끼지 못했지만, 헬렌이라는 신분을 잃은 상실감은 너무도 통렬했다.

게다가, 사고 후 그녀가 했던 모든 거짓말과 헬렌의 실종을 해명해야 하는 일도 남아 있었다. 누군가를 살해해서 퇴비 속에 묻는 짓은 저지르지 않았을지 몰라도, 누군가를 죽인 건 사실이었다. 설령 사고였다 해도. 그녀 역시 범죄자였다. 뉴욕이든 모로코든 어딘가의 누군가가 그녀에게 대가를 치르게 하리라. 확실하다. 이래야 플로렌스 대로의 인생이지. 그녀는 언제나 대가를 치렀다.

옛 신분으로 돌아가기 전에 헬렌의 전 재산을 플로렌스 대로 앞으로 넘길 수 있을까, 하는 생각이 잠깐 들었다. 하다못해 무기명 계좌라도. 방법이 있을까? 하지만 그랬다가는 절도죄로 걸릴지도 모른다. 신원 도용 정도가 아니라 그야말로 도둑질인 것이다.

어느새 아미나가 와서 저녁 식사를 하겠느냐고 물었다.

플로렌스는 고개를 저었다. 아미나가 몸을 돌려 나가려 하자 플로렌스가 그녀를 불렀다. "잠깐. 아미나, 혹시 내 이름을 알아요?"

"손님 이름요?"

"네, 내 이름요."

"윌콕스 씨 아니에요? 서류에 그렇게 적혀 있던데."

"맞아요. 서류에 그렇게 적혀 있죠." 플로렌스는 체념한 듯 한숨을 내쉬며 말했다. "아미나, 혹시…… 돌이킬 수 없을 정도로 많은 실수를 저질러본 적 있어요? 그런데 다시 돌아가고 싶은 생각도 별로 없고."

"돌아가다니…… 미국으로요?"

"아니요. 됐어요. 괜한 소리를 했네요. 죄송해요, 아미나."

"아미라." 늙은 여인은 자기 가슴을 톡톡 치며 말했다. "내 이름은 아미라예요."

"아미라요? 아미나인 줄 알았어요."

아미라는 어깨를 으쓱했다.

"죄송해요." 플로렌스는 부엌으로 돌아가는 아미라에게 말했다.

그녀는 한숨을 쉬었다. 아미라에게 뭘 기대했던 걸까? 해결책? 구원? 둘 중 하나를 원한다면, 스스로 찾아야 할 것이다.

그녀는 또 한 번 찻잔에 위스키를 조금 따랐다.

플로렌스는 눈을 번쩍 떴다. 누가 문을 쾅쾅 두드려대고 있었다. 그녀는 일어나 앉아 주위를 둘러보았다. 어두웠다. 거실 소파에서 잠이 들었다. 옆의 테이블에 거의 빈 위스키 병이 놓여 있었다. 시계를 보니 10시가 다 됐다.

"아끼나?" 그녀는 큰 소리로 불렀다. "아미라?"

답이 없었다. 집에 간 모양이었다.

플로렌스는 후들거리는 다리로 문까지 걸어가 소리쳤다.

"누구세요?"

"나예요!"

플로렌스는 얼굴을 찌푸렸다. "누구요?"

"메그예요!"

이제야 기억이 떠올랐다. 그날 아침 식사를 하기 전 플로렌스가 밤에 놀러 오라며 모두를 초대했었다. 옛날 옛적의 일처럼 느껴졌다. 그녀는 문을 빼꼼 열었다. 메그의 달덩이 같은 얼굴이 틈새를 가득 채우며 두 눈이 하나씩 차례로 나타났다.

"까먹었어요?" 메그가 쾌활하게 물었다.

플로렌스는 눈을 비비며 고개를 끄덕였다.

"그냥 갈까요?"

"아니, 괜찮아요, 들어와요." 그녀는 문을 활짝 열었다.

닉은 메그 뒤에 서서 미소 짓고 있다가 들어오며 플로렌스의 어깨에 팔을 둘렀다. 뒤이어 다른 사람들이 터덜터덜 걸어 들어왔다.

플로렌스는 그들을 데리고 뒤편 테라스로 나갔다. 폭풍우가 지나간 뒤 별들은 갓 씻은 듯 밝게 빛나고 있었다. 여섯 개들이 맥주를 들고 있던 메그가 캔 하나를 플로렌스 쪽으로 내밀었다. 그녀는 고개를 끄덕이며 받아 들었다.

그들은 테라스의 테이블에 둘러앉았다. 머지않아 이 사람들도 헬렌 윌콕스라는 살인 용의자가 모로코로 도망쳐 왔다는 소식을 듣겠지, 하고 플로렌스는 생각했다. 그들은 어떻게 생각할까? 닉은 살인자와 잤다는 걸 알면 충격을 받을까? 아니면, 같이 잤던 여자가 정체를 속였다는 사실을 그때쯤엔 알게 될까?

자기를 빤히 쳐다보는 시선을 느낀 닉이 빙긋 웃었다. "괜찮아요?"

그녀는 고개를 끄덕였다. "그냥 좀 피곤해서."

메그는 진실 게임을 하자고 했다.

한 사람씩 돌아가면서 자기가 한 번도 해본 적 없는 일을 말한다. 그 일을 해본 사람은 벌칙으로 술을 마셔야 한다. 플로렌스는 다른 사람들이 야유를 보내거나 민망한 표정을 지을 만한 일은 한 번도 하지 않았다. 스리섬을 해본 적도, 환각제를 먹어본 적도, 비행기에서 섹스를 해본 적도 없었다.

처음으로 그녀는 이 어중이떠중이 패거리와의 나이 차를 뼈저리게 실감했다. 그녀는 닉보다 겨우 두 살 많았지만, 게임이 진행되면서 헬렌의 나이에 더 가까운 느낌이 들기 시작했다. 스리섬이든 비행기 섹스든 무슨 의미가 있을까? 그런 짓을 하면서 전율을 느끼는 건가? 자랑거리라도 되는 건가?

다시 플로렌스 대로로 돌아간다 해도, 그런 시시한 인생으로 침몰할 생각은 전혀 없었다. 평범한 인생은 거부하리라. 설익은 닭고기처럼 돌려보내리라. 절대……

"이제 자기 차례." 닉이 그녀의 팔꿈치를 살며시 찔렀다.

"아, 미안. 음. 난 한 번도……" 사람들이 기대하는 표정으로 그녀를 보았다. "난 한 번도……" 시체에 바나나를 던진 적이 없다? 친구에게 약을 먹인 적이 없다? 내 고용주의 신원을 훔친 적이 없다?

그녀는 갑자기 자리에서 휙 일어났다. "난 빠질래요. 가서 술이나 더 가져올게요."

정적이 감돌았다. 그녀가 사람들의 흥을 깨놓았다.

39

플로렌스는 숙취에 시달리며 침대에서 몸을 굴렸다. 닉은 몇 시간 전 카이트보딩을 하러 나갔다. 그녀는 텅 빈 방을 둘러보았다. 그녀와 헬렌의 물건들은 여전히 여행 가방 속에 담긴 채 현관에 있었다. 헬렌의 옷을 꺼내기 위해 그녀는 일어나 아래층으로 터덜터덜 내려갔다.

거실을 살짝 들여다보았다. 티 없이 깨끗했다. 그들이 어젯밤 만들어놓은 난장판을 아미라가 깔끔하게 치워두었다.

현관 홀을 지나가던 플로렌스는 갑자기 얼어붙었다. 방금 틀림없이 헬렌을 보았다. 그녀는 고개를 돌렸다. 벽에 붙은 거울 속의 그녀 자신이었다. 그녀는 자신의 모습을 유심히 들여다보았다. 햇볕을 많이 쬔 머리칼은 금빛이 더 강해졌고, 폭풍우가 몰아친 뒤 습도가 낮아져서 머리가 덜 곱슬거렸다. 곁눈으로 보니 정말 헬렌을 본 듯한 착각에 빠질 만도 했다.

공항에서 헬렌의 여권을 사용해도 무사히 넘어갈 수 있겠구나 하는 생각이 들었다. 아직 그녀의 새 인생을 빼앗긴 게 아니라면.

"플로렌스." 그녀는 크고 건조한 목소리로 거울 속 여자에게 말했다.

바로 그때 인기척이 느껴졌다. 아미라가 부엌 문간에 서서 그녀를 지켜보고 있었다. 플로렌스는 어색하게 미소 지었다.

"안녕하세요." 그녀는 최대한 밝게 말했다.

"안녕하세요. 커피 드릴까요?"

"좋죠. 고마워요."

옷을 갈아입은 그녀는 어제 느꼈던 활력을 조금이라도 되찾으려 애썼다. 헬렌의 시신이 언제든 떠밀려 올 수 있다는 사실이 떠올랐지만, 전처럼 조급한 마음은 들지 않았다. 헬렌 행세를 그만두기로 결정한 순간 모든 죄를 용서받은 것 같은 기분이 들었다. 이득을 본 것이 없으니 악행을 저질렀다고 할 수도 없지 않은가. 게다가 헬렌의 시신이 나타난다면, 적어도 플로렌스가 제니를 살해하지 않았다는 사실은 밝혀질 것이다.

아니지, 그녀는 문득 이런 생각이 들었다. 아니다. 헬렌의 시신이 해변으로 떠밀려 오면 경찰은 어쩌다가 헬렌이 바다에 빠졌는지, 왜 플로렌스는 실종 신고를 하지 않았는지 의문을 품을 것이다. 플로렌스가 술을 마셨다는 사실이 증명되면, 설령 증명되지 않더라도, 그녀는 과실치사로 감옥행이다.

그녀는 망했다. 한마디로 요약하자면 이랬다. 플로렌스 대로는 망했고, 헬렌 월콕스는 망했다. 적어도 헬렌은 운 좋게 이미 죽었지만.

그녀는 소파로 푹 쓰러져 얼굴을 베개 더미에 묻고는 있는 힘껏 비명을 질렀다. 모로코에 오지 말았어야 했다. 아니, 더 전으로 거슬러 올라가, 헬렌 월콕스를 만나지 말았어야 했다.

머리를 마구 헝클어뜨린 채 일어나 앉았을 때 아미라가 그녀 앞의 테이블에 찻잔과 받침 접시를 내려놓고 있었다.

"고마워요." 그녀는 아무 일도 없었던 것처럼 말했다. 망가진 모습을 이 여자에게 들키지 않은 것처럼.

"Je vous en prie(별말씀을요)."

플로렌스는 뜨겁고 진한 커피를 홀짝이다가 손목 통증을 느끼기 시작했다.

제일 먼저 할 일은 모로코를 벗어나는 것이다. 헬렌에게 일어난 일을 설명해야 한다면, 미국에서 하는 편이 좋았다. 어쨌든 범죄인 인도조약은 양방 모두에게 적용된다. 모로코는 과실치사 재판에 그녀를 세우기 위한 목적으로 미국에 그녀의 인도를 강요할 수 없다.

그녀는 외국에서 분실한 여권을 대체할 방법을 검색해보았다. 수도인 라바트의 대사관이나 카사블랑카의 영사관으로 가야 하는 모양이었다. 새로 찍은 여권 사진, 옛 여권의 복사본, 운전면허증도 필요했다.

참 환상적이네. 그녀에게는 그중 아무것도 없었다. 그녀는 어느새 손가락 마디를 또다시 물어뜯고 있었다. 입에서 손을 떼고 테이블에 그대로 놓여 있는 댄 매시의 명함을 집었다. 명함을 유리잔에 몇 번 톡톡 치다가 마침내 일어났다.

플로렌스 대로의 인생으로 되돌아가는 길고도 불쾌한 여정을 떠날 시간이 왔다.

그녀는 부엌으로 가서 명함에 적힌 번호로 전화를 걸었다.

"매시입니다."

"안녕하세요, 매시 씨. 플로렌스 대로예요."

전화선 반대편에서 침묵이 흘렀다.

"어제 만났잖아요?" 그녀는 그의 기억을 되살리려 애썼다. "내 집에서."

"헬렌 윌콕스의 집을 방문한 건 분명히 기억합니다. 무슨 일이시죠, 윌콕스 씨?"

"대로예요." 플로렌스는 힘주어 말했다. "미국으로 돌아가고 싶어요. 그런데 여권이 없어요. 사진이 첨부된 신분증도 없고요."

"당신 여권은 저한테 있으니까요."

"아니요, 그건 헬렌 윌콕스의 여권이죠."

또 한 번의 침묵. 다시 입을 연 그는 자신의 말이 얼마나 논리적인지 뽐내려고 안달이 난 듯한 투로 말했다. "좋습니다, 당신 뜻대로 해드리죠. 이름을 다시 한번 말씀해주시겠습니까?"

"플로렌스. 플로렌스 마거릿 대로. 1993년 10월 9일, 플로리다주 데이토나비치에서 태어났어요."

"그리고 당신 이름이 적혀 있는 신분증은 없고요? 단 하나도?"

"그래요. 하지만 엄마 전화번호를 드릴게요. 엄마가 말해줄 거예요. 아니, 잠깐만요, 지금 여기 세맛에도 한 사람 있어요. 여섯 살 때부터 알고 지낸 고향 친군데, 내 신원을 증명해줄 수 있어요."

"음, 그래요. 하지만 지인의 확인을 신분 증명으로 인정할 수는 없습니다. 공문서 발급도요. 그 점 이해하시죠?"

"알아요, 알지만……."

"혹시 출생증명서나 사회보장 카드는 가지고 있습니까?"

"아니요." 둘 모두 신발 상자에 담긴 채, 헬렌의 집에서 그녀가 쓰던 벽장 속에 있었다. "하지만 어디서 찾을 수 있는지 알려드릴게요."

그는 한숨을 쉬었다. "좋습니다, 사무실 사람들과 얘기해서 방법을 찾아보겠습니다. 친구분의 진술서를 받을 수 있을지도 모르겠군요. 확신은 못 합니다. 솔직히 말씀드리자면 이런 경우는 저도 처음이라서요. 당신과 확실히 연락할 수 있는 번호가 어떻게 됩니까?"

플로렌스는 전화기 옆의 벽에 테이프로 붙어 있는 누런 종이에 적힌 번호를 재빨리 읽어주었다.

"좋아요, 거기 가만히 계십시오. 최대한 빨리 연락드릴 테니까."

"언제요?"

"오늘 안으로 가능하면 좋겠군요. 그럼……." 그는 그녀의 이름을 부르지 못하고 멈칫했다. "안녕히 계세요."

플로렌스는 전화를 끊자마자 거실에서 랩톱 컴퓨터를 가져왔다. 가만히 앉아 있을 생각은 전혀 없었다.

에이미가 휘트니와 함께 묵고 있다고 알려준 리아드 로터스의 번호를 검색해서 휘트니 칼슨을 바꿔달라고 부탁했다. 아침 9시 반이었다. 플로렌스는 그들이 아직 호텔 방에 있기를 빌었다. 그들이 아직 세맛에 있기를.

"여보세요?"

플로렌스는 안도의 한숨을 내쉬었다. "휘트니? 나 플로렌스야."

"플로렌스, 전화해줘서 정말 고마워! 그날 밤 일 때문에 많이 미안했거든. 어쩌다 그렇게 됐는지 모르겠어."

"괜찮아, 그 일은 걱정하지 마. 저기, 우리 둘이 얘기도 제대로 못나눈 것 같은데, 세맛에 언제까지 있을 예정이야?"

"내일까지."

"내일 떠나려고?"

"응, 아침에 버스를 타고 마라케시까지 간 다음 8시쯤 미국행 비행기를 탈 거야."

"그렇구나. 저기, 조금 이따 다시 전화할게, 괜찮지? 네 도움이 필요한 일이 있을지도 몰라."

"좋아. 말만 해."

"정말 고마워, 휘트니."

"무슨 문제라도 있는 거야, 플로렌스?"

"괜찮아. 아니, 괜찮을 거야." 그녀는 말을 잠시 끊었다가 다시 이었

313

다. "너랑 만나서 얼마나 기쁜지 몰라." 48시간 전만 해도 이런 말을 하게 될 줄은 꿈에도 몰랐다.

"나도 그래."

"한 가지 더. 뉴욕에 간 후로 네 전화나 이메일에 한 번도 답하지 않은 거 미안해. 그러지 말았어야 했는데, 미안해."

"괜찮아. 사이가 멀어지기도 하는 거지. 이해해."

전화를 끊고 난 후에도 플로렌스는 계속 전화기 앞에 서서 머리를 벽에 기댔다. 다음 통화가 두려웠다. 마침내 그녀는 수화기를 집어 들고, 유일하게 외우고 있는 번호로 전화를 걸었다.

전화를 받는 베라의 목소리가 잠겨 있었다. 플로렌스는 손목시계를 보았다. 플로리다주는 한밤중이었다.

"깨워서 미안해요, 엄마."

"플로렌스? 어떻게 된 거야? 지금 어딨어?"

"여행 중이에요."

"잠깐만."

이불이 바스락거리고 엄마가 침대 옆 스탠드를 켜는 소리가 들렸다. 그 방의 모습이 머릿속에 완벽하게 그려졌다. 분홍색 침대보, 벽에 붙어 있는 색 바랜 모네 그림 포스터들. 베라가 좀 더 평소처럼 돌아온 목소리로 다시 말했다.

"플로렌스? 괜찮니? 어디 다쳤어?"

"그런 거 아니에요."

"그런데 왜 한밤중에 전화한 거야?"

플로렌스는 대서양 건너편의 엄마 목소리에 냉기가 흐르는 걸 느꼈다. 예상치 못했던 일이었다. 마침내 딸의 연락을 받은 것에 감사하며 엄마가 무릎이라도 꿇을 줄 알았는데.

"뭐라고요?"

"다시는 날 안 보겠다더니 이젠 새벽 3시에 날 깨우는구나. 어느 쪽인지 마음을 정하렴, 딸아."

"내가 언제 엄마를 다시는 안 보겠다고 했어요? 몇 주 동안 해외에 나가 있을 거라고 했지. 엄만 항상 과장이 심해요."

"네가 분명 그렇게 말했잖아. 문자 메시지도 남아 있어."

플로렌스는 분노가 확 치밀었다. 지금껏 한 번도 엄마에게 뭔가를 부탁해본 적 없는 그녀가 처음으로 도움을 청하려는 이때, 엄마는 단 일 분도 참지 못하고 속 좁은 소리로 딸을 비난하고 있었다. 플로렌스는 수화기를 쾅 내리쳐 전화를 끊었다.

그녀는 싱크대로 가서, 데일 듯 뜨거운 물을 틀어놓고 그 밑에 두 손을 댔다. 깁스 밑으로 물이 스며들고, 축축해진 붕대 때문에 손목이 가렵기 시작했다. 그녀는 사납게 붕대를 할퀴어대다가 얼얼한 통증이 찾아오자 그제야 멈추었다.

잠시 후 플로렌스는 식탁에 앉아 전화기를 노려보았다. 매시의 전화를 기다리는 것 말고 달리 할 일이 있을까? 지금까지 그녀는 기괴한 림보*에 갇혀 있었다. 그녀는 플로렌스도 헬렌도 아니었다. 아무도 아니었다.

사실 그 안에는 약간의 자유도 있었다. 자아가 없으니 책임질 일도 없다.

그녀는 수화기를 다시 집어 들어 닉에게 전화했다. 그는 거의 바로 받았다.

"여보세요?"

● 가톨릭에서 말하는, 천국도 지옥도 연옥도 아닌, 죽은 자의 영혼이 머무는 곳.

"지금도 해변에 있어요?"

"네, 하지만 지금 끝내도 괜찮아요."

"여기로 와요."

망각이 유혹의 손짓을 보냈다.

40

플로렌스는 닉의 무릎에 머리를 기댄 채 소파에 누워 있었다. 그녀의 눈에는 커피테이블의 한쪽 모서리밖에 보이지 않았다. 테이블 위에는 마리화나 한 봉지와 찌그러진 피자맛 프링글스 통이 놓여 있었다. 10시였다. 몇 시간 전에 아미라가 저녁으로 차려준 구운 채소와 양고기를 짐승처럼 먹어치운 그들은 이제 배가 잔뜩 부르고 나른한 상태로 거실에 널브러져 있었다. 닉은 음정이 안 맞는 소리로 어떤 노래를 흥얼거렸다. 그들 맞은편의 소파에서 플로렌스에게는 낯선 한 여자가 리엄 위에 올라타 있었다. 메그는 휴대전화를 톡톡 두드렸다.

플로렌스는 억지로 일어나 앉았다. 닉은 이 틈을 타서 몸을 앞으로 숙이고 테이블 위로 담배를 말기 시작했다. 플로렌스는 뒤편 테라스로 나갔다. 몸이 오들오들 떨렸다. 폭풍우가 지나간 후 공기가 더 서늘해졌다. 그녀는 안락의자에 누워 하늘을 올려다보았다.

그날 오후 매시에게서는 연락이 오지 않았고, 대신 그레타가 몇 번이나 전화를 해왔다. 플로렌스는 아미라에게 그녀가 집에 없다고 전해달라고 부탁했다. 그레타에게 할 말이 떠오르지 않았다. 설령 약에 취해 있지 않다 해도, 헬렌이 죽었다고, 그녀가 헬렌의 신원을 훔치려다 실패했다고, 크레스트빌 로드의 집에서 시체가 발견됐다고 얘기할 준비가 되어 있지 않았다. 플로렌스는 그녀가 모드 딕슨으로 보낸 일주일에 대해 그레타가 영원히 모르기를 빌었다. 지금 생각해보면 지독히도 창피한 일이었다. 언젠가 그레타의 도움으로 책을 내고 싶은 욕심이 아직도 남아 있었다.

그녀는 부엌으로 들어가 냉장고에서 물병을 꺼내 단숨에 절반을 들이켰다. 마시고 피웠던 모든 것으로 인한 취기가 마침내 사라지기 시작했다.

그녀가 현관을 다시 지나갈 때, 메그가 문을 연 채 붙잡고 있었다.

"헬렌, 소개해줄 사람이 있어요." 메그는 그녀를 발견하더니 말했다. "이쪽은 플로렌스예요. 지금 막 왔어요."

메그는 문을 조금 더 당겼다. 그 뒤에서 금발의 여자가 불빛 속으로 걸어 들어왔다. 선홍색 원피스를 입은 그녀는 활짝 미소 짓고 있었다. 그녀는 플로렌스 쪽으로 한 손을 내밀었다. "안녕하세요, 당신이 헬렌이군요."

플로렌스는 돌처럼 굳었다. 분노와 욕망 같은 감정들은 시간의 속도를 높인다. 하지만 충격은 순식간에 세상을 멈춘다. 지나가는 순간들의 바깥에 새로운 시간 지대가 만들어진다. 그사이 우리의 마음은 지금까지 다녔던 신경 통로를 벗어나 새로운 통로를 열어젖힌다. 그녀는 아무 말도 하지 않았다. 그저 물끄러미 바라만 보고 있었다.

그녀 앞에 서 있는 사람은 일주일 전 차 사고로 죽은 헬렌 윌콕스였다.

41

"플로렌스랑 난 오늘 오후에 만났어요." 메그가 플로렌스에게 말했다. 그러고는 이제 습관이 되어버린 듯 플로렌스를 가리키며 헬렌에게 이렇게 소개했다. "헬렌은 작가예요."

"아, 그래요?" 헬렌은 눈썹을 치켜세우며 말했다. "멋지네요!"

플로렌스는 자기도 모르게 멍하니 고개를 끄덕였다.

"나도 항상 작가가 되고 싶었지만, 상상력이 없어서요. 아무것도 없는 상태에서 인물들을, 인생을 만들어내요? 그걸 어떻게 해요!" 헬렌은 가볍게 웃었다.

플로렌스는 마침내 목소리를 낼 수 있게 되었다. "여기서 뭐 하는 거죠?"

헬렌은 걱정스러운 척 이마를 찌푸렸다. "아, 정말 미안해요, 메그 말로는 내가 와도 괜찮을 거라고 해서. 싫으시다면 어쩔 수 없죠."

메그는 당황한 눈빛으로 플로렌스를 보다가 헬렌에게 힘주어 말했다. "물론 있어도 돼요. 사람이 많을수록 더 재밌잖아요."

"부엌으로 가시죠." 플로렌스가 말했다. "술 한 잔 줄게요."

"괜찮아요. 난 술 안 마시거든요."

"그럼 물이라도 마셔요." 그녀는 헬렌을 끌고 갈 것처럼 그녀의 위팔에 손을 얹었다.

헬렌이 의아한 표정으로 메그를 쳐다보자 메그는 플로렌스에게 물었다. "괜찮아요?"

"괜찮아요."

플로렌스는 헬렌이 이 상황을 즐기고 있다는 걸 깨달았다.

"그냥 다 같이 거실로 가요, 네?" 메그는 이렇게 말하며 헬렌의 팔을 끌었다. 플로렌스는 끈에 묶인 개처럼 느릿느릿 그들을 따라갔다.

메그는 나머지 사람들에게 헬렌을 (플로렌스로) 거창하게 소개했다. 바로 며칠 전 플로렌스를 소개했던 때처럼. 플로렌스는 닉을 바라보았다. 그는 에이미가 그녀를 불렀던 것과 똑같은 그 이름을 알아채고 기억할까? 하지만 그는 그저 고개를 끄덕이며 "반가워요"라고만 했다.

플로렌스는 소파에 뻣뻣하게 앉았다. 헬렌은 안락의자에 편하게 앉아 담배에 불을 붙였다. 그녀는 더없이 느긋해 보였다. 마지막으로 봤을 때보다 더 타긴 했지만, 그 외에는 변한 것이 없었다. 멍 자국도, 베인 상처도, 부러진 뼈도 없었다.

플로렌스는 헬렌의 예민한 성격에 맞춰주며 조심조심 눈치를 보던 예전의 역할로 억지로 끌려가는 듯한 기분이었다. 헬렌이 게임을 원한다면, 좋아, 장단을 맞춰주지, 하고 그녀는 생각했다.

"어디서 왔어요?" 그녀가 헬렌에게 물었다.

"플로리다주요." 헬렌은 빙긋 웃으며 답했다.

"플로리다주 어디요?"

"포트 오렌지."

"처음 들어보는데."

"그럴 만도 하죠. 별 볼 일 없는 데니까."

"괜찮아요. 별 볼 일 있으면 또 뭐 하겠어요."

헬렌은 재미있다는 듯 빙긋 웃었다. 플로렌스는 그녀의 눈빛에서 또 다른 무언가를 본 것 같았다. 놀라움일까. 플로렌스는 통쾌한 마음에 자기도 모르게 얼굴을 붉혔다.

"여행한 지는 오래됐나요?" 플로렌스가 말을 이었다.

"아, 일주일 정도 됐어요."

"어디? 여기 모로코만 다녔나요?"

"모로코는 조금요. 최근엔 라바트에 있었죠."

"거긴 무슨 일로?"

"볼일이 좀 있어서요."

"어느 계통에서 일하죠?"

"제조업요."

"뭘 만드는데요?"

"주로 톱니를 만들죠."

플로렌스는 웃기 시작했다. "톱니." 그저 웃음밖에 나오지 않았다. "아마도 보트에 쓰는 톱니겠죠?"

"아, 항해용 선박은 전부 다 취급한답니다."

어느새 나머지 사람들도 둘의 말장난을 흥미롭게 지켜보고 있었다. 마치 테니스 경기를 구경하는 관중처럼 그들의 고개가 두 사람 사이를 왔다 갔다 했다.

"둘이 서로 아는 사이에요?" 메그는 천천히 물었다.

"설마요, 아니에요." 헬렌이 말했다.

플로렌스는 여전히 미소 띤 얼굴로 고개만 내저었다.

그 후 몇 시간은 평범한 파티처럼 흘러갔다. 헬렌과 플로렌스에 대한 패거리의 관심은 사그라졌다. 다들 점점 더 취기가 올랐다. 하지만 플로렌스는 단 한 방울도 입에 대지 않았고, 헬렌은 담배만 계속 피워댔다. 마치 다른 사람들은 그림의 배경으로 물러나며 점차 희미해지는데, 두 사람은 서서히 그림의 전면으로 나오며 점점 더 선명해지는 것 같았다.

마침내 자정 즈음 나머지 사람들이 마리화나를 나누어 피운 뒤 다 같이 멍해져 있자, 헬렌은 일어나 플로렌스에게 손을 내밀었다. "갈까요?" 세상에서 가장 당연한 일인 듯 그렇게 물었다.

플로렌스는 고개를 끄덕이고 헬렌의 손을 잡았다. 깜짝 놀랄 만큼 심하게 몸서리가 쳐졌다. 꼭 유령을 만지는 것 같았다.

42

헬렌은 위층 첫 번째 방으로 플로렌스를 데려갔다. 원래는 헬렌의 방이었지만, 지금은 온통 플로렌스의 흔적이 묻어 있었다.

"편하게 잘 지내고 있는 것 같네요?" 헬렌은 방을 둘러보며 물었다.

플로렌스는 얼굴을 붉혔다. 마치 헬렌의 속옷을 입어보다가 들킨 것 같은 기분이었다. 아닌 게 아니라 지금 그녀는 헬렌의 속옷을 입고 있었다.

"작가님이 죽은 줄 알았어요." 그녀는 변명하듯 말했다.

잠깐 정적이 흐르는 사이, 아래층에서 한바탕 웃음이 터졌다.

"그래서 무척 속상했나 봐요."

"작가님, 대체 이게 다 무슨 일이에요?"

"앉아요." 헬렌은 침대를 가리키며 명령했다.

플로렌스는 그녀가 시키는 대로 했다.

"난 라바트에 가야 했어요." 헬렌이 말했다.

"그냥 사라졌잖아요. 난 작가님이 죽은 줄 알았어요. 왜 나한테 말 안 했어요?"

"말할 수 없었어요. 당신한테 폐를 끼치면 안 되니까."

플로렌스는 짜증스럽게 숨을 후우 뱉었다. 헬렌이 제멋대로 정한 속도에 맞춰 찔끔찔끔 흘려주는 정보를 기다리고만 있기는 싫었다.

더 이상 그녀에게 놀아나기 싫었다. "저넷 버드 때문인가요?"

헬렌은 두 눈을 가늘게 떴다. "그 이름은 어디서 들었어요?"

"어제 대사관 사람이 여기 찾아왔어요. 저넷 버드가 죽었다더군요. 작가님 집의 퇴비 더미 속에 묻혀 있었대요. 작가님이 그 여자를 죽였다고 생각하던데요. 아니, 그게 아니라, 제가 범인으로 몰리고 있어요. 그 사람들은 내가 헬렌 윌콕스인 줄 아니까."

"그건 왜일까?" 헬렌은 손짓으로 방을 쭉 훑으며 물었다.

"그래요, 제가 작가님인 척한 건 맞아요. 그 말을 듣고 싶으셨나요? 제 생각엔, 작가님이 저지른 짓에 비하면 애교 수준 같거든요."

헬렌은 한쪽 눈썹을 치켜세웠지만 아무 말도 하지 않았다.

"저넷 버드를, 제니를 죽였어요?"

"복잡해요."

"살인자거나 아니거나 둘 중 하나겠죠."

헬렌은 침대로 와서 플로렌스 옆에 앉았다. "무슨 일이 있었는지 말해줄게요, 됐죠? 잠깐만…… 기다려요." 그녀는 주머니에서 담뱃갑을 꺼내어 한 개비에 불을 붙였다. 플로렌스는 그녀의 손이 살짝 떨리는 걸 알아챘다.

"제니는 올해 초에 감옥에서 나왔어요. 연락을 끊은 상태라 걔가 집 앞에 나타나기 전까지는 전혀 모르고 있었죠. 그날 밤 7시나 8시쯤, 눈보라가 거세게 휘몰아치고 있었어요. 나는 아래층 난롯가에서 책을 읽고 있었는데, 차도로 들어오는 전조등 불빛이 보이더군요. 당신도 거기 살아봤으니 알겠지만, 찾아오는 사람도 없고 길을 잘못 들어서 거기까지 오는 것도 거의 불가능해요. 그래서 난 총을 가지러 위층으로 올라갔죠……"

"총이 있어요?"

"당연히 있죠. 순진해빠졌거나 멍청한 여자들이나 총 하나 없이 숲속에 혼자 살지. 어쨌거나, 다시 내려갔더니 택시 한 대가 들어오고 있더군요. 내가 알기로 살인범이나 강간범이 택시를 타고 피해자를 찾아오는 경우는 거의 없어요. 그래서 총을 내리고 문으로 갔죠. 그리고 거기 그 애가 있는 거예요. 세상에. 처음엔 알아보지도 못했어요. 참 아름다운 아이였거든요, 플로렌스. 아름다웠다고요. 힌스빌의 모든 남자애들이 집착할 정도로. 어른들까지. 다친 짐승처럼 제니를 졸졸 따라다니는 선생도 있었어요. 하지만 내 앞에 나타난 그 사람한테 아름다움 같은 건 눈곱만큼도 없었어요. 필로폰 중독자 같은 꼴을 하고서는. 지저분하게 기른 머리는 하얗게 셌고, 이도 몇 개나 빠지고. 나랑 동갑인데 예순 살처럼 보이더라니까." 그녀는 멈칫하더니, "동갑이었지"라고 과거형으로 말했다. "제니가 날 부둥켜안는데, 그 냄새가 얼마나 지독하던지 말도 못 해요. 꼭…… 고양이 땀 같은 냄새랄까. 하지만 내가 뭘 어쩌겠어요? 나도 안아주는 수밖에. 그러고는 집 안으로 들였어요. 가장 오랜 친구니까. 부엌으로 데려가서 커피를 두 잔 따랐죠. 그런 다음 같이 앉았어요. 불편하더군요. 열일곱 살 때 마지막으로 봤고, 이제 우리 사이에 공통점이라곤 하나도 없었어요. 단 하나도. 제니는 신경질적으로 손을 할퀴는 버릇이 있어서 그런지 손톱 근처 피부가 다 닳아 없어졌더라고요. 강철 수세미로 문지른 것처럼. 그러다가 개가 냉장고 위에 얹어져 있는 버번을 힐끔거리기에 조금 마시자고 했죠. 우리 둘 다 커피에 버번을 조금 섞었는데, 그러고 나서는 분위기가 좀 풀렸어요. 제니가 말을 하기 시작하더군요. 오로지 내 덕분에 감옥에서 버틸 수 있었다고. 내 덕분에. 내가 왜 그런 짓을 했는지 이해한다고. 나를 용서했다고. 우린 자매라고. 처음부터 쭉 그랬고 앞으로도 그럴 거라고."

"작가님의 뭘 용서해요?"

"응?"

"제니가 작가님을 용서한다고 했다면서요."

"아. 그거. 내가 걔 알리바이를 망가뜨렸거든. 살인한 날 밤에 나랑 같이 있었다고 말해도 되겠느냐고 묻기에 그러라고 했죠. 그런데 아빠가 그게 얼마나 끔찍한 생각인지 설명해줬어요. 천만다행이지. 아니, 난 위증죄가 뭔지도 몰랐거든. 선생한테 거짓말하는 거나 경찰한테 거짓말하는 거나 똑같은 줄 알았지. 그래서 난 경찰한테 다시 가서 사실대로 말했어요. 그날 밤 같이 있긴 했지만, 제니는 11시쯤에 그 남자, 엘리스랑 같이 떠났다고." 헬렌은 잠시 말을 끊었다. "그렇게 제니의 주장은 무너지고 말았죠."

헬렌은 담배를 또 한 모금 빤 다음 말을 이었다. "제니는 술에 취하면서 점점 흥분하기 시작했어요. 거의 조증 환자처럼. 부엌을 이리저리 돌아다니면서 유리잔과 꽃병을 들고 얼마냐고 묻지를 않나, 수납장을 열었다가 쾅 닫지를 않나. 그러다가 성질을 내더니 갑자기 이러는 거예요, 자기가 감옥에 간 건 전부 내 탓이라고. 그리고 지금까지 내가 자기 이야기로 부자가 됐다고."

"제니도 소설에 대해서 알았어요?"

"그래요, 책이 교도소까지 들어가서 사람들이 떠들어댔나 봐요. 내용을 듣자마자 제니는 자기 이야기라는 걸 알았죠. 내가 자기 인생을 훔쳤다나." 헬렌은 눈동자를 굴렸다.

"뭐, 맞는 말 아닌가요?"

"대작가들은 모두 도둑이잖아요. 도스토옙스키. 셰익스피어. 전부다. 그리고 어쨌거나 그건 '우리' 이야기였어요. 처음부터."

"그래서 어떻게 됐죠?"

"제니가 미친 소리를 하기 시작했어요. 책으로 번 돈을 달라더군요, 자기 돈이라면서. 몇 시간이나 계속됐어요. 악을 쓰고, 고함을 지르고, 눈물을 흘리고. 새벽 4시쯤에야 겨우겨우 별채에 데려가서 재웠죠. 다음 날은 우리 둘 다 늦잠을 잤고, 꽤 즐거운 시간을 보냈어요. 산책도 하고, 대화도 나누고, 내가 만든 점심을 같이 먹고. 그러다가 내가 제니한테 미시시피로 돌아가는 게 좋겠다고 말했어요. 가석방 규정을 위반하는 건 실수라고. 다시 자립할 수 있게 도와주겠다고까지 했어요. 하지만 걔는…… 흠, 갑자기 폭발하더니 나한테 덤벼들더군요."

"덤벼들다니요?"

"조리대 위에 있는 나무 칼꽂이에서 칼을 뽑아 들고 나한테 돌진한 거예요. 난 순간 당황해서 본능적으로 움직였죠. 냄비를 움켜쥐고 있는 힘껏 제니를 때렸어요. 이렇게 우스꽝스러운 얘기 들어본 적 있어요? 무슨 만화의 한 장면 같지 않아요? 난 걔가 사시가 돼서 멍하니 앉아 있을 줄 알았다니까요. 머리 주위로 별들이 빙글빙글 돌고. 하지만 아니었어요. 걘 그냥 뻗어버렸어요. 죽어서."

"맙소사."

헬렌은 아무 말도 하지 않았다.

"그다음엔 어떻게 됐어요?"

"난 공황 상태에 빠졌어요. 당신도 이해할 거예요. 무슨 일이 벌어질지 뻔하잖아요. 사람들은 내가 누군지 알게 되겠죠. 내가 그 소설을 썼다는 사실도. 매스컴이 어떻게 나왔겠어요? 생각만 해도 끔찍해. 아주 천박한 얘기나 떠들어대겠죠. 그렇게 생각하니 견딜 수가 없었어요."

"작가님." 플로렌스는 기가 막혀 헬렌에게 물었다. "모드 딕슨의 정체를 끝까지 숨기려고 제니를 죽였다는 거예요?"

"아니." 헬렌은 눈을 가늘게 뜨며 말했다. "그건 정당방위였어요. 모드 딕슨의 정체를 숨기려고 걔를 묻었고. 내 말은, 사체가 어떻게 되든 무슨 상관이에요? 걔한테는 달라질 게 하나도 없는데." 플로렌스는 헬렌이 죽었다고 생각했을 때 자기도 똑같은 논리로 스스로를 설득했던 기억이 떠올랐다. 그녀의 속내를 읽기라도 한 듯 헬렌이 말했다. "내가 죽은 줄 알았을 때 내 시체에 대해 누구한테라도 말했어요?"

"그건 경우가 다르죠." 플로렌스는 자신 없게 답했다.

"전혀 다르지 않아요. 어쨌든, 모든 일이 너무 삽시간에 벌어졌어요. 이성적인 판단을 내린 것 같진 않아요. 아드레날린이 솟구쳤고, 내 집에서 시체가 발견되면 안 된다는 생각밖에 없었으니까. 난 조사받기도 싫고 신문받기도 싫었어요. 당신도 알다시피 난 세상에 노출되는 걸 싫어하는 사람이잖아요."

그것이 시신을 묻을 마땅한 이유라도 된다는 듯, 플로렌스는 자기도 모르게 고개를 끄덕였다.

"그래서 제니를 퇴비 더미 속에 묻었나요?"

"뭐, 2월이었잖아요. 눈보라까지 치고! 땅이 얼마나 딱딱했는지 알아요? 퇴비 더미야말로 사체를 처리하기에 최적의 장소예요. 소 한 마리가 여섯 달도 안 지나서 분해돼버리죠. 이빨이고 뼈고 전부 다. 농장에서 자라면서 배운 유용한 정보랄까."

플로렌스는 헬렌이 여덟 살에 닭 머리 자르는 법을 배웠다고 말했던 것이 기억났다. 거짓말이 아닌 모양이었다.

헬렌의 말이 이어졌다. "물론 그다음 날 아침, 내가 어마어마한 실수를 저질렀다는 걸 깨달았어요. 하지만 이미 경찰을 부르기엔 늦어버렸죠. 뭐, 퇴비 더미에서 시체를 끌어내고, 퇴비를 털어낸 다음 부엌 바닥에 다시 눕혀놓겠어요? 빌어먹을 시체를 묻어놓고 정당방위를 주장하기는 좀 그렇잖아요."

플로렌스는 아무 말도 하지 않았다. 음식 찌꺼기들과 흙과 나뭇조각들을 삽으로 퍼서 가장 오랜 친구의 시신을 덮으려 애쓰는 헬렌의 모습을 상상해보았다. 왠지 실제로 일어난 일 같지 않았다. 헬렌이 지어낸 이야기 같았다.

"그래서 도망갈 생각을 하기 시작했죠." 헬렌이 말했다.

"도망요?"

"그냥 헬렌 윌콕스를 버리는 거예요. 헬렌 윌콕스의 인생에서 떠나는 거죠. 어차피 변화를 준비하고 있기도 했어요. 글을 못 쓴 지한참이나 됐으니까. 당신도 새 작품을 읽어봤으니, 《미시시피 폭스트롯》보다 못하다는 걸 알고 있잖아요."

플로렌스는 어깨를 으쓱했다. 폴 볼스의 책에서 발견한 사실을 말할까 했지만, 헬렌의 이야기를 방해하고 싶지 않았다.

"처음엔 그냥 사고 실험 같은 거였어요. 나 자신과 하는 게임. 어떻게 사라질까? 어디로 갈까? 새로운 신원을 어떻게 손에 넣을까? 모드 딕슨이라는 이름으로 계속 책을 낼 수 있을까? 인세는 어떻게 받지? 그레타에게 말해야 할까?

모로코를 선택한 건 범죄인 인도조약이 체결되지 않은 곳이라서였어요. 살기에도 좋은 곳 같더라고요. 어쨌든 북한보다는 낫잖아요. 날씨도 좋고, 문화도 좋고, 음식도 좋고, 외국인도 많고. 그뿐 아니라, 가명으로도 쉽게 살아갈 수 있을 만큼 부정부패가 심하기도 하죠. 이 모든 걸 그저 생각만 하고 있었는데 그 전화가 온 거예요."

"제니의 보호관찰관한테서요?"

헬렌은 고개를 끄덕였다. "3월 초에 그 여자가 나한테 전화를 했어요. 첫 면담일에 제니가 안 나왔다면서 소식을 못 들었느냐고. 난 못 들었다고 했죠. 그랬더니 그 여자가 '참 이상하네요'라더군요. 제니에게서 음성 메시지를 받았는데, 내 집의 번호였다는 거죠." 헬렌은 고개를 저었다. "내가 미쳐. 얼마나 멍청한 짓이에요? 다른 주의 유선전화로 보호관찰관한테 전화를 하다니."

"그래서 그 보호관찰관이 현지 경찰을 보냈군요?"

"그것도 알아요? 하긴, 당신도 그때 거기 있었으니까. 맞아요, 제니에 대한 체포 영장이 발부된 후에 경찰이 나타났어요. 그때까지 제니는 면담을 몇 번 빼먹었죠. 경찰은 내가 도망자를 숨겨주고 있다고 생각했을 거예요. 하지만 영장이 없다기에 내가 그만 가라고 했어요. 그게 실수였어요. 나중에야 깨달았지만. 그가 영장을 갖고 돌아오면 집을 완전히 헤집어놓을 거 아니에요. 뒤뜰, 어쩌면 퇴비 더미까지. 그냥 경찰한테 협조하고 순순히 집을 보여줬어야 했는데. 하지만 난 그러지 않았죠. 그때 깨달은 거예요, 이제 정말 도망을 위한 작업에 착수할 때가 왔구나. 기억나요? 바로 다음 날 내가 모로코에 가자고 했잖아요. 만약에 경찰이 또 온다면 그땐 새로운 신분을 준비해서 외국에 나가 있고 싶었어요. 그리고 경찰이 시신을 발견하면 계획에 시동을 거는 거죠. 헬렌 윌콕스를 버리고 다른 사람이 되는 거예요."

플로렌스는 고개를 저었다. 그래도 이해가 안 되는 게 있었다. "그런데 저는 왜 데리고 왔어요?"

"솔직히 말해요? 무서워서요. 나 혼자 해낼 자신이 없었어요." 플로렌스는 헬렌의 얼굴을 가만히 바라보았다. 속에서 따스한 연민이 솟아올랐다. 그녀는 그 감정을 억눌렀다. "헛소리 말아요."

헬렌은 작게 웃었다. "알았어요, 알았어. 내 실종 신고를 해줄 사람이 필요했어요. 흔적도 없이 그냥 사라져버리면 안 되니까. 그랬다가는 내가 도망간 거라 생각하고 경찰이 날 찾으러 다니겠죠. 내 죽음을 당신이 진심으로 믿어야 했어요. 그게 당신을 위해서도 좋고요. 당신을 공범자로 만들긴 싫었어요. 아무것도 모르는 게 당신한테는 알리바이가 되는 거예요."

플로렌스는 돌연 침대에서 일어났다. 잃어버린 퍼즐 조각이 마침내 제자리를 찾았다.

"작가님이 그 사고를 계획했군요? 난 죽을 뻔했다고요!"

"플로렌스, 아니에요, 차 사고는 내가 계획한 게 아니에요! 내가 당신한테 그런 짓을 할 리 없잖아요. 내 계획은 배를 한 척 빌리고 바다로 멀리 나가서 수영하다가 그곳에서 사라지는 거였어요. 차 사고는 말 그대로 사고였어요. 맹세코. 하지만 기회가 생겼으니 그걸 잡은 것뿐이죠."

"기회를 잡다니, 그게 무슨 뜻이에요? 차 안에 있기는 했어요? 당신 멍 자국은 어디 있어요? 부러진 뼈는요?" 플로렌스는 헬렌의 얼굴로 깁스를 들이밀었다.

"나도 모르겠어요, 플로렌스." 헬렌은 차분하게 말했다. "그저 운이 좋았던 거예요. 모든 일이 너무 순식간이었어요. 난 차 밖으로 나가서 헤엄쳐 절벽 밑의 해변으로 갔죠. 우리는 절벽이 솟기 시작하는 지점과 아주 가까운 곳에서 추락했어요. 그래서 바닷물까지 3미터 정도밖에 안 됐죠. 해안에서 그 어부가 당신을 구하는 걸 봤어요. 천만다행이었죠. 나는 옷이 마를 때까지 기다렸다가 차를 얻어 타고 버스 터미널로 갔어요. 마라케시에서 우리가 묵었던 리아드에 현금을 많이 숨겨놨었거든요. 그 돈을 찾아서 라바트로 갔죠. 거기서 새

신분증을 받기로 준비가 되어 있었어요."

헬렌은 마치 라자냐 만드는 법을 알려주듯 무심한 투로 이 모든 일을 설명하고 있었다. 마치, 이해를 못 하면 플로렌스가 바보라는 듯이. 어쩌면 그녀는 정말 바보일지도 모른다. 헬렌의 이야기를 이해할 수 없었다. 전혀. 사실 조각들이 하나의 설득력 있는 서사로 응집되지 못하고 있었다.

"그런데 왜 돌아왔어요?"

"사고 며칠 후에 라바트의 한 카페에 앉아 있다가 우연히 옆 사람이 읽는 신문을 힐끔 봤는데 거기에 헬렌 윌콕스, 내 이름이 있더군요. 무슨 기사냐고 그 사람한테 물었죠. 그제야 무슨 일이 일어난 건지 알았어요. 당신이 내 행세를 하는 거였죠. 아니면, 뭐, 당신이 머리를 다쳐서 자기가 정말 헬렌 윌콕스라고 생각하고 있는지도 몰랐고. 그런데 당신은 자기가 어떤 상황에 처하게 될지 전혀 모르고 있었죠. 경찰이 당신을 뒤쫓을 게 뻔했어요. 제니 때문에. 내가 남겨두고 온 난장판 때문에."

플로렌스는 다리가 풀릴 것만 같아 다시 헬렌 옆에 앉았다. 잠시 그들 사이에 침묵이 흘렀다.

"저기." 헬렌이 마침내 입을 열었다. "머릿속이 많이 복잡한 거 알아요. 화도 나겠죠. 당연해요. 하지만 난 어디서나 당신을 안전하게 지켜주려고 최선을 다했어요. 당신을 보호하려고 이렇게 돌아왔잖아요. 당신에게 해가 될 일은 한 번도 생각해본 적이 없어요."

헬렌의 목소리에서 낯선 어조가 느껴졌다. 간절한 애원. 플로렌스는 자신이 엄청난 힘을 쥐고 있다는 사실을 갑자기 깨달았다. 마음만 먹으면 헬렌을 넘길 수도 있었다. 지금 당장 경찰에 신고할 수 있었다. 진짜 헬렌 윌콕스를 소개하면 이드리시 경관과 댄 매시가 어떤 표정을 지을지 보고 싶었다.

하지만 그다음엔? 집도 직업도 돈도 없는 미국으로 돌아가는 수밖에 없었다. 자신이 모드 딕슨을 감옥에 보내버린 사실을 가슴에 품은 채.

플로렌스는 두 손에 머리를 묻었다.

"피곤하죠." 헬렌이 말했다. "좀 쉬어요. 얘기는 내일 아침에 더 해요."

플로렌스는 고개를 끄덕이고는 조금 망설이며 말했다. "작가님 방에서 내 물건 챙겨 나갈게요."

"괜찮아요. 이 방 써요. 내가 딴 방으로 갈 테니까."

"괜찮으시겠어요?"

"그럼요." 문 앞에서 헬렌은 능글맞은 미소를 지으며 플로렌스를 돌아보았다. "내가 라바트에서 그 신문 기사를 봤을 때 제일 처음 든 생각이 뭐였는지 알아요?"

"뭔데요?"

"'잘됐다'였어요. 그런 일을 해내다니, 당신이 대단하다 싶었죠. 조수한테 신원을 도둑맞은 사람이 으레 보일 만한 반응은 아니지만, 당신도 알다시피 난 군중심리를 따르는 인간이 아니잖아요."

플로렌스는 지친 표정으로 미소 지었다. "최고의 멘토를 둔 덕분인 것 같네요."

"그건 부인할 수 없죠. 나라고 실수를 안 하는 건 아니지만. 당신이 플로렌스 대로라는 걸 아는 사람이 여기 아무도 없죠?"

"음…… 지금 만나는 남자한테는 조금 말했어요."

"헬렌 윌콕스한테 남자친구가 있어요?" 헬렌은 재미있다는 듯 물었다.

"그 비슷한 거예요. 닉이라는 남자. 레게 머리요."

헬렌은 얼굴을 찡그렸다. "남자 취향에 대해서 내가 한 수 가르쳐 줘야겠네."

플로렌스는 웃었다. "착한 남자예요."

"따분한 남자를 좋게 말해서 착하다고 하죠."

좀 더 온화한 말투로 헬렌이 덧붙였다. "저기, 농담은 다 집어치우고 진지하게 말하자면, 나 때문에 당신이 많이 힘든 거 알아요. 막막한 기분이 든다면 그것 또한 이해해요. 그저 우리가 같은 편이라는 사실만 명심해줬으면 좋겠어요. 여전히 내 계획은 이대로 사라지는 거지만, 당신한테 피해가 안 가게 할 거예요. 그리고 보답도 잊지 않을 거고요. 됐죠?" 그녀는 플로렌스의 눈을 가만히 바라보았다.

플로렌스는 고개를 끄덕였다. "알았어요."

"좋아요." 헬렌이 방을 슬쩍 빠져나가며 문을 닫자, 찰칵하는 소리가 상쾌하게 울렸다.

✳

플로렌스는 자다 깨다 하며 깊은 잠을 이루지 못했다. 아래층의 음악 소리 때문에 깨어났다가, 헬렌이 돌아왔다는 사실이 기억나면 머릿속에서 온갖 의문들이 휘몰아치기 시작했다. 헬렌에게 물었어야 했지만 묻지 않은 것들.

어느 순간 방 안에서 인기척이 느껴졌다. 플로렌스는 일어나 앉았다. 헬렌이 몇 발 떨어진 곳에 서서 그녀를 지켜보고 있었다. 달빛 한 줄기가 그녀 몸의 절반을 비추었다.

"작가님? 괜찮아요?"

"잠이 안 와서. 당신도 깨어 있을 줄 알고. 아니, 신경 쓰지 말아요.

늦었어."

"괜찮아요." 플로렌스는 몸을 더 일으켜 세웠다. "이리 와서 앉으세요."

"아니, 됐어요. 자요." 헬렌은 방에서 나갔다.

몇 분 후 플로렌스는 혹시 꿈을 꾼 건가 싶었다.

그러다가 그녀는 다시 깨어났다. 여전히 어두웠다. 마치 높은 음의 바이올린 현을 퉁긴 것처럼 공기가 팽팽하게 긴장되어 있었다.

그녀는 차가운 바닥을 밟으며 복도로 나갔다. 뒤뜰에서 분수가 콸콸거리는 소리 말고는 고요했다.

그녀는 아래층으로 내려갔다. 거실이 엉망진창으로 어질러져 있고 아무도 없었다. 메그 일행은 떠난 모양이었다.

바깥 테라스에서 발을 질질 끌며 걷는 소리가 들렸다. 집 뒤편의 프렌치 도어를 열었더니, 캄캄한 하늘을 배경으로 헬렌의 실루엣이 보였다. 그녀는 수영장 옆에 서 있었다.

"작가님?"

헬렌은 화들짝 놀라며 손을 가슴에 얹은 채 몸을 휙 돌렸다.

"플로렌스, 놀랐잖아요."

"뭐 하세요?"

"잠이 안 와서요. 더위가 꺾이고 나니 여기도 참 평화롭네."

"괜찮으세요?"

"참 기나긴 며칠이었어요. 몇 주, 몇 달 같은."

"같이 있어드릴까요?"

"아니요, 가서 자요. 나도 곧 들어갈게요."

"괜찮겠어요?"

"그럼요. 잘 자요."

플로렌스는 위층으로 다시 올라갔지만 잠을 이룰 수가 없었다. 그래서 책을 집어 들었다. 30분쯤 후 계단을 올라오는 헬렌의 발소리가 들렸다. 그 소리는 플로렌스의 방 앞에서 잠깐 멈추었다가 다시 복도를 걸어갔다. 헬렌의 방문이 조용히 닫혔다.

43

동이 튼 직후 플로렌스는 아래층으로 내려갔다. 수영장 옆에 서 있는 헬렌을 본 후로 다시 잠들지 못했다. 아마 새벽 4시쯤이었을 것이다.

플로렌스가 부엌으로 들어가자 아미라가 깜짝 놀랐다.

"일찍 일어났네요."

플로렌스는 고개를 끄덕였다. "커피 있어요?"

"지금 만들고 있어요."

아미라는 아침 몇 시에 도착했을까? 플로렌스가 잠에서 깨면 아미라는 항상 이미 와 있었다.

몇 분 후, 플로렌스는 머그잔과 브리오슈를 앞에 두고 테라스에 앉아 있었다. 하늘은 졸릴 만큼 느리게 밝아지고 있었고, 그런 하늘을 배경으로 야자수들은 아직 윤곽밖에 보이지 않았다.

플로렌스는 그 무엇보다 그녀를 괴롭히며 잠 못 들게 했던 한 가지 의문을 떠올렸다. 헬렌을 경찰에 넘겨야 할까?

어쨌거나 헬렌은 사람을 죽였다. 설령 정당방위였다 해도, 제니가 죽었다는 사실은 변하지 않는다. 헬렌을 위해 사후 공범자로 고발당할 위험까지 감수해야 할까?

하지만 헬렌을 감옥에 보낸다고 해서 플로렌스에게 득이 될 것은 전혀 없었다. 헬렌이 말하기를, 플로렌스에게 피해가 가지 않게 사라질 것이고, '보답'도 해줄 거라고 하지 않았던가. 그 말의 진짜 의미가 뭘까? 플로렌스는 원하는 걸 뭐든 요구할 수 있는 입장에 있는 것 같았다. 게다가 헬렌이 감옥에 갇히는 건 그녀도 바라지 않았다. 그건 이국적인 새를 새장에 가둬놓는 거나 마찬가지였다. 낭비.

"많이 탔네요."

플로렌스는 움찔했다. 문간에 헬렌이 서 있었다.

플로렌스는 두 손을 들어 올려 얼굴을 만졌다.

"완전히 빨개졌네. 어젯밤엔 몰랐는데. 신경 좀 써요. 내 세면도구 세트에 선크림 있어요." 헬렌이 앉았다. "잠은 좀 잤어요?"

"아니요. 작가님은요?"

"조금. 그래도 괜찮아요. 커피만 마시면 팔팔해질 테니까."

마침 때맞추어 아미라가 커피 주전자를 들고 테라스로 나왔다. 그녀는 헬렌에게 차분히 인사를 건넸다. 마치 그녀가 돌아올 줄 처음부터 알고 있었다는 듯. 어쩌면 정말 그렇게 생각하고 있었을지도 모른다.

그녀가 집 안으로 들어가자 헬렌이 물었다. "아미나한테는 뭐라고 했어요?"

"별말 안 했어요. 작가님이 마라케시에 있다고만 했죠." 그러고 보니, 그녀가 왜 다쳤는지, 왜 경찰이 태워주는 차를 타고 맨발로 돌아왔는지 아미라에게 한 번도 설명하지 않았다는 게 참 이상했다. "아미나가 아니라 아미라예요." 그녀는 달리 할 말이 없어 덧붙였다.

"그래요?" 헬렌은 무심하게 물으며, 크루아상을 뜯어내 꿀을 발랐다. "저기, 오늘 아침에 난 시내에 다녀와야 해요. 돌아오면 앞으로 어떻게 할지 같이 얘기해봐요."

"시내에는 무슨 일로요?"

"알아서 좋을 거 없어요."

"이젠 차도 없잖아요."

"있어요." 헬렌은 커피를 한 모금 홀짝였다. "참, 대사관에서 나왔다는 남자 이름이 뭐였죠?"

"댄 뭐였는데. 거실 테이블에 명함 있어요. 그건 왜요?"

"나한테 계획이 하나 있어요. 몇 가지 일을 처리한 다음, 전부 말해줄게요." 그녀는 남은 커피를 단숨에 들이켜고 일어났다.

"지금 나가시게요?" 아직 7시도 되지 않았다.

"일찍 일어나는 새가 어쩌고저쩌고 한다잖아요."

헬렌은 외출 준비를 하려고 집 안으로 사라졌다.

30분 후 헬렌은 나갔고, 플로렌스는 다시 혼자가 되었다.

그녀가 아직 테라스에 앉아 있을 때 전화가 울렸다. 아미라가 테라스로 고개를 쑥 들이밀며 말했다. "또 그레타 씨예요."

"집에 없다고 해주실래요?"

아미라는 고개를 끄덕였지만, 잠시 후 다시 나타났다. "전화를 안 받으면 경찰에 신고하겠대요."

플로렌스는 헬렌이 빌라 데 그레나드로 돌아왔다가 경찰을 보면 결코 그녀를 용서하지 않으리라는 걸 알았다. 사실 플로렌스는 어느 편에 설지 아직 선택을 하지 못했다.

그녀는 테이블에서 억지로 몸을 일으켜 아미라를 따라 집 안으로 들어갔다.

"여보세요." 그녀는 전화기에 대고 머뭇머뭇 말했다.

"플로렌스? 어떻게 된 거예요? 24시간 넘게 연락이 안 되다니."

플로렌스는 손목시계를 보았다. "거긴 몇 시예요?"

"플로렌스, 나도 여기 왔어요. 마라케시에."

"네?"

"어제 오후에 여기 도착했어요."

"지금 어디 계세요?"

"라 마무니아에 묵고 있어요." 플로렌스가 여행 일정을 짜려고 조사하면서 봤던 호텔 이름이었다. 하룻밤에 500달러가 넘는 곳이다. "저기, 지금 어디예요? 어디로 가야 당신을 만날 수 있어요?"

"제가 움직일게요. 제가 그쪽으로 갈게요."

"헬렌은 어쩌고요?"

"말씀드렸잖아요, 작가님은 떠났다고. 여기 안 계세요." 거짓말을 하는 순간, 플로렌스는 자신이 헬렌을 경찰에 넘길 일은 없으리라는 걸 깨달았다. 이드리시 경관이나 댄 매시처럼 규칙에 얽매인 공무원들에게 충성을 바칠 생각은 없었다. 물론 그레타 프로스트에게도.

"헬렌이 여기 왔을까요, 마라케시로?"

"네." 플로렌스는 단호하게 답했다. "수요일 비행기로 돌아갈 텐데, 작가님도 당연히 거기 타시겠죠."

"그렇군요. 그럼 여기서 만나요. 오늘 출발할 건가요?"

"한두 가지 일만 처리하고 바로 떠날 거예요."

"좋아요. 오늘 저녁에 호텔에서 같이 한잔해요. 로비 바로 뒤에 괜찮은 바가 있거든요. 6시에 거기서 봐요."

"네, 거기서 봐요."

"무슨 일이 생기면 꼭 내 휴대전화로 연락 줘요."

플로렌스는 전화를 끊었다. 정말 그레타를 만날까? 뭐라고 말하지? 그녀는 헬렌에게 물어보기로 했다. 헬렌이라면 계획이 있을 테니까. 늘 그랬듯이.

44

    30분 후, 쌩쌩 달리는 스쿠터 소리가 점점 더 시끄러워지더니 갑자기 뚝 끊겼다. 플로렌스는 창밖의 차도를 내다보았다. 메그가 스쿠터에서 내리고 있었다. 플로렌스는 현관문을 열었다.

    "닉 있어요?" 메그가 다짜고짜 물었다.

    "아니요, 왜요?"

    "연락은요?"

    "없었어요. 무슨 일이에요?"

    "오늘 아침에 리엄이랑 제이가 닉을 만나서 같이 서핑하기로 했대요. 그런데 두 시간이 지나도록 연락이 안 된대요. 아파트에도 없고요."

    "어젯밤에 다 같이 돌아갔어요?"

    "아니요, 닉은 여기 남았대요." 메그의 표정이 불편해 보였다. "플로렌스랑 얘기했을까요? 그러니까, 그냥 순수하게 얘기만."

    플로렌스는 미소 지었다. "그가 다른 여자랑 얘기해도 괜찮아요."

    "음, 연락 오면 우리한테도 알려줄래요?"

    플로렌스는 고개를 끄덕였다.

    메그가 떠난 후 플로렌스는 거실에 앉았다. 속에서 마구 휘몰아치는 불편한 예감을 더는 무시할 수 없었다. 커피의 효과가 나타나기 시작했는지, 지난밤엔 흐리멍덩할 뿐 손에 잘 잡히지 않던 모든 의문들이 아주 명확해졌다.

어떻게 헬렌은 사고에서 상처 하나 입지 않았을까? 물속으로 가라앉는 자동차에서 어떻게 빠져나갔을까? 플로렌스를 구하려는 시도를 하기는 했을까? 왜 플로렌스에게는 그날 밤의 기억이 하나도 없을까? 애초에, 헬렌은 왜 그녀를 고용해 이미 출판된 소설을 타이핑하게 했을까?

헬렌의 자백에는 어딘가 꺼림칙한 구석이 있었다. 지나치게 솔직했다. 헬렌은 똑똑하고 매력적이고 흥미진진한 사람이었지만, 투명함? 진실함? 그런 것과는 거리가 멀었다.

혹시 그게 자백이 아니었다면.

그렇다면 헬렌은 뭘 숨기고 있는 걸까?

가장 친한 친구를 죽였다는 고백까지 했는데, 말 못 할 더 큰 악행이 있을까?

플로렌스는 어디서 답을 찾을 수 있을지 갑자기 떠올랐다.

헬렌은 손에 쥔 모든 것을 잃지 않으려 자신의 거짓 죽음을 꾸민 뒤 빌라 데 그레나드에 랩톱 컴퓨터를 남겨둔 채 떠났다. 하지만 굳이 모로코까지 랩톱을 가져온 이유가 뭘까? 그들에게는 이미 컴퓨터가 있었다. 플로렌스가 헬렌의 초고를 옮기고 이메일을 보내는 데 사용하던 컴퓨터.

플로렌스는 그 컴퓨터로 검색을 해보았다. '맥 비밀번호를 잊어버렸다면.' 왜 진작 이 생각을 못 했을까? 컴퓨터 비밀번호를 재설정하는 건 식은 죽 먹기보다 쉬운 일인데.

그녀는 한 번에 두 계단씩 올라 방으로 가서, 사흘 전 헬렌의 랩톱을 발견했던 서랍을 열었다. 랩톱은 꺼져 있었다. 플러그를 꽂은 다음, 커맨드(Command) 키와 R 키를 동시에 누른 채 전원을 켰다. 그녀는 자신의 컴퓨터 화면에 띄워놓은 설명을 다시 읽어보았다. 이제 헬렌의 랩톱은 복구 모드에 들어가 있었다. 터미널에 'resetpassword'를 입력하기만 하면 끝이었다.

순간 그녀는 얼어붙었다. 아래층에서 어떤 소리가 들려왔다. 그녀는 귀를 쫑긋 세웠다. 조용히 노래를 흥얼거리는 아미라였다. 별일 아니다.

그녀는 다시 컴퓨터로 돌아가 헬렌의 비밀번호를 'zoodles'로 재설정했다. 이제 돌이킬 수 없다. 헬렌이 다음번에 랩톱을 사용한다면 플로렌스가 손댄 사실을 알게 될 것이다.

플로렌스는 바탕 화면이 켜지는 모습을 지켜보았다. 맥이 탁 풀렸다. 바탕 화면에는 파일도 폴더도 전혀 없었다. 문서 폴더와 휴지통을 클릭해봤지만, 모두 텅 비어 있었다. 인터넷 브라우저를 열어보니, 검색 기록은 지워져 있었다.

플로렌스는 손가락으로 키보드를 가볍게 톡톡 치다가, '맥에서 삭제된 파일 복구하기'를 검색했다. 그런 일을 해준다는 소프트웨어 광고들이 주르르 나왔다. 그녀는 제일 위에 올라와 있는 소프트웨어를 1달러 99센트에 다운로드한 다음 하드드라이브 검색 과정을 지켜보았다. 밝은 녹색의 상태 표시줄이 진척 상황을 보여주었다. 50퍼센트, 80퍼센트, 아직 아무것도 나오지 않았다.

87퍼센트가 됐을 때 마침내 땡 하고 경쾌한 소리가 울렸다. 프로그램이 무언가를 찾은 것이다. 'Book2'라는 이름의 폴더였다. 폴더를 열어보니, '초고1'부터 '초고4'까지 여러 개의 문서가 들어 있었다. 그녀는 가장 최근 문서를 클릭했다. 그녀가 몇 주 동안 타이핑했던 폴볼스의 소설이 아니었다. 처음 보는 글이었다.

첫 페이지에는 이렇게 쓰여 있었다.

모로코 익스체인지
소설
모드 딕슨

플로렌스는 아무 페이지나 골라 읽기 시작했다.

릴리언은 아이리스를 힐끔 쳐다보았다. 어부가 흐느적거리는
문어를 땅바닥에 쳐서 죽이는 모습을 지켜보던 아이리스는 더
운 날인데도 얼굴이 창백해져 있었다. 릴리언은 바로 이런 순진
함 덕분에 아이리스를 이용해먹을 수 있다는 걸 알면서도, 그런
면모가 역겨웠다. 남들이 잔혹함이나 무례함을 끔찍이 싫어하
듯, 릴리언은 나약함을 혐오했다.

플로렌스는 읽기를 멈추었다. 자기도 모르게 참고 있던 숨을 한꺼
번에 훅 뱉었다. 그녀는 문서 끝으로 화면을 내렸다.

릴리언은 클로나제팜 여섯 알을 원피스 주머니에 슬쩍 집어넣
었다. 의사는 그녀에게 비행기에 탈 때 반 알을 먹으라고 했었다.
식당까지 가는 길을 휴대전화로 다시 확인했다. 루 바드르는
그곳으로 갈 수 있는, 혹은 그곳에서 돌아올 수 있는 유일한 길
이었다.
갑자기 문을 조심스레 톡톡 두드리는 소리가 들렸다. 아이리
스는 노크마저 우유부단했다.

플로렌스는 랩톱을 사납게 탁 닫았다. 심호흡을 여러 번 억지로 한 다음 일어나 비틀거리며 욕실로 갔다. 잠시 변기를 붙잡고 있었지만 아무것도 올라오지 않았다. 그녀는 세면대로 가서 온수를 몇 초 동안 틀어놓았다. 피부가 타는 듯 얼얼해지자 호흡이 느려졌다. 그리고 거울에 비친 자신의 모습을 가만히 지켜보았다. 마음이 조금 진정되자 물을 잠그고 다시 랩톱으로 돌아갔다. 문서를 더 읽지 않고 닫은 후, 뉴욕주 케이로 경찰국의 번호를 검색했다.

부엌으로 내려간 그녀는 전화를 걸었다. 신호음이 여러 번 울린 후 누가 받았다.

"케이로 경찰국입니다."

"안녕하세요, 레도스키 형사님과 통화할 수 있을까요?"

잠시 기다리고 있자 다른 목소리가 들려왔다. "네?"

"레도스키 형사님?"

"누구시죠?"

"플로렌스 대로예요. 헬렌 윌콕스의 조수요."

잠깐의 침묵. "그 여자가 탄 항공편을 알려주려고 전화하신 거면 좋겠군요."

"헬렌은 먼저 자기가 저넷 버드 사건의 용의자인지 알고 싶대요."

"용의자인지 알고 싶으시다?" 그는 코웃음을 쳤다. "그냥 용의자도 아니고 유일한 용의잡니다."

"저넷 버드가 살해당한 건 확실해요? 정당방위는 아니었을까요?"

"뒤통수에 총상 두 개. 네, 살인이 맞습니다. 처형한 거죠."

플로렌스는 전화를 끊었다. 가장 가까이 있는 의자를 끌어당겼다. 헬렌의 말이 잊히지 않았다. '총을 가지러 위층으로 올라갔죠…….'

플로렌스는 지난 밤 헬렌이 했던 모든 말을 기억해내려 애썼다. 또 뭐가 거짓말이었을까? 전부 다? 그렇다고 봐도 무방할 것 같았다.

그러다 문득, 한밤중에 헬렌이 수영장 옆에 서 있던 일이 떠올랐다. 안 돼, 하고 그녀는 생각했다. 설마. 그녀는 불길한 생각을 쫓아내려 거칠게 고개를 흔들었다.

하지만 그녀는 의자에서 일어났다.

서둘러 집 뒤편으로 나가, 녹조 낀 수영장의 가장자리로 향했다. 검푸른 물속을 빤히 들여다보았다. 아무것도 보이지 않았다. 화단에서 돌멩이 하나를 집어 물속으로 던졌다. 수면에 작은 구멍이 생겼다가 금세 메워졌다. 돌멩이의 흔적은 보이지 않았다.

플로렌스는 집을 힐끔 돌아본 다음, 잠옷 바지를 돌돌 말아 올리기 시작했다. 자꾸 풀려 내려가서 결국엔 바지를 벗어버렸다.

"수영하게요?"

플로렌스는 움찔하며 몸을 휙 돌렸다. 아미라가 물뿌리개를 들고 테라스에 서 있었다.

플로렌스는 고개를 끄덕이며 신난 척 말했다. "그럴까 봐요."

"타월 가져올게요."

"고마워요."

플로렌스는 수영장의 첫 번째 계단을 조심조심 밟았다가 얼굴을 찡그렸다. 예상했던 것보다 더 차가웠다. 수면에 낀 녹조는 머리카락처럼 헝클어져 있고 미끈거렸다. 다리 긴 벌레 수십 마리가 그 위로 폴짝폴짝 뛰어다녔다.

그녀는 이를 악물고 계단 밑까지 내려간 다음, 물이 허리까지 오는 얕은 쪽을 이리저리 헤치며 걸어 다녔다. 아무것도 없었다.

그녀는 더 깊숙이 들어가며, 다리를 옆으로 넓게 차보았다. 이제 수영장을 거의 다 돌았다. 슬슬 이 모든 게 바보짓처럼 느껴지기 시작했다.

바로 그때 무언가가 다리에 닿았다. 방금 거기. 뭐였지?

그녀는 발을 이리저리 움직였다. 물이 겨드랑이까지 차올라 있으니 제자리에 서 있기가 힘들었다. 여기! 또 닿았다.

그녀는 숨을 크게 들이마신 다음 잠수해 들어갔다. 눈을 떴지만 아무것도 보이지 않았다. 머리 위의 녹조 때문에 빛이 전혀 들어오지 않았다. 그녀는 두 손을 앞으로 쭉 내밀었다. 부드러운 뭔가가 만져졌다. 천이었다. 손을 움직였다. 치아. 코. 손을 좀 더 움직여보았다. 두툼하게 땋은 레게 머리.

플로렌스는 물을 사납게 첨벙거리며 수영장 끝으로 힘겹게 나아갔다.

"젠장." 그녀는 몇 번이고 말했다.

수영장 밖으로 나가, 아미라가 놓고 간 타월을 집었다.

"젠장."

그녀는 타월로 몸을 감싼 다음 거실로 뛰어 들어갔다. 젖은 발이 타일 바닥에 미끄러져, 벽을 짚어 간신히 균형을 잡았다. 어디에 있지? 댄 매시의 명함, 어디에 있더라? 테이블 위에는 없었다. 테이블 밑과 의자 밑을 확인해봤지만 역시 없었다.

"젠장."

그녀는 식탁에서 랩톱을 가져와 라바트에 있는 대사관 전화번호를 검색했다. 랩톱을 들고 부엌으로 들어오는 그녀를 본 아미라는 또다시 깜짝 놀랐다. 플로렌스는 다이얼을 돌리고는, 쾌활한 목소리로 전화를 받은 상대방에게 악을 쓰다시피 말했다. "댄 매시요!" 잠시 후 그의 목소리가 들렸다.

"매시입니다."

"그 여자가 그를 죽였어요." 플로렌스는 겁에 질리고 새된 목소리로 말했다. "그 여자가 그를 죽였다니까요."

"네? 누구시죠?"

"플로렌스 대로예요."

"아. 안 그래도 전화하려던 참입니다."

"헬렌이 돌아왔어요. 진짜 헬렌이요. 그 여자가 여기 왔어요. 내 친구를 죽였어요. 닉을 죽였다고요. 제발 도와주세요."

"진정하세요, 진정. 처음부터 다시 얘기해봐요."

플로렌스는 숨을 크게 한 번 쉬었다. "어젯밤에 헬렌이 돌아왔어요. 내 고용주, 헬렌 윌콕스, 당신이 가지고 있는 여권의 주인요. 그리고 그 여자가 사람을 죽였어요. 닉을 죽였어요." 플로렌스의 목소리가 갈라졌다. 수크에서 카프탄과 터번 차림으로 웃으며 얼굴을 붉히던 그의 모습이 떠올랐다. 그는 이제 겨우 스물네 살이다. 대체 무슨 짓을 한 거지? 플로렌스는 '그 여자'가 헬렌인지 그녀 자신인지도 알 수 없었다.

"누구요?"

"닉요. 닉." 그녀는 그의 성도 모르고 있었다. "지금 수영장 물속에 있어요."

"윌콕스 씨, 잘 들으세요. 제가 그쪽으로 가겠지만, 몇 시간 걸릴 겁니다. 이드리시 경관에게 연락해서 더 빨리 갈 수 있는지 알아보겠습니다. 하지만 한 가지 알아두실 일이 있는데, 오늘 제가 플로렌스와 통화를 했습니다."

"뭐라고요?"

"일이 어떻게 돌아가고 있는지 조금 얘기해주더군요."

"무슨 소리예요?"

"플로렌스 말로는, 당신이 비상식적인 계획을 몇 가지 제안했다더 군요. 자살하자. 법망을 피해 달아나자. 게다가 당신이 원래 술을 많이 마셨고, 불법적인 마약에도 손을 댔다고요. 당신이 1만 달러에 자기 여권을 사겠다는 말까지 했다던데요."

"아니에요, 그 여자가 헬렌이에요. 헬렌이 당신 명함을 가져갔어요. 정말이에요."

"좋아요, 우리가 도와드리겠습니다. 우리 모두 당신 편이에요. 일단 진정해요. 제가 지금 당장 사무실에서 출발하겠습니다. 다섯 시간 정도 걸릴 거예요. 전화 끊자마자 이드리시한테 연락할게요. 연락이 되면 아마 20분이나 25분 안에 이드리시가 거기 도착할 겁니다, 알았죠? 나도 곧 갈 거고요. 그냥 거기 가만히 있어요. 경솔하게 움직이지 말고."

"알았어요." 플로렌스가 말했다. "빨리 와주세요."

전화를 끊자, 아드레날린이 썰물처럼 빠져나갔다. 시간이 느리게 흐르고, 아미라가 보았을 그녀의 모습이 상상되었다. 바지도 입지 않은 채 더러운 물속에 서 있는 플로렌스. 충전 코드를 바닥으로 늘어뜨린 채 랩톱을 가슴에 끌어안은 플로렌스.

"미안해요." 그녀는 아미라에게 말했다. "미안해요."

플로렌스는 위층으로 올라갔다. 젖은 몸이 오들오들 떨렸다. 머리카락과 속눈썹에 녹조가 붙어 있었다.

곧 이드리시가 올 거야, 그녀는 마치 주문을 외듯 머릿속으로 되뇌었다. 그의 존재가 이렇게 고맙게 느껴질 줄이야.

플로렌스는 사고 후 처음으로 자신의 방 욕실로 들어가 문을 잠갔다. 샤워기를 틀어놓고 물이 델 정도로 뜨거워지자 물줄기 속으로 들어갔다. 이번에는 굳이 깁스한 손목을 물 밖으로 빼지 않았다. 이미 흠뻑 젖어 있었다.

이제 곧 이드리시가 온다. 매시도 올 것이다. 마침내 그들도 진실을 알게 되리라. 휘트니가 진술서를 써줄 것이다. 엄마가 이쪽으로 올 수도 있다. 그녀가 헬렌 윌콕스로 감옥에 갇힐 일은 없다. 그저 인내심 있게 기다리기만 하면 된다. 차분하고 인내심 있게.

그녀가 샤워를 마치고 타월로 몸을 닦고 있을 때 누가 문을 살며시 두드렸다.

"플로렌스?" 경쾌한 목소리의 헬렌이었다.

플로렌스는 얼어붙었다. "잠깐만요!"

"괜찮아요?"

"네, 괜찮아요."

"아미나가 점심 차려놨어요. 옷 입고 와서 먹어요."

"네. 금방 갈게요."

플로렌스는 헬렌이 방에서 나가는 소리가 들리자 타월로 얼굴을 세게 문질렀다. 옷을 입은 다음 차도를 향해 나 있는 창문을 내다보았다. 이드리시가 나타날 기미는 아직 보이지 않았다. 하지만 하루 종일 욕실에 숨어 있을 수는 없는 노릇이다. 한 가지 유리한 점이 있다면, 그녀가 수상한 낌새를 알아챘다는 사실을 헬렌은 모른다는 것이다.

아래층으로 내려가자 테라스에서 헬렌이 아미라에게 말하는 소리가 들렸다. 현관문 옆 테이블에 헬렌의 핸드백이 놓여 있었다. 플로렌스는 테라스 문을 힐끔 살피고는 테이블 쪽으로 재빨리 움직였다. 핸드백 안에 미국 여권이 들어 있었다. 꺼내서 열어보았다.

그녀의 여권이었다. 당연하게도. 플로렌스 마거릿 대로라는 전체 이름과 생일이 적혀 있었다. 공문서에서 수도 없이 봐왔던 이름과 날짜. 하지만 그 옆에는 헬렌 윌콕스의 사진이 있었다.

플로렌스는 여권을 뒷주머니에 찔러 넣었다.

어떻게 한 걸까? 라바트에서 했다는 일이 이건가? 나름대로 조사를 해봤던 플로렌스는 여권 복사본과 운전면허증, 그리고 새 사진만 있으면 재발급이 가능하다는 걸 알고 있었다.

밖으로 나가자 아미라가 점심을 차려놓은 그늘 속 테이블에 헬렌이 앉아 있었다. 그녀는 포도 한 알을 떼어내어 경쾌하게 입속으로 쏙 집어넣었다.

"샤워는 잘 했어요?"

"네. 고마워요. 시내는 어땠어요?"

"좋았어요. 당신 친구들 몇 명도 우연히 만났는데. 메그랑 그 남자, 이름이 닉이던가?"

"아. 잘됐네요."

플로렌스는 앉아서 자기 자리에 놓인 주스 잔을 입으로 들어 올리다가, 자기가 오기 전 그 주스가 헬렌과 단둘이 있었다는 사실을 깨달았다. 그녀는 한 모금 홀짝이는 척한 다음 유리잔을 다시 내려놓았다. 속이 메스꺼웠다. 아무것도 먹을 수가 없었다. 어느새 손이 떨리고 있었다. 그녀는 손을 테이블 밑으로 숨겼다. 이드리시는 어디 있는 거지?

매시가 그에게 연락을 하기는 했을까?

"안색이 안 좋아요." 헬렌이 말했다.

"숙취가 좀 있어서요."

플로렌스는 헬렌이 빵 한 조각에 버터를 발라 먹는 모습을 지켜보았다. 한 입 베어 물 때마다 립스틱이 번지지 않도록 입술을 뒤로 젖혔다. 살인자. 플로렌스는 살인자와 함께 점심을 먹고 있었다. 헬렌은 두 사람을 죽였다. 제니와 닉. 아마 엘리스 웨이머스도 헬렌이 죽였을 것이다. 제니는 그 남자를 죽인 죄로 15년을 감옥에서 썩었다. 어느 쪽이 더 가능성이 클까? 절친한 친구인 두 어린 소녀가 자라서 모두 살인자가 됐다? 아니면, 그중 한 명이 사이코패스에 사디스트라 친구에게 죄를 뒤집어씌웠다? 거리낌 없이 남의 목숨을 빼앗는 사람이라면 누군가를 감옥에 보내는 데 양심의 가책을 느낄 리 없다. 아무리 가까운 친구라도.

그리고 이제 그녀는 플로렌스의 여권을 훔쳤다. 물론 헬렌이 그것을 사용하려면 진짜 플로렌스 대로는 세상에서 사라져야 할 것이다. 영원히.

하지만 플로렌스는 헬렌과 마주 앉아 아무 문제도 없는 척 점심을 먹을 수밖에 없었다. 헬렌에게 대들 수는 없었다. 그녀가 무슨 짓을 할지 누가 알겠는가? 케이로에서 플로렌스 모르게 총까지 가지고 있었다. 플로렌스가 할 수 있는 일은 도와줄 사람들이 오기를 기다리는 것뿐이었다.

아미라가 치킨 샐러드를 한 접시 들고 나와 테이블에 내려놓고 플로렌스를 보며 물었다. "수영은 잘 했어요?"

플로렌스는 얼어붙어 헬렌을 쳐다보았다. 헬렌은 눈을 가늘게 뜨고 어두운 표정으로 그녀를 노려보고 있었다. 두 사람 모두 움직이지 않았다. 아미라는 아무 대답도 듣지 못한 채 부엌으로 돌아갔다. 그때 헬렌이 오른손을 움직였고, 플로렌스는 벌떡 일어났다. 의자가 요란한 소리를 내며 바닥으로 쓰러졌다. 그녀는 집 안으로 도망쳐 계단을 뛰어 올라갔다. 뒤에서 쿵쿵거리는 헬렌의 발소리가 들렸다. 플로렌스는 원래 자기가 쓰던 방으로 쏜살같이 뛰어들어 욕실에 들어간 다음, 몸을 돌려 문을 잠갔다. 그러고는 숨을 헐떡이며 문에 기대어 앉았다.

곧 헬렌이 문을 살며시 톡톡 두드렸다.

"플로렌스." 그녀는 노래 부르듯 플로렌스를 부르고는 또 문을 두드렸다. "플로렌스, 괜찮아요?"

플로렌스는 몸을 일으켜 욕조 속으로 들어갔다. 양 무릎을 가슴으로 끌어당겨 다리를 껴안았다.

헬렌은 문손잡이를 잡고 흔들었다. 처음엔 망설이는 듯하더니 강도가 점점 더 세졌다. 급기야 그녀는 온몸을 문에 부딪쳤다. 낡았지만 두툼하고 튼튼한 문이다. 견뎌낼 거야, 하고 플로렌스는 생각했다. 투박한 놋쇠 잠금장치 역시 견고해 보였다.

문은 이제 흔들리지 않았다. 반대편에서 헬렌이 숨을 헐떡이고 있었다. 잠시 두 사람이 숨을 들이쉬는 소리밖에 들리지 않았다.

"왜 죽였어요?" 마침내 플로렌스가 물었다. "그냥 착하고 단순한 남자애였는데."

이드리시가 도착하기 전까지 시간을 벌려면 헬렌에게 말을 시키는 것이 최선이기도 했지만, 단순히 해명을 듣고 싶은 마음이 더 컸다.

"누구를 죽여요?" 헬렌은 아무것도 모르는 척 물었다.

"누군지 알잖아요. 닉요. 왜 죽였어요?"

헬렌의 말투가 변했다. "범인을 찾고 싶으면 거울을 봐, 플로렌스. 당신이 그를 죽였어. 이름이 플로렌스 대로라고 그에게 말하는 순간, 모든 걸 망쳐버린 거야. 계획대로 밀고 나갔어야지. 괜찮은 계획이었잖아. 헬렌 월콕스가 되고 싶었어? 좋아! 그렇게 하면 됐잖아. 하지만 둘 다 가질 순 없어. 헬렌과 플로렌스 모두 가질 순 없다고. 욕심이 지나치잖아. 이제 플로렌스 대로는 나야."

"닉한테 내 이름이 플로렌스 대로라고 말한 적 없어!" 플로렌스는 울부짖었다. "내 본명이 플로렌스지만, 지금은 가운데 이름인 헬렌을 쓴다고 했지. 내 진짜 성은 말하지 않았어. 난 바보가 아니야."

"플로렌스, 나한테 그랬잖아, 그 남자가 당신 본명을 안다고. 그러니 난 당연히 그런 줄 알았지. 모험을 할 순 없잖아? 좀 더 확실히 말해줬어야지. 참 안타깝게 됐네. 하지만 역시 이건 당신 잘못이야, 내가 아니라."

"닉은 그냥 착한 남자애였어." 플로렌스는 좀 더 부드럽게 다시 말했다.

"미치겠네." 헬렌이 내뱉듯이 말했다. "걘 그냥 약아빠진 마약쟁이였어. 여자를 침대로 끌어들이려고 순진한 척 연기한 거지."

플로렌스는 아무런 반응도 보이지 않았다.

잠시 후 헬렌이 말했다. "잠깐 기다려. 곧 돌아올 테니까." 그녀는 조증 환자처럼 떨리는 목소리로 웃으며 덧붙였다. "도망치면 안 돼!"

헬렌의 발소리가 빠른 속도로 멀어졌다. 플로렌스는 몇 초 기다렸다가 문을 빼꼼 열어 밖을 내다보았다. 헬렌은 방에 없었다. 플로렌스는 서둘러 창가로 뛰어가 차도를 내려다보았다. 이드리시는 여전히 그림자도 보이지 않았다. 그녀는 뒤돌아보았다. 어디로 가야 할까? 헬렌이 벌써 계단을 올라오는 소리가 들렸다. 플로렌스는 욕실로 돌아가 다시 문을 잠갔다.

"자, 어디까지 얘기했더라?" 헬렌이 물었다.

"헬렌, 뭐가 어떻게 돌아가고 있는 건지만 말해줘요. 사실대로."

잠깐 침묵이 흘렀다. 그러다가 헬렌이 입을 열었다. "자, 이걸 봐." 접힌 종이가 문 밑으로 미끄러져 들어왔다. "이게 모든 걸 설명해줄 거야."

플로렌스는 경계의 눈빛으로 종이를 바라보았다. 대체 뭐라고 쓰여 있을까? 그녀는 욕조 가장자리에 두 손을 짚고 몸을 일으켰다.
바로 그때 탕 하고 둔탁한 소리가 울리더니 문이 허리께에서 쪼개졌
다. 무슨 소린지는 명확했다. 헬렌이 문에 총을 쏘았고 중간쯤에 총
알이 박힌 것이다.

"헬렌!" 플로렌스가 소리쳤다. "미쳤어?" 문 반대편에서 입을 틀어
막고 웃는 듯한 소리가 들려왔다.

"시도는 좋았잖아."

플로렌스는 욕조에서 나가지 않은 채, 변기 옆에 있는 배관 청소
용 막대를 집어 그것을 사용해 종이를 자기 쪽으로 끌어당겼다. 종
이를 펴보았다. 텅 비어 있었다.

두 여자 사이에 잠깐의 침묵이 흘렀다.

헬렌은 총인 듯한 물건으로 문을 톡톡 쳤다. 심심하기라도 한 것처
럼. 플로렌스는 벽에 붙어 있는 묵직한 놋쇠 수건걸이에서 타월을 빼
낸 다음 접어서 깔고 앉았다.

"아미라가 들었을 거야. 지금 경찰에 신고하고 있을걸."

"내가 집으로 돌려보냈어."

젠장.

그녀의 패를 보일 때가 왔다. "경찰에 연락했어." 플로렌스가 말했
다. "점심 먹기 전에. 지금 오고 있는 중이야."

헬렌은 멈칫했다. "헛소리하지 마."

"사실이야. 대사관의 댄 매시한테 전화해서 물어봐."

"아니, 당신은 거짓말을 하고 있어. 당신이 거짓말을 하면 난 바로
알 수 있거든. 난 여기 딱 붙어 있을 거야, 플로렌스, 당신이 나올 때
까지. 언젠가는 나와야 하잖아."

플로렌스는 두 눈을 질끈 감았다. 조금만 있으면 이드리시가 온다.

그러면 총으로 위협받으며 인질로 붙잡혀 있는 그녀를 발견하겠지. 그것으로 모든 것이 명확해질 것이다.

"당신이 사고를 일으킨 거야." 마침내 플로렌스가 입을 열었다. "내가 죽고, 당신이 내 신원을 훔칠 수 있도록."

"오, 대단한데?" 헬렌이 말했다.

플로렌스는 엉뚱하게도 상처를 받았다. 지난 몇 주 동안 헬렌이 그녀를 좋아해주기만을 바랐다. 그런데 정작 헬렌은 그녀를 죽이려 했다니. 좋아하는 사람에게는 보통 하지 않는 일이다.

"어떻게 한 거지?"

"맙소사, 플로렌스, 영화도 안 봤어? 당신한테 약을 먹이고, 중립 기어의 차에 태운 다음, 밀어버렸지. 그걸로 끝. 아니, 아니, 끝이 아니었지. 그게 문제였어, 안 그래? 그 망할 놈의 어부. 대체 밤 10시에 바다에서 뭘 하고 있었던 걸까?"

"그런데 왜 내가 헬렌 윌콕스 행세를 하도록 그냥 내버려두지 않았지?" 플로렌스가 물었다. "그럴 줄 알았을 거 아니야? 왜 돌아온 거야?"

"그야 돈 때문이지."

"돈?"

"내 돈. 내가 당신을 내 재산 상속자로 지명해놨거든. 그러니까 플로렌스 대로가, 참 이젠 나지. 잊지 마, 내가 그 돈을 받으려면 헬렌 윌콕스가 죽어야 해."

플로렌스는 계획의 정밀함에 감탄할 수밖에 없었다. 헬렌은 플로렌스 대로로 살면서 합법적인 경로를 통해 자신의 돈을 손에 넣을 수 있게 되는 것이다.

"그런데 나는 왜 끌어들인 거야? 그냥 가짜 여권을 사거나 하면 됐잖아?"

"어디서? 가짜 여권 가게에서? 거기서 사회 보장 번호도 팔던가? 신용 기록은? 사람들은 대체 어디서 위조 서류를 구하나 몰라."

"정말 날 죽일 작정이었어?" 플로렌스는 나지막한 목소리로 물었다. "아무 거리낌 없이?"

한숨 소리. "플로렌스, 내가 분명히 말했을 텐데. 모든 인간은 혼자야. 살아남기 위해 자기가 할 수 있는 일을 할 뿐이지."

플로렌스는 아무 말도 하지 않았다. 사실이었다. 헬렌은 처음부터 그런 생각을 똑똑히 밝혔었다.

헬렌의 목소리가 약간 누그러졌다. "처음엔 죽일 생각까진 없었어. 여섯 달이 지나 제니의 시체가 완전히 부패하면, 당신을 해고하고 원래 삶으로 돌아가면 되니까. 그런데 레도스키 형사가 찾아온 거야. 들통나는 건 시간문제였지. 어떻게든 외국으로 떠나야 했어. 경찰이 시체를 찾는 걸 네스트 캠(Nest cam)으로 보고는 내 계획에 시동을 걸 때가 왔다는 걸 알았지."

"네스트 뭐?"

"내 보안 장치. 집 여기저기에 카메라를 설치해놨거든. 우리가 세맛에 도착한 바로 다음 날 경찰이 시신을 발견했어."

"그런데 세맛에는 왜 온 거야? 새 작품을 위한 취재 때문은 아닐 테고. 그건 그냥 폴 볼스의 소설을 베껴 쓴 거니까."

"알아챘구나? 당신한테 타이핑할 거리를 주자고 새 소설까지 써야겠어? 어쨌거나 우리가 세맛에 온 건 루 바드르 때문이야. '모로코에서 가장 위험한 도로'를 검색해봤더니 제일 위에 올라와 있더라고."

플로렌스는 헬렌의 컴퓨터에서 복구했던 원고가 떠올랐다. 아이리스는 루 바드르를 통해 다르 아말로 가는 경로를 휴대전화로 확인하고 또 확인했다. "당신의 새 소설을 찾았어." 그녀가 말했다. "진짜 원고.《모로코 익스체인지》"

"훌륭하지 않아?" 헬렌의 목소리에 자부심이 넘쳐흘렀다.

플로렌스는 질문을 무시했다. "이제 알겠어. 당신은 소설을 쓰지 않아. 아마 못 쓰는 거겠지. 《미시시피 폭스트롯》은 처음부터 끝까지 실화였어. 당신이 그 남자를 죽이고, 아무 짓도 안 한 제니를 감옥으로 보낸 거야."

"아무 짓도 안 한 건 아니지. 개도 거기 있었어. 그놈이 취하도록 만드는 게 개가 할 일이었고, 실제로 그렇게 했지. 그냥 그 인간을 조금 골려주려고 했는데…… 멈출 수가 없었어, 멈출 수가. 그렇게 좋은 기분은 난생처음이었거든."

"그리고 다른 책을 쓰려면 또 다른 이야기가 필요하겠군."

"인정할게. 맞아, 새로운 소재가 필요했어. 하지만 당신을 죽이면 제니가 남겨놓고 간 골치 아픈 문제까지 깔끔하게 해결되니 마침 잘 됐지 뭐야. 게다가 안 그래도 새 출발을 할까 하던 참이었어. 따분해 졌거든." 헬렌의 목소리가 확 가라앉았다. "당신도 이해할 거야, 플로 렌스, 새로운 누군가가 되고픈 욕망을. 인생은 참 다채롭지. 그걸 체험할 수 있는 길은 아주 많아. 한 가지만 맛보는 건 아쉽잖아. 특히 당신이나 나 같은 사람은. 당신을 처음 봤을 때 당신 안에 있는 방황하는 영혼을 바로 알아봤지. 그게 당신을 선택한 이유 중의 하나야. 외투를 벗어버리듯 옛 인생을 내던져버릴 수 있는 사람이라는 걸 알아봤거든."

"나를 선택했다고?"

"당신을 나의 새 외투로 선택한 거야."

바로 그 순간 플로렌스는 모든 사실을 깨달았다. 그녀가 헬렌의 조수로 고용된 것은 순전한 운이 아니었다. 헬렌이 그녀를 찾아낸 것이다. 상사의 가족을 스토킹하다가 해고당한 플로렌스가 가장 적격의 지원자였을 리가 없다. 헬렌에게 필요했던 건 재능 있는 조수가 아니라, 새로운 신분이었다.

헬렌의 검색 기록에 그녀 자신의 링크드인, 인스타그램, 페이스북 계정이 남아 있던 것이 떠올랐다. 헬렌은 나름의 조사를 통해 자신과 최대한 닮은 사람, 아무도 그리워하지 않을 사람을 찾은 것이다. 플로렌스 대로보다 더 나은 외투는 없었으리라. 두 사람이 만나기도 전부터 헬렌은 플로렌스를 죽일 계획을 세우고 있었다.

플로렌스는 헬렌을 말로 설득하기는 글렀다는 걸 알았다. 시간을 계속 끌거나 싸우는 것 말고 다른 방법이 없었다. 그녀는 무기로 쓸 만한 것이 있나 주위를 둘러보았다.

"그래서, 이제 어쩔 건데?" 플로렌스가 물었다. "날 쏠 거야? 나도 수영장으로 던질 거야?"

"뭐, 원래는 치사량의 헤로인을 주사할 계획이었지. 매시한테도 벌써 말해놨거든. 당신, 그러니까 '헬렌'이 헤로인에 중독되어 있다고. 하지만 아무리 정중하게 부탁해봐도 당신이 팔을 내밀어줄 것 같진 않네."

"지옥으로 꺼져."

"그렇게 황당한 생각도 아니잖아, 플로렌스. 상처 주려는 건 아니지만 들어봐. 당신이 군이 살아야 할 이유가 있어? 당신 인생은 텅 비었잖아. 당신 글을 보고 바로 알았지."

"나도 뭔가를 쓰려면 사람을 죽여야겠네? 요즘 작가들은 사람 죽여놓고 글이 안 써져서 그랬다고 하면 무사히 넘어가나 보지?"

헬렌은 웃었다. "이것 봐. 당신은 자기 아이디어도 못 내고 내 걸

훔치잖아. 이러면 어때. 당신이 순순히 나와서 협조해주면, 지금껏 고생한 당신 어머니한테 10만 달러를 부쳐줄게. 생각해봐."

플로렌스는 헛웃음이 나왔다. "난 엄마가 어떻게 되든 아무 상관 없어. 당신이 내 몸에 헤로인 주삿바늘을 찌를 일은 없을 거야."

헬렌이 한숨을 쉬었다. "좋아."

두 사람 모두 말이 없었다. 그러다가 요란한 금속성 소리가 욕실에 울려 퍼졌다. 플로렌스는 욕조 속으로 재빨리 몸을 숙였다. 울림이 사그라지자 그녀는 고개를 삐죽 내밀었다. 헬렌이 총으로 쏜 잠금장치가 약간 비뚤어졌지만 아직 제자리에 붙어 있었다. 헬렌에게 총알이 몇 개나 있을까?

또 한 번 총성이 울렸다. 잠금장치가 덜컹거렸다. 헬렌이 잠금장치를 쾅쾅 때려대기 시작했다. 플로렌스는 벌떡 일어났다. 잠금장치가 빠지기 일보 직전이었다. 한 번만 더 때리면 잠금장치는 빠지고 헬렌이 들어온다.

"잠깐." 플로렌스는 부질없이 말했다. "기다려."

헬렌이 문을 박차고 들어왔다.

45

　플로렌스는 문 옆의 벽에 바짝 붙은 채, 벽에서 떼어낸 놋쇠 수건걸이를 꽉 움켜쥐고 있었다. 헬렌이 욕실 안으로 들어오자마자, 플로렌스는 급조한 무기로 헬렌의 머리를 최대한 세게 후려쳤다. 놋쇠가 뼈와 부딪치며 뭔가 으드득 깨지는 느낌이 들었다.

　그녀는 달리기 시작했다.

　수건걸이를 꽉 붙잡고 계단을 반쯤 내려왔을 때, 욕실 타일 바닥으로 뭔가 덜커덩 떨어지는 소리가 들렸다.

　총이었다.

　그녀는 순간적인 판단으로 걸음을 멈추고 욕실로 돌아갔다.

　헬렌이 욕실에 무릎을 꿇고 앉은 채 두 손에 머리를 묻고 있었다. 손가락 사이로 피가 솟구쳤다. 플로렌스는 변기 옆에 떨어져 있는 총을 집어 들어 헬렌을 겨누었다.

　헬렌은 고개를 들었지만 움직이지 않았다.

　그들은 잠시 그렇게 가만히 있었다. 그러다 플로렌스가 바닥에 떨어져 있던 타월을 집어 헬렌에게 던졌다. 헬렌은 타월을 뭉쳐 뒤통수에 대고는 문틀에 기대앉았다.

　플로렌스는 그녀의 몸을 넘어간 다음 뒷걸음질하며 방의 창문으로 다가갔다. 두 눈과 총구는 줄곧 헬렌을 향해 있었다. 플로렌스는 힐끗 창밖을 내다보았다. 여전히 이드리시는 보이지 않았다.

플로렌스는 헬렌을 보며 말했다. "처음엔 다 연기인 줄 알았어. 그 무신경함. 세상에서 혼자 잘났다는 그 우스운 태도도."

"난 딴 사람을 흉내 낼 필요가 없거든." 헬렌이 쉰 목소리로 말했다. "누구와 달리."

"난 흉내 내는 게 아니야." 플로렌스는 변명하듯 말했다.

헬렌은 코웃음을 쳤다. "아니긴. 처음 만난 날부터 그랬으면서. 내가 눈치 못 챘을 것 같아? 갑자기 오페라, 와인, 요리에 관심이 생겼댔지? '푸른 화염처럼 뜨겁네?' 그리고 플로렌스, 지금 내 옷까지 입고 있잖아."

플로렌스는 자신이 입고 있는 원피스를 내려다보다가 소리 질렀다. "그래서 뭐? 난 내 인생이 싫었어! 더 나은 인생을 원했다고. 그게 그렇게 큰 잘못이야!?"

"더 나은 인생, 스스로 만들어야지. 훔칠 게 아니라."

플로렌스는 아무 말도 하지 않았지만, 얼굴이 달아오르는 것이 느껴졌다. 헛소리. 모두가 도둑질을 한다, 헬렌도 마찬가지. 그녀는 제니에게서, 그리고 그녀에게 베르디와 샤토네프 뒤 파프를 소개해준 사람에게서 더 나은 인생을 훔쳤다.

아니, 플로렌스는 여기까지 온 과정에 대해 사과할 마음이 없었다. 사과라면 이제 질렸다. 그녀는 누구든 자신이 원하는 사람이 될 수 있고, 무슨 수를 써서든 목표를 이룰 작정이었다. 그녀는 내렸던 총구를 다시 들어 헬렌을 겨누었다. 그녀의 입술이 잔인한 미소를 띠며 벌어졌다.

"잠깐." 헬렌의 목소리가 초조해졌다. "돈을 나누면 어때?" 그녀의 오른쪽 귓불에서 피가 뚝뚝 떨어졌다.

플로렌스는 여전히 미소 지으며 고개를 저었다.

"그럼 당신이 전부 다 가져. 모드 딕슨까지. 난 처음부터 다시 시작할 테니까."

플로렌스는 이번에도 고개를 저었다.

헬렌은 멈칫했다. 그러더니 피투성이 얼굴로 이제는 익숙해진 그 웃음기 없는 미소를 지으며 두 눈을 반짝였다. 그녀가 음산하게 웃었다. "당신이 그럴 리 없지. 난 당신을 알거든. 그럴 배짱이 없는 인간이야."

헬렌은 비틀거리며 일어나 문틀에 기대어 섰다.

"거기 서." 플로렌스가 말했다. "다시 앉아."

헬렌은 휘청거리는 걸음으로 방을 가로질러 복도로 향했다. "내 이야기에서 아무것도 못 배웠어, 플로렌스?" 그녀는 어깨 너머로 물었다. "사람을 뒤에서 쏘면 정당방위를 주장 못 해."

플로렌스는 점점 멀어지는 헬렌을 속수무책으로 지켜보다가 다시 말했다. "거기 서."

헬렌은 문간을 넘자마자 멈춰 섰다. 총을 맞더라도 총알이 몸 뒤쪽에 박히도록 여전히 플로렌스를 등진 채였다.

"참 아깝지 뭐야." 그녀는 조용히 말했다. "내가 플로렌스 대로를 위대한 인간으로 만들어줄 수 있었는데. 하지만 당신은? 당신은 아무것도 아니야. 아무것도."

플로렌스는 숨을 크게 한 번 쉬었다.

어중간하게 사는 건 이제 끝이다.

그녀는 큰 보폭으로 빠르게 세 걸음 내디뎠다. 헬렌은 안뜰이 내려다보이는 난간에서 한 걸음 떨어져 있었다. 플로렌스는 헬렌의 등에 손을 얹은 뒤 밀었다. 세게.

헬렌이 균형을 잃고 두 팔을 허우적허우적 사납게 저었다. 그녀의 몸 전체가 난간 너머로 넘어갔다.

밑에서 둔탁하게 쿵 하는 소리가 들렸다. 플로렌스는 난간 너머로 뜰을 내려다보았다. 헬렌이 멍하니 두 눈을 뜬 채 타일 바닥에 드러누워 있었다.

갑자기 헬렌의 입에서 낮은 신음이 터졌다.

플로렌스는 서둘러 내려갔다. 헬렌의 머리 주위로 흡사 후광처럼 피가 둥그렇게 퍼지고 있었다. 그녀의 두 눈이 플로렌스의 눈과 마주쳤다. 그 안에 진짜 두려움이 담겨 있었다.

"살려줘." 헬렌은 입술을 핥으며 힘없이 말했다. "살려줘."

플로렌스는 거실로 잠깐 들어갔다. 돌아온 그녀가 말했다. "다 괜찮아질 거야."

"의사는?"

"아니. 미안. 내가 괜찮을 거라는 말이었어."

플로렌스는 거실 소파에서 가져온 쿠션으로 헬렌의 얼굴을 덮었다. 헬렌은 몸부림치려 했지만, 너무 망가져 있었다. 마치 몸을 뒤집으려 애쓰는 딱정벌레 같았다. 플로렌스는 한동안 그대로 있었다. 점점 더 긴장되고 몸이 뻣뻣해졌다. 지금 이드리시가 오면 곤란했다. 경련을 일으키며 움찔거리던 헬렌이 마침내 얌전해지더니 움직이지 않았다.

플로렌스는 쿠션을 들었다. 헬렌의 두 눈은 생기를 잃은 채 흐리멍덩하게 뜨여 있었다.

바로 그때, 밖에서 자동차 타이어가 자갈을 밟는 소리가 들렸다.

46

이드리시의 떡 벌어진 몸이 문간에 나타나자 플로렌스는 그의 품속으로 뛰어들었다. 경찰은 불편한 기색으로 그녀의 포옹을 받아주었다.

"와주셔서 정말 다행이에요." 그녀는 울부짖었다.

플로렌스는 그의 근육이 팽팽하게 긴장하는 것을 느꼈다. 그녀 뒤의 땅바닥에 힘없이 늘어져 있는 헬렌의 몸을 그도 본 것이다. 그는 부드러우면서도 단호하게 플로렌스를 떼어낸 다음 그 몸으로 다가갔다. 그는 무릎을 꿇고 두 손가락을 그녀의 목에 댔다. 이따금 손을 1, 2밀리미터씩 움직이며 꼬박 일 분 동안 그렇게 앉아 있었다. 그러다가 천천히 고개를 돌려 플로렌스를 바라보았다. 그녀는 그의 눈에서 슬픔, 그리고 공포를 보았다.

이드리시는 일어나서 짧은 통화를 했다. 휴대전화를 주머니에 다시 집어넣은 그가 플로렌스에게 말했다. "이 사람이 당신 친구로군요. 마라케시로 돌아갔다던." 그녀는 그가 사실을 단언하고 있는 건지, 아니면 그녀에게 묻고 있는 건지 알 수 없었다.

"이 사람이 헬렌 윌콕스예요."

그는 시신을 한 번 더 본 다음 다시 플로렌스에게로 고개를 돌렸다. "그럼 당신은 누굽니까?"

"플로렌스 대로." 그녀는 이렇게 속삭이고는 더 큰 목소리로 말했다. "난 플로렌스 대로예요."

❋

그날 오후 대여섯 명의 공무원들이 빌라 데 그레나드를 들락거렸다. 대사관의 댄 매시는 이드리시보다 두어 시간 늦게 도착했다. 그는 이틀 전 플로렌스에게서 압수한 헬렌 윌콕스의 여권을 가져왔다. 그가 사진을 죽은 여자와 비교해보려고 앉을 때 무릎에서 뚜둑 하는 소리가 크게 났다. 여권을 탁 닫고 이를 악무는 모양새를 보니, 플로렌스에 대한 자신의 생각이 틀렸음을 깨달은 모양이었다. 그녀는 헬렌 윌콕스가 아니었다.

플로렌스는 거실에서 매시와 이드리시에게 한 시간 가까이 설명했다. 헬렌은 뉴욕의 집에서 시체가 발견되리라는 걸 알고 플로렌스의 신원을 훔치기 위해 그녀를 죽이려 했다. 먼저 차 사고를 일으켰고, 계획을 마무리 지으러 돌아왔다. 그리고 거의 성공할 뻔했다.

그들은 여러 차례 진술을 요구했지만 플로렌스는 자신의 주장에 모순이 없다는 확신이 있었다. 놀랍게도, 진실을 말하고 있었기 때문이다. 그저 한 가지 사실을 생략하고, 한 가지 사실을 바꾸었을 뿐. 그녀는 모드 딕슨이라는 이름을 절대 언급하지 않았고, 서로 총을 빼앗으려고 몸싸움을 벌이다 헬렌이 난간 너머로 떨어졌다고 말했다.

"그러니까, 당신 고용주가 차 사고로 죽었다고 믿었으면서 아무 말도 안 했다는 겁니까?" 이야기를 듣던 이드리시가 물었다. "아무 한테도?"

플로렌스는 어깨를 으쓱했다.

"살아남았으면 어쩌려고요? 누군가한테 구조됐다면?"

"하지만 헬렌은 차 안에 있지도 않았어요." 플로렌스는 차분하게 살짝 미소 지으며 답했다.

이드리시는 그저 그녀를 빤히 볼 뿐이었다.

"둘이 위층 복도에서 어떻게 다퉜는지 다시 말해봐요." 그가 다그쳤다.

그녀는 처음부터 다시 이야기를 시작했다. "헬렌이 나한테 총을 겨누고 있었어요. 나는 그녀한테 달려들었죠. 우리는 몸싸움을 벌였어요. 그 과정에서 헬렌이 추락했죠." 그녀의 목소리가 갈라졌다. 그녀는 피부가 벌게지도록 눈을 문질렀다.

이드리시는 계속 그녀를 노려보고 있었다.

"저기요." 플로렌스는 좀 더 강하게 말했다. "헬렌은 나를 죽이려고 이미 한 번 시도했었어요, 차 사고로 위장해서. 제일 친한 친구를 죽인 전력까지 있고요. 그런 사람을 얕볼 순 없잖아요."

매시가 끼어들며 중얼거렸다. "우리 다 저 여자한테 놀아난 거야."

이드리시와 플로렌스는 깜짝 놀라 그를 쳐다보았다.

매시는 플로렌스의 진술을 듣는 동안 약간의 질문을 던지고 자주 고개를 끄덕이며, 대부분 입을 다물고 있었다. 그로서는 민망할 만도 했다. 플로렌스를 믿지 않고 헬렌이 만들어낸 이야기에 속아 넘어갔으니.

상황이 일변한 건 플로렌스가 수영장 속의 시체에 대해 얘기했을 때였다.

경찰이 닉의 시체를 발견하고 건져 올려 사진을 찍은 뒤 마침내 싣고 나갔다. 그 소동이 일어나는 내내 플로렌스는 눈을 딴 데로 돌리고 있었다.

대신에 매시의 얼굴을 지켜보았다. 만약 자신이 플로렌스를 믿어줬더라면 닉이 아직 살아 있으리라 깨달은 듯한 표정. 그때 플로렌스는 매시도 그녀만큼이나 절실히 이 사건의 종결을 원한다는 걸 알았다.

분노와 불신 속에 씩씩거리는 사람은 이드리시뿐이었다. 하지만 그가 뭘 할 수 있겠는가? 그는 그녀의 진술이 어딘가 수상쩍다고 의심하고 있었지만, 실제로 불법 행위를 했다는 증거는 어디에도 없었다.

드디어 그들은 플로렌스에게 다음 날 아침 마라케시로 돌아가도 좋다고 허가해주었다. 어쨌든 재판은 열리지 않을 터였다. 살인범이 죽었으니까.

47

　24시간 후, 플로렌스는 마라케시의 홈마네 알 파투아키 대로에 있는 웅장한 아치형 입구에 도착했다. 입구 위에 호텔 이름이 화려하게 적혀 있었다. 라 마무니아. 그녀는 입구를 지나 올리브 나무와 야자수가 우거진 안뜰로 들어갔다. 반대쪽 끝에, 정면이 복잡한 무늬로 조각되어 있는 건물이 나뭇잎들 사이로 나타났다.

　헬렌과 함께 묵었던 호텔로부터 몇 블록 떨어진 지금의 호텔에서 여기까지 걸어오는 데 겨우 10분밖에 걸리지 않았다. 이번에는 토끼 굴 같은 좁은 길들을 놀라울 정도로 쉽게 통과했고, 부산한 거리로 들어서자 그 혼란스러움에 주눅이 들기보다 오히려 기운이 솟았다.

　이제 막 땅거미가 지기 시작했지만, 그녀는 선글라스를 끼고, 그날 오후 수크에서 산 챙 넓은 밀짚모자를 쓰고 있었다.

　그녀가 다가가자 붉은 망토를 입고 흰 페즈•를 쓴 두 남자가 한 쌍의 나무 문을 끌어당겨 열어주었다. 머리 위에서 밝은 빛의 랜턴이 어지럽게 흔들렸다.

　입생로랑 부티크와 유명한 파리 마카롱 가게가 있는 로비는 고급 쇼핑몰 분위기를 풍겼다. 사치 산업을 섬기는 대리석 신전이랄까. 헬

● 튀르키예의 남자들이 즐겨 쓰는 챙 없는 원통형의 모자.

렌이 옳았어, 하고 그녀는 생각했다. 고독과 자유가 훨씬 더 귀중한 재산이야.

전날 밤, 이드리시와 매시가 마침내 빌라 데 그레나드를 떠난 후 플로렌스는 그레타에게 연락해 약속을 다음 날로 미루었다. 이유는 설명해주지 않았다. 로비 뒤의 처칠 바로 들어간 플로렌스는 어둑한 구석에 처박혀 있는 그레타를 발견했다. 그녀의 얼굴은 휴대전화의 기괴한 불빛을 받아 반짝이고, 코끝에는 독서용 안경이 아슬아슬하게 걸쳐져 있었다.

플로렌스가 인사하자 그녀는 화들짝 놀랐다.

"플로렌스, 깜짝 놀랐잖아요." 그녀는 안경을 벗어 탁 접었다. "앉아요."

플로렌스는 그레타 맞은편의 고급스러운 벨벳 의자에 앉았다.

"저기 있네." 그레타는 버건디색 조끼를 입은 웨이터를 손짓으로 불렀다. "마시고 싶은 거 주문해요."

"그걸로 할게요." 플로렌스는 테이블에 놓여 있는 거의 빈 와인 잔을 가리키며 말했다.

"같은 걸로 두 잔 더요." 그레타가 웨이터에게 말했다. "피노 누아르." 남자는 고개를 끄덕이고는 왔을 때처럼 묵묵히 물러났다.

"어쩌다 그런 거예요?" 그레타는 플로렌스의 상처를 보더니 얼굴을 찡그리며 물었다.

"뭐, 이것도 제가 들려드릴 이야기 중 하나예요. 미리 경고드리는데, 해피 엔딩은 아니에요."

그레타는 눈썹을 올렸다. "좋아요, 어서 시작해봐요."

웨이터가 술을 가져와 흰색 받침 위에 잔을 조심스럽게 내려놓는 동안 두 사람 모두 입을 다물고 있었다. 그가 자리를 뜨자 플로렌스

370

는 와인을 한 모금 마신 후 이야기를 시작했다.

"제가《미시시피 폭스트롯》이 논픽션이었다고 말씀드리면 뭐라고 하시겠어요? 그 살인이 실화였고, 헬렌 윌콕스가 범인이었다면."

플로렌스는 그레타의 표정을 조심스레 살폈다. 플로렌스의 말을 진지하게 받아들여야 할지 판단이 서지 않는 듯, 염려와 불신이 동시에 그녀의 얼굴을 스쳤다. 하지만 충격을 받은 것만은 분명했다. 플로렌스는 그레타가 처음부터 헬렌의 비밀을 알고 있었을까 조금 궁금했다.

"처음부터 다시 시작하죠." 플로렌스가 말했다.

이어서 그녀는 제니와 헬렌이 10대였을 때 그들 사이에 있었던 일을 설명했다. 헬렌이 한 남자를 죽이고 자기 친구를 감옥으로 보냈다. 2월에 가석방된 제니는 헬렌을 찾아갔다. 그리고 헬렌이 그녀를 죽였다.

그레타는 주로 입을 다문 채 듣고만 있다가 퇴비 더미에 대한 대목에서 플로렌스의 말을 가로막았다. "플로렌스, 이건 정말 심각한 범죄 혐의예요. 확실히 알고 하는 얘기예요?"

"한번 검색해보세요. '뉴욕주 케이로, 헬렌 윌콕스'라고." 몇몇 지방 신문들에 벌써 기사가 실렸다. 퇴비 더미 속에서 발견된 사체는 케이로 같은 소도시에서 큰 뉴스였다.

그레타는 망설이다가 휴대전화에 검색어를 입력하기 시작했다. 플로렌스는 그녀의 얼굴에서 핏기가 서서히 사라지는 것을 지켜보았다.

"맙소사." 그레타가 속삭였다.

플로렌스의 설명이 이어졌다. 헬렌이 그녀를 고용했던 이유는, 자신의 죽음을 위장하고 플로렌스의 신분을 가로채기 위해서였다. 심지어 유산이 플로렌스에게 돌아가도록 유언장을 바꾸기까지 했다.

그레타는 고개를 저었다. "조수가 필요하다고 할 때부터 어째 이상하다 했어. 말이 안 됐거든요. 세상에 드러나기를 무엇보다 싫어한 사람이."

플로렌스는 이제 차 사고 이야기로 넘어갔다. "그래서 이렇게 된 거예요." 그녀는 깁스한 손목을 들어 올렸다. 헬렌이 계획을 마무리하러 빌라 데 그레나드로 돌아온 일을 이야기할 때에는 플로렌스의 눈에 눈물이 차올랐다.

"헬렌한테 총이 있었어요, 그레타. 전 뭘 어떻게 해야 할지 몰라서."

"헬렌은 대체 총을 어디서 구한 거예요?" 그레타는 놀라며 물었다.

"아마 라바트일 거예요. 여권도 거기서 구했거든요. 지금 경찰이 조사 중이에요."

마지막 부분은 의문스러웠다. 매시는 물론 아니었다. 이드리시라면 또 모를까. 어느 쪽이든 플로렌스가 걱정할 일은 아니었다. 경찰이 라바트에서 뭘 찾아내든 그녀의 진술과 딱 맞아떨어질 테니까. 헬렌은 범죄자, 그녀는 피해자였다.

"경찰이라……." 그레타가 말했다. "그래서 헬렌은 지금 유치장에 있어요?"

플로렌스가 고개를 젓자 눈물 한 방울이 뺨을 타고 흘러내렸다.

"그렇게 누가 나한테 총을 겨눈 적은 태어나서 처음이었어요." 그녀는 속삭였다.

그레타의 목소리가 확 낮아졌다. "플로렌스, 무슨 일이 있었던 거예요?"

"순전히 본능적으로 그런 거예요. 헬렌이 방아쇠를 당기기 전에 제가 덤벼들었죠. 그런데 몸싸움을 하다가 헬렌이 난간 너머 안뜰로 추락했어요. 경찰 말로는, 즉사했대요."

그레타의 두 눈이 휘둥그레졌다. "헬렌이 죽었다고요?"

플로렌스는 고개를 끄덕였다.

"세상에."

그레타가 그 소식을 받아들이는 동안 플로렌스는 아무 말 없이 앉아 있었다.

"세상에." 그레타는 고개를 저으며 다시 한번 말했다.

"정말 유감이에요."

잠시 후, 그레타는 플로렌스의 깁스에 손을 얹었다. "나도 유감이에요. 그렇게 죽는 헬렌을 지켜보고 있었으니, 얼마나 끔찍했을까."

"무서웠어요. 내가 그때 어떻게 하면 좋았을까 하는 생각만 자꾸 들어요."

"그러지 말아요. 자책할 필요 없어요. 바로 눈앞에 총이 있는데 당신이 뭘 할 수 있었겠어요?"

"모르겠어요. 더 강하게 헬렌을 설득했어야 했는지도 몰라요."

"헬렌 윌콕스를 설득해요? 그건 절대 무리죠."

플로렌스는 서글픈 미소를 지었다. "그건 그래요."

그레타가 또 고개를 저었다. "믿기지가 않네."

"그래요. 저도 아직 어리벙벙해요." 플로렌스는 잠시 말을 끊었다. "하지만 이 일로 큰 손해를 볼 사람은 저보다 당신이죠."

그레타는 플로렌스를 매섭게 노려보았다. "그게 무슨 소리죠?"

"모드 딕슨도 죽었으니까요."

"플로렌스, 그건 지금 당장 신경 쓸 문제가 아니에요." 그레타는 이렇게 말했지만, 평소처럼 확신에 찬 목소리가 아니었다.

"물론 그래요. 헬렌이 참 안타깝게 죽었으니까요. 제 말은, 모드 딕슨의 작품이 세상에 다시 나오지 못하는 것 역시 비극이라는 거예요. 정말 재능 있는 작가였잖아요."

그레타는 한 손으로 와인 잔을 돌리며 고개를 끄덕였다. "그랬죠."

두 사람은 잠시 아무 말 없이 앉아 있었다. 플로렌스는 빠르게 사람들로 채워지는 술집을 둘러보고 와인을 또 한 모금 홀짝였다. 꽤 마음에 들었다. 헬렌이 좋아했던 샤토네프 뒤 파프처럼 쓰고 독하지 않았다.

그레타는 다시 테이블 위를 멍하니 노려보았다. 플로렌스는 그녀가 무슨 생각을 하고 있는지 궁금했다. 표정을 읽을 수가 없었다.

잠시 기다린 후 플로렌스는 헛기침을 했다.

"하지만 만약에⋯⋯."

그레타가 고개를 들었다. "하지만 만약에, 뭐요?"

"아니에요, 당신 말이 맞아요, 지금은 이런 문제를 생각할 때가 아니죠."

"만약에 뭐요?" 그레타는 조급하게 물었다.

"헬렌의 원고요, 두 번째 소설. 그게 저한테 있다는 걸 말씀드려야 할 것 같아서요. 케이로에서 제가 타이핑하던 게 아니에요. 헬렌은 완전히 다른 작품을 쓰고 있었어요. 《모로코 익스체인지》. 자기가 실행 중이던 계획을 바탕으로 쓴 이야기였죠. 나를 죽이고 내 신분을 훔치려는 계획요."

그레타는 와인 잔을 내려놓았다. "헬렌이 두 번째 작품을 완성했어요?"

"완성되지는 않았어요. 사실, 작품이라 부르기도 아직 이르죠. 하지만 《미시시피 폭스트롯》만큼 훌륭하다는 건 확실해요"

그레타의 뺨에 혈색이 돌아오기 시작했다. "지금 원고를 갖고 있어요? 당신이?" 그녀는 바닥에 놓여 있는 플로렌스의 가방을 힐끔 보았다.

"아니요, 그건 좀 신중치 못한 처사 같아서요. 제 호텔 방 금고에 넣어놨어요."

"플로렌스. 나도 그 원고를 봐야겠어요."

"음, 말씀드렸다시피, 아직 작업할 부분이 많이 남았어요."

"괜찮아요. 도와줄 사람을 구하면 돼요. 피츠제럴드는《라스트 타이쿤》을 완성하기 전에 죽었죠." 그녀는 살짝 웃었다. "그러고 보니, 그것도 실화 소설이었네."

플로렌스도 그녀와 함께 미소 지었다. "실은, 그레타, 제가 할 수 있을 것 같다는 생각을 하고 있어요."

그레타는 얼굴을 찡그렸다. "뭘요?"

"소설을 완성하는 거요. 저만큼 헬렌과 가까이서 일해본 사람이 없잖아요. 물론, 당신은 제외하고요. 전 헬렌의 목소리를 알아요. 헬렌이 어떻게 생각하는지도 알고요. 전에 말씀하셨잖아요, 저한테 재능이 있다고. 제 글에서 헬렌이 떠오른다는 말씀까지 하셨죠."

그레타는 천천히 고개를 끄덕였다. "그래요. 내가 그런 말을 했죠." 그녀는 와인을 한 모금 마시고는 옆 테이블을 힐끔 보았다. 두 젊은 여자가 칵테일 사진을 찍고 있었다. "그리고 그 생각은 지금도 변함 없어요. 당신은 큰 잠재력을 지녔어요. 하지만 이건 섬세함이 필요한 작업이에요, 플로렌스. 이런 프로젝트는, 이런저런 걸…… 감안해봤을 때…… 저, 섣불리 결정할 게 아니라 앞으로의 진행 상황은 좀 지켜보도록 하죠."

플로렌스는 아무 말 없이 그레타를 빤히 쳐다보았다. 옆 테이블의 카메라가 번쩍였다. 그레타가 움찔했다. 플로렌스는 그러지 않았다.

"그레타." 플로렌스는 차분하게 말했다. "난 손목이 부러지고 갈비뼈가 두 군데 골절됐어요. 이제 일자리도 없고, 살 곳도 없어요. 그리고 까놓고 말해서, 나를 이 곤경에 빠뜨린 사람은 바로 당신이에요. 고의든 아니든 당신은 헬렌의 공범인 거예요."

그레타의 얼굴이 또다시 하얗게 질렸다. 하지만 이제 플로렌스는 물러날 수 없었다.

"헬렌이 저지른 범죄를 마음껏 비난해도 상관없지만, 당신도 거기서 이익을 봤잖아요. 《미시시피 폭스트롯》으로 얼마나 벌었죠? 부수적으로 얻은 기회들은요? 당신도 범죄에 가담한 거예요. 당신들 둘다. 난 피해자고요."

그레타는 입을 다문 채 플로렌스를 쏘아보았다.

"백만 달러를 달라는 게 아니잖아요, 그레타. 그저 기회를 한 번 달라는 거죠. 그것뿐이에요. 첫발을 내디딜 수 있게만 해줘요. 아무리 생각해봐도 그리 무리한 부탁은 아닌 것 같은데요." 그녀는 와인을 한 모금 마셨다. "안 그래요?"

"플로렌스." 그레타가 마침내 말했다. "당신이 왜 이러는지 이해해요. 그리고 당신 말이 맞아요. 이 일에 나도 일부 책임이 있어요. 그 점은 심각하게 받아들이고 있어요. 하지만 도의상, 당신이 피해자라는 이유만으로 모드 딕슨의 다음 소설을 맡길 순 없어요. 당신도 어떤 형태로든 보상받을 자격이 있겠죠. 하지만 보상으로 소설을 쓰게 해주겠다는 말은 못 하겠네요. 미안해요."

플로렌스는 가만히 앉아 있었다. 그러다가 고개를 저으며 빙긋 웃었다.

"당신 말이 맞아요, 그레타, 그럼요. 내가 무슨 생각을 하고 있었는지 모르겠어요. 며칠간 정말 힘들었거든요." 테이블 밑으로 그녀는 손마디가 하얘지도록 가방끈을 꽉 움켜쥐었다.

"그렇겠죠. 나도 많이 힘들었어요. 술이나 마셔요, 우리. 한 잔 더 할래요? 오늘 같은 날은 좀 취해도 괜찮잖아요."

아직 두 잔 모두 반쯤 채워져 있는데도 그녀는 웨이터를 찾아 두 리번거렸다.

플로렌스는 고개를 끄덕이며 자기 잔으로 손을 뻗었지만, 놓치는 바람에 잔을 엎어버리고 말았다. 검붉은 와인이 그레타의 실크 블라우스에 튀고, 그녀의 무릎에 웅덩이처럼 고였다. 그레타와 플로렌스 모두 벌떡 일어났다.

"정말 죄송해요." 플로렌스는 이렇게 소리치며, 냅킨으로 그레타의 가슴을 건성으로 톡톡 쳤다. 그레타는 그녀의 손을 밀어냈다.

"괜찮아요. 내버려둬요, 그냥. 화장실에 가서 헹구고 올게요. 잠깐만요."

그레타는 젖은 셔츠를 몸에서 떼어낸 채 붙잡고는 재빨리 화장실로 향했다.

플로렌스는 다시 앉았다. 턱시도 차림의 남자가 구석에서 그랜드 피아노를 연주하기 시작했다. 옆 테이블에서는 어떤 농담에 다 함께 웃음을 터뜨렸다.

몇 분 후 그레타가 돌아왔다. 얼룩은 오히려 더 심해져 있었다.

"정말 죄송해요." 플로렌스는 다시 사과했다.

"괜찮아요, 정말. 맨해튼에 있는 내 단골 세탁소가 정말 끝내주거든요. 그냥 넘어가요. 더 주문했어요?"

그녀는 자기 잔에 남아 있는 와인을 단숨에 끝까지 들이켜며 살짝 얼굴을 찡그렸다.

"아니요, 옷을 갈아입고 싶으실 것 같아서. 그리고 솔직히 저도 컨디션이 별로예요. 지금 먹고 있는 진통제 때문에 머리가 좀 멍해서. 사실 많이 안 좋아요. 당신 방에 가서 룸서비스를 시키면 어때요? 뭘 먹으면 괜찮아지더라고요."

"아. 음…… 그래요, 그럼. 우선 웨이터한테 이 와인을 내 계산서에 달아놓으라고 말해야겠어요."

48

"방이 엉망이라 미안해요." 그레타는 스위트룸 문을 열면서 말했다.

넓찍하고 밝은 방에 벽면을 따라 모자이크 타일들이 쭉 붙어 있고, 큼직한 킹사이즈 침대가 하나 놓여 있었다. 구석의 의자 등받이에 던져져 있는 스웨터를 빼고는 티 하나 없이 깔끔했다.

플로렌스는 창가로 걸어가 밖을 내다보았다. 아래의 광대한 정원에 오렌지 나무들이 줄줄이 심겨 있었다. 점점 어두워지는 하늘에 달이 이제 막 보였다.

그레타는 룸서비스 메뉴를 플로렌스에게 건넸다. "마음대로 시켜요. 그리고 물은 미니바에 있어요."

그레타가 욕실에서 옷을 갈아입는 사이, 플로렌스는 의자에 앉아 메뉴를 정성 들여 읽었다. 욕실에서 나온 그레타는 침대에 앉아 얼굴을 문질렀다. "아, 쓰러질 것 같아."

플로렌스는 고개를 끄덕였다. "그러실 만도 하죠."

그레타가 눈을 감았고, 순간 플로렌스는 그녀가 앉은 채 잠든 줄 알았다. 그때 그레타가 눈을 뜨더니 힘겹게 입을 뗐다. "우리가 뭘……."

플로렌스는 그레타 옆에 앉아 그녀를 침대에 천천히 눕혔다. "어떤 느낌인지 알아요. 쇼크가 온 거예요."

그레타는 어리둥절한 표정으로 파란 눈을 처량하고 휘둥그레 뜬 채 플로렌스를 올려다보았다.

"하이드로코돈이에요." 플로렌스가 설명했다. "사고 후에 병원에서 받은 진통제인데, 먹으면 기분이 안 좋아져서 끊었죠. 머릿속에 안개가 낀 것 같지 않아요?"

그레타는 고개를 끄덕였다. "안개…… 맞아…… 하지만 당신……."

"잠깐 눈을 감을래요?"

그레타는 아이처럼 지시에 고분고분 따랐다. 플로렌스는 그녀를 잠시 지켜보았다. 약의 효과가 이렇게 빨리 나타날 줄은 몰랐다. 휘트니에게 줬던 양보다 한 알 더 많은 네 알을 호텔에서 갈아 가져왔고, 그레타가 셔츠를 헹구러 간 사이 와인에 탔다. 그레타가 의식을 잃었다는 확신이 들자 플로렌스는 핸드백에서 비닐장갑을 꺼냈다. 장갑을 낀 다음 구깃구깃한 종이봉투를 꺼냈다. 그 안에는 새 주사기, 희끄무레한 가루 한 봉지, 고무밴드가 들어 있었다. 이드리시가 도착하기 몇 초 전 헬렌의 시신을 뒤져 챙긴 것들이었다. 헬렌이 플로렌스에게 치사량의 헤로인을 주사하려고 준비했던 도구들. 세맛에서는 즉흥적으로 현장을 꾸며야 했지만, 지금 그레타의 호텔 방에서는 천천히 체계적으로 작업할 수 있다. 플로렌스는 손목시계를 확인했다. 시간은 충분했다.

그녀는 욕실로 들어가 세면대 위에 있는 유리컵에 헤로인 가루를 부었다. 그런 다음, 호텔로 오는 길에 샀던 쥐약 상자를 핸드백에서 꺼냈다. 그것 역시 컵 속으로 뿌려 넣었다. 거리의 마약상들이 헤로인을 녹일 때 쓰는 가장 흔하고 가장 치명적인 물질이 쥐약이라는 사실을 인터넷 검색으로 배웠다.

어중간한 태도는 이제 그만.

그녀는 물을 조금 넣은 다음, 유리컵 안의 탁한 혼합물을 빙빙 돌렸다.

세면대 위에 있는 대리석 통을 들여다보니 솜뭉치 몇 개가 들어 있었다. 그녀는 솜뭉치를 하나 꺼내어 또 다른 유리컵 위에 들고서, 거기로 액체를 흘려 찌꺼기를 걸러냈다.

그날 오후, 오하이오주 콜럼버스의 주삿바늘 교환 프로그램●이 마약 주사 방법을 단계별로 설명해놓은 유튜브 영상을 봤다.

그녀는 주사기 끝을 탁한 혼합물에 담그고 밀대를 당겼다. 바늘을 유리컵 속에 둔 채, 주사기를 톡톡 쳐서 기포를 제거했다.

그녀는 방으로 돌아갔다. 그레타의 입은 축 처져 있고, 호흡이 답답한 듯 가래가 끓었다.

플로렌스는 머뭇머뭇 그레타의 오른팔을 들어 올렸다가 떨어뜨렸다. 아무런 반응이 없었다. 플로렌스는 자줏빛 혈관이 불거질 때까지 그레타의 팔뚝에 고무줄을 단단히 감았다. 그런 다음 바늘을 찔러 넣었지만, 혈관은 얄밉게 옆으로 휙 피해버렸다. 그녀는 심호흡하며 떨리는 손을 진정시키고 다시 바늘을 찔렀다.

이번에는 바늘이 표적을 제대로 맞혔다. 그레타가 신음하며 눈꺼풀을 떨었다. 플로렌스는 밀대를 천천히 누르며, 액체가 내려가는 모습을 지켜보았다. 주사기가 반쯤 비자 바늘을 빼냈다. 그런 다음 왼팔로 옮겨가 똑같은 과정을 반복했다. 주사기를 계속 채워가며 여러 번. 그레타의 온몸에 거의 십여 개의 주삿바늘 자국이 날 때까지. 상습 투약의 증거를 남기기 위해서였지만, 수사가 그 정도까지 진행

● 마약 중독자의 감염병 예방을 위해 주사기를 교환해주는 사회 복지 사업.

되는 걸 원하지는 않았다. 공통의 이해관계를 갖고 있는 호텔과 경찰이 사건을 흐지부지 은폐하지 않을까? 어쨌거나 관광업은 중요하니까.

플로렌스가 주사기를 두 발가락 사이에 끼웠을 때 그레타의 몸이 갑자기 제멋대로 움직였다. 사납게 경련을 일으키기 시작하고, 입에서 누런 물이 줄줄 흘러 나왔다. 그레타의 두 눈이 확 떠지더니, 손으로 붙들 만한 무언가를 필사적으로 찾았다. 플로렌스는 본능적으로 몸을 홱 숙였다.

플로렌스가 겸연쩍은 기분으로 몸을 일으켰을 때, 그레타의 두 눈은 여전히 뜨여 있었지만, 몸은 움직임이 없었다.

플로렌스는 그레타의 손목에 두 손가락을 댔다. 아무것도 느껴지지 않았다. 만일의 경우에 대비해 욕실에서 화장거울을 가져와 그레타의 입 앞에 대보았다. 구식 방법이었지만 확실히 해야 했다. 그레타가 깨어나서 진상을 밝히기라도 하면 곤란했다.

그레타가 죽었다는 확신이 들자 플로렌스는 거울을 욕실에 돌려놓았다. 그런 다음 그레타의 손가락 끝을 주사기와 유리컵에 대고 눌렀다. 그레타의 휴대전화를 찾아서 주소록에 전화번호 하나를 추가했다.

마지막으로 플로렌스는 방을 구석구석 살폈다. 들어올 때와 달라진 곳이 없어야 했다. 침대 위의 시체 말고는.

그녀는 문손잡이에 '방해하지 마시오' 팻말을 걸어두고 살그머니 방을 빠져나갔다. 복도로 나온 그녀는 비닐장갑을 벗어 뒷주머니에 찔러 넣었다.

끝났다.

그녀는 엘리베이터를 기다리면서 손목시계를 보았다. 6시 50분.

리엄이 연결해준 마약상이 곧 도착할 터였다. 그에게 호텔 프런트 데스크에서 그레타 프로스트를 찾으라고 말해두었다. 그는 객실 번호를 알려달라고 했지만, 플로렌스는 단호히 거절했다. 그는 이 이야기에 꼭 필요한 요소였다. 그의 전화번호가 그레타의 휴대전화에서 발견될 테지만, 그가 도착한 것을 호텔 직원의 기억에도 똑똑히 남길 필요가 있었다.

플로렌스는 혼잡한 로비를 재빨리 지나 어둡고 따스한 저녁 거리로 나갔다. 비닐장갑은 넘쳐 흐르는 쓰레기통으로 소리 없이 떨어졌다.

49

"승객 여러분, 순항고도 9킬로미터에 도달했습니다. 아름다운 저녁입니다. 편안히 앉아 여유를 즐기십시오. 조금이라도 불편한 점이 있으면 곧장 저희에게 알려주시기 바랍니다."

플로렌스는 샴페인을 또 한 모금 마시고 다리를 쭉 뻗었다.

"필요한 거 없으신가요, 대로 씨?" 아이라인을 완벽하게 그린 승무원이 그녀를 내려다보며 미소 지었다.

플로렌스도 미소로 답하며 말했다. "담요 한 장 더 부탁해요." 그런 다음 버튼을 눌러 좌석을 완전히 눕혔다. 그러고는 서비스로 제공된 수면용 안대를 내려 눈을 가렸다.

이제 그녀의 여행은 이런 식이었다. 대로 씨라고 불려도 괴롭지 않았다. 다시 옛 이름으로 돌아가야 했지만, 집과 더불어 상속받은 300만 달러가 어느 정도 위안이 되었다. 실은, 꽤 많이.

엄밀히 따지면 두어 달 정도 기다려야 돈과 부동산이 정식으로 플로렌스의 명의가 되겠지만 그런 자잘한 일은 걱정하지 않기로 했다. 게다가 비행기 좌석 업그레이드를 할 때 추가 비용을 낼 필요도 없었다. 공항에서 헬렌 윌콕스와 플로렌스 대로의 자리를 바꾸기만 하면 됐다.

승무원이 담요를 가지고 돌아와 플로렌스의 몸에 조심스레 덮어주었다.

웡웡거리는 엔진 소리를 들으며 누운 채로 플로렌스는 양심에 찔리는 부분이 조금이라도 있는지 스스로 물어보았다. 하나도 없었다.

헬렌을 살릴 수도 있었다. 이드리시가 도착할 때까지 5분만 더 기다리면 될 일이었다. 하지만 헬렌이라면 감옥에 갇히는 치욕보다는 차라리 죽음을 택하지 않을까 하는 생각이 들었다. 게다가 그녀의 재산을 내버려두는 건 낭비였다.

그레타 역시 살릴 수도 있었다. 모드 딕슨의 이름을 포기할 마음만 있었다면. 그레타가 그녀의 제안에 응해, 그녀가 헬렌의 원고를 완성하도록 허락해주기를 진심으로 바랐었다. 그레타를 죽이는 건 차선책이었다. 안타깝지만 어쩔 수 없는.

아니, 후회는 없었다. 평생 바라 마지않던 기회가 나타났다. 비록 너무도 기괴하고 불가사의한 방식으로 찾아왔지만. 그걸 눈앞에서 놓치는 건 바보짓이었다.

닉을 생각하면 마음이 불편했다. 하지만 그건 그녀의 잘못이 아니었다. 그를 죽인 건 헬렌이었다. 사실 그녀는 그를 잘 알지도 못했다. 여행지에서의 가벼운 불장난이 대부분 그렇듯 그들의 관계도 자연스럽게 끝났다면, 그는 이미 그녀의 기억에서 지워졌을 것이다.

맞은편의 남자가 콧소리를 내며 시끄럽게 피노 누아르를 한 잔 더 요구하자 플로렌스의 생각이 끊겼다.

그녀는 안대를 밀어 올리고 불쑥 일어나 앉았다. 심장이 쿵쾅댔다. 승무원이 와인 병을 들고 잰걸음으로 급하게 다가왔다.

플로렌스는 고개를 저었다. 아무 일도 아니었다.

다시 누웠지만, 눈을 감자 놀랍도록 파란 눈동자로 그녀를 올려다보는 그레타가 보였다. "안개…… 맞아……."

플로렌스는 좌석을 다시 똑바로 세웠다. 두 뺨을 가볍게 톡톡 친 다음, 가방에서 공책과 펜을 꺼냈다.

헬렌이 쓴 원고의 전반부는 그대로 두기로 했다. 대신 이야기를 중간에 아이리스의 시점으로 갑자기 바꾸는 거다.

그녀는 쓰기 시작했다.

릴리언이 틀렸다. 아이리스는 나약하지 않았다. 그녀는 평생 맛본 실망으로 단단해졌으며, 이 거칠고 강경한 용기를 과소평가한 것은 릴리언의 결정적 실수였다. 지독하게 굶주린 아이리스가 성공에 가까운 무언가로는 만족하지 못한다는 사실을 깨닫지 못한 채 릴리언은 스스로를 미끼로 사용했다.

50

크레스트빌 로드의 오래된 집은 싸늘했지만, 5월 초의 열기가 사방에서 밀려들었다. 플로렌스는 문을 닫고 들어와 숨을 크게 한 번 쉬었다. 고요한 방들을 천천히 돌아다녔다. 마치 처음 보는 듯한 기분이었다. 이제 그녀의 방들이다. 여기 있는 모든 것이 그녀의 것이다.

플로렌스는 커피메이커에 원두를 넣고 전원을 켰다. 커피가 만들어지는 동안 뒤뜰을 내다보았다. 퇴비 더미는 완전히 파헤쳐져 있었다. 말뚝에 느슨하게 묶여 있는 노란 접근 금지 테이프가 바람에 펄럭거렸다. 케이로 경찰국은 헬렌의 사망으로 저넷 버드 살인 사건 수사가 사실상 종결됐음을 플로렌스에게 확인해주었다.

커피가 준비되자 플로렌스는 머그잔과 함께 휴대전화를 들고 거실로 돌아와 엄마에게 전화를 걸었다.

엄마는 출근하기 전 작고 노란 부엌에 앉아 지나치게 단 커피를 마시고 있을 것이다.

"여보세요?" 베라의 활기찬 목소리가 들렸다. 엄마는 모르는 번호로 오는 전화도 무조건 받았다. 온 우주가 그녀의 삶에 좋은 것들만 가져다주리라는 확고한 믿음으로.

"엄마, 플로렌스예요."

침묵.

"저기, 나한테 화난 거 알아요, 하지만 부탁 하나만 들어줘요. 전에 말했던 그 문자 메시지, 내가 다시는 엄마를 안 보겠다고 했다던 그 메시지 좀 읽어줄래요? 그리고 언제 받았는지도 말해줘요."

베라는 한숨을 쉬었다. "잠깐만, 찾아볼게."

다시 돌아온 그녀가 말했다. "4월 21일 일요일에 왔어. 교회에서 나오자마자 받았으니까 기억하는 거야. 네 번호가 뜨는 걸 보고 얼마나 좋았던지. 그러고 나서 문자를 읽었지. '엄마, 미안하지만, 앞으로는 내 소식 못 들을 거예요.'" 목소리가 갈라지는데도 그녀는 계속 읽어 나갔다. "엄마는 내 인생에 아무런 도움도 안 됐어요. 나를 과소평가하고 방해하기만 했지. 이제 질렸어요. 다시는 엄마랑 얘기하고 싶지 않아요. 엄마가 자꾸 연락하려고 하면 번호를 바꿔버릴 거예요."

플로렌스는 얼굴이 화끈거렸다. 그녀가 쓴 메시지는 아니었지만 그런 생각을 했던 건 사실이었다. 엄마의 목소리로 들으니, 지난 2주 동안 저질렀던 어떤 일보다 더 큰 죄를 지은 느낌이 들었다.

4월 21일. 자동차 사고가 난 다음 날이었다. 헬렌이 플로렌스 대로 행세를 하기 전에 이런저런 자질구레한 일들을 매듭 지은 것이 틀림없었다.

계획을 추진하고 실행하기 위해 온갖 입발린 말을 하면서도 헬렌은 모든 우발 상황에 놀라우리만치 세심하게 대비한 것이다. 플로렌스는 이를 교훈 삼아 그레타 살해 계획을 짰다. 이 가르침이야말로 집과 돈만큼이나 중요한 유산이 아니었을까.

"엄마." 플로렌스가 말했다. "엄마가 그런 메시지를 읽게 해서 정말 미안하지만, 날 믿어줘요. 그건 내가 쓴 게 아니에요."

베라는 요란스럽게 커피를 한 모금 마셨다. "네 번호로 온 건데."

"나도 알아요. 얘기하자면 길어요." 플로렌스는 숨을 한 번 쉬었다.
"처음부터 이야기할게요……."

45분 뒤 전화를 끊을 때쯤엔 베라도 자초지종을 알게 되었다. 아
니, 정확히 말하자면, 플로렌스가 경찰에게 몇 번이고 진술했던 버전
으로. 헬렌이 세운 플로렌스 살해 계획, 필사적인 정당방위. 이드리
시와 매시에게 그랬듯, 엄마에게도 헬렌 윌콕스가 모드 딕슨이라는
사실은 알리지 않았다. 엄마가 모드 딕슨이 누군지 알기나 할까 싶
었다. 그레타 프로스트라는 이름도 언급하지 않았다. 그녀의 죽음이
이제 막 출판계에 파장을 일으키기 시작했다. 플로렌스가 그 사건에
연관되어 거론될 이유는 어디에도 없었다.

베라는 플로렌스의 이야기를 선뜻 받아들이면서, 딸이 자신과 등
지지 않았음을 재차 확인하고 싶어 했다. "어쩐지 너답지 않다 했어.
글로리아한테 말했더니, 글로리아도 그렇게 생각한다더구나. 넌 착한
딸이야, 플로렌스. 최고의 딸."

플로렌스는 쓸쓸한 미소를 지었다. "고마워요."

모녀는 일주일 후에 다시 통화하기로 약속했다. 플로렌스는 엄마
가 원하는 만큼 가까이 다가오게 할 생각은 없었지만, 인생에서 엄
마를 몰아내지는 않기로 했다. 모로코에서 하마터면 죽을 뻔한 경
험을 한 후 완전한 고립은 그 자체로 약점이 될 수 있음을 깨달았다.
그녀가 사라진다면 그 사실을 알아채줄 누군가가 필요했다.

플로렌스는 커피를 또 한 잔 따랐다.

전화 한 통을 더 한 다음, 일을 시작해야 했다. 원하던 끝에 마침
내 손에 넣은 헬렌 윌콕스의 인생과 모드 딕슨의 팬들을 허투루 날
려버릴 생각은 없었다.

플로렌스는 헬렌이 죽은 날 밤부터 《모로코 익스체인지》의 후반부를 쓰기 시작했다. 노란 리걸패드를 무릎에 얹은 채 앉았을 때 그녀는 경이로운 경험과 조우했다. 마구 쏟아져 나오는 단어들.

모드 딕슨이라는 필명 아래에서 자유롭고 자신 있게 글을 쓸 수 있었다.

그리고 사람들에게 들려줄 이야기도 드디어 생겼다.

예전에 애거사가 편집한 화가 르네 마그리트의 전기를 읽은 적이 있었다. 그 내용에 따르면, 독특하고 기묘한 화풍을 비평가들에게 조롱당하던 초기 시절, 마그리트는 피카소와 브라크의 작품들을 모작함으로써 생계를 유지했다. 일종의 견습 기간이었을 거라고 플로렌스는 생각했다. 그녀에게는 《모로코 익스체인지》가 그랬다. 헬렌 자신도 말하지 않았던가. "아주 오랫동안 그런 척하다 보면 자연스러워지거든요. 정말 그런 사람이 되는 거예요."

어쨌든 마그리트는 스스로 성공을 이루어냈다.

언젠가 모드 딕슨이 바로 플로렌스 대로라고 온 세상에 말할 수 있는 날이 오리라. 《미시시피 폭스트롯》이 출간됐을 때 그녀는 스물세 살이었다. 미심쩍을 만큼 어린 나이는 아니다. 메리 셸리는 열아홉 살에 《프랑켄슈타인》을 썼다. 타이밍도 그럴듯했다. 대학을 마칠 무렵부터 시작해 졸업 후 게인스빌에서 서점 직원으로 일하며 썼다고 하면 된다. 서점의 유쾌한 주인인 앤은 플로렌스가 자기 밑에서 일하던 내내 현대의 고전이라 할 만한 작품을 쓰고 있었다는 얘기를 듣고 얼마나 놀랄까. 과연 사이먼은 어떤 표정을 지을까. 그리고 어맨다는? 그 오랜 시간 비밀을 지키고 있었다니, 대단한 자제력과 기품이라고 생각하겠지.

그녀는 손목시계를 보았다. 기다림은 끝났다. 그녀는 또 다른 번호로 전화를 걸었다.

한 젊은 여자가 쾌활한 가성으로 전화를 받았다. "안녕하세요, HMK입니다."

하퍼 매스턴 칸(Harper Maston Khan)은 뉴욕주 최대의 에이전시이다. 작가뿐만 아니라 배우와 운동선수, 뮤지션도 관리했다. 진정한 유명인들만.

"안녕하세요." 플로렌스가 말했다. "데니스 매스턴 씨와 통화하고 싶은데요."

"누구라고 전해드릴까요?"

플로렌스는 멈칫했다가 말했다. "모드 딕슨이라고 전해주세요."

익명 작가
당신의 소설을 훔치겠습니다

초판 1쇄 2023년 3월 3일

지은이 | 알렉산드라 앤드루스
옮긴이 | 이영아

발행인 | 문태진
본부장 | 서금선
책임편집 | 이준환   편집 3팀 | 허문선

기획편집팀 | 한성수 임은선 임선아 최지인 이보람 송현경 이은지 유진영 장서원 원지연
마케팅팀 | 김동준 이재성 박병국 문무현 김윤희 김혜민 조용환
디자인팀 | 김현철 손성규   저작권팀 | 정선주
경영지원팀 | 노강희 윤현성 정헌준 조샘 조희연 김기현 이하늘
강연팀 | 장진항 조은빛 강유정 신유리 김수연

펴낸곳 | ㈜인플루엔셜
출판신고 | 2012년 5월 18일 제300-2012-1043호
주소 | (06619) 서울특별시 서초구 서초대로 398 BnK디지털타워 11층
전화 | 02)720-1034(기획편집) 02)720-1024(마케팅) 02)720-1042(강연섭외)
팩스 | 02)720-1043   전자우편 | books@influential.co.kr
홈페이지 | www.influential.co.kr

한국어판 출판권 ⓒ ㈜인플루엔셜, 2023

ISBN   979-11-6834-087-9   (03840)